HEYNE <

W0348981

PETER KLISA

IN DEN LETZTEN STUNDEN DER DUNKELHEIT

THRILLER

WILHELM HEYNE VERLAG
MÜNCHEN

Sollte diese Publikation Links auf Webseiten Dritter enthalten,
so übernehmen wir für deren Inhalte keine Haftung,
da wir uns diese nicht zu eigen machen, sondern lediglich
auf deren Stand zum Zeitpunkt der Erstveröffentlichung verweisen.

MIX
Papier | Fördert
gute Waldnutzung
FSC® C014496

Penguin Random House Verlagsgruppe FSC® N001967

Originalausgabe 02/2023
Copyright © 2023 by Peter Klisa
Copyright © 2023 by Wilhelm Heyne Verlag, München,
in der Penguin Random House Verlagsgruppe GmbH,
Neumarkter Str. 28, 81673 München
Vermittelt durch die Literarische Agentur Michael Gaeb
Redaktion: Thomas Brill
Umschlaggestaltung: Johannes Wiebel | punchdesign, München,
unter Verwendung von Motiven von shutterstock.com (Hintau Aliaksei,
Irina_QQQ, Husjak, hxdbzxy), stock.adobe.com (Sergei, travelwitness)
und Arcangel/Tim Robinson
Satz: Satzwerk Huber, Germering
Druck und Bindung: GGP Media GmbH, Pößneck
Printed in Germany
ISBN: 978-3-453-44151-4

www.heyne.de

ERSTER TEIL

I

LONDON, 21. APRIL 1945, 08:33 UHR

Die Hauptstadt an der Themse swingte. Von King's Cross bis Southwark, von Kensington Gardens bis Whitechapel erhob sich ein melodisches Summen, das seinen Weg in jedes Herz, in jede Seele fand. Von Menschentrauben umringt, musizierten Orchester, Big Bands und Militärkapellen, was die Taktstöcke der Dirigenten hergaben. Männer und Frauen fanden sich spontan zum Tanz, und selbst der eiligste Passant vergaß die Zeit über Glenn Miller, Duke Ellington oder dem »King of Swing«, Benny Goodman. Bürgermeister und Militärverwaltung hatten alles aufgeboten, jeden Musiker und jeden Soldaten ausgeschickt, der ein Instrument tragen konnte, um die Tristesse des sechsten Kriegswinters zu vertreiben.

Carvis hatte London während des Krieges mehrmals besucht. Ungebrochen hatte die Stadt dem »Blitz« getrotzt, doch Rationierung und Verdunklung, Sirenengeheul und Luftangriffe forderten ihren Tribut. Die Gesichter der Londoner waren so grau wie die Staubschichten, die sich nach jedem Raketeneinschlag neu auf Bäume und Häuser legten.

In diesem Frühjahr allerdings hatte sich London verwandelt. Die Menschen auf den Gehsteigen gingen aufrecht, mit erhobenem Kopf und durchgedrücktem Kreuz. Kinder tobten durch die Ruinen, junge Paare drängten ins Freie, Soldaten und Offiziere platzten vor Selbstbewusstsein. Uniformknöpfe funkelten in der Sonne, und messerscharfe Bügelfalten hätten jeder Paradeinspektion standgehalten. Die ganze Stadt atmete auf, als hätte sie die letzten Jahre keine Luft gekriegt. Der Krieg war noch nicht gewonnen, doch der letzte Luftangriff lag Wochen zurück, und London wollte nicht länger auf den Neuanfang warten.

Captain Frederic Carvis schloss die Augen und spürte den Fahrtwind über sein Gesicht gleiten. Er fühlte sich wie die Stadt. Befreit. Euphorisch. Seit Private Maronnelli ihn in Stratford im Lazarett abgeholt hatte, durchströmte ihn eine grenzenlose Erleichterung. Der Krieg war für ihn vorbei, er hatte es überstanden. Wenn auch nur knapp. Mit dem Zeigefinger tastete er über sein khakifarbenes Hemd und spürte den wulstigen Knubbel, der sich unter dem Stoff auf seiner Brust abhob. Andenken an einen diesigen Herbsttag im norditalienischen Viareggio.

»Allies crushed German troops!«

Irritiert öffnete Carvis die Augen.

Maronnelli, im Privatleben Taxifahrer aus Queens, zeigte auf einen Zeitungsjungen, der auf dem Bürgersteig die *London Times* in die Höhe reckte.

»Leipzig fell to 1st U.S. Army.«

Wie ein Siegesfanal verkündete er die fett gedruckte Überschrift wieder und wieder, während ihm Passanten die Zeitungen aus den Händen rissen. Der Stapel unter seinem Arm schmolz wie der letzte Schnee im Frühling.

»Halten Sie mal an!« Carvis winkte dem Jungen zu.

Maronnelli brachte den Jeep mit der Kaltschnäuzigkeit seines Berufsstandes in einem schwungvollen Bogen an der

Bordsteinkante zum Stehen und ignorierte das wütende Hupen eines Doppeldeckerbusses, der nur mit einem abrupten Schwenk einen Zusammenstoß verhindern konnte.

Der Zeitungsjunge, der Carvis sein letztes Exemplar entgegenstreckte, war keinesfalls älter als acht. Dafür aber so beängstigend dünn, dass er seinen viel zu weiten Mantel mit einem schmalen Lederriemen um die Hüfte festgeknotet hatte. Eine Mischung aus Dreck und Sommersprossen bedeckte sein Gesicht, wobei der Unterschied nicht so genau zu erkennen war.

»Behalt den Rest«, sagte Carvis und warf dem Knirps einen Shilling zu. Das gelbliche Zeitungspapier war so grob, dass er einzelne Papierfasern erkennen konnte. Als Maronnelli den Gang einlegte und ruckartig anfuhr, bemerkte Carvis aus dem Augenwinkel plötzlich Anna in ihrem roten Kleid auf der anderen Straßenseite. Die schulterlangen Haare wippten im Takt ihrer Schritte, und der Frühlingswind spielte mit einzelnen Strähnen, die sie unbewusst mit der linken Hand wieder einfing und hinters Ohr schob. Carvis drehte den Kopf und sah sie zwischen den Passanten verschwinden.

»Stopp!« Er sprang aus dem bremsenden Jeep und schlängelte sich durch den Verkehr. *Sie ist es nicht,* schoss es ihm durch den Kopf, als er auf dem Bürgersteig in beide Richtungen schaute. *Sie kann es gar nicht sein. Sie war es weder die beiden Male in Vermont, noch in New York oder Neapel und auch nicht in dem italienischen Dorf im letzten Sommer.* Vierzig Meter entfernt entdeckte er das rote Kleid zwischen grauen Anzügen und braunen Uniformjacken, der blonde Hinterkopf zeigte sich kurz zwischen Kappen, Offiziersmützen und Frühlingshüten. Carvis nahm die Verfolgung auf. *Wach auf,* ermahnte er sich. *Hör auf zu träumen.* Aber das war ihr Gang, ihre Art sich zu bewegen. Nur sie ging mit diesem federnden Schritt, angetrieben von einem Hauch von Eile. *Warum sollte sie nicht in England sein,* widersprach er seiner eigenen Skepsis. Vielleicht hatte sie Deutschland verlassen, bevor es zu spät war. Wie viele andere auch.

»Stell dir die Ironie vor«, sagte er laut zu sich selbst. »Dieses Mal ist sie es, und ich beachte sie nicht, weil ich glaube, dass sie es nicht sein kann.«

Carvis stürzte zwischen den Fußgängern hindurch, schob eine protestierende ältere Dame beiseite und blieb mit dem linken Arm an einem Matrosen hängen. Schmerz explodierte in seiner Schulter, raubte ihm den Atem, ließ ihn noch einige Schritte taumeln, bevor er keuchend stehen blieb. *Andenken Nummer zwei,* fluchte er innerlich und rieb sich den linken Oberarm. Ein glatter Durchschuss als Resultat seines ersten und einzigen Einsatzes in erwähnenswerter Nähe zur Front in knapp drei Jahren Krieg. Carvis atmete tief ein und lief weiter.

Als sie an einer Kreuzung auf eine Lücke im Verkehr wartete, holte er sie ein. Mit den Fingerspitzen berührte er ihren Arm.

»Anna.«

Sie musterte ihn mit zusammengekniffenen Augen von oben bis unten. Carvis spürte, wie ihr Blick über sein von wochenlanger Bettruhe ausgebleichtes Gesicht wanderte. Über die braunen Haare, die vom Rennen an der Stirn klebten, und die schwarzen Ringe unter den dunklen Augen, die eine Geschichte von Schlaflosigkeit und Schmerz erzählten. Sie war wunderschön, und die Enttäuschung traf ihn wie ein Faustschlag in die Magengrube.

»Sir?«

Er murmelte eine lautlose Entschuldigung und ging mit gesenktem Kopf zum Wagen.

Der Jeep schwamm zügig durch den Innenstadtverkehr südlich des Regent's Park. Carvis starrte schweigend auf die verkrusteten Dreckspritzer auf der Frontscheibe und ärgerte sich. Selbst nach acht Jahren verging kein Tag, an dem er nicht an Anna dachte. An dem ihn nicht die Erinnerung heimsuchte, die Ungewissheit quälte oder er sich fragte, was zum Teufel damals überhaupt passiert war. Carvis schüttelte den Kopf, und Maronnelli sah ihn mit hochgezogener Augenbraue von der Seite an. Der Fahrer hatte nicht weiter gefragt, als Carvis etwas von einer Verwechslung stotternd wieder in den Jeep gestiegen war. Aber sein Großvater hatte recht: Dieser Wahn musste endgültig ein Ende haben. Auf einmal freute sich Carvis auf die Zukunft. Der Krieg würde beendet sein, bis er wieder in Italien war. Dann bekam er endlich sein Leben zurück, und er würde es sich weiß Gott nehmen. Er würde endlich einen Schlussstrich ziehen und Anna beerdigen. Egal, ob sie noch am Leben war oder nicht.

»Paddington Station, Sir.« Maronnelli präsentierte die Stahl- und Glasfassade des Bahnhofs mit einer bühnenreifen Armbewegung. Er bremste und platzierte den Jeep direkt vor der Sandsackbarrikade am Haupteingang.

Paddington Central Station hatte die ersten Angriffe 1940 unbeschadet überstanden. Doch im April 1941 explodierte eine Luftmine in der benachbarten Eastbourne Terrace und beschädigte den Südflügel des Bahnhofs. Zwei Monate später riss eine 500-Kilo-Bombe ein scheunentorgroßes Loch in das Dach, fiel auf die Gleise – und explodierte nicht. Immer noch türmten sich Sandsäcke vor den Fenstern, und eine mit Maschinengewehren gespickte Barrikade sicherte den Haupteingang, als würden die Landungsboote der Wehrmacht in diesem Moment den Ärmelkanal überqueren.

Ein älterer Sergeant der Home Guard salutierte stramm vor Carvis und schnauzte Maronnelli in bestem Kasernenhofton an.

»Sie können hier nicht parken, Private. Verschwinden Sie mit dem Jeep!«

Ungerührt lud Maronnelli Carvis' Segeltuchtaschen aus.

»Brauchen Sie Hilfe mit dem Gepäck, Sir? Ich könnte Ihre Taschen zum Zug tragen.«

»Nein danke«, antwortete Carvis, während der Sergeant durch weit geöffnete Nasenflügel schnaufend Luft holte. »Ich nehme die Taschen selbst.«

Maronnelli salutierte lässig, sprang in den Jeep und verschwand im dichten Verkehr.

»Sir, könnte ich Ihren Marschbefehl sehen?«, fragte der Sergeant, nachdem seine Gesichtsfarbe wieder zu einem fahlen Beige zurückgekehrt war.

»Natürlich.« Carvis zog das gefaltete Dokument aus seiner Brusttasche und reichte es dem Sergeant.

»Mit dem Zug nach Bristol und von dort mit dem Truppentransporter *Aberdeen* nach Livorno«, erklärte er, während der Sergeant den Marschbefehl überflog. »Dann weiter zur 5. US-Armee in Norditalien. In Ordnung?«

»Ja, natürlich, Sir.«

»Gut. Kann ich dann zum Zug?«

»Selbstverständlich, Sir. Gute Reise, Sir. Vielleicht haben wir Glück, und die verfluchten Krauts kapitulieren endlich. Lange kann es nicht mehr dauern.«

Der Bahnhof vibrierte vor Aktivität. Hunderte Stimmen, zischende Dampfkessel und quietschende Bremsen vereinten sich zu einem infernalischen Lärm, der Carvis wie ein wildes Tier anfiel, sobald er die dämmrige Bahnhofshalle betrat. Aus ankommenden Zügen ergossen sich Menschenströme in das wogende Meer aus Köpfen und Hüten, durch das hin und wieder eine lange Doppelreihe Armeehelme pflügte.

Mitten im Gewühl stellte Carvis fest, dass er gar nicht wusste, wo sein Zug abfuhr. Er sah sich nach einem Bahnbeamten um und entdeckte nahe Gleis 7 die blaue Uniform des Gleisvorstehers. Er packte seine Segeltuchtaschen, als ihn jemand an der Schulter berührte.

»Captain Carvis?«

Überrascht drehte Carvis sich um, setzte die Taschen wieder ab und blickte in das jugendliche Gesicht eines amerikanischen Lieutenants, der grüßend die Hand an die Mütze legte.

»Ja?«

»Lieutenant Paul Davies, Sir. Ich bin froh, dass ich Sie noch erwische. Leider habe ich Sie im Lazarett knapp verpasst und hatte schon befürchtet, dass ich Sie bis nach Livorno verfolgen muss.«

Carvis' Erstaunen wuchs. Davies war Anfang zwanzig, schmal, fast schmächtig, und trug mehr Ordensbänder und Auszeichnungen an der Uniform, als Carvis überhaupt kannte.

»Und warum?«

»Sir, Sie sind ab sofort Colonel Pash unterstellt. Ich bringe Sie in sein Hauptquartier. Hier ist Ihr Marschbefehl.«

»Moment.« Carvis hob abwehrend eine Hand. »Ich *habe* einen Marschbefehl inklusive der dazugehörigen Transportscheine. Sind Sie sicher, dass Sie mich nicht verwechseln?«

»Sie sind Captain Frederic Carvis, geboren am 3. Mai 1911 in Burlington, Vermont. Dolmetscher im Stab der 5. US-Armee. Richtig?«

»Ja, das ist richtig, aber …«

»Ich habe sogar ein Bild von Ihnen, Sir.« Davies hielt Carvis ein Passfoto unter die Nase, das aus seiner Militärakte stammte und ihn in ziemlich abgekämpfter Verfassung am Ende der Offiziersausbildung zeigte.

»Natürlich bin ich Frederic Carvis. Aber mit Sicherheit nicht die Person, die Sie suchen.«

»Ich denke doch, Sir.« Der Lieutenant drückte Carvis das Dokument in die Hand. »Die Daten sind korrekt, das Foto stimmt, und der Befehl wurde von General Eisenhower persönlich unterzeichnet.«

Carvis las das Schreiben mit dem Briefkopf des Oberbefehlshabers der alliierten Streitkräfte in Europa, General Dwight D. Eisenhower. Der Marschbefehl enthielt nur einen einzigen Satz, nämlich dass sich Carvis unverzüglich seinem neuen Kommandeur, Lieutenant Colonel Boris T. Pash, zur Verfügung zu stellen hatte. Er betrachtete die Unterschrift in königsblauer Tinte und blickte Davies ratlos an.

»Machen Sie sich nichts draus, Captain.« Davies grinste. »Jeder, der diesen Befehl zum ersten Mal in der Hand hält, ist völlig überrumpelt. Ist aber immer wieder schön anzusehen.«

»Und zu welcher Einheit komme ich?« Carvis stellte fest, dass Davies außer »U.S. Army« keine weitere Bezeichnung an der Uniform trug.

»Das erfahren Sie am Ziel unserer Reise.« Der Lieutenant bückte sich, nahm Carvis' Segeltuchtaschen und marschierte Richtung Ausgang.

»Kommen Sie. Der Colonel ist ein ungeduldiger Mensch.«

»Wo geht es denn überhaupt hin?« Carvis beeilte sich, Davies einzuholen.

»Nach Deutschland.«

II

WESTDEUTSCHLAND, 21. APRIL 1945, 12:27 UHR

Carvis schreckte hoch, als die olivgrüne Douglas C-47D unsanft aufsetzte. Stöhnend ließ er den Kopf hängen und massierte seinen Nacken. An der gegenüberliegenden Bordwand schälte sich Lieutenant Davies aus den Gurten seines Sitzes und streckte sich gähnend. Die Maschine hatte südlich von London abflugbereit auf die beiden Männer gewartet und war sofort gestartet. Davies hatte es sich noch im Steigflug in seinem Ledersitz bequem gemacht und war trotz des ohrenbetäubenden Lärms der beiden Pratt & Whitney-Motoren innerhalb weniger Sekunden eingeschlafen.

Carvis dagegen war hellwach. Er konnte sich beim besten Willen nicht vorstellen, warum man ihn – ausgerechnet ihn – in aller Eile nach Deutschland fliegen ließ. Als Dolmetscher hatte er sich so gut es ging aus dem Krieg rausgehalten. *Gedrückt*, würden andere sagen, aber selbst das hatte ihn fast das Leben gekostet. Wieso hielt die U.S. Army ein Flugzeug für ihn bereit, wo doch Transportkapazitäten *immer* knapp waren? Während des Fluges hatte er die unter ihnen vorbeigleitende Landschaft betrachtet und kein Auge zugemacht.

»Wo sind wir?« Carvis versuchte die Flugzeugmotoren zu übertönen und kletterte hinter Davies auf die Landebahn aus platt gedrücktem Gras. Ohne zu antworten, zog Davies ihn neben die Piste. Der Pilot gab Vollgas und beschleunigte, das

Flugzeug hob wieder ab. Überrascht sah Carvis sich um. Vier Landebahnen reihten sich aneinander, Flugzeuge starteten in dichter Abfolge. Auf einer Wiese umringten Lkw zweimotorige Transportmaschinen, Soldaten wuchteten Holzkisten und Fässer in die Laderäume, während ein dickbäuchiges Tankfahrzeug von Maschine zu Maschine holperte und die Flugzeuge befüllte. Ein Mechaniker lag auf einer Tragfläche und schraubte mit ölgeschwärzten Händen an einem Motor, dessen Abdeckung im Gras lag. Einige Kilometer entfernt ragten die spitzen Doppeltürme einer Kathedrale oder eines Doms aus einer zerstörten Stadt. In den Gestank der Abgase mischte sich der süßliche Geruch von Flugbenzin. Carvis begann in seiner Uniformjacke zu schwitzen.

»Wo sind wir denn nun?«, fragte er ein zweites Mal.

»In Aachen.« Davies winkte einem Jeep, der auf die beiden Männer zufuhr.

»In Aachen?« Schlagartig wurde Carvis bewusst, dass er seit acht Jahren das erste Mal wieder in Deutschland war. Er knöpfte seine Uniformjacke auf und fuhr sich mit der Hand über die Stirn. Seit dem verhängnisvollen Mai 1937 drehte sich sein Leben nur noch um Anna und den Krieg. Aber deutschen Boden hatte er nie wieder betreten.

»Wieso Aachen?«

»Gute strategische Lage, kurze Distanz zu den Häfen an der Atlantikküste. Nach der Eroberung hat die Army den Flugplatz zum zentralen Versorgungsstützpunkt ausgebaut. Unsere Truppen rücken so schnell vor, dass der Nachschub nicht mitkommt. Darum versorgen wir sie aus der Luft.«

»Das meine ich nicht«, erwiderte Carvis. »Was machen *wir* beide hier?«

»Von diesem Flugplatz starten wir unsere Operation.« Davies stieg in den Jeep, der vor ihnen bremste.

»Was für eine Operation?«

»Tut mir leid, Captain. Das darf ich Ihnen nicht sagen. Kommen Sie, steigen Sie ein.«

Carvis kletterte in das Heck des Wagens, ließ sich auf einen Sitz fallen und fragte sich, was der ganze Zirkus sollte.

Die Fahrt zeigte das riesige Ausmaß des Stützpunktes. Der Jeep fuhr an Dörfern aus olivgrünen Mannschaftszelten vorbei, passierte eine Schießanlage für Bordwaffen, Werkstätten und Landebahnen. Studebaker-Zweieinhalbtonner schlängelten sich wie auf einer Ameisenstraße zu Treibstoff- und Versorgungsdepots, wurden entladen und verschwanden wieder Richtung Westen.

»Da sind wir«, rief Davies, als der Jeep vor einer Ansammlung graugrüner Wellblechhütten hielt. Er sprang aus dem Wagen, nahm Carvis' Taschen und verschwand durch eine Metalltür. Carvis folgte ihm, so schnell er konnte. Hinter der Tür saß ein weißhaariger Corporal in einem Vorzimmer und malträtierte an einem Klapptisch eine Schreibmaschine. Wie Habichte auf der Jagd kreisten seine Zeigefinger über der Tastatur und stießen auf die Tasten nieder.

Krack, knallte ein Buchstabe gegen die Walze.

»Corporal Banks, lassen Sie die Schreibmaschine am Leben.« Davies ging ungeniert um den Tisch und sah Banks über die Schulter.

»Formular 17B.« Davies überflog das Blatt und deutete auf den Text. »Das stimmt aber nicht, Corporal. Wenn Sie Fahrzeuge anfordern, gehört die Begründung in das Formblatt

SA23 und nicht in 17B. Das müssen Sie wohl noch mal tippen.«

Krack.

»Wie ich sehe, Sir, sind Sie wohlbehalten von Ihrer Mission zurückgekehrt. Willkommen zu Hause.« Banks studierte mit neutraler Miene Formblatt 17B.

Krack.

Der Klapptisch schwankte unter der Wucht, mit der ein »e« in das Papier gestanzt wurde.

»Ich war in London, Corporal. Völlig ungefährlich«, erwiderte Davies. »Ist Colonel Pash da?«

»Jawohl, Sir. Er ist mit Dr. Goudsmit in seinem Büro«, antwortete Banks mehr zu sich selbst, denn Davies hatte bereits an die Tür zum Nachbarraum geklopft und war eingetreten, ohne eine Antwort abzuwarten.

»Das ist übrigens Captain Carvis, Corporal.« Davies steckte den Kopf noch einmal durch den Türrahmen. »Für ihn brauchen wir die Standardausrüstung: neutrale Uniform, Erste-Hilfe-Paket, Thompson-MP, Sie wissen schon. Danke.«

Davies verschwand, bevor er ausgeredet hatte.

Corporal Banks erhob sich, sah Carvis an und salutierte.

»Willkommen bei Alsos, Sir.«

»Danke. Eine Frage, Corporal. Was ist Alsos?«

Banks setzte sich wieder und starrte feindselig auf die Schreibmaschine.

»Nun kommen Sie schon, Captain«, rief Davies aus dem Nebenzimmer.

»Vor allem eine lange Geschichte, Sir«, sagte Corporal Banks, ohne aufzusehen.

Krack.

III

AACHEN, 21. APRIL 1945, 12:51 UHR

Colonel Pashs Büro glich einem Archiv. Einem ziemlich unaufgeräumten Archiv, um genau zu sein. Carvis salutierte vor den beiden Offizieren, die sich von ihren Stühlen erhoben, als er durch die offene Bürotür trat. Sein Blick wanderte über den massiven Konferenztisch, der wie eine Trutzburg die Mitte des Büros beherrschte und auf dem sich Fotos, Akten und Karten stapelten. Maschinengeschriebene Protokolle lagen neben ordentlich sortierten Heftern, kaum lesbare Notizzettel bildeten zwischen Luftaufnahmen und technischen Zeichnungen kleine Haufen. Akribisch auf Deutsch beschriftete Aktenordner füllten Holzregale, türmten sich an den Wänden und nahmen jede freie Sitzgelegenheit in Beschlag. Lieutenant Davies lehnte an einem Fenstersims, die Hände in den Hosentaschen vergraben.

An der Wand gegenüber verdeutlichte eine abgenutzte Europakarte die Kriegslage. Der Frontverlauf im Westen, reduziert auf einen banalen blauen Bindfaden, sprang von Stecknadel zu Stecknadel, von Holland bis zur Elbe, und zerteilte, was ursprünglich tausend Jahre währen sollte. Carvis' Blick suchte automatisch Berlin, das durch eine weitere, von Osten kommende Schnur – diesmal in passendem Rot – bedrohte wurde. Das Großdeutsche Reich bestand nur noch aus ein paar von Bindfäden umzingelten Flecken.

»Captain, ich bin Colonel Pash«, stellte sich der größere der beiden Offiziere vor. »Das hier neben mir ist Dr. Samuel Goudsmit. Lieutenant Davies kennen Sie ja schon. Schön, dass Sie endlich hier sind. Nehmen Sie Platz.«

Der Colonel war riesig. Ein Baum von einem Mann mit Schultern, für die das Wort »breit« nicht annähernd ausreichte. Die großen Ohren und die dominante Nase verliehen seinem Gesicht einen etwas einfältigen Charakter, aber Carvis merkte sofort, dass dieser Anschein täuschte. Goudsmits Züge wirkten dagegen sanft, geradezu weich. Ein Eindruck, den das schwarze gewellte Haar verstärkte. Seine Offiziersuniform wirkte fehl am Platz, wie eine Verkleidung.

Pash nahm einen Stapel Aktenordner von einem Holzstuhl, warf die Papiere auf den Besprechungstisch und schob Carvis den Stuhl zurecht.

Carvis setzte sich und spürte ein deutliches Unbehagen. Er hatte sich im Stab der 5. Armee eingerichtet, um dem Krieg und seinen inneren Dämonen zu entgehen. Doch er war sicher nicht hier, damit das so blieb.

»Ich hoffe, Ihre Verletzungen sind gut verheilt? Sind Sie wieder voll einsatzbereit?« Pash setzte sich Carvis gegenüber und legte einen hellbraunen Hefter mit dem Aufdruck *Geheime Reichssache* vor sich auf den Tisch.

»Jawohl, Sir, danke der Nachfrage. Ich bin wieder gesund und munter.« *Zumindest fast,* schoss es ihm durch den Kopf, als er an den Schwächeanfall während der Verfolgung der blonden Frau in London dachte.

»Also, Sir, warum bin ich hier und nicht auf dem Truppentransporter nach Livorno?« Carvis sah zu, wie Pash fünf Fotografien aus dem Hefter nahm.

Pash antwortete nicht. Stattdessen blätterte er die Fotos vor Carvis auf die Tischplatte, als würde er ein Full House beim Pokern aufdecken.

»Kennen Sie diese Männer?«

»Sir, Sie haben mich nicht ernsthaft von England hierhergebracht, um mir Bilder zu zeigen?«

»Doch. Bevor wir Ihnen Ihre Aufgabe erklären, müssen wir prüfen, ob Sie uns überhaupt helfen können. Also, wer sind diese Männer? Wann haben Sie sie das letzte Mal gesehen?«

Pash nahm das erste Foto und drückte es Carvis in die Hand. Carvis sah es sich gar nicht erst an, sondern warf es wieder auf die Tischplatte.

»Nein, Sir. Ich habe genug von Ihrer Geheimniskrämerei. Sie haben mich hierhergeschleppt, und ich will wissen, warum.«

»Vorsicht, wenn Sie nicht kooperieren, werden Sie zur Küstenwache nach Alaska versetzt.« Davies lachte.

»Captain, wenn Sie uns nicht helfen können, fliegen wir Sie nach Italien, und Sie können die Kapitulation der Nazis mit Ihren Kameraden feiern«, meldete Goudsmit sich erstmals zu Wort. Seine Stimme hatte den gleichen sanften Ausdruck wie sein Gesicht. »Und natürlich werden Sie vergessen, dass Sie hier waren. Bitte betrachten Sie die Bilder.«

Carvis warf einen Blick auf die Fotos. Männer mittleren bis höheren Alters lächelten in Gruppen vor altehrwürdigen Backsteingebäuden in die Kamera. Graue, blaue und schwarze Anzüge wechselten einander ab, einige ihrer Besitzer hatten ein rotes Filzstiftkreuz neben dem Kopf. Carvis erkannte sie sofort. Die Gesichter stammten aus einer Zeit, als Politik für ihn noch keine Rolle gespielt hatte. Obwohl sich schon damals

Berge dunkelster Wolken am Horizont aufgetürmt hatten. Er hätte nur hinsehen müssen.

»Diese Herren kenne ich.« Er schob vier Fotos zur Seite.

»Sicher?«, fragte Goudsmit.

»Ja, absolut.«

»Gut, wer sind die Männer?«

»Werner Heisenberg«, Carvis tippte mit dem Zeigefinger auf das erste Foto. »Der beste theoretische Physiker weltweit – falls er noch am Leben ist. Erhielt 1932 den Nobelpreis für die Entdeckung der Quantenmechanik. Auf dem zweiten Bild ist Carl Friedrich von Weizsäcker, Heisenbergs Schüler und eine Kapazität in Atomphysik. Beide habe ich bei Vorträgen im Kaiser-Wilhelm-Institut für Physik getroffen, als ich in Berlin studierte.«

Mit hochgezogenen Augenbrauen warf Goudsmit Pash einen Blick zu.

»Okay, weiter.«

»Nummer drei ist Kurt Diebner, Professor für Physik«, fuhr Carvis fort. »Universität Leipzig, glaube ich. Zumindest vor dem Krieg. Ihn habe ich nicht persönlich kennengelernt.«

Carvis nahm das vierte Bild und betrachtete es intensiv.

»Dafür kenne ich diesen Herrn sehr gut. Paul Bergmann, Professor für Angewandte Physik an der Universität Berlin. 1936/37 habe ich seine Vorlesungen gehört. Einmal im Jahr gab er in seinem Haus am Wannsee ein Fest für ausländische Studenten und Gastprofessoren. Eine tolle Party.«

Carvis machte eine Pause und sah Goudsmit an.

»Und da *Sie*, Doktor, auf dem ersten Bild in dem weißen Anzug links neben Heisenberg stehen, fällt mir jetzt auch wieder ein, woher ich *Ihren* Namen kenne. Sie haben mit siebenundzwanzig Jahren den Elektronenspin entdeckt und passen daher sehr gut in diese Riege. Wenn Sie diese Männer persönlich kennen, Doktor, was wollen Sie dann von mir?«

Goudsmit rieb sich mit der flachen Hand über die rechte Wange, die mit schwarzen und weißen Bartstoppeln bedeckt war, und verzog das Gesicht, als hätte er auf etwas Bitteres gebissen.

»Natürlich kenne ich Werner Heisenberg, Captain«, erwiderte er. »Und auch von Weizsäcker. Wir waren vor dem Krieg befreundet. Aber darum geht es nicht. Entscheidend ist, wie gut Sie Bergmann kennen, denn ihm bin ich nie begegnet.«

»Was ist mit dem Mann auf dem fünften Bild?«, fragte Pash.

Carvis kniff die Augen zusammen und sah sich das letzte Foto noch einmal genau an. Im Gegensatz zu den anderen war es aus großer Distanz aufgenommen und stark vergrößert worden: Es zeigte einen Wehrmachtsoffizier, der in kniehohem Gras neben einem zerstörten T34-Panzer stand. Sein Gesicht war in der groben Körnung kaum auszumachen, aber er schien zu lachen. Auf der Rückseite stand in schwarzer Tinte *Walter Heinrich, Kursk, 1943.*

»Diesen Mann kenne ich nicht. Allerdings ist das Gesicht auch ziemlich unscharf. Das ist kein Physiker, oder?«

»Captain«, fragte Goudsmit, »glauben Sie, dass Sie Paul Bergmann wiedererkennen würden? Nach den vielen Jahren? Sicher hat er sich im Krieg verändert.«

Carvis sah die buschigen Augenbrauen und den weißen Kinnbart vor sich. Das pausbäckige Gesicht und den mit gutem Essen verwöhnten Bauch, der über den Gürtel quoll und in der Vorlesung bebte, wenn Bergmann vor der Tafel dozierte. Seine im Schritt grundsätzlich zu eng geschnittenen

Anzughosen hatten ihm in Studentenkreisen den Spitznamen »Kneifzange« eingebracht.

»Ich denke schon«, antwortete Carvis. »Ich habe Bergmann über ein Jahr fast täglich gesehen, war mit seinem Sohn Anton und seiner Tochter Lotte befreundet.« *Und mit Lottes bester Freundin Anna sogar mehr als das,* schoss es ihm durch den Kopf.

»So, aber nun reicht es.« Carvis schlug mit der Hand auf den Tisch. »Jetzt sind Sie dran! Warum bin ich hier?«

»Davies, holen Sie Major Kelley«, sagte Pash, ohne auf Carvis einzugehen. Der Lieutenant stieß sich vom Fenstersims ab und verschwand durch die Bürotür.

»Captain, entschuldigen Sie die Fragerei«, begann Goudsmit. »Aber wir mussten sicherstellen, dass Sie Professor Bergmann wirklich erkennen, wenn Sie ihm begegnen.«

»Begegnen? Wo denn? Ist er auch hier?«

»Nein. Paul Bergmann ist in Berlin, und wir möchten, dass Sie ihn dort abholen.«

»Abholen?«, fragte Carvis. »In Berlin?«

»Ja, und zwar morgen Abend.«

IV

BERLIN-SCHÖNEBERG, 21. APRIL 1945, 13:03 UHR

»Wir sind schon wieder zu spät.« Paul Bergmann erboste sich in der ihm eigenen, pikierten Entrüstung. »Der Führer hasst Unpünktlichkeit. Wie oft muss ich das noch sagen?«

Major Walter Heinrich starrte den Professor wortlos von der Seite an und wartete auf den nächsten Satz. Endlose Reihen vier- bis fünfstöckiger Appartementhäuser flogen vorbei. Die rauschende Fahrt mit offenem Verdeck übertönte für den Moment das herankriechende Wummern der Front. *Fast wie ein normaler Frühlingstag vor dem Krieg,* dachte Heinrich. *Fast.*

»Wenn deutsche Tugenden wie Pünktlichkeit und Fleiß nicht mehr geachtet werden«, sagte Bergmann, »dann ist es keine Überraschung, dass das Reich …«

In diesem desolaten Zustand ist, vollendete Heinrich den Satz in Gedanken und rutschte schon mal auf dem Rücksitz der Mercedeslimousine ein Stück nach vorne. Jeden Tag das gleiche Theater.

»… in diesem desolaten Zustand ist. Major Heinrich, wenn wir zu spät sind, werde ich Sie persönlich beim Führer verantwortlich machen.«

Heinrich beugte sich vor und legte dem Fahrer die Hand auf die Schulter.

»Fahren Sie schneller, Reske, wir sind spät dran. Wissen Sie, der Führer hasst Unpünktlichkeit.«

»Ewiges Gequengel«, erwiderte Reske kaum hörbar. »Gestern waren wir pünktlich, und Bergmann musste zwei Stunden warten. Genau wie vorgestern.«

Trotzdem trat er das Gaspedal durch, sodass der schwarze Mercedes ohne Verzögerung beschleunigte. Heinrich klopfte Reske auf die Schulter und lehnte sich wieder in die dunklen Lederpolster. Neben ihm verschränkte Professor Paul Bergmann – die letzte Hoffnung des Führers – triumphierend die Arme vor der Brust und nickte selbstgefällig.

»Sehen Sie, Major, geht doch.«

Aufgeblasener Wichtigtuer, dachte Heinrich. *Unsere Welt stürzt in Trümmer, und er sorgt sich um Pünktlichkeit.* Aufpasser, Kindermädchen und Chauffeur für diesen bornierten Physikprofessor zu spielen, ihn durch die Gegend zu kutschieren und abends praktisch zuzudecken, kostete einige Nerven. Aber immer noch besser als ein Frontkommando in einem Kellerloch am Stadtrand. Und glücklicherweise war Martin Reske mit von der Partie.

Heinrich kannte Reske seit dem Tag im Juni, an dem sich der schlaksige Gefreite bei ihm als Fahrer und Offiziersbursche gemeldet hatte. Zwei Tage später hatten sie vor dem Morgengrauen als erste deutsche Soldaten die russische Grenze überschritten. Ohne Einladung, aber mit drei Millionen Mann im Rücken und einem Kameramann der *Wochenschau* an der Seite. Doch die Euphorie der ersten Monate Blitzkrieg war irgendwo in Weißrussland im Schlamm versunken oder in der Ukraine im Schnee erfroren. Heinrich wusste es nicht mehr so genau. In den Jahren danach hatte er zuerst eine Infanteriekompanie kommandiert, dann ein Panzergrenadierregiment und auf dem eisigen Rückzug im Winter 1944 noch eines.

Und alle bis auf den letzten Mann verloren. Mit Ausnahme von Reske.

»Die Ratten verlassen das sinkende Schiff«, riss ihn der Gefreite aus seinen Tagträumen und zeigte auf einen Konvoi auf der Gegenfahrbahn. Reskes penetrantes Überleben militärischer Katastrophen hatte in ihm einen gewissen Zynismus gegenüber Hierarchien und Kommandostrukturen geweckt. Abgesehen von Heinrich, lösten Vorgesetzte jeden Dienstgrades bei ihm eine destruktive Grundhaltung aus, die er gerne auf Bergmann ausdehnte. Der Professor war zwar Zivilist, aber in diesem Fall machte Reske eine Ausnahme.

Angeführt von einem weißen Opel-Cabrio, standen drei Krupp-Lkw auf der anderen Straßenseite am Fahrbahnrand. Aus der aufgeklappten Motorhaube des ersten Lasters quirlte weißer Dampf, während Soldaten flache Holzkisten von der Ladefläche hievten und auf die beiden anderen Lkw verteilten.

»Das ist schon der dritte Konvoi für heute«, bemerkte Reske und bremste. »Sieht aber so aus, als ob sich zumindest der erste Laster diesem strategischen Rückzug verweigert.«

Im Schritttempo rollte der Mercedes auf die Kolonne zu. Im Fond des Opel stand ein Funktionär in brauner Parteiuniform und ermahnte zwei Soldaten, die umständlich eine lange Teppichrolle auf den Beifahrersitz schoben.

»Ein Fernmeldetrupp des Propagandaministeriums.« Heinrich zeigte auf den Wimpel am Kotflügel des Opel.

»Mit kriegswichtigem Gerät«, ergänzte Reske und nickte der jungen Blondine zu, die neben dem Parteibonzen auf dem Rücksitz saß und konzentriert die schwitzenden Soldaten um sie herum ignorierte.

»Wer hat eigentlich gesagt, dass Sie langsamer werden sollen, Gefreiter?«, bellte Bergmann. »Hören Sie auf zu glotzen, und fahren Sie weiter, Mann!«

»Zu Befehl, Herr Professor.« Reske bremste noch mehr und winkte im Vorbeirollen der Blondine zu, die schnaubend den Kopf herumwarf und in die andere Richtung starrte. Der Parteibonze riss entrüstet die Augen auf und gab einen spitzen Ton von sich. Heinrich wusste, dass es Zeit war zu verschwinden.

»Fahren Sie schneller«, befahl er. »Sofort!«

Reske beschleunigte. Der Mercedes sprang vorwärts und rauschte an dem letzten Lkw vorbei.

»Das war ein ganz unerhörtes Verhalten«, zeterte Bergmann. »Absolut inakzeptabel. Major, ich bin äußerst verwundert, dass Sie diese Frechheiten tolerieren.«

Reske öffnete den Mund und holte Luft.

»Schon gut, Gefreiter«, sagte Heinrich, bevor Reske sich um Kopf und Kragen reden konnte. *Man darf das Glück nicht unnötig herausfordern*, dachte er und sah die vielen Kellerlöcher vor sich, die im Osten Berlins zu besetzen waren.

»Der Führer«, hob Bergmann an, »hat Ministerien und Stäben die Erlaubnis erteilt, Berlin zu verlassen. Obwohl er natürlich festen Glaubens ist, dass die Bolschewiken die Hauptstadt niemals, aber auch niemals einnehmen werden. Dass er den Kommunisten überhaupt erlaubt, so weit vorzudringen, ist Teil seines genialen Plans, die Rote Armee tief in die Stadt zu locken. Um sie dann im Häuserkampf und mit den neuen Vergeltungswaffen ohne Gnade zu vernichten. Je mehr uns in die Falle gehen, desto besser.«

»Woher haben die Ministerien denn den Treibstoff zum Evakuieren?«, fragte Heinrich, obwohl er die Antwort kannte.

»Unsere Panzer laufen mit Holzvergaser, und die Feuerwehr löscht mit Handpumpen. Aber Goebbels' Fernmeldefritzen haben genug Benzin, um Teppiche und Bilder aus der Stadt zu schaffen.«

Der Professor zögerte kurz und sah Heinrich irritiert an. Doch wie ein Tänzer, der nur kurz aus dem Takt gekommen war, fing er sich und fand in sein altes Muster zurück.

»Auch wenn Sie es nicht verstehen, Major, der Führer weiß, was er tut. Wichtig ist, dass dieser Ballast, diese nutzlosen Anhängsel für die finale Schlacht um Berlin aus dem Weg sind. Nur Kampftruppen bleiben in der Stadt und fügen den Kommunisten ihre größte, die vernichtende Niederlage zu.«

Bergmann sah Heinrich überlegen an und nickte zufrieden. Zum zweiten Mal an diesem Tag.

Der Mercedes nahm wieder Geschwindigkeit auf und folgte der Potsdamer Straße bis zu einer Bombenschneise, die sich wie eine offene Wunde durch die Appartementhäuser zog. Als wäre einem Riesen ein übergroßer Hammer aus der Hand gerutscht und auf die Gebäude gefallen. Auf Blumenkästen, schmiedeeiserne Balkongitter und weiße Gardinen, die aus offenen Fenstern wehten, folgten pulverisiertes Mauerwerk und zerfetzte Existenzen. Rauchschwaden trieben ziellos über Berge aus Schutt, und ein staubiges Kratzen verdrängte die Frühlingsluft im Hals. Als würden die Trümmer bluten, strömte graues Wasser auf die Straße, sammelte sich in einer Kuhle und lief über den Rinnstein davon. Suchmannschaften wimmelten über den Schutt und gruben mit Schaufeln und Eisenstangen nach Überlebenden. Eine hellgrüne, mit Sonnenblumen bemalte Kinderkommode lag verkehrt herum auf dem Asphalt, die dünnen

Füßchen in die Luft gestreckt, als hätte sie jemand hastig abgestellt und vergessen.

»Verdammte Luftterroristen«, stieß Bergmann hervor. »Aber ihr kriegt eure Lektion, wenn wir mit den Bolschewiken fertig sind.«

»Achtung, Straßensperre«, warnte Reske.

Dort, wo eine eingestürzte Hausfassade die Fahrbahn verengte, blockierte ein mobiler Kontrollpunkt der SS die Durchfahrt. Stacheldrahtverhaue kanalisierten den Verkehr, zwängten Fahrzeuge und Fußgänger in Warteschlangen, und die SS schwärmte durch den Rückstau. Ein Junge in schwarzer Uniform rannte die Schlange entlang und blieb neben dem Mercedes stehen, den rechten Arm demonstrativ auf der umgehängten Maschinenpistole. Heinrich schätzte ihn auf fünfzehn, maximal sechzehn Jahre.

»Soldbücher, Ausweise, Passierschein. Wohin geht's?«

»In die Wilhelmstraße, zur Reichskanzlei. Können Sie nicht grüßen?«, pflaumte Heinrich ihn an.

»Natürlich, Herr Major. Heil Hitler.«

»Heil Hitler«, antwortete Bergmann.

Heinrich klappte eine schwarze Ledermappe mit vergoldetem Hakenkreuzemblem auf und nahm einen Papierbogen heraus.

»Unser Passierschein.«

»Vom Führer persönlich unterzeichnet«, ergänzte Bergmann.

»Aha. Trotzdem will ich beide Soldbücher und Ihren Ausweis sehen.« Der Junge überflog den Passierschein. »Wir suchen Deserteure, die sich unter die Flüchtlinge aus dem Osten gemischt haben. Drückeberger, die sich ihrer Pflicht am

Führer entziehen. Und wir sammeln Männer für den Endkampf.«

»Wir sind spät dran, und der Führer verabscheut Unpünktlichkeit«, murmelte Bergmann, als er seinen Ausweis aus der Innentasche seines Jacketts zog. »Sie werden sehen, dass er ...«

»Ihr Passierschein ist nicht gültig!«

»Was? So ein Blödsinn!«, brauste Heinrich auf. »Natürlich ist er das. Schauen Sie sich doch die Unterschrift an.«

»Ihr Schein ist fünf Tage alt und damit *nicht* gültig! Sie brauchen einen tagesgültigen Passierschein mit einem Ausstellungsdatum von heute. Zu welcher Einheit gehören Sie?«

»Natürlich ist der Schein ein paar Tage alt«, antwortete Heinrich. »Ausgestellt von Generalfeldmarschall Keitel zur freien Bewegung in Berlin, unterschrieben vom Führer und unbefristet gültig. Was wollen Sie mehr?«

»Herr Major, Militärpersonal braucht Passierscheine mit aktuellem Tagesdatum. Befehl von heute Morgen. Wohin wollen Sie, und wo steht Ihre Einheit?«

»Wir sind direkt dem Oberkommando der Wehrmacht unterstellt und fahren ...«

»Wieso haben Sie dann keinen gültigen Passierschein? Steigen Sie aus dem Wagen!«

Der Junge winkte einem Scharführer zu, der auf der anderen Straßenseite neben einem Kübelwagen stand.

»Scharführer, wir haben noch einen!«

»Major Heinrich, wieso wissen Sie das nicht?«, zischte Bergmann. »Das ist Ihre Aufgabe, und jetzt kommen wir endgültig zu spät.«

»Seien Sie still.« Heinrich beobachtete, wie der SS-Unteroffizier mit drei Mann die Fahrbahn überquerte. Langsam zog

Reske die auf dem Beifahrersitz liegende Maschinenpistole näher heran.

»Reske, nicht«, flüsterte Heinrich.

»Franz, was ist los?«, fragte der Scharführer.

»Kein gültiger Passierschein, keine Einheit.«

»Gut, sofort alle aussteigen!«

Die SS-Männer umstellten den Mercedes, ihre Maschinenpistolen im Anschlag.

»Jetzt reicht es!« Heinrich schob den Lauf der MP zur Seite, die Franz ihm ins Gesicht hielt. »Der Schein ist gültig! Sehen Sie sich den Stempel an, lesen Sie …«

»Das interessiert mich überhaupt nicht«, brüllte der Scharführer. »Was glauben Sie, wie viele feine Offiziere hier durchkommen. Auf dem Weg nach Westen. Natürlich mit wichtigen Sonderaufträgen und Befehlen, direkt vom Führer, nie um eine Ausrede verlegen. Aber ihr wollt euch nur zum Ami verpissen. Zwei haben wir heute schon erwischt. Wer keinen Passierschein hat, hängt. Und euch Burschen hängen wir gleich daneben. Aussteigen! Aber sofort!«

In einer fließenden Bewegung zog der Scharführer seine Pistole und zielte direkt auf Heinrichs Stirn. Als der Major sich nicht rührte, spannte er mit einem trockenen Klicken den Hahn.

»Wir fahren nach Osten, Scharführer. Nach Osten! Sehen Sie sich den Passierschein an!«

Die Waffe weiter auf Heinrich gerichtet, riss der Scharführer Franz das Dokument aus der Hand und warf einen Blick darauf. Dann sah er von Franz zu Heinrich, von Heinrich wieder zu Franz und ließ die Pistole sinken.

»Du Vollidiot«, raunzte er den Jungen an. »Kannst du nicht lesen? Das ist der Stempel für eine unbefristete Sondererlaubnis.«

Franz schielte auf den Schein. »Aber ich dachte, Befehl von heute Morgen, da dachte ich, alle …«

»Ist schon gut«, sagte der Scharführer. »Hätte sowieso keinen großen Unterschied gemacht. Tut mir leid, Herr Major.« Der Scharführer wandte sich Heinrich zu. »Unser Franz ist manchmal etwas übereifrig.«

»Können wir jetzt weiter?«, erwiderte Heinrich knapp.

Der SS-Unteroffizier zuckte mit den Schultern und ging zur Sperre. »Lasst sie durch!«

Reske fuhr an und passierte den Stacheldrahtverhau. Auf der Gegenfahrbahn stauten sich hoch bepackte Leiterwagen, Pferdefuhrwerke und Handkarren. Dazwischen Frauen und Kinder zu Fuß mit Taschen, Koffern und klobigen Rucksäcken auf dem Rücken. Erschöpfung und Angst klebten an der Menge, wie ein Brandgeruch, der nicht mehr aus den Kleidern geht. Heinrich sah eine junge Frau, fast noch ein Mädchen, die einen Säugling in einem Tuch umgebunden hatte und einen Bollerwagen mit Koffern und Hausrat zog. Ein vielleicht zwölfjähriger Junge stemmte sich gegen die hölzerne Rückwand. SS-Männer durchkämmten die Menge, wühlten sich auf Fuhrwerken durch Koffer und Bettzeug und sammelten am Straßenrand einen traurigen Haufen Pimpfe und Greise. *Entweder weiße Barthaare oder gar keine,* dachte Heinrich. Am gusseisernen Tor einer Einfahrt baumelten einige Soldaten und zwei Offiziere mit verdrehtem Genick, die Pappschilder um den Hals penibel mit »Vaterlandsverräter« beschriftet. Die Sonne glänzte auf dem polierten Leder der zusammengebundenen Schaftstiefel eines Hauptmanns. Als ein SS-Mann den Knaben hinter dem Bollerwagen wegzerrte, hielt die junge Frau seinen Ärmel fest. Der SS-Mann drückte sie weg, bis sie mit einem Schrei zu Boden stürzte. Heinrich streckte sich, drehte den Kopf und verlor sie im Gewühl aus den Augen.

Plötzlich schoben sich zwei graue Stabswagen hupend durch die Menge. Wie Eisbrecher drückten sie Menschen und Karren zur Seite. Ein heruntergefallener Koffer platzte wie eine überreife Melone unter einem Vorderrad. Geblümte Frauenkleider und Unterwäsche quollen auf den Asphalt, wurden überrollt und blieben verdreckt und unbeachtet liegen. Auf dem Rücksitz des Führungsfahrzeugs wedelte ein SS-Brigadeführer mit einem Papier aus einer Ledermappe, verziert mit vergoldetem Hakenkreuzemblem, und wurde an der Sperre durchgewunken.

Reske fuhr die Betonrampe zur Tiefgarage der Reichskanzlei hinunter und bog mit Schwung auf die Parkebene ein. Obwohl viele Stäbe und Ministerialabteilungen Berlin mit Hitlers Erlaubnis verlassen hatten, belegten immer noch etliche Stabs- und Kommandofahrzeuge die einzelnen Parkbuchten. Der Gefreite schwenkte auf einen freien Platz, bremste und stellte den Motor ab. Wortlos stieg er aus und knallte die Fahrertür zu.

Heinrichs Schritte hallten hohl durch das Betongewölbe, als er mit Bergmann zum Durchgang lief. Zwei schwarz uniformierte SS-Wachen rahmten die massive Stahltür ein, die von der Tiefgarage in die Reichskanzlei führte. Hinter einem Stehpult sah ein Sturmbannführer Heinrich und Bergmann entgegen. Der erste Sicherheitskreis.

»Major Walter Heinrich mit Professor Paul Bergmann zum Führer.« Heinrich legte sein Soldbuch und Bergmanns Ausweis auf das Pult. »Professor Bergmann hat einen Termin.«

Der SS-Offizier fuhr mit dem Zeigefinger eine Liste entlang, nickte und hakte zwei Namen ab.

»In Ordnung«, sagte er. »Sie können durch. Direkt hinter der Tür ist eine Garderobe, dort geben Sie Ihre Waffe ab. Ihre Taschen werden durchsucht.«

»Ich weiß.« Heinrich winkte Bergmann.

»Sie können sich Zeit lassen«, sagte eine Stimme von der Seite. Einige Meter neben dem Pult stand ein weißhaariger Oberst und zog an einer verschrumpelten Zigarette. »Drinnen ist dicke Luft. Die Lagebesprechung läuft noch, und der Führer ist wieder mal am Toben. Das wird noch dauern.«

»Mein Termin ist um 13:30 Uhr.« Bergmann schaute auf seine Armbanduhr. »Das ist in sieben Minuten. Der Führer hasst Unpünktlichkeit.«

»Ich sollte dem Führer schon vor einer Stunde über die Aufstellung neuer Volkssturmeinheiten berichten«, erwiderte der Oberst. »Tut mir leid, Sie werden wohl warten müssen.«

V

AACHEN, 21. APRIL 1945, 13:49 UHR

»Nach Berlin?« Carvis sah Goudsmit an, als wäre der Doktor plötzlich grün und hätte mit einer langen Zunge die Fliege am Fenster geschnappt, die mit selbstmörderischem Elan gegen die Scheibe knallte.

Goudsmit und Pash nickten gleichzeitig.

»Das ist ein Test, oder?«, fragte Carvis. »Ich meine, wer will freiwillig nach Berlin?«

»Nein, Captain. Dies ist kein Test«, antwortete Goudsmit. »Wir möchten, dass Sie Paul Bergmann in Begleitung einer Kommandoeinheit aus Berlin rausholen.«

»Aber warum zum Teufel ist Bergmann so wichtig?«

»Wussten Sie, dass die Nazis an einer Atombombe arbeiten?«

»Nicht direkt«, antwortete Carvis, »aber es liegt auf der Hand.«

»Wieso?«

»Weil Deutschland am Anfang des Krieges die besten Voraussetzungen für ein Uranprojekt hatte. Ich war 1936/37 am Kaiser-Wilhelm-Institut in Berlin und habe dort die internationale Ausnahmestellung der deutschen Naturwissenschaftler miterlebt.«

»Sie waren damals an der Universität eingeschrieben, richtig?«, fragte Goudsmit.

»Ja. Ich habe als Gaststudent Physik-Vorlesungen besucht und Praktika gemacht. Das erste Mal hat mich Paul Bergmann ans Kaiser-Wilhelm-Institut mitgenommen. Dort gab es regelmäßige Vortragsreihen, auch für Gäste. Die haben wir uns angehört. Später habe ich zusätzlich Seminare und Kolloquien am KWI belegt.«

»Warum?«

»Waren Sie schon mal dabei, wenn sich zwei Nobelpreisträger streiten? Das ist unglaublich, da kriegen Sie Gänsehaut. Ich habe drei Reihen hinter Max Planck gesessen, als er mit Werner Heisenberg über die Berechnung von Quantenenergien diskutierte. Da lagen zehntausend Volt in der Luft. Das waren Diskussionen auf allerhöchstem Niveau. Berlin war vor dem Krieg eine weltweit anerkannte Hochburg für Kernphysik, der Kontakt zu diesen Wissenschaftlern hat mich unheimlich begeistert.«

»Das klingt ja fast wehmütig.« Pash runzelte die Stirn. »Wie können Sie so fasziniert gewesen sein, Captain? Das waren doch Nazis. Die haben zugesehen, wie ein paar Jahre vorher ihre jüdischen Kollegen verjagt wurden. Forscher mit höchsten Auszeichnungen, Frontkämpfer aus dem Ersten Weltkrieg, vom braunen Mob aus ihren Büros geprügelt.«

Carvis rutschte auf seinem Stuhl hin und her. »Ich will niemanden verteidigen, Colonel Pash, aber Politik wurde unter den Wissenschaftlern nicht diskutiert. Da herrschte extreme Zurückhaltung. Alle waren sehr vorsichtig, viele hatten Angst.«

»Und etliche haben mitgemacht und sich parteitreu einen schönen Institutsposten gesichert, als ihre langjährigen Freunde und Weggefährten rausgeschmissen wurden«, warf Pash ein.

»Wir haben mit Albert Einstein, Hans Bethe und anderen emigrierten Wissenschaftlern gesprochen. Die Empörung über das Vorgehen der Nazis gegen die jüdischen Physiker hielt sich bei den nicht betroffenen Kollegen in Grenzen. Aber gut für uns. Viele sind in die USA geflohen und haben den Krieg auf unserer Seite gegen Deutschland unterstützt.«

»Ich sage nur, dass es sehr anregend war, mit diesen Spitzenforschern zu diskutieren, ihnen zuzuhören, ihren Gedankengängen zu folgen. Das war eine extrem produktive Atmosphäre. Dauernd präsentierte jemand neue Ergebnisse. In einem Kolloquium referierte Otto Hahn über chemische Elemente aus radioaktiven Zerfallsreihen. Als er auf Strahlungseffekte einging, sagte Lise Meitner in ihrem österreichischen Akzent: ›Hähnchen, das ist Physik. Davon verstehst du nichts.‹ Stellen Sie sich das mal vor. Ich war so dicht dabei, ich hätte sie an den Haaren ziehen können. Zwei Jahre später entdeckten beide die Kernspaltung und veränderten damit die Welt.«

»Da waren Sie allerdings nicht mehr in Berlin, korrekt?« Goudsmit blätterte in einer Akte und sah hoch.

»Ich bin im Sommer 1937 an die Universität in Vermont zurückgekehrt. Aber natürlich habe ich Fachjournale gelesen und die Entwicklung in Berlin verfolgt. Ich wäre gerne dabei gewesen, das muss ein ganz besonderer Moment gewesen sein.«

Nach einer kurzen Pause fuhr Carvis fort. »Na ja, danach kamen Schlag auf Schlag immer neue Entdeckungen. Frédéric Joliot-Curie fand heraus, dass bei der Spaltung eines Uranatoms Neutronen entstehen, die weitere Kernspaltungen auslösen können. Jeder Atomphysiker, der bis drei zählen konnte, erkannte sofort die fantastischen Energiemengen, die bei einer solchen Kettenreaktion frei werden. In den Publikationen wurde viel über die mögliche Nutzung der Kernspaltung in Maschinen oder Waffen nachgedacht. Da ist doch ganz klar, dass viele Regierungen – auch die deutsche – Forschungsprojekte aufsetzten, um zuerst über diese neue Waffe zu verfügen.«

»Richtig«, sagte Goudsmit. »Und wie ist das Uranprojekt der deutschen Physiker ausgegangen?«

Carvis zuckte mit den Schultern. »Keine Ahnung, Doktor. Wie denn?«

»Genau das war unser Problem bei Ausbruch des Krieges«, erwiderte Goudsmit. »Wir wussten es nicht. Die Deutschen, die Russen, wir alle starteten ein Atomprogramm, und man tauschte sich über Fachzeitschriften und Konferenzen aus. Doch mit Kriegsbeginn war das vorbei, und wir tappten im Dunkeln. Wie weit waren die Nazis mit ihrer Uranbombe? Wer ist an dem Programm beteiligt? Wir waren uns nur sicher, dass die Deutschen einen Vorsprung haben mussten, weil sie die Kernspaltung entdeckt hatten und über die besten Chemiker und Kernphysiker verfügten. Das war ein Wettlauf, bei dem man nicht weiß, wie nah der Gegner am Ziel ist. Die Atombombe hat eine enorme Detonationskraft. Wer sie zuerst einsetzt, gewinnt den Krieg. Und wir wussten nicht, wie weit die Deutschen waren. Jedoch befürchteten wir das Schlimmste.«

Carvis wurde bleich. »Wollen Sie mir sagen, dass die Nazis die Bombe haben?«

»Nein«, antwortete Goudsmit. »Aber sie wissen, wie man sie konstruiert.«

Geschockt starrte Carvis den Physiker an und wagte nicht zu atmen. Totenstille verlieh dem Büro die Atmosphäre einer

Grabkammer. Carvis packte die Angst. Sie drängte jeden rationalen Gedanken zur Seite und hinterließ eine Leere, von der sofort etwas anderes Besitz ergriff: Panik. Ein Flugzeug donnerte über die Wellblechhütte. Scheiben und Regale wackelten, und Carvis widerstand nur mühsam dem Impuls, unter den Konferenztisch zu springen. Er presste seine feuchten Hände auf die Oberschenkel und spürte die unangenehme Kälte durch den Stoff dringen.

»Sie wissen, wie man sie baut?« Er konnte kaum die stickige Luft atmen. »Sind Sie sicher?«

»Absolut.« Pash erhob sich, nahm einen Aktenstapel vom Fensterbrett und zog beide Flügel auf. Die kühle Luft strich Carvis über das Gesicht. Die Fliege an der Scheibe nutzte die Gelegenheit und entkam in die Freiheit. Carvis schaute ihr nach, bis sie im Grün der Wiese verschwand. Für eine Sekunde sah er sich aufstehen und ihr folgen. Natürlich nicht durch das Fenster, sondern an Private Banks vorbei, aus der Hütte, über das Flugfeld und raus aus dem Stützpunkt. Weit weg. Aber so einfach würde es wohl nicht werden.

»Woher wissen Sie das so genau?«, fragte er stattdessen.

»Damit wir nicht erst erfahren, wie weit die Nazis mit der Uranbombe sind, wenn sie eine über London oder Moskau abwerfen, haben wir Alsos gegründet. Das ist eine gemischte Einheit der U.S. Army aus Wissenschaftlern und Elitesoldaten. Alsos ist der griechische Ausdruck für ›grove‹, ein Wortspiel unseres Kommandeurs Major General Leslie Groves.«

Pash zuckte mit den Schultern und grinste. »General Groves liebt Wortspiele. Dr. Goudsmit ist der wissenschaftliche, ich bin der militärische Leiter von Alsos. Seit 1943 tragen wir Informationen über den Uranverein zusammen. So nennen sich die deutschen Wissenschaftler, die an Instituten und Universitäten am Atomprogramm forschen. Zuerst war unsere Arbeit wenig ergiebig, doch seit der Invasion haben wir immer mehr Laboratorien der Deutschen eingenommen. Zuerst in Frankreich, dann im Deutschen Reich. Unsere Kommandoeinheiten operieren direkt hinter den Fronttruppen und manchmal auch im feindlichen Hinterland. Lieutenant Davies und seine Männer haben die Universitäten von Heidelberg und Straßburg eingenommen, lange bevor sich reguläre Fronteinheiten zu ihnen durchschlagen konnten.«

»Und dabei haben Sie herausgefunden, dass die Deutschen mit ihrem Bombenprogramm Erfolg hatten?«, fragte Carvis.

»Nein.«

»Nein? Wieso denn nun doch nicht? Sie sagten doch …«

»Ja und nein«, antwortete Goudsmit. »Die Nazis sind mit ihrem Bombenprogramm gescheitert und haben das selbst erkannt, bevor wir auch nur einen Fuß auf deutschen Boden gesetzt hatten. Letztes Jahr haben wir in Paris französische Physiker befreit, die zur Kooperation mit den Nazis gezwungen worden waren. Nach ihrem Bericht hat Heisenberg persönlich entschieden, das Bombenprogramm aufzugeben.«

»Wir waren natürlich erleichtert und dachten, es bestünde keine Gefahr mehr«, ergänzte Pash.

»Das verstehe ich nicht«, sagte Carvis. »Woher wissen die Deutschen dann, wie man eine Atombombe baut?«

»Das Deutsche Reich braucht Energie für seine Wirtschaft. Daher wurde das Bombenprogramm in ein Energieprogramm umgewandelt. Energiegewinnung durch Kernspaltung. Ende 1943 arbeiteten Heisenberg und von Weizsäcker im Physikinstitut der Berliner Kaiser-Wilhelm-Gesellschaft an einem

Atomreaktor, in dem eine kontinuierliche, sich selbst tragende Kettenreaktion ablaufen sollte, bei der Unmengen von Energie erzeugt werden.«

»Wegen der Luftangriffe verlegte der Uranverein den Versuchsreaktor in einen Bergwerksstollen im Schwarzwald, nach Haigerloch«, fuhr Goudsmit fort. »Die Experimente wurden fortgesetzt, allerdings ohne Erfolg. Zu Beginn dieses Jahres unterlief einem Techniker ein Fehler bei der Versuchsplanung, und es gab eine Explosion. Ein Teil der Anlage wurde zerstört, der Techniker starb. Aber Heisenberg und von Weizsäcker fanden die Ursache, reparierten die Anlage und wiederholten den Versuch unter kontrollierten Bedingungen – und erzielten einen fundamentalen Durchbruch. Sie bestätigten das Experiment ein zweites Mal und entwickelten es weiter. Anfang April hielten sie das Konzept für den Prototyp einer Atombombe in den Händen.«

Carvis dachte nach. »Wer hat Ihnen das alles so genau erzählt? Haben Sie Haigerloch eingenommen?«

»Nein. Vor drei Tagen haben wir in Leipzig die Arbeitsgruppe von Kurt Diebner interniert, die Teil des Uranvereins ist. Diebner schweigt und sagt kein Wort, aber Wilhelm Fromm, ein Laborant, hat uns bereitwillig alles erzählt.«

»Und Sie glauben ihm?«, fragte Carvis. »Warum sollte er Ihnen helfen? Vielleicht ist alles nur Feindpropaganda?«

»Machen Sie sich mal keine Sorgen«, erwiderte Pash. »Fromm kooperiert. Er hat einen Bruder in der Waffen-SS, der letztes Jahr in Belgien an einem Massaker an amerikanischen Kriegsgefangenen beteiligt war und jetzt selbst in Gefangenschaft ist. Er wird vor ein Militärgericht kommen und zum Tode verurteilt. Wir haben Wilhelm Fromm zugesichert, dass es sich für seinen Bruder positiv auswirken wird, wenn er uns hilft. Seitdem redet er ohne Punkt und Komma.«

»Haigerloch ist also noch in deutscher Hand«, ergänzte Goudsmit. »Von Weizsäcker und Heisenberg haben wir bisher nicht gefasst, sie sind noch dort.«

»Und arbeiten weiter an dem Prototyp?« Die Panik, die kurzzeitig etwas nachgelassen hatte, sprang Carvis wieder an und tobte durch seinen Kopf. Er sah einen deutschen Bomber, eine Dornier, in großer Höhe durch die Wolken fliegen. Unbemerkt. Geschützt von einem Dutzend Jagdflugzeuge. Dem letzten Aufgebot, das die Luftwaffe noch zu bieten hatte. Hoch motiviert, zu allem entschlossen, die Mission wichtiger als die Rückkehr. Und er sah eine einzelne Bombe – DIE Bombe – aus dem Bauch der Dornier taumeln und auf Antwerpen stürzen. Oder London. Oder Rotterdam. Carvis kniff die Augen vor dem imaginären Blitz zusammen und meinte die Hitze der Druckwelle am ganzen Körper zu spüren.

»Wie lange wird es dauern, den Prototyp zu bauen?«

»Etwa sechs bis neun Monate«, antwortete Goudsmit. »So genau können wir das nicht sagen. Das hängt von …«

»Wollen Sie mich auf den Arm nehmen?« Die Last, die Carvis empfunden hatte, fiel ab.

Er atmete laut aus und setzte sich aufrecht hin. Der Bomber würde nie starten.

»Die Deutschen haben keine sechs Monate mehr«, sagte er. »Nicht mal vier Wochen, der Krieg ist vorbei! In ein paar Tagen nehmen Sie Heisenberg, von Weizsäcker und den ganzen Verein fest, zerstören den Versuchsreaktor, und der Spuk hat ein Ende. Es wird keine deutsche Atombombe geben. Sehen Sie das denn nicht?«

»Natürlich, Captain«, antwortete Pash. »Danke für den Hinweis. Die Deutschen machen uns keine Sorgen. Darum geht es gar nicht.«

Carvis sah den Colonel verständnislos an. »Worum geht es dann? Sie könnten mir auch einfach alles erzählen und mich nicht ständig raten lassen!«

»Es geht um die Russen, Captain. Die Russen.«

Carvis rollte die Augen und betrachtete Pash, als ob er den Verstand verloren hätte.

»Was haben denn die Russen damit zu tun?«

»Russland und der Kommunismus sind der Feind von morgen.«

»Sind Sie ganz bei Trost? Die Russen sind unsere Verbündeten.«

»Noch. Und nur, weil wir einen gemeinsamen Feind bekämpfen. Wir haben nichts mit den Russen gemeinsam, und wir sind schon gar nicht befreundet. Im Gegenteil. Je näher das Ende der Nazis rückt, umso dünner wird das Band, das uns mit Stalin verbindet. Am Tag der deutschen Kapitulation wird es zerreißen. Glauben Sie mir, Captain. Der nächste Krieg steht schon bevor, und der Gegner wird Russland heißen.«

»Entweder sind Sie verrückt oder ich, aber einer von uns ist es ganz bestimmt.« Carvis schüttelte den Kopf und versuchte zu begreifen, was er gerade gehört hatte.

»Sie wollen mir erzählen, Colonel, dass Sie bereits den nächsten Krieg planen, während in diesem noch Menschen sterben?«

»Wir planen nicht den nächsten Krieg, Captain, wir bereiten uns darauf vor«, erwiderte Pash. »Das ist ein Unterschied!

Falls ein neuer Krieg verhindert werden kann, ist das gut. Aber falls nicht, sollten wir wenigstens die besseren Karten haben.«

»Unsere Aufgabe, die Aufgabe von Alsos, hat sich verändert«, sagte Goudsmit. »Seit die Kapitulation der Nazis nur noch eine Frage der Zeit ist, hat ein Wettlauf um deutsches Wissen begonnen. Um es für uns zu nutzen, brauchen wir Flugzeugingenieure, Raketenwissenschaftler, Geheimdienst- und Generalstabsoffiziere, die mit Strategie, Schlagkraft und Ausrüstung der Roten Armee vertraut sind. Seit wir die deutsche Grenze überschritten haben, suchen und internieren wir diese Spezialisten. Alsos sammelt keine Informationen mehr, sondern die Köpfe des deutschen Atomprogramms. Kernphysiker, Chemiker, Bombenexperten. Und wir müssen uns beeilen, damit die Russen uns nicht zuvorkommen. Aber wir haben einen Vorteil. Die meisten Forschungseinrichtungen liegen im Westen des Deutschen Reiches.«

»Das ist Wahnsinn.« Carvis schüttelte erneut den Kopf. »In diesem Krieg sind Millionen gestorben – verbrannt, zerfetzt, verhungert –, und die Menschheit lernt nichts daraus.«

»Captain, seien Sie nicht naiv«, sagte Pash. »Es hat immer schon Krieg gegeben, und es wird ihn immer geben. Es liegt in der Natur des Menschen, eigene Interessen mit Gewalt durchzusetzen, einander zu übervorteilen, zu vertreiben und zu unterdrücken. Die Hoffnung auf so etwas wie ewigen Frieden ist Träumerei.«

»Kommen wir zurück zu Ihrer Aufgabe, Captain«, sagte Goudsmit. »Heisenbergs Gruppe nahm Paul Bergmann 1943 auf.«

Carvis hörte nicht zu. »Wahnsinn«, murmelte er vor sich hin. »Blanker Wahnsinn.«

»Captain, konzentrieren Sie sich!«, fuhr Pash ihn an. »Wir können die Welt nicht ändern, aber unserem Team die beste Ausgangslage verschaffen. Also, hören Sie zu!«

»Bergmann ist kein wissenschaftliches Genie, sondern ein mittelmäßig begabter Physiker«, fuhr Goudsmit fort. »Aber er ist ein Organisationstalent und Parteimitglied. Er hat wichtige Verbindungen zur NS-Wissenschaftsorganisation, zu Ministerien und dem Nazi-Parteiapparat. Damit die echten Genies sich auf die Forschung konzentrieren können, kümmert er sich als organisatorischer Leiter des Uranvereins um alles andere. Er hat die Evakuierung aus Berlin organisiert. Er besorgt die knappen Rohstoffe, finanzielle Mittel, Ausrüstung und vor allem Uran. Er stellt sicher, dass die wissenschaftlichen Mitarbeiter vom Militärdienst befreit werden.«

»Schön«, erwiderte Carvis. »Was habe ich damit zu tun?«

»Seit dem Attentat auf Hitler untersteht der Uranverein der SS. Aber der Führer vertraut selbst Heinrich Himmler nicht mehr. Nachdem er von Heisenbergs Durchbruch gehört hatte, reagierte er ekstatisch. Er verlangte einen Bericht aus erster Hand und befahl einen der führenden Wissenschaftler nach Berlin. Die Flugreise ist lebensgefährlich, und die Genies sollen weiterforschen, also fiel die Wahl auf Bergmann. Sein Verlust wäre sozusagen verkraftbar. Als Hitler erfuhr, dass die Bombe nicht direkt verfügbar ist, bekam er einen Tobsuchtsanfall und behielt Bergmann in der Reichshauptstadt. Er will maximalen Druck ausüben und permanent informiert werden. Seitdem muss der Professor täglich zum Rapport in die Reichskanzlei.«

Pash stand auf, ging zu der Europakarte und tippte mit dem Zeigefinger auf Berlin und den roten Bindfaden, der nur wenige Millimeter von der Stadt entfernt war.

»Das Atomprogramm der Russen ist ins Stocken geraten. Im Osten haben sie einige deutsche Physiker gefasst, die allerdings nicht dem Uranverein angehören. Aber nun ist Bergmann mit allen Unterlagen, Daten und Plänen für den Prototyp in Berlin. Und die Rote Armee hat mit dem Sturm auf die Stadt begonnen.«

Bevor Carvis etwas erwidern konnte, flog die Tür auf. Gefolgt von Lieutenant Davies marschierte ein kurz gewachsener, kompakt gebauter Major in das Büro, als wollte er es in Besitz nehmen.

Er nahm vor Pash Haltung an und salutierte mit einer zackigen Armbewegung, die das versteinerte Herz eines jeden Drill Sergeants zum Erweichen gebracht hätte.

»Major Kelley«, sagte Pash. »Sie kommen im richtigen Moment. Das ist Captain Carvis, wir besprechen gerade die Mission.«

Kelley musterte Carvis von oben bis unten und sagte kein Wort.

»Captain«, wandte sich Pash wieder an Carvis. »Major Kelley und Lieutenant Davies werden die Kommandoeinheit befehligen, die Sie morgen Abend nach Berlin begleitet. Wir müssen um jeden Preis verhindern, dass der Professor den Russen in die Hände fällt. Bergmanns Kenntnisse würden dem russischen Atomprogramm einen immensen Schub verleihen.«

»Bei allem nötigen Respekt, Colonel«, sagte Carvis. »Aber ich bin nicht verrückt. Bis gestern war ich im Lazarett und bin froh, noch am Leben zu sein. Schmeißen Sie Bergmann von mir aus tonnenweise Bomben aufs Dach. Radieren Sie das Viertel aus, in dem er sich aufhält. Aber rechnen Sie nicht mit mir. Es tut mir leid.«

»Wunderbar, Captain.« Kelley wandte sich direkt an Carvis. »Wir sind einer Meinung. Ich habe nichts anderes von Ihnen erwartet und will Sie bei der Mission nicht dabeihaben.«

Major Kelley sprach nicht, sondern spuckte Worte wie eine Thompson-Maschinenpistole Projektile. Abgehackt und laut. Er fixierte Carvis. Aus seiner ganzen Körperhaltung, bis in die Spitzen der millimeterkurz geschorenen blonden Haare, schlug Carvis eine Verachtung entgegen, die ihn völlig unvorbereitet traf.

»Wenn die Mission gelingen soll, kann ich kein zusätzliches Risiko gebrauchen! Sie sind ein Risiko, Captain. Sie sind Ballast«, spuckte Kelley die nächste Salve.

»Major, wir hatten das geklärt«, fuhr Pash dazwischen. »Captain Carvis begleitet den Einsatz, ob es Ihnen passt oder nicht! Wir werden das nicht noch einmal diskutieren.«

»Sir, ein Foto von Bergmann reicht. Sehen Sie sich den Captain an. Keine Kondition, keine Kampferfahrung und hat sich den ganzen Krieg vornehm zurückgehalten.«

Kelley wandte sich wieder an Carvis. »Wie viele Fronteinsätze haben Sie hinter sich, Captain?«, blaffte er. »Wann haben Sie das letzte Mal eine Waffe auf einen Kraut gerichtet und abgedrückt? Haben Sie überhaupt schon mal eine Waffe auf Leben und Tod abgefeuert?«

»Major Kelley, es reicht. Captain Carvis begleitet den Einsatz. Das ist ein Befehl und mein letztes Wort. Wenn Ihnen das nicht passt, kommandiert Lieutenant Davies die spektakulärste Mission in der Geschichte der U.S. Army. Und Sie können danach den Bericht lesen. Verstanden?«

Kelley sah Pash an und presste die Lippen zusammen.

»Verstanden, Major?«, wiederholte Pash etwas lauter.

»Verstanden, Colonel, ich nehme den Captain mit. Wenn er möchte.«

»Nein, an diesem Himmelfahrtskommando werde ich nicht teilnehmen«, sagte Carvis. »Schon gar nicht unter solcher Führung. Was ist Ihr Problem, Major? Wir sind uns nie begegnet.«

»Sie sind kein Soldat und eine Schande für die Offiziersuniform, in der Sie irrtümlich stecken. Aber am meisten kotzt mich Ihre Feigheit an. Sie verstecken sich hinter einem Schreibtisch und überlassen es anderen, Ihre Landsleute zur Räson zu bringen.«

»Kelley, es ist genug«, sagte Pash mit rotem Gesicht. »Noch ein Wort, und Sie sind raus.«

»In Ordnung, Sir.« Kelley lehnte sich mit verschränkten Armen an ein Holzregal. Doch ein einziger Blick in seine Richtung sagte Carvis, dass nichts in Ordnung war.

»An eine Bombardierung haben wir natürlich auch gedacht«, nahm Goudsmit den Faden wieder auf. »Aber Bergmann könnte in einem Luftschutzkeller überleben. Oder er ist nicht dort, wo wir ihn vermuten. Nein, Captain, wir müssen absolut sicher sein, dass die Russen den Professor nicht zu fassen kriegen. Und das funktioniert nur, wenn *wir* ihn haben.«

»Aber warum ich?«, protestierte Carvis. »Fliegen Sie doch mit. Sie kennen Bergmann auch.«

»Aber nicht persönlich«, erwiderte Goudsmit. »Sie wissen, wie er spricht, wie er geht, wie er sich bewegt. Nur Sie können ihn zweifelsfrei identifizieren, und wir können uns keinen Fehler erlauben.«

»Das ist fast acht Jahre her. Er hat sich bestimmt verändert.«

»Genau aus diesem Grund können wir uns nicht auf ein altes Foto verlassen. Sie waren ihm mehr als ein Jahr nahe. Sie werden ihn erkennen, wenn er vor Ihnen steht. Sie sind in Berlin aufgewachsen, haben dort studiert und sprechen die Sprache. Sie kennen die Stadt und das Kaiser-Wilhelm-Institut, wo Bergmann im Gästehaus wohnt. Niemand hat Ihre Ortskenntnisse, Carvis. Sie sind der Garant für eine erfolgreiche Mission. Wir brauchen Sie.«

»Doktor, Berlin ist der allerletzte Ort auf Gottes Erde, wo ein normaler Mensch jetzt sein möchte. Die Hauptstadt eines faschistischen Regimes, das zusammenbricht und nichts mehr zu verlieren hat. Jahrelang bombardiert, voll mit Flüchtlingen und Fanatikern. Kurz vor der Eroberung durch die Rote Armee. Wer möchte da freiwillig hin? Und am Ende soll ich wahrscheinlich noch mit einem Fallschirm abspringen. Nein danke, ich bin nicht lebensmüde.«

»Kein Fallschirm«, meldete sich Davies zu Wort. »Wir landen und starten mit einem Flugzeug, werden sozusagen fast bis zum Ziel chauffiert. Die Details erfahren Sie in der Einsatzbesprechung.«

»Hören Sie denn nicht zu? Ich komme nicht mit. Selbst wenn Sie mich wegen Befehlsverweigerung einsperren.«

»Niemand wird eingesperrt«, sagte Pash. »An der Mission nehmen nur Freiwillige teil. So einen Einsatz kann man nicht befehlen.«

»Na also«, erwiderte Carvis. »Dann wäre ja alles entschieden.«

Keiner der Männer sagte ein Wort.

Pash, Davies und Goudsmit wechselten Blicke, während Kelley breit grinste.

»Die Mission findet natürlich trotzdem statt.« Davies nahm Bergmanns Foto und betrachtete es nachdenklich.

»Es steht zu viel auf dem Spiel, als dass wir es nicht versuchen müssten.« Er sah Carvis direkt an. »Sie waren unsere beste Option. Nun versuchen wir es mit der zweitbesten. Einem Bild.«

Der Lieutenant steckte Bergmanns Foto in die linke Brusttasche seiner Uniformjacke.

»Leben Sie wohl, Captain. Viel Spaß bei der Siegesfeier.« Davies wandte sich zur Tür, ohne Carvis die Hand zu geben.

»Morgen um zehn Uhr finale Einsatzbesprechung, Sir?«, fragte er Kelley.

»Yep.« Bestens gelaunt spazierte Major Kelley hinter Davies durch die Tür. »Da hat sich der ganze Aufwand ja richtig gelohnt.«

»Verdammt noch mal, Captain, das war wirklich das Erbärmlichste, was ich seit Langem gesehen habe.« Pash schüttelte angewidert den Kopf. »Aber lassen Sie es gut sein«, schnitt er Carvis das Wort ab, bevor dieser etwas sagen konnte. »Wir haben uns wirklich lange genug unterhalten.«

Pash stand auf und riss die Tür zum Vorzimmer auf.

»Banks, organisieren Sie für Captain Carvis einen Transport nach Norditalien. Und zwar heute noch, wenn es nicht zu viele Umstände bereitet. Danke!«

»Jawohl, Sir.« Banks rollte mit leicht geschwärzten Fingern das Farbband seiner Schreibmaschine auf, die er auf der Tischplatte zerlegt hatte.

»Und wer sind Sie?«, fragte Pash einen blonden Soldaten, der vor Banks' Schreibtisch stand und die Fingerfertigkeit des Corporals bewunderte.

»Private Newman aus dem Magazin, Sir. Ich bringe die Ausrüstung für Captain Carvis.«

Carvis sah den Soldaten aus dem Augenwinkel und drehte überrascht den Kopf.

»Anton?«

»Sir?«, erwiderte der Soldat.

»Nein, definitiv kein Anton«, sagte Banks und setzte das Farbband in die Schreibmaschine ein. »Sondern Private John Newman aus New Jersey.«

Carvis betrachtete den Soldaten. Die gleiche Haltung, die gleiche Größe. Erst bei genauerem Hinsehen erkannte er feine Unterschiede.

»Eine Verwechslung«, sagte Carvis. »Private Newman sieht Professor Bergmanns Sohn Anton erstaunlich ähnlich. Wissen Sie eigentlich, was aus Bergmanns Kindern geworden ist? Anton und Lotte?«

»Nein«, antwortete Goudsmit. »Aber das hätten Sie den Professor natürlich selbst fragen können.«

Carvis schluckte. Schlagartig wurde ihm klar, warum er an diesem Selbstmordkommando teilnehmen sollte. Er war so auf seine Abwehrhaltung fixiert gewesen, dass er das Offensichtliche übersehen hatte. Als Physiker glaubte er nicht an Schicksal, aber anscheinend bekam er eine letzte Chance. Wenn auch eine lebensgefährliche. Er erinnerte sich sehr gut an Lotte. Braune Haare, attraktiv und keck, voller Energie. Lotte hatte immer im Mittelpunkt gestanden. Verfolgt von zwei oder drei Verehrern, die sich vergeblich Hoffnungen machten und sie umkreisten wie Motten eine Kerzenflamme. Bis sie ihr zu nahe kamen und verbrannten. Männer, die Lotte anhimmelten, interessierten sie nicht. Sie wollte selbst erobern, was ihr nicht freiwillig in den Schoß fiel. Zum Beispiel ihn. Aber er hatte vom ersten Tag an nur Augen für Anna gehabt, die ihn aus dem Schatten ihrer temperamentvollen Freundin in wenigen Augenblicken verzaubert hatte. Wie gewohnt sandte jeder Gedanke an Anna Schockwellen durch seine Gefühlswelt. Hätte sie ihn einfach nur verlassen, wäre er sicher darüber hinweggekommen. Doch ihr Verschwinden nach dem furchtbaren Streit und der Abbruch jeden Kontaktes ohne die Chance auf ein klärendes Wort verfolgten und quälten ihn jeden Tag. Was würde er geben, um noch einmal mit ihr zu reden.

»Die Ausrüstung kann zurück ins Magazin«, sagte Pash zu Banks und Newman. »Wir brauchen sie doch nicht.«

»Nein, warten Sie einen Moment«, sagte Carvis. »Colonel, wie soll der Einsatz in Berlin ablaufen?«

»Das Team landet bei Anbruch der Dunkelheit in der Nähe des Kaiser-Wilhelm-Instituts, holt Bergmann und wird mit der Dämmerung wieder aufgenommen. Schnell rein, schnell wieder raus, keine Kampfhandlungen. Geschwindigkeit geht vor Schlagkraft. Wieso interessiert Sie das? Überlegen Sie es sich gerade anders?«

Natürlich wird Bergmann wissen, wo Lotte sich aufhält, dachte Carvis. *Schließlich ist sie seine Tochter.* Bergmanns Familie hatte Einfluss in Berlin. Bestimmt hatte er seine Frau und seine Tochter in Sicherheit gebracht.

»Wie viel Zeit haben wir am Boden?«, fragte er.

»Die ganze Nacht, also etwa zehn Stunden«, antwortete Pash. »Das ist mehr als nötig und reicht sogar, um im Notfall ein paar Stunden abzutauchen.«

Carvis' Gedanken überschlugen sich. Entweder war Lotte in Berlin oder in Sicherheit. Bestimmt konnte man sie anrufen, vielleicht konnte er sie sogar sehen. Ihm wurde schwindelig. Bergmann wusste, wo Lotte war, und Lotte würde das Schicksal ihrer besten Freundin kennen. Also blieb Carvis keine andere Wahl, als Bergmann persönlich nach seiner Tochter zu fragen. Und das konnte er nur in Berlin. Dieser verrückte Einsatz bot ihm die wahrscheinlich einzige Chance, seinen persönlichen Albtraum zu bezwingen. *Diese Mission ist glatter Selbstmord,* dachte er. Doch wenn er diese Gelegenheit nicht nutzte, würde ihn nicht nur Annas Verschwinden bis in alle Ewigkeit quälen, sondern auch der Gedanke an die vergebene Möglichkeit. Er hatte keine andere Wahl, oder er würde nie Frieden finden.

»Lassen Sie alles hier, Colonel.« Carvis fühlte sich entschlossen wie lange nicht mehr. Wie seit acht Jahren nicht mehr, um genau zu sein.

»Und zeigen Sie mir, wo morgen diese Einsatzbesprechung stattfindet.«

VI

BERLIN-WANNSEE, 25. JULI 1936, 19:31 UHR

»Carvis, wo bleiben Sie denn? Ich hatte für achtzehn Uhr eingeladen, haben Sie das vergessen?«

Paul Bergmann empfing Carvis in der Eingangshalle seiner Villa und hielt dem Amerikaner eine goldene Taschenuhr entgegen. »Pünktlichkeit ist eine Zierde und eine deutsche Tugend. Das sollten Sie immer beherzigen.«

»Entschuldigen Sie bitte die Verspätung, Herr Professor«, antwortete Carvis. »Ich habe an der Hausaufgabe gearbeitet, die wir in zwei Wochen abgeben müssen. Dabei hatte ich ein Problem mit der Berechnung des Trägheitsmoments, sodass ich …«

»Das ist natürlich ein guter Grund.« Bergmann klappte den Deckel seiner Uhr zu und lächelte. »Vorbildlich. Da kommen die deutschen Vorfahren durch, was? Ich wünschte, meine Kinder würden sich ein Beispiel nehmen. Aber jetzt kommen Sie herein. Über das Trägheitsmoment sprechen wir später. Vorher möchte ich Ihnen meine Familie vorstellen.«

»Ilse!« Bergmann winkte eine schwarz gekleidete Hausangestellte mit weißer Schürze und gestärkter Haube heran. »Haben Sie meine Frau gesehen? Oder Charlotte und Anton?«

Carvis sah sich um. Sein Großvater besaß ein Anwesen in Vermont, aber dagegen war Bergmanns Villa riesig. Schon die Eingangshalle bot genug Platz, um darin eine Straßenbahn zu parken. Die angrenzenden Räume, aus denen das Stimmengewirr der Gäste schwappte, ließen ihre Größe nur erahnen.

»Ihre Frau überprüft das Büfett auf der Terrasse, Herr Professor«, antwortete Ilse. »Soll ich sie herbitten? Ihre Kinder habe ich nicht gesehen.«

Bergmann seufzte und nahm zwei Gläser Champagner vom Tablett eines vorbeieilenden Kellners.

»Ja, bitte, Ilse. Und Sie sind herzlich willkommen auf unserem Sommerfest«, wandte er sich Carvis zu. »Fühlen Sie sich wohl, und lernen Sie die deutsche Gastfreundschaft kennen. Prosit.«

»Zum Wohl, Herr Professor. Vielen Dank für die Einladung. Ihre Villa ist atemberaubend. Alleine der Rosengarten neben der Einfahrt ist sehr beeindruckend. Ich bin auf Ihren Garten und den See hinter dem Haus gespannt, von dem Sie erzählt haben.«

»Ja, die Villa ist mein ganzer Stolz. Ich habe sie vor zwei Jahren sehr günstig von einem Bankier erworben, der unbedingt nach Amerika auswandern wollte. Grünstein oder Grünspan hieß er. Oder so ähnlich. Na ja, ist auch nicht so wichtig. Aber jetzt raten Sie einmal, wer zu Besuch ist ...«

Carvis sah Bergmann fragend an.

»Mein alter Freund Enrico Fermi. Wie Sie wissen, ist er einer der besten Physiker überhaupt. Zumindest sollten Sie das wissen. Er wird drei Monate an der Universität zu Gast sein und ist rechtzeitig zu unserem Fest eingetroffen. Doch es kommt noch besser. Was glauben Sie, wer noch hier ist?«

Bergmann freute sich wie ein Vater, der es nicht erwarten kann, seinem fünfjährigen Sohn das Weihnachtsgeschenk schon zwei Tage vor Heiligabend zu zeigen.

»Wolfgang Pauli«, beantwortete er seine eigene Frage, bevor Carvis auch nur Luft holen konnte. »Er lehrt Experimentelle Physik in Princeton und ist ein paar Wochen in Berlin. Na ja, eigentlich mag ihn keiner, und eingeladen hatte ich ihn auch nicht, aber jetzt ist er hier. Bestimmt haben Sie schon von Paulis streitbarem Charakter gehört. Wie eine Hyäne, die totes Aas wittert, hat er sich auf Fermi gestürzt, um dessen Theorie der Kernumwandlung auseinanderzunehmen. Ich glaube, heute Abend werden wir so manche spannende wissenschaftliche Auseinandersetzung erleben.«

Bergmann leerte sein Champagnerglas in einem Zug. »So, jetzt sagen Sie mal, wo liegt Ihr Problem mit dem Trägheitsmoment? Die Hausarbeit ist doch nicht so schwer, das sollten Sie doch ...«

»Paul«, unterbrach eine energische Stimme Bergmanns Redefluss. »Jetzt sag nicht, dass ihr schon wieder über Physik redet. Wahrscheinlich hast du dem armen Jungen noch nicht einmal etwas zu essen angeboten. Habe ich recht?«

Bergmann rollte die Augen, bevor er sich lächelnd und mit offenen Armen seiner Frau zuwandte.

»Ich war gerade dabei, meine Liebe. Käthe, darf ich dir einen unserer amerikanischen Studenten vorstellen. Das ist Frederic Carvis aus Vermont. Carvis, das ist meine Frau.«

»Guten Abend.« Carvis gab Frau Bergmann die Hand. Ihr fester Händedruck und der resolute Blick machten unmissverständlich klar, wer in dieser Villa das letzte Wort hatte.

»Hast du irgendwo Anton und Charlotte gesehen, Käthe?«, fragte Bergmann. »Ich möchte, dass sie Carvis kennenlernen, aber ich habe wieder mal keine Idee, wo die Kinder sich herumtreiben.«

»Wenn Sie etwas essen möchten, Frederic«, sagte Frau Bergmann und ignorierte ihren Gatten. »Auf der Terrasse ist ein Büfett aufgebaut. Sie gehen durch den Salon und halten sich links. Viel Vergnügen auf unserer Feier.«

»Und rechts vom Salon«, ergänzte Bergmann, »ist die Bibliothek, wo zwei der renommiertesten Physiker über Neutronenstrahlung diskutieren. Sie haben die Wahl.«

»Ihre These ist nicht nur nicht richtig, mein lieber Fermi, sie ist sogar mehr als falsch«, sagte Wolfgang Pauli.

Enrico Fermi winkte mit beiden Händen ab und kramte einen alten Briefumschlag und einen Stift aus seinem Jackett. »Ich stelle fest, Sie haben die Theorie nicht verstanden. Was ich wiederum nicht verstehe, denn die Wechselwirkung zwischen einem Neutron und einem Atomkern ist nicht so schwer zu begreifen. Ein Mindestmaß an Intelligenz vorausgesetzt.«

Fermi setzte sich an einen runden Tisch und begann eine Gleichung auf den Umschlag zu schreiben.

Carvis lehnte sich vor, um kein Detail zu verpassen. Studenten umringten die beiden Kontrahenten, abgesehen von den Physikern sprach niemand ein Wort.

»Freddy Carvis?«, flüsterte plötzlich eine Stimme hinter ihm.

Fermi sah von dem Umschlag auf, strich sich mit der Hand über die schütteren Haare und betrachtete Pauli mitleidig.

»Freddy?«, wiederholte die Stimme etwas lauter, direkt neben seinem Ohr. Überrascht drehte Carvis sich um und sah einer jungen Frau mit schulterlangen, braunen Locken in die Augen. Sie war einen Kopf kleiner als er und trug eine beige Hose mit einer weißen Bluse, die ihre gebräunten Arme gut zur Geltung brachte. Carvis' Blick sackte automatisch auf die beiden obersten Knöpfe, die den prall gefüllten Stoff nur unter Spannung zusammenhielten. Sie lächelte ihn an, als hätte sie gerade etwas angestellt, ohne erwischt zu werden.

»Du bist Freddy Carvis, richtig?«

»Na ja, eigentlich Frederic, aber im Prinzip schon«, antwortete Carvis. »Und wer bist du?«

»Ich bin Lotte. Na ja, eigentlich Charlotte«, kopierte sie seinen Tonfall und lachte. »Paul Bergmanns Tochter.«

»Die verschwundene Tochter, dein Vater hat dich gesucht. Woher weißt du, wer ich bin?«

»Vater hat den ganzen Morgen nur von dir geredet. Der begabte Physikstudent aus Amerika. So klug, so strebsam, ein Vorbild für alle.«

Carvis errötete.

»Wirklich?«

»Wirklich. Ich habe euch zusammen in der Halle gesehen und bin jetzt hier, um dich zu retten.«

»Retten? Wovor?«

Lotte lachte und nickte in Paulis Richtung, der Fermi stirnrunzelnd über die Schulter schaute.

»Das kann ja wohl keine ernst gemeinte Frage sein«, erwiderte sie. »Vor alten Männern, die wie Kinder über unverständliche Belanglosigkeiten streiten und dabei von spießigen Studenten vergöttert werden.«

Unsicher sah Carvis zu Pauli hinüber, der Fermi gerade den Stift entriss und kopfschüttelnd etwas auf dem Umschlag durchstrich. Erschrocken stellte er fest, dass er Fermis Argumentation verpasst hatte.

»Wie kommt ein attraktiver Amerikaner wie du dazu, sich dieses ermüdende Geschwafel anzuhören?«

Lotte legte ihre Hand sanft auf seine Wange und drehte seinen Kopf wieder in ihre Richtung. Spöttisch verzog sie beide Mundwinkel.

»Immer nur Physik, Physik, Physik. Morgens, mittags und abends«, schimpfte sie mit gespielter Theatralik und für Carvis' Geschmack viel zu laut. »Nicht mal beim Frühstück ist man davor sicher, und hier schon gar nicht.«

»Doch es gibt noch Hoffnung«, flüsterte sie und zog Carvis am Oberarm zu sich heran. »Eine kleine Gruppe aufrechter Genießer hat sich an einem geheimen Ort verbarrikadiert.« Sie spähte gespielt vorsichtig nach rechts und links. »Komm, wenn du ein Geheimnis unter Folter bewahren kannst. Aber Vorsicht, mein Vater darf uns nicht entdecken, sonst müssen wir den ganzen Abend über Elektronen reden.«

Geschickt dirigierte sie Carvis durch die Gäste im Salon, weg von Pauli, Fermi und einer Diskussion, deren Ausgang er gerne mitbekommen hätte. Kurz überlegte Carvis, ob er umkehren sollte, aber sie zog ihn unnachgiebig mit. Lotte steuerte über die Terrasse, wo Köche in schneeweißen Uniformen hinter einem Büfett standen und italienischen Schinken, Käse aus der Schweiz und ungarische Gulaschsuppe verteilten.

»Das sieht sehr gut aus. Wie wäre es mit etwas zu essen?« Carvis versuchte Lotte zum Büfett zu lenken, doch Bergmanns Tochter hielt unbeirrt Kurs. Sie manövrierte ihn auf eine Treppe zu, die von der Terrasse auf den Rasen führte.

Der Garten war so weitläufig, dass Carvis in der zunehmenden Dunkelheit keine Grundstücksbegrenzung erkennen konnte. Tontöpfe mit brennendem Öl und bunte Lampions beleuchteten Gäste, die in Grüppchen auf dem Rasen standen oder einen gemauerten Grill umringten, auf dem Koteletts und Würste von zwei Köchen gewendet wurden. Einzelne Gäste riefen Lotte Begrüßungen zu, aber sie stoppte nicht und lehnte jede Einladung zum Gespräch, jede Frage mit einem charmanten Lächeln ab. Sie hakte sich bei Carvis ein und lenkte ihn unbeirrt auf den See zu.

Er fühlte ihren festen Griff auf seinem Unterarm, und mehr als einmal bemerkte er ihren abschätzenden Blick, der über sein Profil wanderte. Wenn er sie ansah, lächelte sie spöttisch. Ihre Lippen glänzten im flackernden Licht, ihre Hand löste sich von seinem Arm, fuhr scheinbar zufällig über seinen Rücken und blieb auf seiner Hüfte liegen.

Der Rasen ging in einem leichten Gefälle in den See über. Von Fackeln gesäumt, führte ein hölzerner Steg auf das Wasser und endete in einer Plattform, auf der ein Bootshaus stand. Mit hohl klingenden Schritten gingen sie nebeneinander über die Planken, als vor ihnen plötzlich »Auf der Reeperbahn nachts um halb eins« erklang.

»Das ist unser Zufluchtsort vor dem wissenschaftlichen Stumpfsinn. Heute Abend und auch sonst«, sagte Lotte, als sie das Bootshaus erreichten. Sie griff nach der Türklinke, zögerte einen Moment und sah Carvis an. Drinnen fiel ein wenig begabter, aber enthusiastischer Chor in den Refrain ein. Spott und Herausforderung waren aus Lottes Blick verschwunden, und selbst das harte Mondlicht konnte ihren plötzlich weichen Zügen nichts anhaben. Mit der Hand fuhr sie durch seine Haare, betrachtete sein Gesicht und schaute ihn erwartungsvoll an. Sie zog seinen Kopf zu sich, schloss die Augen und kam ihm so nah, dass ihre Lippen wie ein sanfter Hauch über seine Wangen streiften. Carvis spürte ihre Hand über seinen

Rücken streichen, ihre Bluse gegen seine Brust drücken – und fühlte nichts.

Nach kurzer Zeit öffnete Lotte die Augen. Ein Anflug von Wut huschte über ihr Gesicht, bis das spöttische Lächeln wieder die Oberhand gewann. Mit einem Ruck öffnete sie die Brettertür und schob Carvis hindurch.

»Willkommen im letzten Außenposten der unbeschwerten Leichtigkeit.«

Der Außenposten bestand aus einer grob gezimmerten Holzhütte, die mit umgedrehten Ruderbooten, einer Werkbank, unordentlich gestapelten Bojen und allerlei Gerümpel vollgestopft war. Von der Decke hängende Petroleumlampen verbreiteten einen öligen Geruch und beleuchteten ein Dutzend junger Leute, die einzeln oder paarweise auf Kisten, Holzbänken und der Werkbank saßen und überrascht aufsahen. Der Gesang endete abrupt, und Hans Albers verstummte, als jemand mit einem Kratzen die Nadel von der Schallplatte hob.

»Hallo Leute, das ist Freddy Carvis, ein Student meines Vaters.« Lotte schob Carvis mitten in den Raum.

»Er ist Amerikaner«, ergänzte sie, als würde sie eine besondere Rarität vorstellen.

»Hello, how are you?«, fragte ein junger Mann, der in einem weißen Anzug auf einem umgedrehten Ruderboot saß.

»So weit ganz gut.« Carvis betrachtete die getrockneten Algen auf dem Kiel des Bootes und den jungen Mann in seiner weißen Leinenhose.

»Freddy spricht natürlich fließend Deutsch«, sagte Lotte, als hätte sie es ihm persönlich beigebracht. »Also, Freddy, das da drüben auf der Werkbank ist mein Bruder Anton. Er ist gerade auf Urlaub vom Reichsarbeitsdienst und grundsätzlich zu nichts zu gebrauchen. Aber immerhin kann er das Grammofon bedienen.«

Anton lachte und warf eine Metalltasse nach seiner Schwester, die sie geschickt mit einer Hand auffing.

»Und außerdem verwalte ich die Bar«, sagte er und zeigte auf eine bunte Mischung aus Flaschen, die auf einem Holzregal über der Werkbank standen. »Was willst du trinken, Freddy? Wir haben Wein, Bier, Cognac, Calvados, Schnaps und Kräuterlikör. Der ist aber eher für die Damen, speziell für meine liebe Schwester.«

Carvis mochte Lottes Bruder sofort. Anton hatte militärisch kurz geschnittene Haare, die er mit viel Akribie und Pomade zu einem strammen Seitenscheitel getrimmt hatte.

»Es bleibt ja auch sonst nichts übrig, weil du dein bester Kunde bist, Brüderchen.« Lotte streckte sich und nahm demonstrativ eine Flasche Rotwein vom Regal.

»Das hier vorne an der Wand mit dem energischen Kinn ist Wolfram«, fuhr sie fort und schenkte sich den Wein in die Tasse ein. »Sein Vater ist Gauleiter von Thüringen und er Vorsitzender des nationalsozialistischen Studentenbundes in Berlin. Wolfram hat eine steile Karriere in der Partei vor sich und wird eines Tages Minister. Also ärgere ihn nicht.«

Wolfram betrachtete Carvis, ohne eine Miene zu verziehen.

»Daneben auf dem Ruderboot sitzt …« Lotte stockte und schnippte mit den Fingern ungeduldig in Richtung des jungen Mannes mit dem weißen Anzug. »Wie heißt du gleich noch mal? Ich kann mir deinen Namen einfach nicht merken.«

»Martin.« Der junge Mann rutschte mit hochrotem Kopf auf dem Boot und den Algen hin und her.

»Ja, stimmt. Martin«, sagte Lotte. »Martin macht sich unverständlicherweise amouröse Hoffnungen, was mich angeht, und lässt sich einfach nicht abwimmeln.« Demonstrativ legte sie eine Hand auf Carvis' Schulter. »Das ist wirklich lästig, Martin.«

Reihum stellte Lotte ihre Freunde vor und bedachte jeden mit einer großzügig bemessenen Portion Spott oder Zynismus.

»Und ganz da hinten sitzt, wie immer etwas versteckt, Anna. Wir sind seit unserer Schulzeit befreundet, und ich versuche vergeblich, sie mit meinem Bruder zu verkuppeln. Ihr wärt so ein schönes Paar. Aber wie gesagt, vergeblich.«

»Lass es gut sein, Lotte.« Anton stieß sich von der Werkbank ab und drückte Carvis eine Flasche Berliner Bürgerbräu in die Hand.

»Also Freddy, warum sprichst du so gut Deutsch?«, fragte Lottes Bruder, aber Carvis hörte nicht zu. Anna zog seine Aufmerksamkeit magnetisch an. Sie trug ein helles Sommerkleid mit weiten Ärmeln und einem Gürtel um die schlanke Taille, der zu den dunkelblauen Knöpfen des Kleides passte. Die blonden Haare hatte sie mit einem Band im gleichen Farbton zusammengebunden.

»Jetzt lenk nicht ab«, hörte Carvis Lotte sagen. »Du könntest dich ruhig mal ein bisschen anstrengen. Anna ist doch süß.«

Verlegen schaute Anna erst zu Boden, dann zur Seite, bevor sich schließlich ihre Blicke kreuzten. Sie lächelte gequält und zuckte entschuldigend mit den Schultern. Ihre Augen fingen ihn ein, ließen ihn nicht mehr los, und wie sie da so etwas unbeholfen auf einer Metalltonne saß, war sie das Schönste und Anmutigste, was er je gesehen hatte. Ungehalten blies sie sich eine Strähne aus dem Gesicht, die den Haarklammern entkommen war. Eine filigrane Goldkette schmiegte sich an ihren schlanken Hals, verschwand im Dekolleté, und Carvis hätte sofort gerne mehr über sie erfahren. Er lächelte zurück.

»Freddy, hörst du mir zu? Warum sprichst du so gut Deutsch?«, fragte Anton ein zweites Mal und ignorierte seine Schwester.

»Mein Großvater ist Deutscher und vor vielen Jahren nach Amerika ausgewandert.« Carvis wandte sich Anton zu. »Meine Mutter hat mir Deutsch beigebracht, und als Kind bin ich in Berlin aufgewachsen. Mein Vater arbeitete für die amerikanische Botschaft.«

»Darum hört man keinen Akzent«, sagte Wolfram, der angehende Minister. »Also, Freddy, nachdem ihr Amerikaner euch nun doch entschieden habt, die Olympiade nicht zu boykottieren, wer ist der beste amerikanische Athlet? Wer gewinnt Goldmedaillen für die Vereinigten Staaten?«

Carvis zuckte unentschlossen mit den Schultern. »So gut kenne ich mich nicht aus. Unsere Leichtathleten sind ganz passabel, glaube ich.«

»Die Neger.« Wolfram lachte. »Die können doch nur so schnell laufen, weil sie früher vor den Löwen davonrennen mussten. Mach dir nicht zu viele Hoffnungen. Die Spiele werden die Überlegenheit des nordischen Menschen unter Beweis stellen. Körperlich und intellektuell. Wir werden den Affen zeigen, wo ihr Platz ist. Nämlich neben dem Siegerpodest, nicht darauf.«

»Jesse Owens hat aber schon bei anderen Wettkämpfen jede Menge Medaillen gewonnen«, warf Martin ein.

Carvis' Blick wanderte zu Anna zurück, die der Diskussion schweigend folgte.

»Das wird dem Neger dieses Mal nicht gelingen«, erwiderte Wolfram. »Übrigens, mein Vater nimmt mich am ersten August mit zur Eröffnungsfeier. Auf die Führertribüne. Der Führer wird die Athleten aus der ganzen Welt willkommen heißen, die Spiele eröffnen. Und ich bin dabei.«

»Wir wollten auch zur Eröffnungsfeier.« Lotte warf Wolfram einen neidischen Blick zu. »Aber es waren keine Karten mehr zu bekommen.«

»Mit Mühe und Not haben wir ein paar Eintrittskarten für das Schwimmstadion ergattert. Für Wasserball«, ergänzte Anton wenig begeistert. »Das ist besser als nichts, aber eigentlich wollten wir ins Olympiastadion.«

»Gehst du auch zu den Wettkämpfen, Freddy?«, fragte Lotte.

Carvis drehte die Bierflasche in den Händen und schüttelte den Kopf. »Eigentlich nicht. Ein Freund meines Vaters hat mir zwar Karten aus dem Kontingent der amerikanischen Botschaft angeboten, aber ich habe abgelehnt. Ich muss noch eine Hausarbeit schreiben, mit der habe ich Schwierigkeiten, und da dachte ich …«

»Du hast Karten für die Olympischen Spiele abgelehnt?«, fragte Lotte. »Sag mal, spinnst du, Freddy?«

»Na ja«, antwortete er, »so richtig hat es mich bisher nicht interessiert, und die Wettkämpfe werden ja auch im Radio übertragen. Und diese Hausarbeit, weißt du …«

Carvis verstummte und sah in ein Dutzend verständnislose Gesichter. Dann brach der Tumult los.

»Der ist ja total plemplem.« »Kein Interesse, wo gibt's denn so was?« »So eine Flitzpiepe!« Alle riefen durcheinander und schauten ihn abschätzig an, als hätte er Adolf Hitler einen Bettnässer genannt.

»Du hättest die Karten zumindest verkaufen können«, warf Martin ein.

»Oder uns schenken«, rief Anton und erntete begeisterte Zustimmung.

»Ich kann ja mal in der Botschaft fragen, ob ich Karten bekomme«, schlug Carvis vor. »Vielleicht haben sie noch welche.«

»Gute Idee, Freddy«, sagte Anton. »Wie viele könntest du kriegen?«

»Keine Ahnung. Vielleicht zwei, maximal vier.«

»Und wen nimmst du mit? Am besten mich.« Martin zwinkerte Carvis zu.

»Du bekommst keinesfalls eine Karte, Martin. Das verbiete ich!«, fuhr ihn Lotte an, bevor Carvis einen Ton herausbringen konnte. »Zuerst einmal nimmt Freddy mich mit. Und wenn er mehr als zwei Karten hat, ist Anton an der Reihe. Stimmt's, Freddy?«

»Das hast du nicht zu entscheiden, Lotte«, protestierte Martin. »Es sind Freddys Karten, und darum …«

»Aber du hast hier erst recht nichts zu sagen«, brauste Lotte auf. »Ich habe Freddy mitgebracht, und darum sage ich, wer mit ihm zu den Spielen geht. Verstanden?«

Martin widersprach erneut, woraufhin ein handfester Streit entbrannte, bis das Bootshaus bebte. Carvis schlängelte sich in dem Trubel an einem Stapel Bojen vorbei und setzte sich neben Anna auf eine Holzkiste.

»Erst mal gucken, ob es überhaupt Karten gibt«, raunte er ihr zu.

»Sie rechnet fest damit.« Anna lächelte ihn an. Weiße Zähne blitzten zwischen ihren Lippen, und wie aus dem Nichts erschienen zwei weiche Grübchen auf ihren Wangen.

»Lotte sollte man nicht enttäuschen«, flüsterte sie mit einem Blick auf ihre Freundin, die gerade mit rotem Kopf auf Martin einredete. »Das kann unangenehme Folgen haben.«

»Danke für die Warnung.« Carvis war von Anna wie gebannt. Ihre lachenden Augen hielten ihn gefangen und erinnerten ihn an die hellblauen Kornblumen im Garten seiner Mutter. Am liebsten hätte er ihre Wangen mit den Grübchen gestreichelt, sie an der Hand nach draußen entführt, um am Ufer des Sees mit ihr allein zu sein.

»Freddy, was sagst du denn nun dazu?« Lotte holte ihn in die Realität zurück. Missbilligend sah sie zwischen ihm und Anna hin und her. »Zuerst einmal sind es schließlich deine Karten.«

»Noch nicht«, antwortete er. »Aber falls ich welche bekomme, würde ich dich sehr gerne mitnehmen, liebe Lotte. Und natürlich Anton.«

»In Ordnung.« Lotte lachte zufrieden. »Danke, Freddy.«

»Na, wunderbar«, rief Anton. »Das wäre damit geklärt. Jetzt müssen wir nur noch abstimmen, wer in der Zwischenzeit Freddys Hausarbeit schreibt. Hände hoch, wer ist für Martin?«

VII

NAHE AACHEN, 22. APRIL 1945, 10:01 UHR

»Gentlemen, das ist Captain Frederic Carvis. Er wird Sie auf Ihrer Mission begleiten.«

Carvis stand zwischen Colonel Pash und Major Kelley, die Arme hinter dem Rücken verschränkt. Vor ihm saß ein knappes Dutzend Soldaten und Offiziere in drei halb leeren Stuhlreihen und musterte ihn von neugierig über amüsiert bis skeptisch. Carvis schätzte die Männer auf höchstens fünfundzwanzig. Nur die beiden Sergeanten, die in der zweiten Reihe ganz links saßen, wirkten älter und erfahrener.

»Captain Carvis spricht fließend Deutsch«, fuhr Pash fort. »Er kennt Paul Bergmann persönlich und hat vor dem Krieg in Berlin gelebt. Seine Aufgabe ist die Identifizierung des Professors.«

Pashs Worte hallten von den Betonwänden des Flugzeughangars wider, den die Luftwaffe im letzten Jahr zuerst aus dem Boden gestampft und dann überstürzt geräumt hatte. Jetzt war er bis auf die Stühle und drei hölzerne Stellwände leer. Nur der übergroße Schriftzug an der Stirnseite erinnerte an die Vorbesitzer. »Wir siegen für unseren Führer Adolf Hitler«, stand in schwarzen Buchstaben zwischen zwei Hakenkreuzen, wobei die neuen Eigentümer den Satz mit einem schiefen »not anymore« bereits den geänderten Machtverhältnissen angepasst hatten.

»Sie alle wissen, wie wichtig diese Mission ist. Es geht nicht darum, irgendeine Radarstation oder eine U-Boot-Basis in Frankreich zu sprengen. Es geht um den wichtigsten Einsatz des *nächsten* Krieges. Es geht darum, wer *zukünftig* das beste Blatt in der Hand hält.«

Lieutenant Davies saß in der ersten Reihe, grinste Carvis an und freute sich – im Gegensatz zu Kelley, der neben einer Holztafel stand und mit zusammengepressten Lippen auf den Boden starrte.

Neben Davies saßen zwei Fliegeroffiziere, die er augenzwinkernd als ihre Chauffeure vorgestellt hatte: Thomas Sims, der Pilot, mit glatten braunen Haaren, und der Co-Pilot Alexander Kane, dessen Schopf roter Locken an eine explodierte Perücke erinnerte.

»Niemals zuvor hatte ein Einsatz eine so große Bedeutung für unser Land. Wir können uns keine Fehler erlauben, und darum geben wir Ihnen einen Experten mit.«

Pash winkte Kelley zu. »Major, fahren Sie fort.«

Kelley blickte zuerst auf die Stellwände, die mit Karten, Fotos, Luftaufnahmen und einem Berliner Stadtplan bedeckt waren. Dann sah er zu seinen Männern und begann in schroffen, abgehackten Sätzen.

»Sie alle kennen den Einsatzplan und Ihre Aufgaben. Trotzdem gehen wir den Ablauf noch einmal durch. Denn Sie haben den Colonel gehört, keine Fehler. Jedes Mal, wenn jemand auch nur eine halbe Sekunde mit der Antwort zögert, beginnen wir von vorne. Lieutenant Davies, Sie fangen an.«

»Wir starten heute um 16:20 Uhr mit einer erbeuteten Junkers Ju 52. Landung in Berlin-Zehlendorf kurz vor Sonnenuntergang. Anschließend marschieren wir …«

»Einen Moment, Lieutenant.« Carvis fiel Davies ins Wort. »Wir fliegen mit einer *deutschen* Transportmaschine? Macht uns das nicht für russische und unsere eigenen Jäger zum Ziel?«

»Das Risiko besteht, Captain«, erwiderte Davies. »Wir kriegen eine Nahsicherung aus drei P-51 Mustang, die uns folgen und über dem Ziel gut sichtbar unter Beschuss nehmen. Das sollte jeden Russki, der zufällig in der Nähe ist, davon abhalten, an der Jagd teilzunehmen. Außerdem wird die 8. Luftflotte Ziele im Norden der Stadt bombardieren. Das beschäftigt die deutsche Luftwaffe – falls sie überhaupt in Erscheinung tritt. Wir fordern die Russen auf, den Berliner Luftraum freizuhalten, damit sie dem Bombenangriff nicht in die Quere kommen. Die russische Luftwaffe wird also heute früher Feierabend machen und uns in Ruhe lassen. Okay, Captain?«

Carvis nickte, und Davies fuhr fort.

»Nach unserer simulierten Notlandung stoßen wir bei Dunkelheit zum Kaiser-Wilhelm-Institut in Berlin-Dahlem vor, wo sich Paul Bergmann aufhält.« Davies zeigte auf die Luftaufnahmen.

»Woher wissen Sie das?«, fragte Carvis. »Bergmann könnte doch auch in der Reichskanzlei wohnen.«

»Macht er aber nicht«, erwiderte Kelley ungeduldig. »Bergmann wohnt im Gästehaus des KWI und arbeitet dort tagsüber. Wenn Hitler ihn sehen will, wird er zum Führerbunker gefahren.«

»Aber wie können Sie sicher sein, dass er gerade dann dort ist, wenn wir eintreffen? Er könnte in einem Luftschutzkeller wegen des Bombenangriffs sitzen, er könnte im Führerbunker bleiben, er könnte …«

»Nein, könnte er nicht«, schnitt Kelley ihm ungeduldig das Wort ab. »Der Luftangriff endet bei Einbruch der Dunkelheit. Bis wir das KWI erreichen, gab es längst Entwarnung. Bergmann bleibt auch nicht über Nacht im Führerbunker, er übernachtet *immer* im KWI.«

»Aber wieso sind Sie so sicher, Major?«, hakte Carvis nach. »Davon hängt die ganze Operation ab.«

»Das müssen Sie mir nicht erklären, Captain.«

»Wir haben heute Morgen mit Bergmann telefoniert«, sagte Pash. »Er wohnt und schläft im KWI.«

»Sie haben mit Bergmann gesprochen?«, fragte Carvis vollkommen perplex. »Mit Professor Paul Bergmann in Berlin?«

»Nicht ich persönlich, aber Wilhelm Fromm mit Samuel Goudsmit im Hintergrund. Schon zum zweiten Mal.«

»Ich verstehe kein Wort«, sagte Carvis. »Wieso telefoniert Fromm mit Bergmann? Wie ist das möglich?«

»Wilhelm Fromm arbeitete als Techniker in Diebners Forschungsgruppe. Das Telefonnetz funktioniert auch über die Frontlinien. Wir rufen über die Vermittlung in Leipzig die Vermittlung in Berlin an, die Kontakt zu Bergmann herstellt. Der Professor weiß natürlich nicht, dass Fromm in unserer Hand ist. Fromm erzählt ihm, dass er in Leipzig untergetaucht ist und in Diebners Auftrag Unterlagen weiterleiten soll. Für den Endsieg.«

»Und das glaubt Bergmann?«, fragte Carvis.

»Wieso nicht?«, erwiderte Pash. »Es ist plausibel. Diebner lässt über den geflüchteten Techniker wichtige Informationen weitergeben. Und es passiert unseren Truppen ständig, dass sie einen Gefechtsstand einnehmen, das Telefon klingelt, und am anderen Ende fragt eine deutsche Stimme, wo die Amerikaner stehen.«

»Aber Bergmann wird doch wissen, dass Leipzig gefallen ist«, widersprach Carvis.

»Natürlich«, entgegnete Pash. »Darum hält sich Fromm ja auch offiziell versteckt. Und während beide sprechen, stellt Fromm ein paar Fragen, und schon wissen wir, wo Bergmann ist. Ganz einfach.«

»Gut«, fuhr Davies fort. »Im KWI holen wir Bergmann ab und machen uns …«

»Weiß er, dass wir kommen?«, fragte Carvis.

»Nein, verdammt noch mal, weiß er nicht«, brauste Kelley auf. »Colonel, so geht das nicht, wir können nicht jede Einzelheit besprechen.«

»Was passiert, wenn der Professor nicht mitkommen will?«, fragte Carvis und sah Pash an. »Wünschen wir ihm alles Gute und kehren um?«

»Bergmann kommt mit. Freiwillig oder nicht«, erwiderte Kelley. »Und wir werden nicht lange diskutieren.«

»Captain«, sagte Pash. »Major Kelley hat recht. Hören Sie bitte zu, und klären Sie die Details später mit Lieutenant Davies. Lieutenant, einverstanden?«

Davies nickte.

»In Ordnung«, sagte Pash. »Weiter geht's.«

Carvis folgte dem Frage-Antwort-Spiel, mit dem Kelley die Choreografie der Operation durchging.

»Major«, meldete sich einer der Sergeanten am Ende. »Eine Frage.«

»Ja, Master Sergeant Gray?«

»Wie wird Captain Carvis in die Kommandokette integriert, Sir?«

»Gar nicht«, antwortete Kelley. »Die Kommandostruktur bleibt unverändert. Wenn ich ausfalle, übernimmt Lieutenant Davies. Danach Sie und dann Sergeant Krokovski.«

»Das heißt, wir nehmen keine Befehle von Captain Carvis entgegen? Ist das richtig, Sir? Ich frage, weil der Captain nach Ihnen den höchsten Dienstgrad hat.«

»Korrekt, Master Sergeant. Captain Carvis hat keine Kampferfahrung. Er verbrachte den Krieg als Dolmetscher hinter der Front, bei gutem Wein und italienischen Frauen. So war es doch? Oder, Captain?«

Kelleys Worte trafen Carvis wie Faustschläge. Stille stand wie Giftgas im Raum. Carvis fing an zu schwitzen. Der Major hatte gerade vorsätzlich seine Reputation unter den Männern zerstört, die er auf einer tödlichen Kommandomission begleiten sollte.

Pash betrachtete Kelley missbilligend und wandte sich Sergeant Gray zu.

»Captain Carvis kennt den Professor und Berlin. Er begleitet Sie, Sergeant, damit Sie nicht mit dem Hausmeister zurückkommen. Major Kelley hat bei der gesamten Operation das Kommando, aber bei allen Fragen, die Professor Bergmann betreffen, sind Captain Carvis' Empfehlungen bindend. Ist das klar?«

»Jawohl, Sir«, antwortete Gray.

»Haben diesen Befehl alle verstanden?«, fragte Pash.

»Jawohl, Sir«, antwortete die Kommandoeinheit im Chor.

»Major Kelley?«

»Die Empfehlungen des Captains sind bindend«, wiederholte Kelley mit ausdrucksloser Miene.

»Wunderbar«, sagte Pash. »Dann kommen Sie zum Ende, Major.«

»Gut. Gibt es noch Fragen? Nein? Dann Abmarsch um fünfzehnhundert in voller Ausrüstung …«

Carvis hob die rechte Hand und lehnte sich etwas vor. »Eine Frage hätte ich doch noch, Major.«

»Captain Carvis«, entgegnete Kelley. »Welche Überraschung. Was gibt es?«

»Wäre es nicht sinnvoll, zur Tarnung deutsche Uniformen zu tragen?«

»Das beantworte ich gleich selbst«, sagte Pash. »Sinnvoll bestimmt, aber keiner meiner Soldaten wird kurz vor Kriegsende als Spion erschossen, wenn er in Feindeshand fällt. Wer in Gefangenschaft gerät, kommt auch wieder frei. Wer erschossen wird, hat's da schon schwerer. Darum wird die Mission in amerikanischen Uniformen ausgeführt. Allerdings nicht in der üblichen, sondern in einer neutralen Version in Schwarz und Grau mit amerikanischen Abzeichen, die sich kaum abheben. Man wird Sie nicht sofort als Amerikaner erkennen.«

»Außerdem ist das keine Kampfmission«, ergänzte Davies. »Schnelligkeit und Tarnung kommen vor Schlagkraft. Wir dringen bewusst mit einer ganz kleinen Einheit ein, holen Bergmann und sind wieder weg, bevor es jemand merkt. Kein Feindkontakt. Die Stadt ist Chaos, eine Trümmerwüste mit Verdunklung und Ausgangssperre. Perfekte Bedingungen, um unerkannt zu operieren. Wir sind unsichtbar, Schatten in der Nacht.«

»Wird Bergmann nicht bewacht?«, fragte Carvis.

»Doch, von einer Handvoll altersschwacher Krauts.« Kelley schnaubte verächtlich und winkte ab. »Kein Problem.«

»Unterschätzen Sie Walter Heinrich nicht, Kelley. Das habe ich Ihnen schon mal gesagt.« Pash sah den Major mit gerunzelter Stirn an.

»Das tue ich auch nicht«, erwiderte Kelley. »Aber Ihr Major Heinrich hat nur eine Handvoll Soldaten, die für jede andere Verwendung zu alt sind.«

»Wer ist das denn?«, fragte Carvis.

»Walter Heinrich ist Major in der Deutschen Wehrmacht und kommandiert Bergmanns Wachmannschaft«, sagte Pash. »Jahrgangsbester auf der Militärakademie, exzellenter Stratege und Taktiker, viel Kampferfahrung unter schwierigen Bedingungen. Gegen die Russen hat er in Unterzahl und mit geringsten Mitteln überragende Erfolge erzielt. So einen Gegner sollten Sie niemals unterschätzen, Major.«

»Ich war übrigens Jahrgangsbester in West Point«, sagte Davies und grinste. »Also sind die Verhältnisse mindestens ausgeglichen.«

Bevor jemand etwas erwidern konnte, flog eine Seitentür auf, und ein schmächtiger Lieutenant in khakifarbener Hose und brauner Uniformjacke stürmte durch den Hangar.

»Colonel Pash, Major Kelley!«

»Lieutenant Boyd«, rief Davies. »Ein Offizier der Air Force, der rennt. Das ist ein Widerspruch in sich.«

Boyd wedelte so heftig mit einem Bündel Fotos, dass seine Offiziersmütze vom Kopf rutschte und eine Halbglatze freilegte. Atemlos stützte er sich auf die Knie und streckte Colonel Pash mehrere Luftaufnahmen entgegen.

»Lieutenant«, sagte Pash. »Was gibt es Dringendes?«

»Und kommen Sie mir nicht wieder mit irgendeiner Wetterkatastrophe«, fauchte Kelley, bevor Boyd etwas erwidern konnte. »Heute wird geflogen, egal, ob es hagelt oder schneit. Ich lasse mir nicht wieder was von einem Schneesturm erzählen, der nie kommt und …«

»Der Aufklärer ist zurück.« Boyd schnappte nach Luft.

»Und?«, fragte Pash.

»Das ist passiert.« Lieutenant Boyd drückte Pash die Fotos in die Hand.

»Die sind ja noch nass.« Pash zog die aneinanderklebenden Luftbilder auseinander.

»Richtig. Wie befohlen schicken wir täglich eine Aufklärungsmaschine nach Berlin, die Ihre Landezone fotografiert. Und dies ist das Resultat. Sehen Sie sich die Aufnahmen an.«

Boyd atmete tief ein und wischte sich mit einem Taschentuch über den Kopf. Er schob sich neben Pash und pochte mit ausgestrecktem Zeigefinger auf die Fotos. »Hier und hier und hier. Eine Katastrophe.«

»Oh, verdammt.« Kelley nahm Pash eine Luftaufnahme ab und betrachtete das Bild.

»Was ist das?« Carvis schaute dem Major über die Schulter.

»Krauts, in Kompaniestärke.« Kelley vergaß kurz seine Abneigung gegen Carvis. »Mechanisierte Infanterie, Lkw und Schützenpanzer. Eine Vierlingsflak auf einer Lafette, und das sind zwei 8,8-cm-Flak in Feuerstellung. Die haben sich in unserer Landezone breitgemacht. Verdammter Mist.«

Kelley gab Carvis die Luftaufnahme und sah Pash an. »Was machen wir jetzt, Colonel?«

»Wann wurden die Aufnahmen fotografiert, Lieutenant?«, fragte Pash.

»Heute Morgen um acht«, antwortete Boyd. »Also vor drei Stunden.«

Pash rieb sich am Kinn. »Sieht nicht so aus, als wären die Deutschen nur durchgefahren. Wahrscheinlich sind sie jetzt noch da. Zumindest müssen wir davon ausgehen.«

»Auf der anderen Seite wird an der Front jeder Mann gebraucht. Die Russen machen Druck«, warf Davies ein. »Warum auch immer diese Einheit dort ist, sie wird nicht lange bleiben.«

»Stimmt, Lieutenant«, sagte Pash. »Aber wir müssen sicher sein und brauchen neue Aufklärungsfotos.«

Kelley schüttelte den Kopf. »Uns läuft die Zeit davon.«

»Das weiß ich, Major. Wollen Sie im Zielgebiet landen, während eine Kompanie Krauts dabei zusieht?«

Kelley starrte wütend an die Decke. »Uns läuft die Zeit davon«, wiederholte er bockig.

Pash antwortete nicht und betrachtete die Luftaufnahmen. »Wenn wir jetzt einen Aufklärer losschicken?«, fragte er.

»Nein, nein.« Boyd schüttelte den Kopf. »Selbst ein Jäger braucht mehr als eine Stunde Flugzeit, dazu kommen die Vorbereitung, ein paar Minuten über dem Ziel, der Rückflug und Bilder entwickeln.« Er rechnete kurz und schüttelte wieder den Kopf. »Das reicht nicht. Selbst bei sofortiger Einsatzfreigabe starten Sie zu spät, um bei Sonnenuntergang in Berlin zu sein.«

»Verfluchter Mist.« Kelley schleuderte die Bilder auf den Betonboden.

Pash atmete langsam aus und streckte das Kinn vor. »Wir verschieben den Start um vierundzwanzig Stunden! Morgen bewerten wir die Lage neu. Wegtreten.«

VIII

SÜDWESTLICH VON BERLIN, 23. APRIL 1945, 18:52 UHR

»Rauch«, rief Thomas Sims rund dreißig Stunden später und versetzte das Flugzeug schlagartig in Alarmzustand.

Carvis lehnte sich vor und sah zwischen den beiden Piloten durch die Frontscheibe. Schwarze Rauchsäulen wuchsen am Horizont in den Himmel und verschmolzen zu einer dreckig grauen Wolkenmasse, die in einer langen Fahne nach Osten verschmierte.

»Das muss ein richtiges Flammeninferno sein«, sagte Sims. »Die Air Force macht den Krauts ordentlich Feuer unterm Hintern.«

Es ist paradox, dachte Carvis. *Das Erste, was ich nach den vielen Jahren von Berlin sehe, ist der Rauch brennender Stadtviertel.*

Bisher war der Flug ereignislos verlaufen. Die Junkers flog seit dem Start ungestört nach Osten. Auf dem Rollfeld war Carvis um die graugrün bemalte Transportmaschine gegangen, hatte die deutschen Insignien und das Staffelabzeichen – einen roten Adler auf gelbem Schild – betrachtet und sich im Flugzeug zwischen Kelley und Davies auf den Boden sinken lassen. Um Gewicht zu sparen, waren die Sitzbänke, das Heck-MG und alles, was nicht unbedingt notwendig schien, ausgebaut worden. Die Soldaten saßen im Transportraum auf dem Metallboden, mit Gurten an der Bordwand festgeschnallt. Mit ihren geschwärzten Gesichtern, den grauschwarzen Ponchos und olivgrünen Helmen sahen sie wie Nachtfalter aus, die darauf brannten, in die Dunkelheit entlassen zu werden.

Das ganze Flugzeug vibrierte im Takt der drei BMW-Motoren, und Carvis' Beine verkrampften schon kurz nach dem Start in der unbequemen Haltung. Die anderen störte diese Reiseposition offenbar nicht. Kelley saß an der Trennwand zur Pilotenkanzel und redete mit den beiden Fliegeroffizieren. Davies schlief wie ein Baby, während die beiden Sergeanten Gray und Krokovski sich über eine Karte gebeugt unterhielten. Der Sanitäter John Hill und Frank Forster, der Scharfschütze, saßen mit den Privates Winter und Lewis im hinteren Teil des Flugzeuges. Insgesamt bestand die Kommandoeinheit aus nur neun Männern. »Eine ganz kleine Gruppe«, hatte Davies gesagt.

Carvis rutschte hin und her, wechselte die Stellung und war dankbar, als Sims den Rauch sichtete.

»Wie lange brauchen wir noch?«, fragte er den Piloten.

»Ungefähr zwanzig Minuten.«

»Na«, stichelte Kelley. »Können Sie es plötzlich nicht mehr abwarten, nach Hause zu kommen, *Herr Hauptmann*?«

»Boris Ivanowitsch, siehst du jetzt endlich etwas? Oder muss ich verdammt noch mal selbst raufkommen?« Leutnant Dimitrij Juljenkow stand auf der Lichtung mitten in einem Durcheinander aus Lastwagen, Schützenpanzern und T34, starrte nach oben und ignorierte die Versuche seines Kompaniefeldwebels, Ordnung in das Chaos bringen.

»Einen Moment noch, Genosse Leutnant.« Boris kämpfte mit dem Gleichgewicht und schob Zweige und Blätter aus dem Gesicht. Der dünne Ast unter seinen Stiefeln bog sich gefährlich, und die Baumkrone schwankte wie ein Schiff in rauer See.

»Weiter! Du musst noch weiter nach oben klettern, verfluchter Feigling.« Juljenkow spuckte aus und fuchtelte mit den Händen, als könnte er Boris damit in noch luftigere Höhen befördern.

Erst vor siebenundzwanzig Stunden hatte Leutnant Juljenkow die Panzerkompanie von seinem gefallenen Vorgänger übernommen, und Boris hatte in dieser kurzen Zeit bereits drei Dinge über den neuen Kommandeur gelernt: Juljenkow interessierte sich erstens nicht im Geringsten für seine Soldaten, sondern nur für sich selbst. Zweitens wollte er unbedingt noch vor Kriegsende »Held der Sowjetunion« werden, und drittens – was wahrscheinlich am schlimmsten war – konnte er keine Karten lesen. Voller Elan hatte Juljenkow darauf bestanden, einen Spähtrupp persönlich anzuführen, und war mit sozialistischem Kampfgeist, aber gegen den Rat seiner Unteroffiziere mit der gesamten Panzerkompanie in die Waldgebiete südlich von Berlin gestürmt. Doch Panzer eignen sich nicht für dicht bewachsenes Terrain, und so zerfaserte die paradereife Kolonne in eine lose Kette individueller Fahrzeuge, die sich alleine vorwärts quälten. Eine Stunde nachdem er die Orientierung und den größten Teil seiner Einheit verloren hatte, ließ Juljenkow auf der Lichtung halten, um Nachzügler zu sammeln und Boris auf eine große Eiche zu schicken.

Tastend setzte Boris den Fuß auf den nächsthöheren, noch dünneren Ast und schob sich ein Stückchen weiter in die Baumkrone. Endlich konnte er über die anderen Bäume hinwegschauen. Behutsam drehte er den Oberkörper und sah in der Ferne massive Rauchwolken aufsteigen.

»Genosse Leutnant.« Erlöst zeigte Boris nach Nordosten. »Berlin liegt in dieser Richtung.«

Juljenkows Antwort ging in plötzlichem Motorenlärm unter, der Boris ohne Vorwarnung von hinten erreichte. Er klammerte sich an die Äste, spürte die borkige Rinde unter den Handflächen. Das Dröhnen überrollte ihn, und ein klobiges Flugzeug brauste wenige Meter entfernt über die Bäume. *Junkers 52, deutsches Transportflugzeug*, schoss es Boris durch den Kopf, als der Luftzug die Baumspitze brutal nach vorne riss. Die Standfläche unter seinen Füßen verschwand von jetzt auf gleich. Er sackte ab, seine Hände griffen ins Leere, suchten Halt. Zweige brachen unter seinen Fingern, und er fiel. Äste peitschten gegen seinen Hinterkopf und in sein Gesicht, gegen Arme, Beine und Rücken. Durch das Knacken und Bersten seines Sturzes hörte er Schüsse. Drei Jagdflugzeuge mit weißen Sternen auf den Tragflächen flogen in perfekter Formation dicht hinter der Junkers. Was Boris wunderte. Dann traf etwas Hartes seinen Kopf, und es wurde dunkel.

»Achtung, Feindbeschuss.« Sims riss die Steuersäule zur Seite. Geschosse prasselten gegen das Flugzeug, stanzten Löcher in den Metallboden und fetzten durch die Wellblechdecke wieder raus. Die Maschine kippte auf die linke Tragfläche, flog eine enge Kurve, und Carvis wurde rücklings gegen die Bordwand gepresst. Durch die Fenster sah er Soldaten in erdbraunen Uniformen durch den Wald schwärmen. Schräg unten schob sich ein Panzerfahrer durch das Turmluk eines T34 und schwenkte das Maschinengewehr auf die Junkers, direkt auf Carvis. Das MG spuckte orange Mündungsblitze. Carvis zuckte zurück, biss sich auf die Zunge, wartete darauf, dass Kugeln in seinen Körper schlugen. Scheinbar harmlos wanderte eine Reihe kleiner Löcher vom Flugzeugheck über den

Boden nach vorne, die gekippte Seitenwand hoch, quer durch die Junkers. Carvis zerrte an seinem Gurt, stieß sich vom Boden ab, als ihn ein Arm nach unten presste.

»Sitzen bleiben! Das hilft nichts«, brüllte Davies.

Nach einer Sekunde, die eine gefühlte Ewigkeit dauerte, richtete Sims die Junkers wieder horizontal aus und flog so tief, dass das Fahrwerk die Baumkronen köpfte. Der Beschuss endete so abrupt, wie er begonnen hatte.

»Wo zum Teufel kommen die Russen her?« Kelley starrte auf die Karte in seinen Händen. »Das ist deutsches Gebiet.«

»Offensichtlich sind sie weiter, als wir dachten.« Davies ließ Carvis los.

»Wie kann das sein?«, erwiderte Kelley. »Nach der letzten Meldung des Verbindungsstabes der Roten Armee müssten die Sowjets viel weiter östlich stehen.«

Davies zuckte mit den Schultern. »Sie stoßen mit aller Gewalt nach Westen vor. Uns bleibt nicht viel Zeit.«

Kelley beugte sich in die Pilotenkanzel. »Captain Sims, geben Sie die Position der Russen an das Oberkommando durch. Und die Jäger sollen endlich mit dem Beschuss beginnen. Die hätten längst anfangen sollen.«

Carvis hörte Sims in sein Mikrofon sprechen, und kurz darauf flogen rote Leuchtspurgeschosse wie zornige Glühwürmchen an den Tragflächen vorbei.

»Das ist aber sehr knapp«, sagte er.

»Soll ja auch echt aussehen«, erwiderte Davies.

Knappe fünfzehn Minuten später stieß Davies Carvis mit dem Ellenbogen an. »Da vorne sind die Außenbezirke von Berlin.«

Im Westen näherte sich die Sonne dem Horizont. Die vorbeiziehenden Wiesen und Wälder waren von Dörfern und Gehöften durchsetzt, bis sie in die Berliner Vororte übergingen.

»Wie lange noch?« Kelley beugte sich zu den Piloten.

»Acht Minuten bis zur Landung«, antwortete Sims. »Sonnenuntergang in dreiundzwanzig Minuten. Wir sind pünktlich.«

»Gut«, erwiderte Kelley. »Rauchbombe zünden!«

Wortlos legte Sims einen Kippschalter auf dem Armaturenbrett um und sah nach links aus dem Fenster. Carvis folgte seinem Blick zu dem schwarzen Metallgehäuse, das neben dem Motor auf die linke Tragfläche montiert war. Zuerst kräuselten nur dünne Rauchfäden aus dem Kasten, die sofort vom Wind zerrissen wurden. Doch nach einer Minute quoll schlagartig schwarzer Rauch aus dem Gehäuse und wurde vom Fahrtwind in einer langen Schleppe hinter dem Flugzeug verteilt.

»Rauchbombe gezündet«, bestätigte Sims. »Linker Motor offensichtlich getroffen, wir müssen notlanden.«

»In Ordnung«, erwiderte Kelley.

Carvis beobachtete die fetten Schwaden, die die Rauchbombe produzierte. Sie flogen über ausgeweidete Appartementblocks und abgedeckte Straßenzüge. Dazwischen ein einzelnes unversehrtes Häuschen, umgeben von qualmenden Ruinen.

»Vier Minuten«, rief Sims. Alexander Kane, der Co-Pilot, begann die Umgebung mit einem Fernglas abzusuchen.

Wir müssen nach der Landung nur schnell genug verschwinden, dachte Carvis. *Dann wird alles gutgehen.*

Plötzlich beugte sich der Co-Pilot vor.

»Landezone in Sicht.«

IX

BERLIN, REICHSSPORTFELD, 04. AUGUST 1936, 09:59 UHR

Das Walross stank nach Schweiß und Pfefferminz. Die U-Bahn der Linie A rauschte in die nächste Kurve, und sein feister Bauch schob sich gegen Carvis. Zuerst sanft, fast liebkosend, dann mit zunehmenden Druck, bis das weiche Fett gegen Carvis' verschwitztes Hemd drückte.

»Entschuldigung.« Das Walross rückte ab, sobald die Fliehkraft es erlaubte.

Immerhin kann niemand umfallen, dachte Carvis. Die lederüberzogenen Sitzplätze waren mehr als besetzt. Kinder saßen auf dem *Schoß* der Eltern und die Erwachsenen zu dritt auf Zweierbänken. Im Mittelgang standen die Fahrgäste dicht bis an die Türen gepresst, die Luft war warm und feucht. Das Walross schnaufte. Die Spitzen seines rotbraunen Schnauzbarts hingen wie ein gekippter Halbmond herunter, hin und wieder ließ es eine Pfefferminzpastille aus einer silbernen Dose hinter den Fransen verschwinden.

»Nächste Haltestelle Neu-Westend«, verkündete der Fahrer über die Sprechanlage, woraufhin ein kollektives Stöhnen durch den zum Bersten gefüllten Wagen wanderte. Beige Keramikkacheln ersetzten die schwarzen Tunnelwände, flitzten vorbei und gewannen immer deutlicher an Kontur. Quietschend kamen die Wagen zum Stehen, und die Falttüren ratterten auf. Die Menschentraube auf dem Bahnsteig wagte erst gar nicht einzusteigen, doch ein paar Vorwitzige probierten es trotzdem und pressten sich zentimeterweise in die schwitzende Menschenmasse.

»Alle Mann Bauch einziehen!«, rief ein Witzbold neben der Tür. »Ein paar Heringe passen noch in die Dose.«

»Der Wagen ist voll, verdammt noch mal!«, schrie ein Mann mit einem kleinen Jungen auf dem Arm.

»In drei Minuten kommt die nächste U-Bahn, Leute«, rief der Fahrer. »In drei Minuten!«

Zu Carvis' Überraschung schlossen die Türen nach kurzer Zeit tatsächlich wieder, und die U-Bahn setzte sich in Bewegung. Nur noch eine Station. Die Beschleunigung drückte das Walross ein weiteres Mal gegen Carvis, und eine neue Woge Schweißgeruch überwältigte ihn.

»Entschuldigung.«

Carvis nickte wortlos und schloss die Augen, atmete konzentriert die verbrauchte Luft ein und aus und kämpfte gegen die Übelkeit an.

»Nächste Station Reichssportfeld.«

Endlich.

Die Türen öffneten sich wie Schleusentore. Die erwartungsvolle Menge spülte Carvis wie Treibholz aus dem Wagen, die Treppe hinauf und über den hellen Kiesweg an Tennisstadion und Hockeyfeld vorbei. Auf dem Olympischen Platz atmete er tief durch. Er schüttelte das Jackett ab, lockerte die Krawatte und zupfte sich das nasse Hemd vom Rücken. Neben ihm hob ein Vater seine Tochter auf die Schultern und zeigte ihr mit ausgestrecktem Arm die Bauwerke. Das alles dominierende Olympiastadion, rund und kantig zugleich. Ein Oval aus massiven Steinquadern, gebaut für unglaubliche einhunderttausend Zuschauer. Gesäumt von viereckigen Säulen, jeder Winkel, jede Kante exakt neunzig Grad. Davor die olympischen Ringe als Symbol der Spiele. In dreißig Metern Höhe mit Drahtseilen aufgespannt, warfen sie kreisrunde Schatten und bildeten mit zwei schlanken, viereckigen Türmen das Olympische Tor.

Carvis hatte die Spiele bisher nur als Zeitvertreib gesehen, um Lotte, Anton und vor allem Anna zu treffen. Doch plötzlich packte ihn die Begeisterung. Tausende Menschen strömten um ihn herum über den Platz. Aufgeregt, voller Vorfreude. Carvis überkam die Erkenntnis, an etwas Außergewöhnlichem teilzuhaben.

Die Uhr am linken Turm zeigte Viertel nach zehn. Erschrocken sah Carvis ein zweites Mal hin. In einer Viertelstunde begannen die Wettkämpfe, aber viel schlimmer: Um zehn Uhr – also vor fünfzehn Minuten – war er mit Lotte und ihren Freunden verabredet gewesen. Er drängelte sich durch die Menge, vorbei an einem Schutzpolizisten, der mit der Kamera in der Hand geduldig wartete, bis ein Familienvater seine Frau und die beiden Kinder vor dem Olympischen Tor für ein Erinnerungsfoto arrangierte. Schon von Weitem stach Martins weißer Leinenanzug durch das Gewühl. Carvis drückte sich an einem älteren Paar vorbei, stolperte über einen Knirps und stellte sich neben Anna in die Gruppe junger Leute, die Lotte und Anton am Fuß des linken Turms umringte. Von dem knappen Dutzend erkannte er die meisten aus dem Bootshaus wieder. Lotte trug eine helle Hose mit beigem Jackett und Anna ein dunkelblaues Kleid mit weißen Punkten. Die blonden Haare glänzten in der Augustsonne wie goldene

Seide. Ihr Lächeln pulverisierte die Worte, die er sich zur Begrüßung zurechtgelegt hatte.

»Da bin ich«, stammelte er außer Atem und krümmte sich innerlich für diese Banalität. Sie konnte ja wohl sehr gut sehen, dass er da war. Er setzte an, um sich für die Verspätung zu entschuldigen, als ihm Anton zuvorkam.

»Wo bleibst du denn?« An Antons Revers hob sich das rote NSDAP-Parteiabzeichen vom Dunkelgrau seines Anzugs ab. »In ein paar Minuten geht es los. Wo hast du gesteckt?«

»Das ist doch jetzt nicht wichtig«, fuhr Lotte ihren Bruder an. »Freddy, hast du Karten bekommen?«

Alle hingen an seinen Lippen, während im Hintergrund der Strom glücklicher Kartenbesitzer, der zielgerichtet zum Haupteingang marschierte, bereits dünner wurde.

»Mensch, Freddy, nun sag schon.« Anton streckte beide Hände in die Luft. »Wie viele?«

Carvis zuckte unbeholfen mit den Schultern. »Es tut mir wirklich leid, aber keine einzige.«

»Schon wieder keine Karten, Freddy?«, sagte Lotte. »Du hast doch schon zur Eröffnungsfeier nichts gekriegt.«

»Moment, Moment. Ich hatte vorher gesagt, dass es zur Eröffnung sehr schwierig wird.« Carvis lächelte gequält.

»Trotzdem, Freddy«, erwiderte Lotte. »Wir haben uns auf dich verlassen. Wenigstens Anton und mir hättest du Karten besorgen können. Jetzt muss ich wieder mit Wolfram gehen. Wie gestern und vorgestern. Ich weiß nicht einmal, wo er steckt.«

Lotte stellte sich auf die Zehenspitzen, guckte über die Menge und drehte sich im Kreis. »Also weißt du, Freddy, dass du mir das zumutest.«

»Der Botschafter braucht die Eintrittskarten für seine Gäste«, erwiderte Carvis. »Da waren nur noch vier übrig.«

»Ich dachte, du hast Beziehungen«, sagte Lotte. »Was hast du uns denn da … Moment. Was heißt, nur vier?«

Lotte sah Carvis mit zusammengekniffenen Augen an, aber seine todtraurige Miene hielt ihrem prüfenden Blick nicht stand. Sein Mundwinkel zuckte verräterisch, bis er ein breites Grinsen nicht mehr zurückhalten konnte.

»Du Schuft.« Lotte boxte ihn mit beiden Fäusten auf die Brust. »Ich wusste, dass du es hinkriegst. So ein Theater.«

»Also«, fragte sie, »wer geht mit? Außer uns beiden natürlich. Anton und …«

»Anna!« Carvis fiel ihr direkt ins Wort, bevor sie etwas anderes sagen konnte. »Wenn du möchtest, Anna?«

»Machst du Witze?« Anna strahlte und rollte die Augen. »Ja, sehr gerne. Was für eine Frage.«

»Gut, einverstanden«, sagte Lotte.

»Es tut mir leid, Martin«, sagte Carvis. »Aber mehr war wirklich nicht drin.«

»Das macht nichts, Freddy«, antwortete Martin mit einem Gesichtsausdruck, der das Gegenteil verriet. »Da werden wir uns wohl wieder mit dem Radio zufriedengeben müssen.«

»Genug geweint.« Lotte drehte sich um, ohne die anderen eines Blickes zu würdigen, und lief zielstrebig auf den Eingang zu.

»Wir müssen rein, es geht gleich los.«

Ein Raunen ging durch das Stadion, als Luz Long aus der Sprunggrube stieg.

»Das war weit«, sagte Anton. »Richtig, richtig weit.«

Zwei Kampfrichter in weißen Anzügen mit blau-weiß gestreiften Krawatten rollten das Maßband in der Sandgrube aus.

»Das ist ja nicht zu ertragen, so spannend ist das.« Lotte lehnte sich an Carvis' Schulter.

Carvis saß zwischen Lotte und Anna auf einer sehr harten Holzbank, schräg oberhalb der Sprunggrube, wo sich der Weitsprungwettbewerb zu einem nervenaufreibenden Duell zwischen Jesse Owens und dem Deutschen Luz Long entwickelt hatte. Mit Genugtuung stellte Carvis fest, dass der Amerikaner den Wettkampf dominierte, aber die Sympathie der Zuschauer gehörte dem zweitplatzierten Long.

Der schlaksige Deutsche schlenderte zum Wertungsrichter. Einer der Kampfrichter sagte etwas, und Long riss triumphierend die Arme in die Luft.

»Luz Long, fünfter Sprung, 7,87 Meter. Das ist neuer deutscher Rekord!« Die Stimme des Stadionsprechers kippte. Seine letzten Worte versanken in tosendem Jubel. Die Zuschauer sprangen auf, und Carvis saß plötzlich in einem Wald aus Beinen, Röcken und Uniformhosen. Ein SA-Trupp in der Reihe hinter ihm geriet völlig außer Rand und Band und brüllte »Sieg Heil«, bis ihnen die Luft wegblieb und Carvis sich unter einem Dach aus ausgestreckten, rechten Armen wiederfand.

Anna war neben ihm auf der Bank sitzen geblieben und lächelte. »Luz Long hat ausgeglichen. Jetzt muss sich Jesse Owens aber anstrengen.«

Ihr Blick hypnotisierte ihn. Sie lächelte mit dem ganzen Gesicht, den tanzenden Grübchen auf den Wangen, aber vor allem mit den Augen. Wenn sie lachte, sprang ihre Freude über, Menschen drehten sich um und freuten sich mit ihr. Seit dem Abend im Bootshaus spukte sie unaufhörlich durch seinen Kopf und sabotierte jeden Gedanken, der nicht ihr galt. Plötzlich hatte er die Antwort auf die Frage, die ihn seit Tagen beschäftigte: Wann war der perfekte Moment für seine Frage? Ganz einfach. Jetzt.

»Willst du Donnerstagabend mit mir die Aufführung in der Freilichtbühne ansehen?«

Überrascht schaute sie ihn an. Ein vorsichtiger Blick verdrängte die Freude in ihren Augen.

»*Herakles*, das Oratorium von Händel«, legte er nach.

Sie betrachtete ihn ernst, geradezu prüfend, ihr Lächeln verschwand. Der Trubel um sie herum ebbte ab, und plötzlich saßen Lotte und Anton wieder neben ihnen.

»So ein Drama.«

Lotte hakte sich sitzend bei Carvis ein. »Gleich ist Jesse Owens dran. Freddy, drück ihm ruhig die Daumen. Aber nicht zu fest, sonst gewinnt er noch.«

Anna blickte zwischen Carvis und Lotte hin und her. Behutsam legte Carvis Lottes Hand auf ihren Oberschenkel zurück und drehte sich zu Anna.

»Alternativ könnte ich dir morgen Abend Baumstammübungen des Reichsarbeitsdienstes mit Mundharmonikabegleitung anbieten. Hier im Stadion«, flüsterte er, fast verzweifelt, dass sie immer noch nicht antwortete.

Ihre Augen weiteten sich, und sie prustete los.

»Dann lieber doch den *Herakles*«, erwiderte Anna leise. »Aber ich weiß nicht, ob Lotte am Donnerstag Zeit hat.«

»Ich auch nicht«, sagte Carvis. »Aber ich würde gerne nur mit dir gehen. Was sagst du?«

»Freddy, hört auf zu flüstern«, fuhr Lotte ihn an. »Jetzt wird es spannend, und euer Gerede stört.«

Unten auf der Bahn streckte sich Jesse Owens und hüpfte auf der Stelle, während ein Assistent den Sand mit einem Holzschieber nach dem letzten Sprung glatt zog.

»Go Jesse«, rief eine einzelne Stimme von der anderen Seite des Stadions. »Give them hell.« Carvis lachte.

Dann gab der Wertungsrichter den nächsten Sprung frei. Owens beugte sich vor, setzte ein Bein leicht nach vorne, das hintere Knie angewinkelt, und verharrte konzentriert in dieser Position. Dann federte er wie von einem Katapult abgefeuert vorwärts und sprintete über die Aschenbahn. Arme und Beine pumpten, er richtete sich auf, seine Schritte wurden länger. Mit einem Knall schlug sein linker Fuß vor der weißen Linie auf, und er stieß sich ab. Owens flog mit einem gewaltigen Satz durch die Luft, wirbelte die Arme über den Kopf nach vorne und schlug mit einer Sandfontäne ein. Im Stadion herrschte atemlose Stille, als die Kampfrichter das Maßband anlegten.

»Ich kann gar nicht hinsehen«, sagte Lotte und sah trotzdem hin.

»Jesse Owens, fünfter Sprung, 7,94 Meter.«

Der Schreck hielt eine Sekunde. Dann brach Beifall los. Die Zuschauer, selbst der SA-Trupp hinter Carvis, sprangen auf, jubelten und würdigten die sportliche Leistung mit stehenden Ovationen.

»Ein Neger. Da wird der Führer aber nicht begeistert sein.« Lotte nickte in Richtung der Regierungsloge, wo sich die Führerstandarte leicht im Wind drehte.

»Verdammte Amerikaner.« Anton beugte sich zur Seite und schlug Carvis grinsend gegen den Oberarm. Carvis lachte und drehte sich zu Anna. Sie nickte und sagte etwas, doch ihre

Stimme ging im Trubel unter. Sie rollte die Augen und probierte es noch einmal, aber Carvis verstand kein Wort. Er neigte sich ihr entgegen. Sie legte die linke Hand auf seinen Oberarm und sprach in sein rechtes Ohr. Ihr Atem kitzelte an seinem Hals und jagte ihm Schauer über den Nacken.

»Sehr gerne.«

Sie lehnte sich zurück und blickte ihm in die Augen.

»Sehr gerne«, wiederholte sie, und die Grübchen tanzten.

Carvis streichelte sanft, beinahe ehrfürchtig ihre Wange. Anna legte den Kopf auf seine Schulter, und ein unbeschreibliches Gefühl eroberte seinen Magen und sein Herz.

»Was hättest du gemacht, wenn du nur zwei Karten bekommen hättest? Wen hättest du mitgenommen?«, fragte Anna, als sie sich wieder setzten.

»Dich«, antwortete er, ohne zu zögern. »Zumindest hatte ich mir das fest vorgenommen. Ich bin froh, dass es nicht zur Auseinandersetzung mit Lotte gekommen ist.«

»Ich auch.« Anna drückte seine Hand.

Carvis blickte nach links und sah Lotte durch die Zuschauerreihen davonstürmen.

»Sie hat das Unvermeidliche eingesehen«, sagte Anton. »Und es freut sie nicht. Ganz und gar nicht. Sie ist eine schlechte Verliererin.«

»Sie hat nicht verloren«, erwiderte Carvis. »Das ist kein Wettkampf.«

»Für sie schon«, sagte Anton. »Aber mich freut es. Für euch beide.« Er setzte sich neben Carvis auf Lottes Platz. »Dir hat man übrigens schon von der ersten Minute angemerkt, dass du in Anna verschossen bist, Freddy. Sag mal, worauf hast du eigentlich die ganze Zeit gewartet?«

X

BERLIN-ZEHLENDORF, 23. APRIL 1945, 19:24 UHR

»Achtung! Landezone voraus. Fertig machen!« Major Kelley kontrollierte mit einem Blick, ob seine Männer wach und bereit waren.

Die Junkers schwebte über abgedeckte Kirchen und Trümmerberge, durch die sich Trampelpfade schlängelten. Dazwischen lagen unangetastete Stadtviertel, die der Vernichtung dank einer Laune des Schicksals entkommen waren. Brachiale Zerstörung und scheinbare Normalität lösten einander ohne Übergang ab. Die amerikanischen P-51 flogen zweihundert Meter hinter ihrem vermeintlichen Opfer und feuerten rot glühende Geschossgarben dicht an den Tragflächen vorbei.

»Sehen Sie, ob die Landebahn frei ist?«, fragte Kelley den Co-Piloten, der das Stadtgebiet mit dem Fernglas absuchte.

Alexander Kane antwortete nicht und betrachtete eine Luftaufnahme, die auf seinen Knien lag.

»Der Anflugwinkel ist falsch. Fünfzehn Grad steuerbord und dann halten.« Kane zeigte dem Piloten mit der flachen Hand die Richtung.

Thomas Sims neigte die Steuersäule, und Carvis spürte, wie das Flugzeug nach rechts schwenkte. Er blickte durch die Frontscheibe – und sah kein Flugfeld. Nur ausgeweidete Häuser und tote Fensterhöhlen. Pulverisierte Architektur in Beige und Grau, dazwischen ein Tupfer Grün, ein grau melierter Park.

»Ich habe gefragt, ob die Landebahn frei ist, verdammt noch mal?«

»Ja, Major, ist sie. Aber der Winkel ist immer noch zu spitz«, erwiderte Kane. »Dreißig Grad nach steuerbord!«

Die Maschine drehte weiter, und plötzlich setzte sich der Co-Pilot kerzengerade auf.

»Achtung, *Sparrow Flight*«, funkte er den Jagdschutz an. »2-cm-Flugabwehrgeschütz auf der östlichen Seite des Parks. Ich wiederhole, Flak auf der Ostseite der Landezone.«

»Beginne mit dem Landeanflug.« Sims drückte die Nase der Junkers nach unten.

»So wird das nichts«, warnte Kane. »Wir fliegen immer noch im falschen Winkel an, wir verfehlen die Einflugschneise.«

Sims kippte die Maschine stärker nach rechts. »Landeklappen raus.«

Schweigend zog Kane einen Hebel neben seinem Sitz und schaute aus dem Fenster. »Landeklappen sind raus«, bestätigte er.

Die Junkers verlor weiter an Höhe. Carvis drückte sich hoch, guckte zwischen den Piloten hindurch und sah nur Häuser.

»Wo ist die Landebahn?«, flüsterte er Davies zu.

»Es gibt keine Landebahn, wir improvisieren.« Der Lieutenant legte einen Zeigefinger auf den Mund.

»*Sparrow Flight*«, rief Kane noch einmal ins Mikrofon. »Wir kommen in Reichweite der Flak. Vorsicht!«

Und plötzlich passierte alles gleichzeitig. In einer Linie aufgereiht, tauchten die P-51-Jäger im rechten Seitenfenster auf und stürzten sich mit feuerspuckenden Bordkanonen in die Tiefe. Die Junkers ging noch tiefer, bis der Co-Pilot hysterisch »Anflug abbrechen, hochziehen« schrie. Sims riss an der Steuersäule, und Carvis' Kopf schnellte ruckartig nach unten. Die Maschine schoss über den Park, und Carvis entdeckte zwischen umgestürzten Bäumen das graue Flugabwehrgeschütz, das mit steil nach oben gerecktem Lauf auf die Jäger feuerte. Der Richtschütze saß hinter einem Stahlschild und schwenkte mit rotierenden Handrädern die Schnellfeuerkanone, während der Verschluss stakkatoartig Patronenhülsen ausspuckte. Wehrmachtssoldaten wuchteten Munitionskisten von einem Lkw, rannten geduckt mit der Last zur Flak. Leuchtspurgeschosse rissen Erdfontänen aus dem Boden, zerfetzten eine Parkbank und wanderten in die Flugabwehrkanone, die in einem Feuerball explodierte. Glühende Metallteile mähten die Soldaten nieder, fetzten widerstandslos durch die Lkw-Plane. Die Junkers flog vorbei. Carvis drehte den Kopf, streckte sich und sah nach hinten, als eine Explosion den Laster zerriss.

Die Ju 52 gewann wieder an Höhe und flog einen Bogen über dem Park.

»Verfluchte Scheiße«, rief Kane. »Ich habe doch gesagt, der Winkel ist falsch. Wir wären beinahe abgeschmiert!«

»Sie müssen mich besser einweisen«, erwiderte Sims. »Wenn der Anflug nicht stimmt, müssen Sie mich korrigieren, bis es passt. Das haben wir doch hundertmal geübt.«

»Ruhe jetzt«, fuhr Kelley dazwischen. »Es wird gleich dunkel. Der nächste Versuch muss klappen, konzentrieren Sie sich!«

»Wo wollen wir in dem Park landen?«, fragte Carvis. »Haben Sie die Bombenkrater und Fahrzeugwracks gesehen? Überall liegen umgestürzte Bäume. Soll das eine Bruchlandung werden?«

»Nein«, antwortete Davies, während der Co-Pilot wieder durch das Fernglas schaute und Sims fortlaufend Richtungsangaben zurief. »Auf den Luftaufnahmen haben wir quer durch den Park eine Schneise gefunden, die für die Landung ausreicht. Wir haben jeden Meter fotografiert, ausgemessen und geprüft. Aber wir müssen im korrekten Winkel anfliegen und an der richtigen Stelle aufsetzen. Sonst geht's schief.«

»Okay, Anflugwinkel stimmt«, sagte Kane. »Zweiter Versuch.«

Schweigend drückte Sims die Steuersäule nach vorne, und die Junkers sackte erneut ab. Carvis' Blick folgte der Richtung des Flugzeuges, und tatsächlich entdeckte er zwischen den Hindernissen einen schmalen, unbeschädigten Korridor. Stellenweise nur zehn, zwölf Meter breit. Er schaute dem Co-Piloten über die Schulter und erkannte auf dem Aufklärungsfoto eine rote Linie, die zwischen Trichtern, Bäumen und einem kleinen See hindurchführte und die Landestrecke markierte.

»Das ist aber kurz«, sagte Carvis. »Reicht die Strecke?«

»Nein, aber darum benutzen wir ein Hilfsmittel«, erwiderte Kelley. »Und jetzt halten Sie den Mund, Carvis! Die Piloten müssen sich konzentrieren.«

Die Junkers flog immer tiefer, der Park kam ein zweites Mal näher.

»Luke öffnen und bereithalten«, rief Kelley nach hinten. Private Winter stand auf und streckte sich zur Wellblechdecke. Mit beiden Händen drehte er einen Handhebel und öffnete eine quadratmetergroße Klappe nach innen. Fahrtwind heulte schlagartig durch das Flugzeug. Direkt vor der Klappe hing ein flacher Holzkasten, der Carvis bisher nicht aufgefallen war. Winter setzte sich wieder auf seinen Platz und wartete.

»Achtung, wir landen«, rief der Pilot.

Carvis blickte wieder durch die Frontscheibe. Die letzten Häuser verschwanden unter der Junkers. Eine Wiese kam näher, Parkbänke und links ein Teich, aus dem ein Baumstamm mit den Wurzeln nach oben ragte. Bäume huschten vorbei, mit Wasser gefüllte Bombenkrater. Ruckartig setzte die Maschine auf. Carvis' Kinn zuckte zum zweiten Mal nach unten, ein Stich pulsierte wie ein Stromschlag durch seinen Nacken. Sims trat die Bremsen durch und schob den Gashebel auf Umkehrschub. Die Fliehkraft zog Carvis nach vorne, bis er straff in seinen Gurten hing. Private Winter sprang wieder auf, zog mit vollen Händen weißen Stoff aus dem Holzkasten und schob ihn durch die Klappe. Der Fahrtwind packte die beiden Fallschirme, riss sie mit, Schnüre und Seide rauschten hinterher, bis sie sich mit einem Ruck öffneten. Die Schirme zerrten an den Halteseilen und bremsten die Maschine abrupt ab. Die Männer wurden in ihren Gurten mit Gewalt nach vorne gezogen. Irgendwo löste sich eine Maschinenpistole, schlidderte über den Metallboden und schlug gegen die Trennwand zur Pilotenkanzel.

Schaukelnd und schlingernd raste die Junkers über den unebenen Grasboden.

»Achtung! Vorsicht«, schrie Kane plötzlich. »Nach links ziehen! Nach links!«

Etwas knallte gegen die rechte Tragfläche. Die Maschine machte einen Satz, neigte sich wie ein Schiff im Sturm und richtete sich wieder auf.

»Also, das war zu knapp für meinen Geschmack.« Der Co-Pilot bekreuzigte sich dreimal hintereinander.

Das Flugzeug rumpelte und holperte über das Gras, überquerte einen Fußweg, rollte langsam aus und kam zum Stehen.

»Leute, Leute, Leute«, presste Sims hervor und atmete laut aus. Die Bremsfallschirme sackten zusammen und legten sich wie Leichentücher über den Flugzeugrumpf. Der Stoff filterte das Licht der untergehenden Sonne in ein gedämpftes Grau.

»Willkommen in Berlin«, rief irgendjemand.

Major Kelley schälte sich aus seinen Haltegurten.

»Auf und raus!«, kommandierte er und stieß die Tür auf. »Sergeant Gray und Gruppe 1, Umgebung sichern. Sergeant Krokovski mit Gruppe 2, Flugzeug drehen und Start vorbereiten. Private Winter, Fallschirme abschneiden. Und ein bisschen Tempo. Ich will die Maschine in fünf Minuten wieder in der Luft haben.«

»Captain Carvis«, Kelley drehte sich im Ausstieg um, »Sie bleiben bei Sergeant Gray. Sie kleben an ihm wie Kuhscheiße an Ihren Stiefeln, wenn Sie über eine Weide laufen. Kapiert?«

Ohne eine Antwort abzuwarten, verschwand der Major nach draußen.

Das Erste, was Carvis auffiel, war der Brandgeruch. Kein Lagerfeuer- oder Kaminaroma, sondern ein beißender Gestank, der die Nase vergewaltigte, wie eine Wurzelbürste im Rachen kratzte und schwallartig von einer süßlichen Note überlagert wurde. Als Zweites bemerkte er, dass er Sergeant Gray verloren hatte. Praktisch direkt nach dem Ausstieg. Er drehte sich im infernalischen Lärm der Flugzeugmotoren um sich selbst. Immer noch quoll schwarzer Qualm aus der Rauchbombe. Von den Propellern zerfetzt und vertrieben, flossen dunkle Schwaden um das Fahrwerk und über den Boden, wo die abgeschnittenen Fallschirme fortgeweht wurden. Der Co-Pilot fuhr mit der flachen Hand zärtlich über die Vorderkante der rechten Tragfläche, als würde er den nackten Rücken einer Frau liebkosen. Zufrieden nickte er Sims zu, der aus der Pilotenkanzel guckte. Kelley und Krokovski drückten mit zwei Soldaten das Heck des Flugzeuges herum, als Carvis instinktiv über seine Schulter sah. Hundertfünfzig Meter entfernt kniete Sergeant Gray mit Davies, Hill und Lewis am Rand des Parks hinter einer Hecke und winkte ihm zu. Carvis rannte hinüber und ging neben Davies in die Hocke.

Der Lieutenant hatte einen Berliner Stadtplan im Gras ausgebreitet und orientierte sich mit einem Kompass. Ein roter Wachsstiftkreis markierte die Landezone im Park. Eine schwarze Linie folgte dem Zickzack der Nebenstraßen bis zum blau eingerahmten Kaiser-Wilhelm-Institut in Dahlem. Auf der anderen Seite der Hecke begrenzte eine schmale Straße den Park, wo sich Einfamilienhäuser mit weiß getünchten Fassaden und ordentlichen Lattenzäunen aneinanderreihten.

»Verdammt, wer ist das?« Sergeant Gray zeigte auf einen älteren Mann in brauner Uniform, der mit umgehängtem Karabiner aus einem Hauseingang trat.

»Ich dachte, bei Bombenalarm müssen alle in den Luftschutzkeller.« Gray hob seine Thompson-Maschinenpistole.

»Vielleicht ein Luftschutzwart oder so etwas«, erwiderte Davies. »Warten Sie, vielleicht sind da noch mehr.«

Der vermeintliche Luftschutzwart stand auf der Straße und betrachtete alarmiert das Getümmel im Park. Dann rückte er seine blank gewienerte Lederkoppel zurecht und steuerte auf die Junkers zu.

»Captain, Sie müssen ihn aufhalten«, flüsterte Davies. »Schicken Sie ihn weg. Wir können keine Aufmerksamkeit gebrauchen.«

»Wie soll ich das denn machen?« Carvis fühlte sich überrumpelt.

»Sagen Sie irgendetwas«, sagte Gray. »Sie sprechen doch Deutsch, erzählen Sie ihm eine Geschichte.«

»Ja, Captain, probieren Sie es«, flüsterte Davies.

Carvis stand auf und atmete tief durch. Langsam ging er auf den Mann zu, der zusammenzuckte, als Carvis in seinem gescheckten Poncho und mit geschwärztem Gesicht hinter der Hecke auftauchte.

»Wer sind Sie? Stehen bleiben!« Der alte Mann nahm den Karabiner von der Schulter. »Was machen Sie hier?« Trotz seines Alters lud er das Gewehr in einer fließenden Bewegung durch und legte auf Carvis an.

»Ich bin Hauptmann Kurz, wir sind deutsche Soldaten und mussten notlanden.« Carvis hob beruhigend beide Hände. »Sie sollten Abstand halten, das Flugzeug ist getroffen und kann jeden Moment explodieren.«

»Ich bin hier der Blockwart.« Der Mann ließ das Gewehr sinken. »Ich dachte schon, Sie sind Bolschewiken. Rote Sabotagetrupps machen die ganze Stadt unsicher. Verfluchtes Pack!«

Der Blockwart trug eine tadellos gebügelte SA-Uniform mit roter Hakenkreuzbinde. Sein schwarzer Stahlhelm hatte weder Kratzer noch Beulen. Er musterte Carvis von Kopf bis Fuß und deutete mit hochgezogenen Augenbrauen auf dessen amerikanische Maschinenpistole.

»Wir sind die Kampfgruppe Bergmann«, redete Carvis drauflos, ohne nachzudenken. »Unser Flugzeug wurde auf dem Rückweg von einem Kommandoeinsatz gegen die Amis angegriffen und musste notlanden. Wir wollten nach Gatow, zum Flugplatz.«

»Hier ist nicht Gatow, hier ist Zehlendorf«, erwiderte der Blockwart trocken und hängte sich den Karabiner über die Schulter. »Und das ist keine Landebahn.« Missmutig zeigte er auf den verwüsteten Park.

»Stimmt«, sagte Carvis. »Trotzdem sollten Sie wieder ins Haus gehen.«

Carvis nahm den Blockwart am Arm und schob ihn sanft in Richtung Straße, als ein ohrenbetäubendes Fauchen beide herumwirbeln ließ. Sprachlos starrte Carvis auf die Junkers, die um hundertachtzig Grad gedreht im Park stand. Das ganze Flugzeug bebte. Meterlange Feuerschweife schossen aus zwei länglichen Metallzylindern, die unter den Tragflächen hingen. Die Maschine ruckte und schaukelte. Dann löste der Pilot die Bremsen, und die Junkers raste die Landestrecke entlang. Exakt den Weg, den sie gekommen war. Die Maschine hob ab und flog in einem Bogen über die Häuser davon. Carvis hatte noch nie ein Flugzeug so schnell starten sehen.

»Starthilferaketen«, sagte der Blockwart. »Mein Sohn ist bei der Luftwaffe. Die benutzen sie auch, um schwere Bomber in die Luft zu kriegen. Dass die Raketen jetzt sogar für Transportmaschinen verwendet werden, wusste ich gar nicht. Aber ich dachte, Sie mussten notlanden?«

»Ja, richtig«, erwiderte Carvis und verfluchte Davies und den ganzen Kommandotrupp, weil ihm niemand etwas von den Raketen erzählt hatte. »Unser Pilot wollte uns absetzen und es trotzdem nach Gatow versuchen. Um das Flugzeug zu retten. Besonders viele haben wir ja nicht mehr. Da zählt jedes einzelne.«

Der Blockwart winkte ab. »Machen Sie sich mal keine Gedanken. Bald beginnt die große Gegenoffensive mit den neuen

Vergeltungswaffen. An allen Fronten gleichzeitig. Der Führer hat sie wegen ihrer furchtbaren Wirkung bisher zurückgehalten, aber jetzt kommen die Samthandschuhe runter. Er wartet nur noch auf den richtigen Moment.«

Der alte Mann drehte sich um und schlenderte davon. »Die Feinde des Reiches werden sich wünschen, sie wären niemals nach Berlin gekommen.«

XI

BERLIN-ZEHLENDORF, 23. APRIL 1945, 21:43 UHR

Knut hätte am liebsten geheult. Verschwitzt blieb er an einer Kreuzung stehen und sah sich verzweifelt um. Kein einziger Lichtstrahl drang durch die mit Verdunklungspappe zugeklebten Fenster nach draußen. Die leeren Straßen unterschieden sich in der Dunkelheit nur in ihren Grautönen. Seit Stunden wanderte er umher. Bis auf einen streunenden Hund war ihm niemand begegnet, weil die Ausgangssperre die Menschen in ihre Wohnungen pferchte. Er fühlte sich hilflos, alleine und wusste nicht mehr weiter. Sollte er der Hauptstraße folgen, obwohl sie in einem Bogen in die Richtung abknickte, aus der er gerade gekommen war? Oder rechts und links in eine der Nebenstraßen abbiegen? Mühsam unterdrückte er einen Weinkrampf und entschied sich für rechts. Ludo würde toben vor Wut.

Am Nachmittag hatte der Flakturm im Zoologischen Garten eine russische Il-2 abgeschossen, die etwas zu sorglos im Tiefflug eine Lastwagenkolonne angegriffen hatte. Um 16:43 Uhr hatte der brennende Jagdbomber das Dach einer Bäckerei durchschlagen und ein Luftschutzhelfer einen Fallschirm in Lichterfelde niedergehen sehen. Der NSDAP-Ortsvorsteher trommelte Hitlerjugend und Volkssturm zusammen, und die Hatz auf den abgeschossenen Piloten begann. Knuts HJ-Gruppe, die gerade auf der blockierten Ringstraße

Bombenkrater zuschaufelte, ließ sofort die Schippen fallen und beteiligte sich mit Feuereifer an der Jagd. Als die Bolschewiken Anfang April die Weichsel überschritten hatten, war jedem der neununddreißig Hitlerjungen ein abgenutzter, französischer Karabiner aus Beutebeständen übergeben worden, um für den Endkampf gerüstet zu sein. Und nun durchkämmten sie Hinterhöfe und Ruinen, Lagerhallen und eine Gartenkolonie. Ihre hellen Stimmen hallten durch die Nachbarschaft, als wären sie auf einer Schnitzeljagd. Als Knut zwischen zwei Schrebergärten über einen Lattenzaun kletterte, brach ein morscher Holzpfosten, und er landete rücklings zwischen Kohlrabiknollen in einem Gemüsebeet. Starr vor Angst lag er auf der weichen Erde, das Gewehr unter sich, und wagte nicht zu atmen. Ergeben wartete er auf das Unvermeidliche. Den spöttischen Ruf eines Kameraden oder Ludos Aufschrei. Aber ein Wunder geschah. Knut hob vorsichtig den Kopf und stellte erleichtert fest, dass niemand sein Missgeschick bemerkt hatte. Er hörte die anderen auf dem Nachbargrundstück, das durch dichte Brombeersträucher von den Gärten getrennt war. Doch der nächste Schreck sprang ihn an wie eine Katze ein Küken, das aus dem Nest gefallen war. Die lehmige Erde klebte am Gewehr, am Verschluss und am Abzug. Spucke und heftiges Reiben machten es nur noch schlimmer. Knut fing an zu schwitzen, er hatte die Todsünde eines Soldaten begangen. »Dieses Gewehr ist wichtiger als eure Familie«, hatte Ludo bei der Waffenausgabe gepredigt. »Hütet und pflegt es wie euer eigenes Leben.« Hastig versteckte sich Knut hinter einer Gartenhütte, zerlegte den Karabiner und reinigte die Einzelteile mit einem Lappen. Als er das Gewehr wieder zusammensetzte, hatte die Dämmerung bereits lange

Schatten geworfen, und von den anderen Hitlerjungen fehlte jede Spur. Er war alleine in der Gartenkolonie gewesen.

Knut zog den Rotz in der Nase hoch und lief durch die Nacht. Seine Zehen scheuerten in den zu großen Lederstiefeln, der Karabiner hing an seiner Schulter und schlug mit jedem Schritt in die rechte Kniekehle. Knut hasste die Hitlerjugend. Für seine vierzehn Jahre war er zu schmächtig und im Umgang mit Waffen ungeschickt, beim Sport fehlten ihm Ausdauer und Kraft. In kürzester Zeit hatte er den Zorn seines Rottenführers und den Spott seiner Kameraden auf sich gezogen. Ludo verabscheute Schwächlinge und schikanierte Knut ohne Gnade. Und je unbarmherziger Ludo ihn quälte, desto mehr Fehler machte Knut, was noch härter bestraft wurde. Ludo war sechzehn, hieß eigentlich Ludwig Dollmann und durfte als Anführer eine MP40-Maschinenpistole tragen. Sein ganzer Stolz. Ludos Vater war Feldwebel in der Waffen-SS gewesen und am Neujahrsmorgen 1944, wenige Minuten nach Mitternacht, gefallen. Allerdings nicht in der eisigen Ukraine oder in einer sternenklaren Nacht in Mittelitalien, sondern in einer Kaserne in Straubing, wo er bei einem Silvesterbesäufnis auf dem Weg zum Abort eine vereiste Treppe hinuntergestürzt war und sich an einer Betonstufe den Schädel aufgeschlagen hatte. Manche sagten, Ludos Vater hätte so viel Alkohol im Blut gehabt, dass es trotz der niedrigen Temperaturen einfach nicht gerinnen wollte. Nach diesem Tag verwandelten sich Ludos Schikanen in blanke Tyrannei.

Knut lief die Straße entlang und stolperte in der Finsternis über die Mauerreste einer zerbombten Hausfassade. Die dunklen Laternen standen nutzlos neben der Fahrbahn Spalier, und bis auf das Rumoren an der Front war die Stadt totenstill. *Ich bin doch aus Pankow,* dachte Knut. *Wie soll ich mich da in Zehlendorf auskennen?* Der Trageriemen des Karabiners schnitt in seine Schulter, und vor Verzweiflung fing er doch noch an zu weinen.

Noch mehr als Ludo fürchtete Knut die Bolschewiken. Das Monster, das unaufhaltsam von Osten heranstürmte. Manchmal fraß die Angst ihn auf, verbiss sich in jede Faser seines Körpers. Das Dröhnen und Donnern wuchs Tag für Tag, wurde mächtiger und lauter. Wie Knuts Panik. Am liebsten wäre er weggelaufen. Irgendwohin. Aber das ging nicht. Er hatte eine Pflicht zu erfüllen. Eines Nachts hatte er sich im Bett aufgesetzt und mit dem Ohr an der Wand seine Eltern im Wohnzimmer belauscht. Er hatte nicht richtig verstanden, was die Russen den Frauen und Mädchen in Schlesien und Ostpreußen angetan hatten, doch die Angst in den Stimmen seiner Eltern kroch durch die dünne Wand und setzte sich in seinem Kopf fest.

»Der Führer verlässt sich auf uns Männer, Knut. Wir dürfen ihn nicht enttäuschen«, hatte sein Vater am nächsten Morgen zum Abschied gesagt. »Aber vor allem verlasse ich mich auf dich, mein Sohn. Pass auf deine Mutter und deine Schwester auf.« Dann hatte er Knuts Schulter gedrückt, war mit dem Volkssturm nach Osten marschiert und hatte Knut mit einer furchtbaren Verantwortung zurückgelassen.

Knut wanderte über eine weitere Kreuzung, und nach ein paar Metern wuchs am rechten Straßenrand ein massiver Schatten aus der Finsternis. Der Mond setzte sich gegen eine Wolkenfront durch und tauchte die Umgebung in weißes Licht. Der Schatten verwandelte sich in einen ausgebrannten Schützenpanzer, die Kette abgesprungen und das olivgrüne

Tarnmuster von Hitze versengt. Knut betrachtete die Häuser, eine Litfaßsäule und ein paar dürre Bäume, aber er wusste trotzdem nicht, wo er war. Er überlegte, ob er an einer Tür klopfen und nach dem Weg fragen sollte, als er ein unterdrücktes Husten hörte. *Vielleicht kommen die anderen,* dachte er, und eine Woge der Erleichterung nahm ihm fast die Luft. Er sah die leicht abfallende Straße hinunter und erkannte plötzlich eine Reihe dunkler Gestalten. Kaum wahrnehmbar verschmolzen sie mit dem grauen Hintergrund, knieten im Schatten von Treppenaufgängen oder drückten sich in Hausflure. *Wie eine Patrouille im Feindesland,* dachte Knut stolz und freute sich, dass seine Kameraden gekommen waren, um ihn zu suchen. Ludos Schikanen würde er schon irgendwie überstehen. Hauptsache, er irrte nicht mehr alleine durch die Nacht.

Carvis' Gedanken schlugen Saltos. Die Ungeheuerlichkeit ließ sich kaum begreifen. Er war wieder in Berlin. Mit der flachen Hand fuhr er über die Hauswand neben dem Gehsteig, spürte den rauen Verputz unter den Fingern und wartete darauf, dass er in London im Lazarett aufwachte. Doch der Kalk hinterließ weiße Striemen auf seinem Handballen, was in Träumen üblicherweise nicht vorkam. Er war tatsächlich zurück in Berlin. Unter den widrigsten Umständen.

Neunzig Minuten zuvor war die Kommandoeinheit von der Landezone nach Dahlem aufgebrochen, lautlos durch Nebenstraßen und Gässchen geschlichen, immer auf der Suche nach dem dunkelsten Schatten. Aufgeregt hatte Carvis sich umgesehen, hatte versucht, Straßen und Gebäude wiederzuerkennen, während er hinter Davies durch die surreale Welt der zerstörten Stadt wanderte. In der sie nicht alleine unterwegs waren. Zweimal begegneten ihnen deutsche Truppen in Kompaniestärke. Schon von Weitem angekündigt durch das dröhnende Echo Hunderter Armeestiefel, sodass Ausweichen ein Leichtes war. Mit angehaltenem Atem hatte Carvis Reihe um Reihe feldgrauer Gestalten beobachtet, die mit mondgebleichten Gesichtern an irgendeine Front marschierten. Die dritte Begegnung endete beinahe in einer Katastrophe. Erst in allerletzter Sekunde entdeckte Sergeant Krokovski an der Spitze der Kolonne eine SS-Patrouille, die im Schatten einer Toreinfahrt lauerte. Die Amerikaner erstarrten an Ort und Stelle, verschmolzen mit der Dunkelheit und waren den Deutschen so nah, dass sie jedes geflüsterte Wort hörten. Als die Patrouille zwanzig Minuten später abrückte, klebte Carvis' durchgeschwitztes Hemd wie eine zweite Haut an seinem Rücken.

Er fühlte sich Anna so nah, als würde sie hinter der nächsten Ecke auf ihn warten. Dieses Gefühl wirkte wie Starkstrom, wie Wasser auf einen vertrockneten Baum. Seit der Landung wuchs eine Hoffnung in ihm, die er nicht für möglich gehalten hatte. Sie hatten es bis hierher geschafft, da war der Rest kein aussichtsloses Unterfangen. Sie würden Bergmann im Kaiser-Wilhelm-Institut treffen, und der Professor würde Carvis zu seiner Tochter führen. Lotte musste wissen, wo Anna steckte. Schließlich waren sie Freundinnen. Und dann würde er Anna finden und mitnehmen.

Carvis machte drei schnelle Schritte und holte Davies ein, der in der Kolonne vor ihm lief.

»Wann sind wir da?«, flüsterte er und zog den Lieutenant am Ärmel. »Wie weit ist es noch?«

Davies fuhr herum.

»Menschenskind, Carvis, das ist jetzt nicht Ihr Ernst. Ruhe und Abstand halten! Zurück in die Linie!«

Bevor Carvis antworten konnte, hob Krokovski an der Spitze wieder die Hand. Davies ging reflexartig hinter einem Mauervorsprung in die Hocke und zog Carvis mit sich. Der Lieutenant legte warnend einen Zeigefinger auf die Lippen. Carvis spähte die leicht ansteigende Straße hoch. Wie an einer unsichtbaren Perlenschnur aufgereiht, warteten die Amerikaner regungslos. Irgendjemand hustete. Carvis sah Krokovskis Silhouette hinter einem Fahrzeugwrack knien, als das Mondlicht langsam an Kraft gewann. Wie eine Glühbirne, die mehr Strom bekam.

»Verdammt.« Davies presste sich dichter an die Mauer. Neben dem zerstörten Fahrzeug stand eine schmale Gestalt in schwarzer Uniform. *Ein Kind,* dachte Carvis. Hitlerjugend, wie er sie zu Hunderten auf Paraden und Fackelzügen gesehen hatte. Aber irgendetwas stimmte nicht. Der Junge wischte sich über die Augen, fing an zu winken und lief direkt auf sie zu.

»Verdammt«, wiederholte Davies leise.

Knut weinte vor Erleichterung. Die Tränen liefen ihm die Wangen hinunter und spülten Angst und Verzweiflung fort.

»Ludo, ich bin's, Knut.« Zaghaft hob er eine Hand. »Es tut mir leid, dass ihr wegen mir zurückkommen musstet.«

Er passierte den ausgebrannten Schützenpanzer und prallte zurück, als ihn aus dem Schatten eine Gestalt ansprang. Entsetzt starrte er in ein pechschwarzes Gesicht, aus dem das Weiße der Augen dämonenhaft hervorstach. Sein Magen verkrampfte. Knut tastete nach dem Gewehr, als ihn die Gestalt an der Uniform packte und von den Füßen riss. Der Lederriemen rutschte von der Schulter, und der Gewehrkolben knallte auf den Asphalt. Im selben Moment traf ihn eine Faust an der Schläfe, und die Nacht verschlang ihn endgültig.

Major Simon Kelley sprang auf, als Krokovski zuschlug. Er sprintete an der Kolonne entlang auf den Hünen zu, der den Knirps wie eine schlaffe Puppe auffing und geräuschlos auf den Boden gleiten ließ.

»Was machen wir mit dem Kraut-Burschen?«, fragte Krokovski.

»Leise«, zischte Kelley. Er betrachtete das weiße, porzellanartige Gesicht des Hitlerjungen.

»Töten Sie ihn, und dann verstecken Sie ihn im Wrack. Wir können nicht riskieren, dass er uns verrät.« *Das Schicksal des Jungen war in dem Moment besiegelt, in dem er in diese Straße eingebogen ist*, dachte Kelley ohne Mitleid. *Und ein toter Kraut ist immer besser als ein lebender. Egal, wie groß er ist.*

Krokovski zog ein matt glänzendes Messer und setzte es am Hals des Jungen an, als die Salve einer Maschinenpistole die Stille zerriss. Geschosse prallten am Schützenpanzer ab. Kelley warf sich in den Rinnstein. Zwanzig, dreißig Schatten drängten aus einer Seitenstraße, schwärmten aus, hetzten über die Kreuzung, als ein zweiter Feuerstoß Kelley zwang, den Kopf einzuziehen. Er hob seine Thompson-MP, zielte auf das Mündungsfeuer und drückte ab.

»Zurück«, schrie er. »Wir ziehen uns zurück.«

»Die Amerikaner sind hier. Verteilt euch! Verteilen!«, rief Ludo aus Leibeskräften und winkte seine Gruppe vorwärts. Er lehnte an einer Hausecke, spähte über den Lauf der Maschinenpistole und zog den Abzug durch. Die MP40 hüpfte in seinen Händen, geblendet von Mündungsblitzen tanzten Sterne vor seinen Augen. Ein Amerikaner lag neben dem Panzerwrack und erwiderte das Feuer. Kugeln schlugen neben Ludo in den Putz, und er zuckte zurück. Als er wieder hinguckte, bewegten sich die dunklen Silhouetten der Amerikaner die Straße hinunter.

Auf halber Strecke zum HJ-Heim hatte Ludo plötzlich Knut vermisst. Außer sich vor Wut wäre er am liebsten weitermarschiert. Sollte der Versager doch die ganze Nacht durch die Stadt irren. Aber wenn der Trottel während der Ausgangssperre von einer Patrouille aufgegriffen wurde, fiel das auch auf Ludo zurück. Als Rottenführer hatte er die Verantwortung für jeden der neununddreißig Jungen unter seinem Kommando. Also waren sie schimpfend umgekehrt. Was nebenbei auch eine kollektive Strafe für die ganze Gruppe war, denn keiner der anderen hatte Knuts Fehlen bemerkt oder gemeldet. Sie sollten aufeinander aufpassen, verdammt noch mal. Wieder in Zehlendorf, sahen sie Knut in einiger Entfernung über eine Kreuzung wandern. Ludo rief nach ihm, doch der Schlappschwanz heulte und war mit sich selbst beschäftigt. Als Ludo hinterherrannte und an der Kreuzung um die Ecke bog, lag Knut am Boden. Zwei Soldaten in schwarzen Ponchos beugten sich über ihn. Ludo erkannte sofort die charakteristischen Helme. Es dauerte mehrere Sekunden, bis er die Tragweite seiner Beobachtung begriff. Amerikaner in Berlin! Dann war seine HJ-Gruppe zu ihm aufgeschlossen, und ohne zu zögern hatte Ludo die Maschinenpistole hochgerissen und auf die Amis gefeuert.

»Hinterher!« Ludo stürmte über die Straße. Aus der Hüfte schoss er das Magazin leer und warf sich neben Knut zu

Boden. Zwei Hitlerjungen landeten neben ihm, das trockene Knallen der Karabiner schwoll an. Sie sprangen auf, setzten den Amerikanern nach, die in der Nacht verschwanden.

»Dranbleiben.« Ludo rammte ein neues Magazin in die Maschinenpistole. »Lasst sie nicht entkommen.«

XII

BERLIN-CHARLOTTENBURG, 31. DEZEMBER 1936, 16:52 UHR

Mist, fluchte Carvis innerlich. Wieder mal hatte er am Mittag kein Holz nachgelegt, und nun war die Wohnung eiskalt. Seit Tagen plagte eine unerbittliche Kältewelle Berlin, doch alles Jammern half nicht. Notgedrungen warf er die Decke zur Seite und sprang aus dem Bett. Nackt lief er über den Dielenboden und ging fröstelnd vor dem gusseisernen Ofen in die Hocke. Das schwarze Metall strahlte noch etwas Restwärme ab, doch seine Schultern und der Rücken verkrampften vor Kälte. Hastig zog er die Ofenklappe auf und schob mit dem Schürhaken die Asche über dem Rost hin und her, bis sie in den Aschekasten fiel. Dann knüllte er drei Seiten des *Völkischen Beobachters* zusammen, den Frau Schmidt ihm mit dem Holz vor die Tür gestellt hatte. Die alte Hexe berechnete ihm stolze fünfundzwanzig Pfennig für das eine Woche alte Propagandablatt. »Heizmaterialien sind natürlich nicht in der Miete enthalten«, hatte sie ihm spitz erklärt, als es kühler wurde und er das erste Mal nach Holz für den Ofen gefragt hatte. Aber sie könne ihm natürlich alles kostenpflichtig liefern lassen. Und da Carvis seine Zeit nicht mit der Beschaffung von Holz und Kohle verschwenden wollte, war er seiner eigenen Bequemlichkeit zum Opfer gefallen und hatte Frau Schmidts Wucherpreise akzeptiert.

»Nimm besser richtig viel, damit es anständig warm wird«, rief Anna vom Bett. »Ich bin doch kein Eskimo.«

»Ich frage mich, ob eine Eskimofrau in dieser Situation überhaupt frieren würde.« Carvis stopfte die Papierkugeln in den Ofen. Er warf eine Handvoll Holzspäne hinterher und zündete ein Streichholz an, als ihn das Kissen am Hinterkopf traf.

»Was denn für eine ... Situation?«, fragte Anna. Das zweite Kissen streifte seine rechte Schulter, rutschte über Arm und Hand und erstickte das Streichholz.

»Na, diese unbekleidete Situation.« Carvis zündete ein zweites Streichholz an und schob es schnell durch die Ofenklappe, bevor Anna etwas anderes nach ihm warf. Die gelbe Flamme flackerte und leckte zögerlich an dem Papier, als müsste sie zuerst die Qualität prüfen, bevor sie sich darauf einlassen konnte. Aber dann biss sie an, breitete sich aus und sprang auf die Holzspäne über. Zitternd wartete Carvis, bis alles richtig brannte, und legte mit spitzen Fingern zwei viereckige Holzscheite in die Flammen.

Als er die Ofenklappe schloss, flatterte ein schwarzer Strumpf wie ein müder Falter knapp an ihm vorbei. Schnell drehte er sich um, packte beide Kissen und feuerte sie simultan aus der Hüfte auf Anna ab. Das erste traf sie frontal ins Gesicht, während das zweite die Lampe vom Nachttisch fegte.

»Du bist ja tiefgefroren«, protestierte Anna, als Carvis sich unter der Daunendecke an sie drängte. Sie tauchte unter dem Kissen hervor und blies sich eine blonde Haarsträhne aus dem Gesicht. Sie war ziemlich zerzaust, was nicht nur an dem Kissentreffer lag, und lachte ihn an.

»Psst, nicht so laut«, flüsterte er. »Sonst hört dich Frau Schmidt.«

»Herr Carvis«, imitierte Anna die Vermieterin, »Damenbesuch ist nur bis achtzehn Uhr und nach Rücksprache mit mir erlaubt. Dies ist ein anständiges Haus, wir sind hier nicht in Amerika!«

»Selbstverständlich, Frau Schmidt.« Carvis richtete sich auf und machte splitterfasernackt einen Diener.

Nachdem Oberleutnant Hubertus Schmidt im letzten Krieg am Isonzo in Italien gefallen war und seiner Frau Anneliese ein ansprechendes Vermögen hinterlassen hatte, erwarb diese ein Appartementhaus in einem gutbürgerlichen Viertel Berlins und vermietete sechs Wohnungen an finanziell gut situierte Personen. Dabei betrachtete sich die resolute Witwe nicht nur als Hausherrin, sondern auch als moralische Instanz, die sich in einer Zeit des gesellschaftlichen Niedergangs gewissen Anstandsregeln verpflichtet fühlte. Frau Schmidt wohnte im Parterre und bewachte den Treppenaufgang in die höher gelegenen Wohnungen wie den Zugang zum Tresorraum der Reichsbank. Sobald die alte Holztreppe knarrte, öffnete sich ihre Wohnungstür, und jeder Besucher wurde einer strengen Prüfung unterzogen. Wer dieser Kontrolle nicht standhielt, wurde des Hauses verwiesen. Zusätzlich patrouillierte die Kriegerwitwe über die Flure und lauschte an den Wohnungstüren, um Sittlichkeit und Anstand in ihrem Reich zu wahren. Speziell für die vier alleinstehenden männlichen Mieter stellte dies eine schwierige Herausforderung dar.

Doch wie jede angeblich unbezwingbare Festung hatte auch Frau Schmidt eine Schwäche. Dreimal pro Woche besuchte sie die Messe in der nahe gelegenen Luisenkirche, um für die Seele ihres gefallenen Mannes zu beten. Carvis hatte noch nie einen Fuß in diese Kirche gesetzt, aber er kannte die Uhrzeiten der Gottesdienste auswendig. Jedes Mal, wenn er

Anna in seine Wohnung schmuggelte, fühlte er sich dem verstorbenen Oberleutnant zu Dank verpflichtet.

Carvis' Appartement lag im zweiten Stock und bestand aus einem großzügigen Wohnzimmer mit angrenzender Küche, Bad und Schlafzimmer. Größe und Mobiliar der Wohnung rechtfertigten die horrende Miete.

»Das soll eine Studentenwohnung sein?«, hatte Anna bei ihrem ersten Besuch gefragt.

»Mein Vater ist zwar ein Geizhals«, hatte Carvis erklärt, »aber er schickt mir Geld für Studium und Wohnung. Meine Mutter hingegen steckt heimlich Geldscheine in ihre Briefe, weil sie die Knausrigkeit meines Vaters kennt. Und mein Großvater sendet mir – ohne dass meine Eltern es wissen – noch mehr Geld, damit ich in der teuren Hauptstadt nicht auf den letzten Pfennig gucken muss. Ich kann also nicht klagen.«

Carvis grinste, zog mit der Hand die Decke um seinen Körper zurecht und kuschelte sich an Anna. Langsam taute er in ihren Armen wieder auf. Ihr Kopf lag auf dem Kissen, das sie zu einer festen Rolle zusammengeklopft hatte. Versonnen lächelte sie ihn an, zog seine Gedanken in ihren Bann. *Sie spricht mit den Augen*, dachte Carvis. Glück, Freude oder wie gerade jetzt eine entspannte Gelassenheit strahlten aus ihren Pupillen und teilten sich der Welt wie ein Licht im Dunkeln mit. Und seit sie ein Paar waren, strahlten sie noch heller – davon war Carvis überzeugt.

Dass sie zusammengefunden hatten, war für ihn immer noch so unfassbar wie selbstverständlich. Scheinbar mühelos waren sie sich im Laufe des Sommers stetig nähergekommen. Wie zwei Teilchen mit entgegengesetzter Ladung, die voneinander angezogen werden. Auch wenn Anna diesen Vergleich nicht besonders romantisch fand. Frei von Nervosität und Unsicherheit oder auch nur der Idee einer Zurückweisung hatten sie sich aufeinander eingelassen, als hätten sie ein Leben lang darauf gewartet. Seit ihrer ersten Begegnung war Carvis Anna mit Leib und Seele verfallen. Die Art, wie sie ihn zur Begrüßung anstrahlte, die Nase kräuselte, kurz bevor sie niesen musste, oder die Stirn in Falten legte, wenn ihr ein Bericht in der *Wochenschau* nicht gefiel, all das berührte ihn auf ungekannte Weise. Und wenn Anna ihn manchmal von der Seite ansah, lächelte und ihm mit der Hand durch das Haar fuhr, spürte er eine Zuneigung, die er vorher nie für möglich gehalten hätte. In diesen Momenten, wenn ihm ihre Liebe jedes Mal neu bewusst wurde, schwor er sich, sie nie wieder aus seinem Leben zu lassen. Auch wenn das nicht ausschloss, dass sie hin und wieder unterschiedlicher Meinung waren. Wie beispielsweise über den Verlauf des restlichen Abends.

»Müssen wir unbedingt zu dieser Silvesterfeier?« Carvis drehte den Kopf, um sie direkt anzuschauen.

Anna nickte ungehalten und verdrehte die Augen.

»Ja, müssen wir. Ich habe es Lotte versprochen. Und das weißt du, weil ich es dir schon dreimal gesagt habe.«

»Lotte geht doch mit Wolfram hin«, warf Carvis ein.

»Und genau darum sollen wir mitkommen. Das ist eine Feier der Partei, und Lotte hat Angst, dass Wolfram keine Zeit für sie hat. Darum möchte sie uns dabeihaben. Komm schon, Freddy. Sie ist meine Freundin und hat uns extra Eintrittskarten organisiert.«

Carvis hatte Lotte seit den Olympischen Spielen nicht mehr gesehen und war ziemlich überrascht, dass Professor Bergmanns Tochter plötzlich mit Wolfram zusammen war. Der

Sohn des Gauleiters von Thüringen war alles andere als sympathisch, passte aber in einigen Charakterzügen gut zu Lotte. Wolfram war arrogant und überheblich – und was ihn besonders mit Lotte verband, war ihr gemeinsames Streben nach Dominanz.

»Lotte ist vor allem ihre eigene Freundin«, stellte er fest. »Welchen Vorteil bringt es ihr, dass sie Wolframs Freundin ist?«

Anna atmete hörbar aus und boxte ihn unter der Decke mit der Faust in die Rippen.

»Du kannst gerne hierbleiben, ich gehe auch alleine.«

»Natürlich fahren wir hin, wenn es dir wichtig ist.« Carvis rieb sich die Seite. »Kommt Anton wenigstens auch?«

»Nein, er ist mit dem Reichsarbeitsdienst in Danzig.«

Lottes Bruder war das exakte Gegenteil seiner Schwester. Sympathisch und unverdorben. Aber dummerweise weit weg.

»Und jetzt komm her.« Anna beugte sich über ihn und küsste seinen Mund. Ihr kleiner, fester Busen drückte gegen seine Brust und erweckte eine Etage tiefer ein Körperteil zum Leben, das er nach den Anstrengungen des Nachmittags für blutleer und erschlafft gehalten hatte. Die Fingerspitzen seiner rechten Hand wanderten von der Hüfte zwischen ihren Brüsten hindurch, an der Seite wieder hinunter und strichen über die Innenseite ihrer Schenkel. Anna rollte sich auf ihn, zog die Decke über ihre Schulter und biss Carvis sanft in den Hals.

»Meinst du, es ist schlimm, wenn wir zu spät kommen?«, fragte er gepresst und fuhr mit beiden Händen über Annas Rücken, bis er ihre Pobacken umfasste.

»Glaube ich nicht«, antwortete sie und griff zwischen ihren Körpern hindurch nach seiner wachsenden Erektion.

Uniformen, dachte Carvis zweieinhalb Stunden später. Uniformen und Schaftstiefel, deren Absätze man zur Begrüßung so wunderbar zusammenschlagen konnte. *Klack*. Carvis konzentrierte sich auf diesen Ton und filterte das trockene Knallen aus dem Rauschen der Stimmen und der dezenten Klaviermusik im Foyer des Eden-Hotels. *Klack. Klack. Klack-Klack.* Die Gäste der Silvesterparty schlenderten umher, trafen an der Garderobe, beim Büfett oder im Ballsaal aufeinander, und jede neue Begegnung erzeugte ein weiteres Knallen.

Berlin war seit der Olympiade dunkler geworden. Was nicht ausschließlich an der Jahreszeit lag. Uniformen in Braun, Grau und Schwarz verdrängten Sommeranzüge wie hartnäckiges Efeu die Zierpflanzen im Garten seines Großvaters in Vermont. »Die Stadt uniformiert sich«, hatte Carvis seiner Mutter geschrieben. Selbst an der Universität erschienen immer mehr Studenten und Professoren in Partei- oder SA-Uniformen. An Geschäften tauchten Boykottschilder auf, eingeschlagene Schaufensterscheiben luden nicht zum Einkaufen, sondern zum Weitergehen ein. Am Richard-Wagner-Platz hatte die Traditionsbuchhandlung Rosenthal über Nacht ihren Namen in Buchladen Glukow geändert, und anstelle des älteren Herrn, der das Geschäft in dritter Generation geführt hatte, bediente nun eine junge Verkäuferin.

Carvis nahm die Veränderungen wahr, ohne sich allzu viele Gedanken zu machen. »Auch am schönsten Sommertag kann es Wolken geben«, hatte er Anna bei einer Fahrradtour durch den Grunewald erklärt. »Und trotzdem bleibt es ein wunderbarer Tag.« Ein Schild mit der Aufschrift »Dieser deutsche Wald ist judenfrei« hatte ihr die Zornesröte ins Gesicht getrieben. Wütend hatte sie ihr Fahrrad herumgerissen und einen verdutzten Carvis darüber informiert, dass sie für heute genug vom deutschen Wald und Sommertagen habe. Auf dem Rückweg hatte sie kein Wort mit ihm gesprochen.

Carvis' Leben glich einem wolkenlosen Hochsommer. Er vergötterte eine wunderbare Frau, die ihn liebte, und studierte bei den renommiertesten Physikern der Welt. Dem Deutschen Reich fehlte das Geld, aber die Kaiser-Wilhelm-Gesellschaft hatte in den letzten zwanzig Jahren über private Mittel Forschung und Lehre gefördert, zahlreiche neue Institute gegründet und damit eine Hochkultur der deutschen Naturwissenschaften erschaffen. Und er, Frederic Carvis, genoss es, diese Blüte zu erleben und in sich aufzusaugen. Für ihn gab es keinen besseren Platz als Berlin. Wen störten da ein paar Uniformen?

»Träumst du?«

»Was?«, schreckte er aus seinen Gedanken hoch.

»Ich habe dich gefragt, ob du träumst«, sagte Anna.

»Ja, von dir.« Carvis grinste.

»Das musst du nicht«, erwiderte sie. »Ich stehe neben dir.« Sie legte eine Hand auf seine Schulter, zog ihn sanft an sich und hauchte ihm einen Kuss auf die Wange.

»Abgesehen davon«, flüsterte sie ihm ins Ohr, »zieht mich dieser SS-Heini da drüben schon die ganze Zeit mit den Augen aus und leckt sich dabei auch noch seine abstoßend bleichen Lippen. Ich wäre dir also dankbar, wenn du im Hier und Jetzt verweilen könntest!«

Carvis drehte sich langsam um und ließ seinen Blick über die Gäste schweifen.

»Wie sieht er denn aus?«

»Groß, schwarze Uniform.«

»Ich sehe hier nur Uniformen.«

»Schwarze Haare, quaderförmiger Kopf. Er guckt direkt hierher.«

»Quaderförmiger Kopf?«, fragte Carvis. »Was soll das denn sein?«

»Halt irgendwie eckig.« Anna hakte sich bei ihm ein. »Aber lass es gut sein, wir gehen zur Bar und suchen Lotte.«

Traditionell lud der Leiter des NS-Hauptamtes für Handwerk und Handel ausgesuchte Nationalsozialisten und Parteifreunde zur Silvesterfeier in ein exklusives Berliner Hotel. Dieses Jahr gab man sich im Eden-Hotel in der Budapesterstraße die Ehre, das mit seinem verspiegelten Ballsaal, der Minigolfanlage auf dem Dach und der stadtbekannten Bar mehr als geeignet für die achthundert Gäste war. Eintrittskarten waren heiß begehrt und fast unmöglich zu bekommen. Zudem kursierte unter den Gästen das Gerücht, dass nach Mitternacht Hermann Göring erwartet wurde, der bekanntlich extravagante Feste liebte.

In der Bar saß Lotte an der dunkelbraun lackierten Eichenholztheke, belagert von drei sehr jungen Männern, die um ihre Aufmerksamkeit buhlten.

»Da seid ihr ja endlich«, rief sie etwas zu laut, als Carvis und Anna sich zwischen den vollgepackten Tischen durch das Gedränge an den Tresen schoben. Vor ihr stand ein leeres Cognacglas, und sie betrachtete ihre Freunde kritisch mit glasigen Augen.

»Wie lange wolltet ihr mich denn noch warten lassen?«, fuhr sie beide zur Begrüßung an.

»Und ihr verschwindet jetzt. Zeit zum Schlafengehen.« Mit einer ungeduldigen Handbewegung scheuchte sie ihre drei Verehrer wie streunende Hunde fort.

»Na, beehrst du mich auch mal wieder mit deiner Anwesenheit, Mr. Amerika?« Mit ausgestrecktem Zeigefinger stieß Lotte Carvis gegen die Brust. »Erst lässt du mich wie ein billiges Flittchen abblitzen, und dann nimmst du mir die beste Freundin weg. Wochenlang hört und sieht man nichts von euch.«

Anna runzelte die Stirn. »Ich bin immer noch deine Freundin, und außerdem …«

»Und außerdem schweigst du besser, Freundin.« Lotte betonte das letzte Wort wie eine unangenehme Hautkrankheit. »Umgarnt hast du ihn. Obwohl ich ihn wollte. Mit deinen blonden Haaren und deinem ach so unschuldigen Blick.«

Wütend presste Anna die Lippen zusammen und sah Lotte böse an. »Gut«, sagte sie. »Wenn wir eine so große Belastung für dich sind, gehen wir am besten wieder.«

»Nein, bitte nicht.« Lotte stand auf, schwankte leicht und fiel Anna um den Hals. »Es tut mir leid«, flüsterte sie mit dem Kopf auf Annas Schulter. »Wolfram lässt mich hier den ganzen Abend sitzen, ihr taucht auch nicht auf, und stattdessen quatschen mich dauernd diese …«

Lotte suchte nach einem Wort und winkte schließlich frustriert ab.

»Bubis?«, schlug Anna vor.

»Ja, Bubis.« Lotte lachte, während sie sich verstohlen eine Träne wegwischte.

»Entschuldige, dass wir so spät gekommen sind.« Anna drückte ihre Freundin an sich.

»Weggenommen hast du ihn mir trotzdem.« Lotte setzte sich wieder hin. »Und du gibst dir gefälligst Mühe und machst sie glücklich«, fuhr sie Carvis an und stieß ihn wieder mit dem Finger. »Sonst kriegst du Ärger!«

»Jawohl«, antwortete er pflichtbewusst und sah beide an. Anna hatte inzwischen einen Barhocker neben Lotte erobert, und Carvis stellte sich hinter die beiden Freundinnen. »Wollen wir eigentlich etwas trinken?«

»Ja, Cognac«, antwortete Lotte. »Trinke ich schon die ganze Zeit.«

Bevor Carvis etwas bestellen konnte, drängte sich ein schwarz gekleideter Kellner an ihm vorbei und stellte zwei Kristallgläser vor die beiden Frauen.

»Meine Damen, Ihr Champagner«, sagte er. »Ein Dom Perignon Brut, Jahrgang 1933. Auf Ihr Wohl.«

»Moment«, protestierte Anna. »Wir haben doch gar nichts bestellt.«

»Eine Aufmerksamkeit des SS-Offiziers dort hinten an dem Tisch.« Der Kellner wedelte mit der linken Hand in eine Richtung, drehte sich auf dem Absatz um und stürmte davon.

»Von wem ist der Champagner?«, fragte Lotte. »Ich hab's nicht mitgekriegt.«

Anna zuckte mit den Schultern.

»Erlauben Sie mir, dass ich mich vorstelle«, sagte eine Stimme hinter Carvis, der sich plötzlich zur Seite geschoben fühlte.

»Ich bin Sturmbannführer Hans-Josef Klein.« Klein hatte Schultern wie ein Möbelpacker und war trotz seines Namens einen ganzen Kopf größer als Carvis. Er trug eine tiefschwarze SS-Uniform mit silbernen Kragenspiegeln, und sein Kopf wirkte zu Carvis' Unbehagen seltsam quadratisch. Ein Eindruck, der durch die schwarzen, mit Pomade zurückgekämmten Haare und seinen eckigen Kiefer verstärkt wurde. Klein deutete eine Verbeugung an und schlug die Absätze seiner Stiefel zusammen. *Klack.*

»Ihre unvergleichliche Schönheit ließ mich jede Zurückhaltung vergessen, meine Damen. Ich konnte nicht widerstehen und musste Ihnen meine Aufwartung machen.«

Klein sprach etwas undeutlich und machte dabei eine Mundbewegung, als würde er gleichzeitig kauen. Er ignorierte Carvis und stand jetzt zwischen ihm und den beiden Frauen. Carvis betrachtete den Sturmbannführer. Er sah ein arrogantes Raubtier, das sich ohne Skrupel nahm, was es wollte – und im Moment nur Augen für Anna hatte.

Klein hob sein Glas und prostete erst Anna und dann Lotte zu.

»Auf Ihr Wohl, auf ein frohes, neues Jahr und auf den Führer.«

»Auf den Führer«, wiederholte Lotte, während Anna etwas murmelte und mit gerunzelter Stirn an dem Champagner nippte.

»Und mit wem habe ich das Vergnügen?« Klein sah Anna erwartungsvoll an.

»Ich bin Charlotte Bergmann«, antwortete Lotte, »und das ist Anna Körner.«

»Körner«, sagte Klein mit hochgezogenen Augenbrauen. »Der Name kommt mir bekannt vor. Sind wir uns schon einmal begegnet, Fräulein Körner?«

»Sicher nicht«, erwiderte Anna. »Aber mein Vater ist Rechtsanwalt in Wilmersdorf und Parteimitglied. Vielleicht haben Sie seinen Namen schon einmal gehört.«

»Vielleicht«, sagte Klein. »Es überrascht mich allerdings nicht, dass der Vater einer so aparten jungen Dame Nationalsozialist …«

»Und das«, unterbrach ihn Anna, »ist Frederic Carvis, mein Begleiter.«

Klein drehte sich zur Seite und betrachtete Carvis.

»Sie gehören zu den Damen?«, fragte er. »Ich hatte Sie gar nicht bemerkt. Sind Sie Engländer?«

»Amerikaner«, antwortete Carvis.

»Oh, Amerikaner.« Klein lachte mit seinem Raubtiergebiss und drehte Carvis wieder den Rücken zu.

»Tanzen Sie, Fräulein Anna?« Klein deutete eine Verbeugung an. »Sie müssen mir die Ehre erweisen.«

»Eigentlich nicht«, erwiderte Anna. »Ich …«

»Aber ich bestehe darauf.«

»Nun stell dich nicht so an, Mädchen«, fuhr Lotte dazwischen. »Er wird schon nicht beißen.«

Klein lachte schallend. »Nein, bestimmt nicht«, sagte er und bot Anna seinen rechten Arm zum Einhaken an.

Anna rührte sich nicht und warf Lotte einen vernichtenden Blick zu, den Carvis bisher gar nicht von ihr kannte.

»Darf ich bitten?« Kleins Lächeln schrumpfte zu einem schmalen Strich, während sein Kiefer unentwegt kaute.

»Sie hat Nein gesagt«, hörte sich Carvis zu seiner Überraschung sagen. »Klar und deutlich.«

Klein drehte langsam den Kopf und betrachtete Carvis wie eine Spinne die Fliege in ihrem Netz. Dann fasste er Anna am Handgelenk und zog sie vom Barhocker.

»Ich frage ein letztes Mal sehr höflich«, wiederholte er nach vorne gebeugt. »Und ein Nein akzeptiere ich nicht.« Klein sprach leise, doch in jedem seiner Worte lag mehr Aggressivität als in einer Kriegserklärung.

»Jetzt geh schon. Was ist daran so schlimm?« Lotte leerte ihr Champagnerglas in einem Zug. »Ich werde deinen Sonnyboy schon nicht unzüchtig anfassen, während du weg bist.«

Carvis packte den Sturmbannführer mit beiden Händen an den Schultern, spürte den groben Uniformstoff und die Muskeln darunter und drehte Klein zu sich. Es kam ihm vor, als würde er einen Schrank umdrehen.

»Und ich mache Sie darauf aufmerksam – ebenfalls sehr höflich –, dass sie Nein gesagt hat. Das heißt übersetzt, sie möchte nicht mit Ihnen tanzen. Wahrscheinlich, weil Sie ihr genauso unsympathisch sind wie mir. Also lassen Sie Fräulein Körner los!«

Klein schwieg und musterte Carvis von oben bis unten. Er ließ Annas Handgelenk fallen, fast verächtlich, als würde er eine gelesene Zeitung auf die Straße werfen. Seine Kieferknochen traten noch mehr hervor, das Mahlen stoppte, und seine Nasenflügel weiteten sich. Sein Blick war unerbittlich, doch Carvis hielt ihm stand. Mit aller Willenskraft zwang er sich, Klein in die Augen zu sehen, obwohl ihm das Unterhemd schweißgetränkt am Rücken klebte. Nach einer gefühlten Ewigkeit umspielte ein süffisantes Lächeln Kleins Mundwinkel. Zuerst kaum sichtbar, aber dann breitete es sich aus, und der Sturmbannführer wandte sich mit einnehmendem Lachen wieder Anna zu.

»Dann vielleicht beim nächsten Mal, Fräulein Körner. Ich bin sicher, wir werden uns wiedersehen.« Mit einem Zwinkern drehte er sich um und verschwand in der Menge.

XIII

BERLIN-ZEHLENDORF, 23. APRIL 1945, 22:17 UHR

Mündungsfeuer, Schreie und rennende Gestalten stürzten die gedämpfte Atmosphäre der verdunkelten Stadt ins Chaos. Der Feindkontakt traf Carvis wie ein kalter Regenschauer im August.

Die Amerikaner flüchteten über das Kopfsteinpflaster, versuchten sich von den Verfolgern zu lösen, um wieder in der Dunkelheit abzutauchen. Dumpf hallten die Schüsse und das Rattern der Maschinenpistolen in den engen Gassen.

Fünfhundert Meter weiter stieß die Kommandogruppe auf einen weitläufigen Platz, den ein mächtiger Kalksteinbrunnen dominierte. »Weberplatz« stand auf dem Schild einer Straßenbahnhaltestelle. Carvis holte tief Luft und sah sich um. Kaum Deckung, um über den Platz zu kommen und in der nächsten Gasse zu verschwinden.

»Wer fehlt?« Davies zählte die Männer durch.

»Die Bastarde lassen sich nicht abschütteln.« Major Kelley schnaufte und lud seine Maschinenpistole nach. »Gray, was ist mit Ihnen?«

Der Sergeant stützte sich auf Corporal Hill und Private Lewis und knickte bei jedem Schritt mit dem rechten Bein ein. Seine Uniformhose glänzte von der Hüfte bis zum Knie schwarz vor Feuchtigkeit.

»Nichts«, erwiderte Gray mit zusammengepressten Zähnen.

»So werden wir die Deutschen nicht los«, rief Davies. »Wir müssen uns absetzen, sonst haben wir bald die ganze Wehrmacht auf den Fersen.«

»Krokovski, Corporal Forster, Winter«, sagte Kelley. »Wir bilden die Nachhut und halten die Krauts auf Distanz. Davies, Carvis, Sie überqueren mit dem Rest den Platz und geben uns Deckung, wenn wir nachkommen. Verstanden?«

Die Männer nickten. Sergeant Krokovski feuerte als Antwort eine lange Salve in die Einmündung hinter ihnen, wo unscharfe Gestalten durch die Dunkelheit huschten.

»Gut, los geht's«, rief Davies, als Carvis einen Schuss hörte. Einen einzelnen, trockenen Knall. Nicht lauter als die anderen, aber aus der entgegengesetzten Richtung.

»Feindkontakt von vorne.«

SS-Männer liefen aus einer Straße auf der gegenüberliegenden Seite des Weberplatzes. *Die Patrouille*, fuhr es Carvis durch den Kopf. Wahrscheinlich hatten sie die Schießerei gehört und waren umgekehrt. Der Gedanke traf ihn wie ein Faustschlag. Die Amerikaner lagen schutzlos auf dem Asphalt, von zwei Seiten unter Beschuss. Davies feuerte auf den neuen Feind. Ein SS-Mann kippte mit einem Aufschrei zur Seite, die anderen stoben auseinander, suchten Deckung. Carvis fühlte sich dem doppelten Angriff wie auf dem Präsentierteller ausgesetzt. Er blickte über die Schulter und sah Kelley mit Krokovski und Forster hinter dem Brunnen auf die Hitlerjugend schießen, die sich aus der anderen Richtung vorkämpfte.

»Wir sitzen in der Falle.« Davies lag auf dem Bauch und tastete in seiner Tasche nach einem Reservemagazin.

Eine Leuchtgranate zischte in den Himmel, tauchte die Amerikaner in schonungslose Helligkeit. Carvis drehte den

Kopf, suchte einen Ausweg. Die dunklen Hausfassaden bildeten eine geschlossene Front, keine Lücke zur Flucht. Dazwischen eine Bank, ein Schuhladen. Überall die Fenster verrammelt, jede Haustür ein Bollwerk. Unmöglich aufzubrechen, ohne dabei erschossen zu werden. Bis auf …

»Major Kelley«, schrie Carvis. »Major Kelley«. Der Major reagierte erst beim zweiten Mal.

»Was ist?«

Kelley wechselte das Magazin seiner Maschinenpistole und sah Carvis an. Der gehetzte Ausdruck in seinen Augen machte Carvis mehr Angst als die von zwei Seiten angreifenden Deutschen.

Carvis zeigte nach rechts. »Da entlang.«

Kelleys Blick folgte Carvis' ausgestrecktem Arm. Der Major zögerte eine Sekunde – und nickte. Kaum von den anderen zu unterscheiden, stand ein ausgebrannter Appartementblock zwischen intakten Hausfassaden. In der Dunkelheit fielen die fehlenden Scheiben und verkohlten Fensterrahmen, die dünnen Bretter, die notdürftig die Tür ersetzten, nicht auf.

»In der Ruine an der Nordseite sammeln«, brüllte Kelley. »Carvis, Sie führen. Vorwärts!«

Carvis warf sich die Maschinenpistole auf den Rücken und sprang auf. Kugeln pfiffen im Kreuzfeuer vorbei, als er mit gebeugtem Oberkörper über den Platz sprintete. Davies tauchte an seiner Seite auf. Eine Geschossgarbe wanderte mit heulenden Querschlägern über den Asphalt und verfehlte die beiden Offiziere nur knapp.

»Schneller«, keuchte Davies.

Carvis' Oberschenkel glühten, seine Lunge brannte, aber er zwang seine Beine vorwärts. Er riss die MP nach vorne und feuerte in vollem Lauf ein ganzes Magazin in die Brettertür, die unter der Wucht der Einschläge zerplatzte. Ohne zu stoppen, brach Carvis durch. Schweißüberströmt schnappte er nach Luft, als direkt hinter ihm Davies und Krokovski durch die Tür drängten.

»Achtung, Platz da.« Hill und Lewis schoben sich mit dem verletzten Sergeant Gray herein, als eine Kugel ein Loch in Hills Hals stanzte und der Sanitäter lautlos zusammenbrach. Gray stürzte mit einem Aufschrei zu Boden und wurde von Lewis aus der Schusslinie gezogen.

»Fenster besetzen, aber in Deckung bleiben«, rief Major Kelley, der mit Forster und Winter durch die Tür kam.

Das gegnerische Feuer ebbte ab, doch an der Grenze ihres Sichtfeldes hasteten deutsche Soldaten über den Platz. Der Feind verteilte sich und ging in Stellung.

Das Haus war völlig ausgebrannt.

Im Erdgeschoss hatte nur das Hinterzimmer das Feuer überlebt. Vom Rest der Wohnung standen noch die rußverschmierten Wände, und bis auf ein Gerippe aus verkohlten Balken fehlte das gesamte Dach. Der Brand musste schon vor Wochen stattgefunden haben, denn die Wohnung war ausgeräumt und vom Schutt befreit.

Carvis saß neben Gray auf dem Boden und wickelte dem Sergeant eine Mullbinde um den Oberschenkel.

»Wie sieht's aus, Sergeant?« Kelley ging neben Gray in die Hocke.

»Schlimm, Sir.« Gray fuhr sich mit blutverschmierter Hand über die Stirn und hinterließ einen rostbraunen Streifen. »Wir haben unseren Sanitäter verloren.«

Kelley nickte. »Die Krauts werden ein paar Minuten brauchen, um sich zu organisieren«, sagte er. »Wir müssen die Tür verbarrikadieren.«

»Womit, Sir?«, fragte Carvis. »Die Wohnung ist leer. Die Mauern sind massiv, aber zwei, drei Granaten durch Tür und Fenster, und wir sind fertig.«

»Sir«, rief Corporal Forster von einem der Frontfenster. »Da fährt etwas auf den Platz. Ein Lkw oder so etwas.«

Carvis beugte sich vor und spähte durch die Tür nach draußen. Ein Laster rollte mit Abblendlicht heran, fuhr einen Bogen und stoppte neben dem Brunnen. Die graue Plane klappte zur Seite, und auf der Ladefläche eröffnete ein Maschinengewehr das Feuer.

»MG42!« Kelley warf sich zu Boden. Geschosse schlugen von außen mit dumpfer Wucht in das Mauerwerk, rasten durch die Fenster, durch die Tür. Backsteine platzten, Steinbrocken flogen wie Granatsplitter durch die Luft. Carvis ließ sich zur Seite kippen und rollte sich zusammen. Gesteinsmehl regnete auf seinen Helm. Plötzlich stoppte das Maschinengewehr. Ein hohes Pfeifen schrillte in Carvis' Ohren, seine Augen tränten, irgendjemand schrie. Staub schwebte in der Luft. Das MG setzte wieder ein, feuerte zwei Dutzend Schuss und brach ab. Corporal Forster lag in der offenen Tür und lud sein Springfield-Scharfschützengewehr durch. Eine Patronenhülse fiel auf die rußgeschwärzten Dielen. Forster zielte und drückte ein weiteres Mal ab. Carvis hob den Kopf und sah einen deutschen Soldaten rücklings vom Lkw fallen. Zwei leblose Körper lagen auf der Ladefläche, ein Arm baumelte über den Rand, als würde er winken. Die übrigen Deutschen beschossen das belagerte Appartement mit Karabinern und Maschinenpistolen.

Carvis zog den Kopf ein und robbte auf dem Bauch ins Hinterzimmer.

Dort fand Carvis Lieutenant Davies auf dem Rücken. Mit schmerzverzerrtem Gesicht presste er eine Hand auf seine rechte Schulter. Blut quoll zwischen den Fingern hervor, lief als schwarzes Rinnsal über das weiße Handgelenk.

Carvis rutschte zu Davies und begann, dessen Uniformjacke aufzuknöpfen. Eine Frage dröhnte immer lauter durch seinen Kopf: *Wie zum Teufel kommen wir hier wieder raus?*

XIV

BERLIN-DAHLEM, KAISER-WILHELM-INSTITUT,
23. APRIL 1945, 22:29 UHR

Major Walter Heinrich lag in voller Uniform auf dem Bett. Die Arme hinter dem Kopf verschränkt, die Stiefel auf dem Metallrahmen am Fuß des Bettes abgelegt, beobachtete er eine Spinne, die an der Decke über den Lampenschirm krabbelte und sich in die Tiefe abseilte. Er warf einen Blick auf den Wecker auf dem Nachttisch. In neunzig Minuten begann Luises achter Geburtstag.

Vor knapp zwei Jahren hatte er Erika und seinen kleinen Engel das letzte Mal beim Fronturlaub gesehen. Es war ein beschwerlicher Heimweg gewesen. Wie ein grauer Pilz hatte der Rauch kilometerweit sichtbar am Horizont gestanden. In der gleißenden Sonne blinkten feindliche Bomberstaffeln am Himmel. Der Zug unterbrach seine Fahrt nach Altona. Wartete, fuhr weiter, musste wieder warten, und Heinrichs Sorge wuchs mit jeder Minute. Als ein aufgeblasener Stationsvorsteher in einem Vorort die Durchfahrt nach Hamburg endgültig untersagte, gingen die Nerven mit Heinrich durch. Mit vorgehaltener Waffe versuchte er, den Lokführer zum Weiterfahren zu zwingen, und hätte den Mann in seiner Raserei erschossen, wenn ihm nicht ein Kamerad in den Arm gefallen wäre. Angetrieben von der Angst um seine Familie, machte er sich zu Fuß auf den Weg. Straßenbahnen fuhren wegen der

Luftangriffe keine mehr, und so rannte er Kilometer für Kilometer, bis ihn ein Sanitätsfahrzeug aufsammelte. Der völlig übermüdete Fahrer erzählte Furchtbares. Seit zwei Tagen griffen alliierte Bomber in immer neuen Wellen die Stadt an. Angefacht von unzähligen Brandbomben, hatte ein unvorstellbarer Feuersturm den Asphalt zum Kochen und die Schienen zum Schmelzen gebracht.

Erst am späten Nachmittag erreichte Heinrich abgerissen und verdreckt das Hamburger Viertel, in dem er geboren und aufgewachsen war. Als er nach Russland musste, hatte er Erika und Luise bei seinen Eltern in Winterhude untergebracht, um sie in Sicherheit zu wissen. Und tatsächlich schien ein Wunder geschehen zu sein: Sein Elternhaus und der ganze Straßenzug hatten im Gegensatz zum Rest von Winterhude bis auf zerbrochene Scheiben und abgedeckte Dächer die Angriffe unbeschadet überstanden. Als er Luises Puppenwagen friedlich neben der Treppe stehen sah, sank er erschöpft auf die Knie und brach in Tränen aus. An der Ostfront hatte Heinrich jeden Glauben verloren, aber in diesem Moment schickte er ein Dankesgebet zum Himmel.

Doch die Wohnung war leer, und die Angst kehrte mit voller Wucht zurück. Verzweifelt hatte er das Haus, das ganze Viertel abgesucht, Nachbarn und den Luftschutzwart gefragt und schließlich seine Frau, seine Tochter, seine Eltern im unversehrten Luftschutzbunker am Wiesendamm gefunden. Mit blauen Gesichtern, vom Feuersturm erstickt.

Die Spinne hatte es sich inzwischen anders überlegt und kletterte wieder nach oben. Durch die geöffneten Fensterflügel drang kühle Nachtluft ein, gefolgt vom Widerhall der Schüsse. Zuerst einzelne, dann immer mehr und schließlich ganze Salven. So nah waren die Bolschewiken doch noch gar nicht? Heinrich setzte sich auf und griff nach dem Telefon neben dem Wecker, als der Apparat zu klingeln begann.

»Becker hier«, meldete sich der Unteroffizier vom Dienst, nachdem Heinrich abgenommen hatte. »Herr Major, ich habe die gesamte Wachmannschaft in Alarmbereitschaft versetzt. Wegen der Schüsse in Zehlendorf.«

Becker ist ein erfahrener Mann, dachte Heinrich, *aber schon stattliche dreiundfünfzig Jahre alt.* Er hatte im letzten Krieg gedient und war vor einem Jahr reaktiviert worden.

»In Ordnung. Wissen Sie, was da los ist?«

»Nein, Herr Major.«

»Fragen Sie beim Oberkommando nach. Ich komme rüber.«

»Jawohl, Herr Major.«

Nachdem er Bergmanns Bewachung übernommen hatte, ließ Heinrich als Erstes eine permanent besetzte Kommandozentrale im Erdgeschoss des Kaiser-Wilhelm-Instituts einrichten. Diese Bezeichnung war zwar für drei Telefone und eine Funkanlage im unbenutzten Sekretariat eines Professors etwas hoch gegriffen, aber eine klare Kommandostruktur erforderte einen festen räumlichen Bezugspunkt. Auch wenn die ihm unterstellte Wachmannschaft drei Generationen umfasste und mit Erosion der militärischen Lage immer weiter ausgedünnt wurde. Heinrich verfügte nur noch über achtzehn Männer, die in drei Züge aufgeteilt im Schichtdienst das Institut und den Professor bewachten.

Als er die Kommandozentrale betrat, telefonierte Unteroffizier Becker, sah auf und nickte Heinrich zu.

»Der Herr Major ist gerade hereingekommen, Herr Oberst«, sagte er. »Einen Moment, bitte.«

»Oberst Steiger, der Adjutant von Generalfeldmarschall Keitel, am Apparat.« Becker reichte Heinrich den Hörer.

»Oberst Steiger?«

»Hören Sie den Gefechtslärm in Zehlendorf, Major?«, fragte Steiger.

»Ja. Sind das Russen?«

»Wahrscheinlich. Eine Gruppe Hitlerjungen ist über einen Sabotagetrupp gestolpert, und eine SS-Patrouille hat ihn gestellt. Die Bolschewiken haben sich in einem Appartement verschanzt. Fahren Sie mit Ihren Männern hin, übernehmen Sie das Kommando, und machen Sie der Sache ein Ende.«

»Tut mir leid, Herr Oberst. Ich habe ausdrücklichen Befehl, Professor Bergmann zu bewachen und das KWI nicht zu verlassen.«

»Generalfeldmarschall Keitel stellt Sie temporär für diese Aufgabe frei«, erwiderte Steiger. »Sie sind der einzige erfahrene Truppenführer in der Nähe. Hitlerjugend und ein paar SS-Männer sind einer entschlossenen sowjetischen Kampfgruppe nicht gewachsen.«

»Ich kann den Professor aber nicht alleine lassen«, sagte Heinrich. »Oder soll ich ihn mitnehmen?«

»Lassen Sie halt ein paar Ihrer Soldaten im Institut. Sie können doch …«

»Ich habe achtzehn Mann, Herr Oberst. Wenn ich die auch noch aufteile, womit soll ich dann die Sowjets bekämpfen? Mit frommen Wünschen?«

»Sparen Sie sich den Zynismus, Major. Ich schicke Ihnen zusätzliche Truppen. Aber Sie führen die Operation an.

Dieser Bandenumtrieb in der Reichshauptstadt ist nicht akzeptabel und muss schnellstmöglich vernichtet werden. Befehl vom Feldmarschall persönlich.«

Na dann, dachte Heinrich. *Mit dem Chef des Oberkommandos der Wehrmacht diskutiert man nicht. Zumindest nicht mehr als einmal.*

»Also gut, Herr Oberst. Wir machen uns auf den Weg«, erwiderte er. »Und denken Sie an die Verstärkung.« Das »Heil Hitler« am anderen Ende der Leitung ließ er unbeantwortet und legte auf.

Die Panzerkette machte einen Höllenlärm auf dem Asphalt. Der Innenraum des gepanzerten Truppentransporters war mit mehreren Funkanlagen ausgerüstet und diente ursprünglich als vorgelagerter Artilleriebeobachter. Heinrich hatte das Spezialfahrzeug SdKfz 253 als mobilen Gefechtsstand verwendet und von Kommando zu Kommando, von Katastrophe zu Katastrophe gerettet. Mit zwei Funkern und Reske am Steuer hatte er in Russland aus dieser Kabine sein Regiment dirigiert.

»Da rüber«, schrie er und winkte Reske nach rechts, wo drei Männer eine Karte auf der Motorhaube eines Kübelwagens umringten. Alle drei sahen auf, als das gepanzerte Fahrzeug und der Opel-Blitz-Lkw, der zwölf Mitglieder seiner Wachmannschaft transportierte, am Straßenrand zum Stehen kamen. Heinrich stieg aus. Gefolgt von seinen beiden Zugführern, marschierte er auf den Kübelwagen zu. Ein fülliger SS-Unteroffizier löste sich von der Gruppe, ging Heinrich zwei Schritte entgegen und riss den rechten Arm hoch.

»Heil Hitler, Herr Major. Gut, dass Sie kommen«, begrüßte er Heinrich. »Ich plane gerade den Angriff.«

»Aha.« Heinrich betrachtete den Hitlerjungen und den älteren Herrn in Zivil, die hinter dem SS-Unteroffizier standen. »Ich übernehme ab hier. Beschreiben Sie die Lage.«

»Selbstverständlich, Herr Major. Die Russen haben sich in dieses ausgebrannte Appartement zurückgezogen. Aber da kommen sie nicht mehr lebend raus. Wir haben …«

»Wie haben Sie Ihre Männer verteilt?«

»Hier und hier ist die Hitlerjugend in Stellung.« Der SS-Mann fuhr vage über die Straßenkarte.

»Das ist meine Einheit, Herr Major. Die HJ-Gruppe Dollmann«, fuhr der Hitlerjunge dazwischen und stand stramm. »Wir hätten die Saboteure aufgerieben, wenn sie …«

»Wie viele sind es?«, fragte Heinrich. Dollmanns Gesicht glühte vor Eifer, und der Major war überzeugt, dass der HJ-Führer sich und seine Truppe ohne zu zögern ins Verderben stürzen würde, wenn er den Befehl dazu erhielt. Für Führer, Volk und Vaterland.

»Schwer zu sagen, Herr Major«, antwortete Dollmann. »Es war dunkel, und die Amerikaner sind Hals über Kopf geflohen. Vielleicht vierzig bis fünfzig.«

Heinrich horchte auf. »Wieso Amerikaner? Gemeldet waren Russen.«

»Sie tragen amerikanische Helme und Waffen. Das habe ich genau gesehen. Es sind Amis.«

»Erzähl keine Lügenmärchen, Idiot«, schimpfte der SS-Unteroffizier. »Natürlich sind es Russen. Russen mit amerikanischen Waffen. Der Ami rüstet die Kommunisten doch aus. Lernt ihr überhaupt nichts mehr in der HJ?«

Der SS-Mann sah Heinrich mit hochgezogenen Augenbrauen an und schüttelte den Kopf, als hätte er jegliche

Hoffnung für Dollmann aufgegeben. »Wo sollen denn hier Amerikaner herkommen? Lächerlich. Nicht wahr, Herr Major?«

Heinrich winkte ab. »Wie auch immer. Wen haben Sie noch?«

»Meine fünf SS-Männer decken die rechte Seite ab, und außerdem haben wir über die ganze Front noch zweiundzwanzig Mann vom Volkssturm verteilt.«

»Vor zwei Tagen rekrutiert und heute fix und fertig die Ausbildung abgeschlossen«, sagte der Zivilist, der bisher geschwiegen hatte. Er trug einen dunkelgrauen Mantel mit dazu passendem Schal und Filzhut. Die rot-weiße Volkssturmbinde an seinem rechten Oberarm wirkte wie ein aufgenähter Fremdkörper.

»Natürlich alle jung und gesund, keiner älter als sechzig«, ergänzte er mit neutralem Gesichtsausdruck. »Heute Morgen beim Appell waren es noch fünfundzwanzig. Bedauerlicherweise hatten wir ein Maschinengewehr auf einem Lkw, das nach Vorstellung unseres gewieften Anführers von der SS«, der Zivilist zeigte auf den SS-Unteroffizier, »die Bolschewiken vor dem Angriff *sturmreif* schießen sollte. Leider hat das ein russischer Scharfschütze nicht mitbekommen, und was macht der ignorante Untermensch? Schießt die Bedienmannschaft *bestattungsreif*. Ich bin sicher, der Führer und vor allem die Ehefrauen unserer Helden werden dieses Opfer zu schätzen wissen.«

Der SS-Mann sah pikiert zwischen Heinrich und dem Zivilisten hin und her und holte Luft, um zu protestieren. Aber Heinrich hatte die ewig gleiche Geschichte von Dummheit und sinnlosen Opfern satt und kam ihm zuvor.

»Das sind Ihre gesamten Kräfte?«

»Jawohl, Herr Major«, antwortete der SS-Unteroffizier. »Im Moment schon.«

»Wie wollten Sie angreifen?«

»Ich dachte an einen Frontalangriff durch die Tür nach vorherigem Beschuss.«

Heinrich schüttelte den Kopf und trommelte mit der rechten Hand auf den Kotflügel des Kübelwagens. »Wie ist das Appartement nach hinten abgesichert?«

»Was meinen Sie mit hinten, Herr Major?«, fragte der SS-Unteroffizier.

»Sie haben Ihre gesamten Kräfte *vor* dem Appartement positioniert, rechts und links schließen sich andere Wohnungen an. Was ist dahinter?«

»Andere Häuserblocks, vielleicht ein Hinterhof?«, erwiderte der SS-Mann nach einer Pause. »Das ist aber nicht wichtig, die Bolschewiken können nicht …«

Heinrich beachtete ihn nicht und drehte sich zu seinen Zugführern um.

»Nehmen Sie sofort beide Züge und sichern Sie die …« Mit abgedeckter Taschenlampe beugte er sich über die Karte und las den Namen der Straße, die hinter dem besetzten Appartementblock verlief.

»… die Gartenstraße. Beeilen Sie sich! Aber Vorsicht, das sind keine versprengten Rotarmisten. Wenn sie so weit hinter der Front operieren, sind das Elitetruppen.«

Mit ungutem Gefühl sah Heinrich seine gesamte, zwölf Mann starke Streitmacht davontraben. Er betrachtete erneut den Stadtplan und rieb sich mit der flachen Hand über die Bartstoppeln.

»Haben Sie Panzerfäuste?«, fragte er in die Runde.

»Nein, Herr Major«, antwortete der SS-Mann.

»Keine einzige?«

»Nein. Wieso …«

»Dann greifen wir nicht an.« Heinrich verschränkte die Arme vor der Brust. »Unsere Kräfte reichen nicht aus, wir warten ab.«

»Aber Herr Major, bei allem nötigen Respekt«, protestierte der SS-Unteroffizier. »Wir können doch von vorne stürmen und …«

»Die Hitlerjugend steht bereit, ihre Pflicht zu erfüllen«, meldete sich Dollmann zu Wort.

Heinrich wandte sich ab. Er würde keinen Selbstmordangriff befehlen, nur damit die Russen ein paar Stunden früher zur Strecke gebracht wurden.

In diesem Moment bog am anderen Ende der Straße eine Lkw-Kolonne um die Ecke und fuhr langsam auf sie zu. Der vorderste Laster hielt direkt neben Heinrich. Die Beifahrertür flog auf, und ein Offizier der Luftwaffe sprang auf die Straße.

»Leutnant Jensen, 27. Fallschirmjägerregiment«, stellte er sich vor und salutierte. »Sind Sie Major Heinrich?«

»Ja, der bin ich.«

»Oberst Steiger schickt mich, ich soll mich unter Ihr Kommando stellen. Wir waren auf dem Weg zur Front am Teltowkanal, wurden aber hierher umgeleitet. Worum geht's?«

Heinrich wusste nicht, was er sagen sollte. Jensen war Anfang zwanzig und hochdekoriert. Ein Ritterkreuz baumelte um seinen Hals, an seiner Uniformjacke glänzten Sturmabzeichen, Nahkampfspange und das Verwundetenabzeichen in Gold. Eine schwarze Stoffklappe bedeckte ein Auge, und der linke Arm endete kurz vor dem Handgelenk in einem Stumpf.

»Leutnant, Sie sind genau der Mann, den ich brauche«, sagte Heinrich. »Was haben Sie dabei?«

»Eine verstärkte Kompanie und drei MG-Trupps, hundertsechsundsechzig Mann.«

»Wunderbar.« Heinrich zeigte dem Leutnant die Karte und erläuterte kurz die Situation. »Teilen Sie Ihre Kompanie in vier Gruppen. Die ersten beiden verstärken unsere Truppen vor und hinter der feindlichen Stellung. Die beiden anderen Gruppen halten Sie in Bereitschaft. Haben Sie Panzerfäuste?«

»Jede Menge, Herr Major«, erwiderte Jensen. »Verfügt der Sabotagetrupp über Panzer?«

»Nein«, antwortete Heinrich. »Aber wir sprengen mit den Panzerfäusten Löcher in die Wände der Nachbarwohnungen und räuchern die Bolschewiken aus.«

XV

BERLIN-ZEHLENDORF, 23. APRIL 1945, 23:05 UHR

Carvis versuchte, seine amoklaufenden Gedanken zu bändigen. Vor ein paar Minuten hatte der Beschuss gestoppt. Er hockte im hinteren Zimmer neben Davies auf dem gesprungenen Parkettboden, ballte die Hände zu Fäusten, grub mit aller Kraft die Fingernägel in die Handflächen, um nicht wie ein Besessener zu schreien. Wie zum Teufel war er in diese Katastrophe geraten? Wie naiv zu glauben, dass eine Handvoll Amerikaner ungestört durch Berlin spazieren konnte? Und dann der Gedanke, Anna wiederzufinden. Einfach so. Vor acht Jahren hatte er kein Lebenszeichen von ihr gefunden. Wieso sollte er jetzt, nach sechs Jahren Krieg, mehr Erfolg haben? *Trottel,* dachte Carvis und ärgerte sich über sich selbst.

Missmutig betrachtete er Major Kelley und Sergeant Krokovski, die sich leise berieten.

»Und?«, sagte Carvis. »Was machen wir jetzt?«

Doch Kelley ignorierte ihn und stützte sich neben Davies auf ein Knie. »Wie sieht's aus?«

»Geht so«, antwortete der Lieutenant. »Captain Carvis hat mir die Schulter verbunden und eine Dosis Morphium verpasst.«

»Können Sie laufen? Zum Flugzeug, meine ich?«

»Wahrscheinlich schon. Bevor ich hierbleiben muss.«

»Gut.« Kelley sah alle reihum an. »Die Krauts kommen nicht rein, aber die Zeit arbeitet für die Bastarde. Wenn wir zu lange warten, verlieren wir die Initiative. Und wir haben noch nicht mal Professor Bergmann.«

»Aber das ist doch gelaufen«, sagte Carvis. »Wie wollen Sie denn ...«

»Darum teilen wir uns auf.« Kelley sprach ungerührt weiter. »Sergeant Krokovski und Captain Carvis setzen sich ab und holen Bergmann im Kaiser-Wilhelm-Institut.«

»Sir, ich weiß nicht, ob das so ein guter Plan ist«, sagte Krokovski. »Der Captain und ich ...«

»Sergeant, das ist kein Debattierclub«, schnitt ihm Kelley das Wort ab. »Hören Sie zu. Wir anderen lenken die Krauts ab. Wir brechen aus, ziehen sie auf unsere Fährte und schlagen mit viel Krawall einen Bogen zurück zur Landezone. Carvis, Krokovski, Sie nehmen mit Bergmann den direkten Weg von Dahlem. Wir treffen uns bei Sonnenaufgang, kurz bevor Sims uns abholt.«

»Wie stellen Sie sich das vor, Major?«, fragte Carvis. »Lieutenant Davies kann kaum laufen. Und was ist mit Hill?«

»Hills Leiche bleibt hier«, antwortete Kelley. »Wir können sie nicht mitnehmen. Wir sind zu sechst mit zwei Verwundeten, wir kämpfen uns durch. Diese Mission darf nicht scheitern.«

Carvis erkannte, dass Kelley nicht umzustimmen war. Aber zu zweit durch feindliches Hinterland, nachdem sie gerade erst das Wespennest wach gerüttelt hatten? Er öffnete den Mund, um etwas sagen, doch Davies kam ihm zuvor.

»Das ist ein waghalsiger Plan«, sagte der Lieutenant mit dünner Stimme. »Aber unsere einzige Chance. Die Krauts werden stürmen, sobald sie stark genug sind. Wir können uns hier nicht halten.«

»Und wie kommen wir raus?«, fragte Carvis. »Die halbe Wehrmacht sitzt da draußen.«

»Nur vorne. Es gibt hinten zwar keine Tür, aber wir steigen durch die Fenster«, erwiderte Kelley. »Machen Sie sich fertig, Sergeant. Sie gehen zuerst.«

Krokovski nickte. Er durchsuchte Hills Leiche und holte Handgranaten und Reservemagazine aus dem Rucksack des Toten. Carvis war allerdings noch nicht überzeugt.

»Glauben Sie nicht, dass die Deutschen auch die Rückseite bewachen?«

»Haben Sie hinten einen Kraut gesehen? Ist von dort ein einziger Schuss gekommen?«, sagte Kelley. »Nein, oder?«

»Vielleicht ist das Taktik, vielleicht halten sie sich bewusst zurück?«, entgegnete Carvis.

»Vertrauen Sie mir, Captain.« Der Major stand auf. »Die Krauts waren nicht auf unser Zusammentreffen vorbereitet. Dort ist niemand. Zumindest noch nicht.«

»Und wenn doch?«, beharrte Carvis.

»Dann werden Sie es gleich herausfinden.« Kelley lachte. »Und jetzt holen Sie Ihre Sachen!«

»Ein guter Rat, Captain.« Davies packte Carvis trotz der Schulterverletzung fest am Arm. »Machen Sie, was Sergeant Krokovski sagt. Er wurde quasi für Alleingänge im Feindesland geboren.«

Carvis sah zweifelnd zu Krokovski hinüber, der Hills Wasserflasche in seinen Rucksack stopfte, während Kelley leise auf ihn einredete. Der Sergeant nickte, sah Kelley an und nickte wieder. Der Major holte einen Schalldämpfer aus seiner Jackentasche und drückte ihn Krokovski in die Hand. Krokovski zog seine Colt-Armeepistole und schraubte den länglichen

Metallzylinder auf den Lauf. Er zielte auf einen verkohlten Dachbalken und drückte ab. Mit einem leisen *Plopp* schlug die Kugel in das schwarze Holz.

»Funktioniert«, stellte Kelley fest. »Sind Sie so weit, Carvis?«

»Einen Moment, Major.« Davies zog mit schmerzverzerrtem Gesicht einen Stadtplan aus der Brusttasche. Mit dem Ärmel wischte er verkrustetes Blut ab und hielt Carvis die Karte hin. »Die wird Ihnen helfen. Passen Sie auf sich auf.«

Carvis nahm den Plan, warf sich Rucksack und Maschinenpistole auf den Rücken und stellte sich neben Krokovski an eines der rückwärtigen Fenster. Von flachen Schuppen eingerahmt, grenzte ein dunkler Hinterhof ein Stockwerk tiefer an die Rückseite des Appartementblocks. Wortlos setzte Krokovski einen Fuß auf das Fenstersims und sprang hinaus. Carvis erwartete Warnrufe und Schüsse, aber bis auf Krokovskis dumpfen Aufschlag blieb die Nacht ruhig. Nicht einmal ein Hund bellte. Zögernd fasste Carvis den Rahmen. Drei Meter tiefer stand Krokovski mit dem Rücken zur Wand, die Maschinenpistole im Anschlag. Carvis trat durch das Fenster ins Leere. Steif schlug er auf den Lehmboden, kippte nach vorne und fiel auf die Hände.

»Passen Sie auf, wo Sie hintreten.« Krokovski zeigte auf herumliegende Bretter, aus denen Schrauben und Nägel schauten. Carvis rappelte sich hoch. Erst jetzt fiel ihm das Gerümpel auf. Haufen klein gesägter Bretter, verbogene Wasserrohre, dazwischen ein Hackklotz mit Axt. Leere Holzkisten stapelten sich meterhoch, daneben zwei Sack Zement und quadratische Türme aus Ziegelsteinen. Ein Trampelpfad schlängelte sich zwischen den Holzschuppen zur Rückseite eines weiteren Appartementblocks und endete in einer Hofeinfahrt, die mit einem Holztor verschlossen war. Hintereinander schlichen sie über den Hof, die dunklen Fenster im Blick. Behutsam zog Krokovski einen der beiden Torflügel einen Spaltbreit auf. Die Straße dahinter lag leer und totenstill im Mondlicht.

»Major Kelley hatte recht«, flüsterte Carvis. »Weit und breit kein …«

»Schschsch, leise!« Carvis las Krokovskis Worte mehr von den Lippen des Sergeants ab, als dass er sie hörte.

Krokovski horchte konzentriert, guckte auf den Kompass und trat auf die Straße. Schweigend marschierten sie im Schatten der Gebäude nach Norden. Am Himmel summte ein Flugzeug wie eine Nähmaschine, und irgendwo in der Nähe schrie eine Katze. Nach dreihundert Metern kreuzte eine zweispurige Allee mit eingelassenen Straßenbahnschienen und baumbewachsenem Mittelstreifen ihren Weg. Krokovski spähte die Prachtstraße hinunter und erstarrte. Bevor der Sergeant etwas sagen konnte, hörte Carvis den dumpfen Rhythmus von Stiefelschritten, die näher kamen.

»Zurück!« Krokovski drehte sich um und begann zu laufen. So leise es ging, rannten sie bis zur ersten Haustür zurück, rüttelten an der Klinke, stemmten sich gegen das Holz. Doch die massive Tür rührte sich nicht. Nervös sah Carvis zur Kreuzung, wo jede Sekunde ein Trupp Deutscher um die Ecke marschieren musste. Auch im nächsten Hauseingang war die Tür fest verschlossen. Krokovski fluchte und sah sich um.

»Da drüben«, flüsterte der Sergeant. Sie stürmten über die Straße und stoppten vor einem mannshohen Lattenzaun, hinter dem ein Pfad zwischen zwei Gebäuden in der Dunkelheit verschwand. Ein Vorhängeschloss sicherte eine Brettertür. Ohne zu zögern, zog Krokovski die Pistole mit dem Schalldämpfer und feuerte. *Plopp, plopp.* Die erste Kugel spaltete eine Holzlatte, die zweite zerschmetterte den Metallbügel und schleuderte das Schloss auf den Gehsteig. Krokovski stieß die Tür auf und drängte hindurch. Carvis folgte ihm und zog die Brettertür hinter sich zu, doch als er losließ, schwang sie langsam wieder auf. Schimpfend drückte er dagegen und hielt sie fest.

»Jetzt kommen Sie«, zischte Krokovski. Zwischen die eng stehenden Mauern drang so wenig Mondlicht, dass die Finsternis den Sergeant nach wenigen Metern verschluckte.

»Ich kann nicht«, flüsterte Carvis. »Wenn die Tür offen steht, werden sie vielleicht misstrauisch.«

Er ließ sich auf den Boden sinken und beobachtete die Straße durch einen Spalt.

Stiefelschritte näherten sich. Lichtkegel tanzten über den Asphalt, und ein Pulk Wehrmachtssoldaten marschierte in Carvis' Blickfeld. Sechs, acht, neun Mann. Carvis hielt die Luft an. Direkt vor der Brettertür, keine zwei Meter von ihm entfernt, blieb ein Unteroffizier stehen. Er schaute zurück und winkte.

»Vorwärts, nicht einschlafen da hinten.« Der Unteroffizier machte eine kurbelnde Armbewegung, wartete kurz und ging weiter. Carvis atmete aus. Er horchte und schielte durch die Ritzen. Drei Nachzügler trotteten die Straße entlang. Sie waren älter als der Rest und keuchten bei jedem Schritt. Der letzte hatte den Helm abgenommen und fuhr sich mit einem Taschentuch über die Stirn. Haare und Bart leuchteten weiß im Mondlicht.

»Verdammter Arschkriecher«, schimpfte der Weißbart. »Sobald Major Heinrich in die Hände klatscht, macht der Stiefellecker Männchen und hetzt uns durch die Stadt.«

Die beiden anderen lachten.

»Hol das Stöckchen, Stiefellecker«, sagte der Weißbart, als die drei aus Carvis' Blickfeld verschwanden.

Als die Nachzügler nicht mehr zu hören waren, begann Carvis zur Sicherheit bis hundert zu zählen. Bei dreiundfünfzig rummsten Explosionen aus der Richtung des ausgebrannten Appartements. Eine Schrecksekunde später fielen die ersten Schüsse. Carvis sprang auf, tastete sich in der Finsternis zwischen den Gebäuden vorwärts und wagte es nicht, seine Taschenlampe einzuschalten. Die Schießerei nahm an Intensität zu. Als er Krokovski einholte, war ihm klar, dass die Deutschen Kelleys Ausbruchsplänen zuvorgekommen waren.

XVI

BERLIN, SCHILDHORN, 16. MAI 1937, 12:07 UHR

Die Kleine schrie wie am Spieß. Ein Kreischen, das gurgelnd abbrach, wenn sie untertauchte, und wie eine Sirene wieder einsetzte, sobald sie den Kopf aus dem Wasser bekam. Carvis öffnete die Augen und blinzelte über die Bucht. Das Wasser leuchtete silbrig in der ungewöhnlich starken Maisonne. Mit dem Sandstrand an der Spitze ragte die schmale Halbinsel wie ein Haken in die Havel. Der Sage nach war der Slawenfürst Jaxa von Köpenick im zwölften Jahrhundert durch den Fluss geflohen und hatte aus Dankbarkeit für seine Rettung Schild und Horn an einen Baum gehängt. Seitdem trug die Landzunge den Namen Schildhorn. Einen knappen Kilometer nördlich legten Segelboote am Holzsteg des Pichelswerder Jachtclubs an, schlanke Rennruderboote der Universität flitzten wie langbeinige Käfer über das Wasser. Die Laubbäume des Grunewalds reichten bis ans Ufer, und an schönen Tagen wanderten oder radelten die Berliner mit Decken und Picknickkörben bepackt an die Havel, um am Strand oder im Wirtshaus Schildhorn den Alltag hinter sich zu lassen. Carvis schätzte diesen Ort in Sichtweite der Großstadt wegen seiner Ruhe und entspannten Atmosphäre. Normalerweise.

Das Mädchen strampelte und kämpfte, aber gegen ihren älteren Bruder, der sie von einem Ruderboot aus immer wieder mit einem Paddel unter Wasser drückte, war sie machtlos.

Gerade einmal dreißig Minuten vorher waren die beiden wie ein Herz und eine Seele vom Strand aus in die Bucht hinausgerudert, die Kleine endlos plappernd, wie gut sie schwimmen gelernt hatte. Carvis rollte sich auf den Bauch und überlegte, ob er etwas unternehmen sollte, als ein Mann mittleren Alters – wahrscheinlich der Vater – ans Wasser stürmte. Er schrie und winkte mit hochrotem Kopf.

»Paul! Paul, lass das. Komm sofort hierher!«

»Gleich gibt's ein paar hinter die Löffel«, sagte Carvis zu Anna, die neben ihm auf der karierten Decke döste.

Paul sah unschlüssig zwischen Vater und Schwester hin und her. Schließlich legte er das Paddel auf den Kopf seiner Schwester und lehnte sich auf den Stiel. Das kleine Mädchen, das sich mit ruckartigen Schwimmbewegungen über Wasser gehalten hatte, ging prustend unter.

Pauls Vater versuchte es kein zweites Mal mit mahnenden Worten. Er streifte die weißen Leinenschuhe ab, watete ins Wasser und hechtete in Hemd und kurzer Hose kopfüber in die Bucht. Mit kräftigen Armbewegungen kraulte er auf das Ruderboot zu.

»Jetzt guck doch mal.« Carvis gab Anna einen Schubs.

Paul versuchte inzwischen zu retten, was noch zu retten war. So weit es ging, streckte er seiner Schwester die Hand entgegen. Stoßweise schluchzend griff sie zu und ließ sich aus dem Wasser ziehen. Im selben Moment tauchte der Vater neben dem Boot auf, schoss über den Rand und verpasste seinem Sohn eine Ohrfeige. Der Schlag knallte wie ein Schuss über das Wasser, und Paul stimmte in das Heulkonzert seiner Schwester ein.

Nach diesem finalen Akt rollte sich Carvis auf die Seite. Anna lag mit geschlossenen Augen auf dem Rücken. Die

Hände über der grünen Sommerbluse gefaltet, hatte sie sich während des Dramas nicht gerührt. Unbarmherzig leuchtete die Sonne die dunklen Ringe unter ihren Augen aus, selbst im warmen Licht schimmerte ihre Haut ungesund fahl. Den Sommersprossen fehlte die Farbe, und die zusammengepressten Lippen waren nicht mehr als ein dünner Strich. Es quälte Carvis, sie so zu sehen. Umso mehr konnte er es kaum erwarten, ihr die großartige Neuigkeit zu erzählen. Genauer gesagt: Er platzte vor Vorfreude.

»Wie geht es deinem Vater?«, fragte er.

»Unverändert schlecht.« Sie öffnete die Augen mit diesem erschöpften Ausdruck, der das wunderbare Strahlen vertrieben hatte, seit ihr Vater Anfang Januar an schwerem Asthma erkrankt war.

»Wenn es ihm besser geht, würde ich wirklich gerne deine Eltern kennenlernen.«

»Aber nicht jetzt«, fuhr Anna ihn an. »Und es ändert auch nichts, wenn du immer wieder fragst.«

»Ich weiß«, erwiderte er. »Darum habe ich ja gesagt, wenn es ihm besser geht. Natürlich nicht vorher.« Obwohl er Annas Sorgen verstand, verletzten ihn ihre Ausbrüche jedes Mal aufs Neue. Sie reagierte ständig gereizt und hatte kaum noch Zeit für ihn.

Sie nickte, und der harte Zug um ihren Mund löste sich ein wenig.

»Es tut mir leid.« Sie legte eine Hand auf seinen Arm. »Vater ist so schwach und kann das Bett nicht verlassen. Es wird einfach nicht besser. Und Mutter lässt sich nichts anmerken, aber sie reibt sich auf. Sie pflegt ihn Tag und Nacht und näht abends zu Hause, um etwas zu verdienen. Seit Vater nicht mehr in der

Kanzlei arbeitet, reicht das Geld einfach nicht. Ich versuche, ihr zu helfen, aber ich mache mir solche Sorgen, Freddy.«

Anna setzte sich auf und wischte sich mit dem Handrücken über die feucht glänzenden Augen.

»Eigentlich wollte ich heute nicht mitkommen«, sagte sie, »aber Mutter hat darauf bestanden. Sie meinte, Vater wird auch nicht gesund, wenn ich permanent zu Hause hocke.«

Carvis nahm Anna in den Arm. Als hätte das den letzten Rest ihrer Beherrschung zerbrochen, fing ihr Oberkörper an zu zittern. Schluchzend legte sie den Kopf auf seine Schulter und weinte hemmungslos. Tränen tropften auf sein Hemd, und sie konnte sich minutenlang nicht beruhigen. Carvis hatte Anna noch nie weinen sehen und drückte sie hilflos an sich.

»Es tut mir leid, Freddy«, wiederholte sie nach einer Weile und löste sich aus seiner Umarmung. Mit roten Augen schaute sie ihn an, und der Schmerz in ihrem Blick presste sein Herz wie eine Klammer zusammen.

»Das muss dir nicht leidtun. Du kannst nichts dafür, dass dein Vater krank ist.« Er strich mit der Hand über ihre Wange, beugte sich vor, um sie zu küssen, doch sie drehte den Kopf zur Seite.

»Ich meine, dass ich dir meine Eltern nicht vorstellen kann«, erwiderte sie. »Sie möchten dich unbedingt kennenlernen, aber das wäre zu viel für meine Mutter. Sie würde darauf bestehen, die perfekte Gastgeberin zu spielen, und das möchte ich ihr nicht zumuten.«

»Anna, das verstehe ich doch«, sagte Carvis. »Die Genesung deines Vaters ist das Wichtigste. Weißt du was, wenn er wieder gesund ist, machen wir zu viert einen Ausflug. Zum Beispiel hierher. Was hältst du davon?«

»In einem Monat bist du fort, Freddy. Schon vergessen?«

Sein Stipendium lief Ende Mai aus. Am 15. Juni würde er Deutschland an Bord eines Passagierschiffes der Hamburg-Amerika-Linie verlassen. Die Fahrkarte lag seit Tagen wie eine böse Drohung auf seinem Schreibtisch. Irgendwann hatte er den Anblick nicht mehr ertragen und sein schwerstes Physikbuch daraufgelegt.

»In einem Monat geht jeder wieder seiner Wege, als hätte es uns nie gegeben«, sagte Anna.

»Und wenn nicht?« Carvis lächelte. Er hielt die Spannung kaum noch aus.

Sie drehte den Kopf und sah ihn an.

»Was soll das heißen?«

»Was wäre, wenn ich hierbleibe?«

»Wie soll das gehen? Dein Stipendium ist auf ein Jahr begrenzt, oder?«

»Stimmt.« Carvis grinste wie ein Schuljunge, der die Kreide im Klassenzimmer versteckt hatte. »Vorgestern habe ich Post von meinem Großvater bekommen.« Er berührte ihren Unterarm, fuhr mit den Fingerspitzen die weiche Haut entlang, bis zur Armbeuge und wieder zurück. Dann nahm er ihre Hand und hielt sie fest.

»Und?«, fragte sie.

»Ich habe meinem Großvater von dir geschrieben«, setzte er an. »Schon mehrmals.«

Ein höfliches Lächeln quälte sich auf ihre Lippen, und sie nickte. »Das hast du mir erzählt. Ebenfalls mehrmals.«

»Du weißt ja, er hat ein paarmal versucht, mich in Vermont zu verkuppeln. Natürlich ohne Erfolg. Darum freut er sich, dass wir uns in Berlin gefunden haben.«

Anna scheuchte eine Fliege von dem Gugelhupf, der neben dem Picknickkorb auf den Anschnitt wartete. Unbewusst knetete Carvis ihre Finger.

»Aua, Freddy, das tut weh.« Barsch entriss sie ihm ihre Hand.

Carvis beeilte sich fortzufahren, bevor die Stimmung vollständig kippte. Irgendwie verlief das Gespräch anders, als er es sich ausgemalt hatte.

»Er schreibt, dass er mich unterstützt, damit wir zusammenbleiben können. Er hat mit meinem Vater gesprochen, und sie sind der Meinung, dass …«

»Freddy, was hast du vor? Komm zum Punkt.«

Unsicher sprach er weiter. »Ich habe Professor Bergmann gefragt, ob ich ein Jahr länger an der Universität bleiben kann. Und er hat zugestimmt.«

Carvis strahlte Anna an, knetete ihre Finger jetzt mit beiden Händen, aber dieses Mal beachtete sie es nicht. Verständnislos runzelte sie die Stirn. Ihre Augen weiteten sich, und plötzlich breitete sich auf ihrem Gesicht etwas aus, womit Carvis überhaupt nicht gerechnet hatte: Abwehr.

»Aber das ist nicht möglich«, sagte sie. »Wie soll das funktionieren?«

»Mein Vater schickt mir weiter das Geld für die Miete, die Universität lässt mich als Forschungsassistent arbeiten und zahlt mir ein Gehalt, und Großvater übernimmt den Rest. Ich muss nicht einmal umziehen. Es ist alles geregelt.«

Anna kramte im Picknickkorb und tupfte sich die Augen mit einer Stoffserviette.

»Was ist mit deiner Familie?«, fragte sie. »Deine Mutter hat dich so lange nicht gesehen. Du kannst nicht für mich hierbleiben. Ich will das nicht.«

»Meine Familie freut sich, wenn ich hier glücklich bin.«

Er fasste sie bei den Schultern, drehte sie zu sich und sah ihr direkt in die Augen. »Anna, es ist alles in Ordnung. Ich bleibe hier. Bei dir. Ich kann dir helfen. Ich mache alles, was du willst. Du bist nicht alleine.«

Sie schüttelte den Kopf und schob seine Hand zur Seite.

»Freddy, du kannst mir nicht helfen«, erwiderte sie mit zitternder Stimme und vermied seinen Blick. »Vor allem hättest du vorher mit mir sprechen müssen. Du kannst nicht einfach alleine für uns beide entscheiden. Was ist, wenn ich das nicht möchte?«

Carvis sah sie fassungslos an.

»Was heißt *alleine entscheiden*? Ich wollte dich überraschen. Ich war mir sicher, du freust dich.«

»Freddy, es tut mir leid, aber du kannst nicht hierbleiben. Das geht nicht.« Sie sprang auf und rannte zu ihrem Fahrrad. Tränen liefen ihre Wangen hinunter.

»Ich verstehe das nicht«, erwiderte er, sprang ebenfalls auf und folgte ihr. »Warum kann ich nicht hierbleiben? Erklär mir das. Ich liebe dich, und du liebst mich.«

Weinend schob sie ihr Rad über den Sand zu der Grasnarbe, wo der Strand endete. Carvis holte sie ein und hielt den Lenker fest.

»Ich kann das nicht länger.« Verzweifelt riss sie an dem Fahrrad. »Ich halte das nicht mehr aus. Lass mich.«

Carvis schaute sie an und ließ die Hand sinken. »Was hältst du nicht mehr aus?«

Anna stieg in den Sattel und fuhr in den Grunewald.

»Sag mir, was du nicht mehr aushältst«, rief Carvis hinterher. »Anna!«

Carvis war nicht in der Lage, sich zu rühren oder einen klaren Gedanken zu fassen. Er starrte auf die Stelle, wo Anna längst zwischen den Bäumen verschwunden war. Seine Welt, sein Traum war in einem Wimpernschlag zerbrochen. Und er verstand nicht, warum.

XVII

BERLIN-DAHLEM, 24. APRIL 1945, 00:42 UHR

Dahlem ruhte unangetastet im Mondlicht. Als würde der Krieg immer noch Kiew oder Charkow verwüsten und nicht die Vororte Berlins. In den Gärten rauschte der Wind durch die Tannen und überdeckte das Knattern an der Front.

Carvis und Krokovski beobachteten die zentrale Forschungseinrichtung des Uranvereins in Berlin, das Kaiser-Wilhelm-Institut für Physik.

»Komischer Turm.« Krokovski bog die Äste der mannshohen Haselnusssträucher zur Seite. »Sieht aus wie ein Getreidesilo in Wisconsin.«

»Das ist der *Turm der Blitze*«, flüsterte Carvis. »Ein Generator erzeugt in ihm Höchstspannung für einen Teilchenbeschleuniger.«

»Aha«, erwiderte Krokovski unbeeindruckt.

Eine halbe Stunde zuvor hatten die beiden Amerikaner das Akademiker- und Villenviertel Berlins erreicht. Dahlem war dem Krieg bisher entgangen, und die großzügigen Gärten boten mehr Deckung als die gut einsehbaren Straßen. Sie hatten sich parallel zur Straße vorgearbeitet, waren unbemerkt über Mauern und Zäune gestiegen, hatten Bäume, Büsche und Hecken zur Tarnung benutzt und sich schließlich dem Forschungskomplex von Südosten genähert. Das Areal der Kaiser-Wilhelm-Gesellschaft umfasste mehrere Institute, die dem

Ambiente Dahlems entsprechend in beeindruckenden Villen untergebracht waren.

Am südlichen Ende flankierten zwei ungleiche Türme das dreistöckige Physikinstitut. Rechts ein kleiner, eckiger Turm mit einer geschwungenen, fast russisch-orthodox anmutenden Metallkuppel, der durch Bögen in das zentrale Gebäude eingebunden war und über Eck die Verbindung zum Seitenflügel herstellte. Links ein kreisrunder Backsteinturm mit flacher Spitze aus roten Dachziegeln, der alles überragte.

»Gehen wir«, flüsterte Carvis, nachdem sie das Gelände fünfzehn Minuten observiert hatten. Er hielt es nicht mehr aus. Die Aussicht, Bergmann heute wiederzusehen und endlich mehr über Annas Verschwinden zu erfahren, verursachte ihm fast körperliche Schmerzen.

Sie schoben sich durch die Büsche und stiegen über eine niedrige Mauer. Dann überquerten sie eine Straße, kletterten über den flachen Holzzaun des Instituts und rannten gebückt zum Hauptgebäude. Der feuchte Rasen dämpfte ihre Schritte bis zur Lautlosigkeit.

»Niemand zu sehen«, flüsterte Carvis.

»Schsch«, fauchte Krokovski. »Kein verdammtes Wort!«

1936 hatte Carvis nach seiner Ankunft in Berlin vier Wochen im Gästehaus des KWI gewohnt, bis er eine eigene Wohnung bezogen hatte. Selbst jetzt, neun Jahre später, hätte er sich mit verbundenen Augen auf dem Gelände zurechtgefunden. Auf der Rückseite des Hauptgebäudes gab es eine Einfahrt und einen asphaltierten Hof, der vom Seitenflügel und einer weiten Rasenfläche eingerahmt war. Dahinter befand sich – direkt neben dem Institut für Zellphysiologie – die zweistöckige Gästeunterkunft der Kaiser-Wilhelm-Gesellschaft.

Plötzlich hob Krokovski eine Hand. Der Sergeant zog die schallgedämpfte Pistole und ließ sich geräuschlos auf den Bauch sinken. Carvis warf sich instinktiv daneben. Kühler Tau benetzte seine Hände und jagte ihm eine Gänsehaut über den Rücken. Eine dunkle Gestalt spazierte um den Turm, die Hände in den Hosentaschen und einen Karabiner lässig über eine Schulter gehängt. Kaum hörbar knarrte der rechte Stiefel bei jedem Schritt. Die Wache schlenderte auf die Amerikaner zu und lehnte sich fünf oder sechs Meter entfernt an den Sockel des Turms. *Wenn er den Kopf nach links dreht, muss er uns sehen,* dachte Carvis. Er presste sein Gesicht ins Gras, spürte die nassen Halme auf der Wange. Krokovski hielt die Colt Automatik mit beiden Händen ausgestreckt vor sich. Er zielte auf den Soldaten und spannte langsam den Hahn, bis dieser mit einem ohrenbetäubenden Klicken einrastete. Der Sergeant hob die Waffe etwas höher, als sich die Wache zur anderen Seite drehte und etwas sagte. Eine zweite Stimme antwortete. Der Soldat lachte gedämpft, zuckte mit der Schulter und guckte wieder geradeaus. Krokovski ließ die Pistole langsam sinken.

Carvis verlor jedes Zeitgefühl. Die Minuten dehnten sich beinahe endlos. Die beiden Wachen flüsterten, schimpften über irgendeinen Unteroffizier und rührten sich nicht. Carvis' rechte Wade verkrampfte, irgendetwas krabbelte über seinen Nacken. Plötzlich flog eine glühende Zigarettenkippe hinter dem Turm hervor. Der Wachsoldat wandte sich ab und verschwand um den Sockel. Krokovski federte hoch, war mit zwei Schritten an der runden Backsteinmauer. Carvis rappelte sich auf und lief hinterher. Krokovski holte die Soldaten ein, als sie über den Hof gingen. Er legte die Pistole an, zielte, als im Nebenflügel eine Tür aufflog. Ein Lichtschein fiel auf den

Asphalt, und eine Stimme schimpfte: »Wo zum Teufel treibt ihr euch rum? Ihr seid längst überfällig.«

Carvis machte drei Schritte rückwärts und tauchte in den Schatten des Turms, während Krokovski sich hinter einen parkenden Lkw warf.

»Und du Großmaul nimmst es mit der Verdunklung nicht so genau, was?«, antwortete einer der Soldaten.

»Auch noch frech werden. Dir werde ich helfen, Freundchen. Sofort zur Meldung in der Wachstube antreten. Aber plötzlich!«

Die Wachen marschierten im Laufschritt ins Gebäude, und die Tür knallte zu. Der Hof lag wieder im Dunkeln.

Der Flur roch immer noch nach der gleichen Holzpolitur, und die beiden Ledersessel waren genau wie vor neun Jahren im Eingangsbereich um das kleine Tischchen arrangiert. Der massive Edelstahlständer wartete beharrlich auf Regenschirme, und Carvis war sich sicher, dass selbst die Mausefalle hinter der Porzellanvase unverändert auf Opfer lauerte. Im Gästehaus war die Zeit stehen geblieben. Nur das gehäkelte Deckchen auf dem Beistelltisch war neu.

»Drei Gästezimmer auf jeder Seite des Flurs«, flüsterte er Krokovski zu, der die Eingangstür leise ins Schloss drückte. »Das Gleiche im Obergeschoss, also insgesamt zwölf Zimmer. Welche Nummer hat Bergmann?«

Nachdem die Wachen verschwunden waren, hatten die Amerikaner regungslos abgewartet. Doch schon nach wenigen Minuten waren sie im Schatten einer Hecke zum Gästehaus geschlichen. Wie damals war die Tür unverschlossen, damit Gäste jederzeit ein und aus gehen konnten.

»Keine Ahnung«, antwortete Krokovski. »Woher soll ich das wissen?«

Carvis traute seinen Ohren nicht. »Sie müssen doch Bergmanns Zimmernummer kennen.«

»Wieso? Major Kelley und Lieutenant Davies wissen die Nummer. Theoretisch hätte das reichen müssen, oder?«

»Offensichtlich nicht«, antwortete Carvis etwas zu laut. »Sie müssen doch irgendwann einmal darüber gesprochen haben, in welchem Zimmer Bergmann wohnt.«

»Nicht, dass ich wüsste. Außerdem hätten Sie genauso dran denken können. Sie sind doch angeblich unser Experte vor Ort.«

»Jetzt kommen Sie mir nicht so, Sergeant«, erwiderte Carvis hitzig. »Wie sollen wir Bergmann finden? Wir können kaum überall klopfen.«

»Warum nicht?«, sagte Krokovski. »Ich habe einen Satz Dietriche dabei. Wir öffnen leise alle Türen und gucken …«

»SERGEANT! Ersparen Sie mir diesen Schwachsinn.«

In diesem Moment drehte sich ein Schlüssel in einem Schloss, und die Zimmertür vorne rechts öffnete sich. Eine gebückte Gestalt humpelte in den Flur und beleuchtete die Amerikaner mit einer abgedunkelten Taschenlampe. Im bläulichen Schein sah Carvis zwei knöchrige Füße in grauen Filzpantoffeln und die untere Hälfte eines anthrazitfarbenen Morgenmantels.

»Sind die Russen da?«, fragte die Gestalt.

»Wie bitte?«, antwortete Carvis auf Deutsch und riss sich den amerikanischen Helm vom Kopf.

»Bei dem Radau kann niemand schlafen. Da dachte ich, die Bolschewiken haben uns überrannt.«

»Nein, nein«, antwortete Carvis. Vor ihm stand ein Greis. Auf einen Gehstock gestützt und mit weißen Haaren, die wie elektrisiert von dem knöchrigen Schädel abstanden.

»Die Front hält, machen Sie sich keine Sorgen«, sagte Carvis. »Ich bin Hauptmann Kurz, und wir ...«

»Haben Sie meine Katze dabei?«

»Ihre Katze?« Carvis spürte, wie Krokovski hinter ihm ungeduldig das Gewicht von einem Bein auf das andere verlagerte.

»Natürlich, meine Katze Magda«, sagte der alte Mann. »Sie ist verschwunden, seit wir ausgebombt wurden. Mein Sohn arbeitet hier als Hausmeister und lässt mich in einem der Zimmer wohnen. Fällt Ihnen auf, dass Magda den Vornamen der Frau unseres geschätzten Propagandaministers trägt?«

»Ja.« Carvis fehlten die Worte.

»Dann nehmen Sie die Suche gefälligst ernst. Mein Sohn hat mir versprochen, dass die SS Magda findet. Sie sind doch von der SS, oder etwa nicht?«

»Selbstverständlich«, erwiderte Carvis, während er Krokovski ein beruhigendes Handzeichen gab. »Wir suchen im gesamten Stadtgebiet. Mit allen verfügbaren Kräften. Sie können sich auf uns verlassen.«

Der alte Mann nickte.

»Wir«, sagte Carvis und zeigte auf sich und den irritiert guckenden Sergeant, »überprüfen das Kaiser-Wilhelm-Institut. Falls Ihre Katze sich auf den Weg zu Ihnen gemacht hat, aber noch nicht angekommen ist. Wer wohnt noch hier? Professor Bergmann, welche Zimmernummer hat er?«

»Der Bomben-Professor? Der wohnt in Nummer neun, aber er ist jeden Tag beim Führer. Ich habe ihn schon gebeten, dass der Führer Magda von der Reichsmarine suchen lässt. Weil die SS nichts taugt. Sie sind doch von der Marine, oder?«

»Natürlich«, antwortete Carvis. »Wenn Sie erlauben, beginnen wir jetzt mit der Suche.«

»In Ordnung, meine Herren. Heil Hitler, Sieg Heil und viel Erfolg.«

»Heil Hitler.« Carvis schüttelte den Kopf, während der alte Mann in sein Zimmer schlurfte.

Carvis klopfte an die Tür mit der eingravierten Neun und lauschte. Nach einer kurzen Pause klopfte er zum zweiten Mal. Auf der anderen Seite wurde ein Stuhl gerückt, und die Tür öffnete sich einen Spaltbreit. Im Halbdunkel erkannte Carvis den vertrauten Bart und die runde Brille.

»Ja, bitte?«, fragte Bergmann.

Carvis holte Luft, doch bevor er antworten konnte, stieß Krokovski den Professor zurück ins Zimmer. Mit angelegter Maschinenpistole stürmte der Sergeant hinterher und sah sich um. Carvis folgte ihm und zog die Tür zu.

»Ich muss doch sehr bitten«, protestierte Bergmann. »Was soll denn das? Wer sind Sie, und was wollen Sie mitten in der Nacht?«

»Ist er es?« Krokovski musterte den Professor von oben bis unten.

Bergmann stutzte, als er die englischen Worte hörte. Er war dünner geworden, geradezu mager. Das gut gemästete Bäuchlein war verschwunden, die Pausbäckchen früherer Tage waren eingefallenen Wangen gewichen. Aber vor Carvis stand der leibhaftige Professor Paul Bergmann. Der bürstenähnliche Kinnbart, die buschigen Brauen über den Augen, die manchmal amüsiert und manchmal sehr streng gucken konnten.

»Ja, er ist es.«

»Gut«, erwiderte der Sergeant. »Reden Sie mit ihm.«

Carvis setzte an, als ihm etwas auffiel. »Sie sind ja angezogen«, stellte er auf Deutsch fest. »Und haben sofort die Tür aufgemacht. Mitten in der Nacht.«

»Ich arbeite nachts«, erwiderte Bergmann. »Ich kann schon lange nicht mehr schlafen.« Der Professor zeigte auf einen Schreibtisch, auf dem Blätter mit chemischen Formeln und maschinengeschriebene Berichte im Schein einer Leselampe lagen, daneben ein aufgeklapptes Notizbuch mit Skizzen, Berechnungen und handschriftlichen Eintragungen.

»Mein Englisch ist zwar etwas eingerostet, aber Sie sind Amerikaner. Wie kommen Sie hierher?«

Carvis betätigte einen Schalter neben der Tür. Unter der Decke flammte eine Glühbirne in einem Lampenschirm aus grünem Kord auf.

»Erkennen Sie mich, Professor? Ich bin Frederic Carvis, vor dem Krieg war ich Ihr Student.«

Bergmann rückte seine Brille zurecht und betrachtete Carvis.

»Frederic Carvis«, sagte er nach einer Weile. »Tatsächlich. Was um Himmels willen machen Sie in Berlin? Ausgerechnet jetzt?«

»Das habe ich mich inzwischen selbst ein paarmal gefragt«, erwiderte Carvis. »Aber Sergeant Krokovski und ich sind hier, um Sie abzuholen.«

Bergmann sah erst Carvis und dann Krokovski verständnislos an.

»Abholen? Wovon sprechen Sie? Wohin?«

»Nach Aachen, bei Sonnenaufgang erwartet uns ein Flugzeug.«

»Carvis, mein Junge«, sagte Bergmann. »Es tut mir leid, aber ich verstehe kein Wort.«

»Wir wissen von Ihren Forschungsergebnissen zur Atombombe. Mit diesen Kenntnissen dürfen Sie keinesfalls der Roten Armee in die Hände fallen, Professor.«

Carvis erzählte, wie er mit der Kommandoeinheit nach Berlin gekommen war, um Bergmann vor den Russen zu retten. Nur das Gefecht mit den Deutschen und die Spaltung des Teams erwähnte er nicht.

Bergmann schwieg, nachdem Carvis geendet hatte. Er sah zu seinen Unterlagen auf dem Schreibtisch hinüber und verschränkte die Arme.

»Sie sagen also, dass jedes Mal, wenn ich mit Wilhelm Fromm telefoniert habe, die Amerikaner mitgehört haben?«

Carvis nickte. »Darum wussten wir, wo wir Sie finden.«

»Dieser dreiste Halunke. Unverschämtheit.«

»Captain, uns läuft die Zeit davon.« Krokovski tippte auf seine Armbanduhr.

»In Ordnung, Professor«, sagte Carvis. »Leider können Sie nur wissenschaftliche Dokumente mitnehmen. Keinen Koffer.«

»Es tut mir leid.« Bergmann rührte keinen Finger. »Aber ich werde nicht mitkommen. Was soll ich in Aachen?«

Carvis sah Bergmann überrascht an. Damit hatte er nicht gerechnet. »Wie meinen Sie das, Professor?«

»Sie verlangen von mir, dass ich mein Land verrate. Der Führer vertraut mir. Ich halte den Endsieg in den Händen und werde ihn an Adolf Hitler weiterreichen, wenn die Zeit gekommen ist. Was bieten Sie mir für diesen Verrat als Gegenleistung an?«

Carvis wusste nicht, was er antworten sollte.

»Hier habe ich eine Bestimmung.« Bergmann redete sich in Rage. »Ich verkehre in den höchsten Kreisen des Reiches. Ich gestalte, werde geachtet und gebraucht. Haben Sie ernsthaft erwartet, dass ich einfach alles aufgebe? Wofür? Um als Denunziant von den Amerikanern weggeworfen zu werden, sobald sie mich nicht mehr brauchen?«

»Berlin ist dem Untergang geweiht, Professor«, sagte Carvis. »Sie werden in dem Chaos umkommen. Die Rote Armee wird die Stadt einnehmen und furchtbare Rache üben. Und wenn Sie überleben, wird man Sie nach Moskau verschleppen. Wollen Sie darauf warten?«

»Die Bolschewiken werden niemals die heilige Erde der Reichshauptstadt entweihen. Niemals«, antwortete Bergmann. »Vorher jagen wir sie zum Teufel. Der Führer hat nicht nur die Uranbombe, sondern auch noch ganz andere Vergeltungswaffen einsatzbereit. Sie wollen mich vor den Kommunisten bewahren? Das brauchen Sie nicht.«

»Was soll die Diskussion, Captain?« Krokovski hatte die schallgedämpfte Pistole in der Hand. »Es gibt nichts zu verhandeln.«

»Ich werde mein Land nicht verraten«, fuhr Bergmann auf Englisch fort. »Wir können die Unterhaltung in Ihrer Sprache führen. Dafür ist mein Englisch gut genug.«

»Wir werden Sie auf keinen Fall hierlassen, Professor«, sagte Carvis. »Aber es wäre mir lieber, wenn Sie uns freiwillig begleiten.«

»Das ist mir klar, und darum habe ich gefragt, was Sie anbieten«, entgegnete Bergmann und rollte die Augen. »Sie müssen noch viel über Verhandlungstaktik lernen, junger Mann.«

»Das erwähnte ich bereits. Wir retten Ihr Leben und bringen Sie …«

»Ich will einen Lehrstuhl. An einer amerikanischen Universität an der Ostküste. Allgemeine Physik oder Kernphysik. Und ich will ein Haus. Am Meer. Mit einem Steg und einem Segelboot. Einer Jacht.«

Carvis sah Bergmann an. »Ich kann Ihnen nichts zusagen, Professor, dazu bin ich nicht autorisiert. Aber ich verspreche Ihnen …«

»Ihre Versprechen interessieren mich nicht, Carvis. Ich will Garantien. Sie wollen etwas von mir, also kriege ich etwas von Ihnen. Dann sind wir im Geschäft, und ich stelle Ihnen mein komplettes Wissen und die Unterlagen über unsere Uranbombe zur Verfügung.«

Carvis blickte zu Krokovski. Der Sergeant trommelte mit zwei Fingern auf dem Schaft seiner Maschinenpistole. *Ach, was soll's,* dachte Carvis. *Was will Bergmann machen, wenn Pash und Goudsmit seine Forderungen in Aachen nicht erfüllen? Zurück nach Berlin laufen?*

»In Ordnung«, sagte er. »Ich garantiere Ihnen, dass wir die genannten Forderungen erfüllen und im Flugzeug alles schriftlich formulieren. Einverstanden? Wir müssen uns jetzt wirklich auf den Weg machen.«

»Außerdem verlange ich zwanzigtausend US-Dollar in Gold. In Münzen, gelagert im Schließfach einer Bostoner Bank.«

Carvis war sprachlos. Eine Sekunde spielte er mit dem Gedanken, den gierigen Opportunisten mit vorgehaltener Waffe zur Landezone zu treiben. Doch das würde den Rückweg erschweren, und vor allem würde Bergmann nicht kooperieren, wenn es um Lotte und Anna ging. Und nur aus diesem Grund hatte Carvis sich auf das wahnsinnige Unternehmen eingelassen. Wegen Anna.

»Gerne, Professor«, erwiderte Carvis. »Aber bitte nehmen Sie jetzt Ihre Papiere und was sonst noch von Bedeutung ist. Wir haben keine Zeit mehr.«

Bergmann nickte und begann die Zeichnungen und Dokumente auf seinem Schreibtisch zusammenzuschieben und in eine Aktentasche aus schwarzem Leder zu stopfen.

»Was ist eigentlich mit Ihrer Familie?«, sagte Carvis, während er dem Professor zusah. »Wieso wohnen Sie nicht in Ihrer Villa am Wannsee? Und wie geht es Lotte und Anton?«

Bergmann hielt in der Bewegung inne. Seine Hand schwebte über der Ledertasche, und das Notizbuch, das er gerade verstauen wollte, glitt ihm aus den Fingern. Seine Antwort war so leise, dass Carvis sich vorbeugte, um ihn besser zu verstehen.

»Meine Frau hat sich vor einem Jahr erhängt. Nachdem wir den Brief erhalten hatten, dass Anton bei Smolensk gefallen war. Vorher hat sie unsere Villa angezündet.«

Carvis schluckte, Tränen schossen ihm in die Augen. Anton, der lebensfrohe und trinkfeste Anton, sein Freund. Seit mehr als einem Jahr tot.

»Und Lotte?«, fragte er mit einer furchtbaren Vorahnung.

Bergmann seufzte, fuhr sich mit der Hand über die Augen und antwortete nicht.

Krokovski öffnete die Zimmertür, warf einen Blick in den Flur und winkte beiden Männern zu. »Die Luft ist rein. Wir können los.«

Carvis ignorierte ihn und wiederholte die Frage.

»Professor, was ist mit Lotte?«

Bergmann steckte das Notizbuch in die Innentasche seines Jacketts.

»Professor«, drängte Carvis. »Ist Lotte gesund? Kann ich mit ihr sprechen? Ich suche Anna Körner, ihre Freundin. Lotte ist meine letzte Hoffnung. Wo finde ich sie?«

Bergmann fummelte mit glasigen Augen an den Schnallen seiner Aktentasche herum.

»Das kann ich Ihnen leider nicht beantworten. Sie wurde zur Krankenschwester ausgebildet. Und ging darin auf. Das muss man sich mal vorstellen. Meine Charlotte, die sich nur für sich selbst interessierte, hilft anderen Menschen und findet darin Erfüllung. Und da wird immer behauptet, der Krieg bringe nur das Schlimmste im Menschen zutage.«

Das traurige Lächeln auf Bergmanns Lippen hielt nur kurz. »Die Front ist zusammengebrochen, ihr Lazarett wurde in Lublin von der Roten Armee überrannt. Niemand ist entkommen. Ich weiß nicht, ob Lotte noch am Leben ist. Sie wird seit acht Monaten vermisst.«

XVIII

BERLIN-ZEHLENDORF, 24. APRIL 1945, 01:12 UHR

Schutt knirschte unter Heinrichs Stiefeln. Zertrümmertes Mauerwerk bedeckte den Parkettboden. Staub brannte in den Augen und lag wie ein Leichentuch aus weißem Puder auf den Toten. Verrenkte Gestalten, eingerahmt von Patronenhülsen und schwarzen Blutlachen. Taschenlampenkegel warfen scharfe Schatten, zuckten über die Toten und ließen die Gesichter der Lebenden im Dunkeln.

Heinrich durchsuchte die Leiche des amerikanischen Majors, die ihn mit leeren Augen taxierte. Er beugte sich über den Gefallenen, schob den schwarzen Poncho bis zum Kinn und fuhr mit dem Zeigefinger über das mattgoldene Rangabzeichen.

»Also doch keine russischen Saboteure.« Er warf dem SS-Unteroffizier, der wie ein schlechter Geruch nicht von seiner Seite wich, einen missbilligenden Blick zu. »Wie viele haben wir erwischt?«

»Fünf, Herr Major.«

»So wenig?« Heinrich strich sich mit der flachen Hand über das Kinn. In der Wohnung lagen noch zwei weitere Amerikaner. Er leuchtete über ihre Körper, leerte Uniformtaschen und Rucksäcke auf der Suche nach Karten und Einsatzunterlagen.

»Draußen lebt noch einer«, rief jemand.

Heinrich ging ans Fenster und blickte in den Hof. Wehrmachtssoldaten versorgten ihre verletzten Kameraden, untersuchten die Toten oder standen zwischen dem Gerümpel herum und rauchten.

»Finger weg von den Amis!« Heinrich schwang sich auf eine Leiter, die am Fensterrahmen lehnte. Unten schob er sich durch einen Pulk von Soldaten, die einen am Boden liegenden G.I. umringten.

»Macht mal Platz, Männer.« Der Major bemerkte die drei übereinandergenähten Stoffwinkel auf dem Oberarm des Verletzten. »Hat der Sergeant schon was gesagt?«

»Oh ja, eine ganze Menge«, antwortete Leutnant Jensen. Der Fallschirmjägeroffizier drückte eine Kompresse auf die Brust des Amerikaners, die ein Sanitäter im Schein einer Öllampe festband. »Sie können ihn gerne mal etwas fragen, Herr Major.«

»Why … are you … here?« Englisch lag Heinrich nicht besonders, sein Russisch war besser. Ostfrontbedingt.

»Go to hell, bloody Kraut«, stieß der Amerikaner hervor, und Jensen brach in Gelächter aus. »Sehen Sie, er spricht.«

»Das war deutlich«, sagte Heinrich. »Besorgen Sie einen Dolmetscher. Ich will wissen, wo die hergekommen sind.«

»Herr Major«, meldete sich der Sanitäter. »Der Ami blutet zu stark. Ich kann ihn verbinden, aber er muss sofort operiert werden. Sonst wird er die Nacht nicht überleben.«

Heinrich nickte. Ein einziger Blick auf die Löcher in Brust und Bauchdecke genügte. Der Sanitäter wusste, wovon er sprach.

»In Ordnung. Bringen Sie ihn ins nächste Lazarett. Wo ist das?«

»Am Friedrich-Wilhelm-Platz.«

»Reske!« Heinrich sah sich nach seinem Fahrer um. Der Gefreite lehnte an einem Stapel Holzkisten und saugte mit spitzen Fingern an einem Zigarettenstummel. »Wir fahren hinterher. Holen Sie das Kommandofahrzeug. Und bitte mit Tempo.«

»Jawohl, Herr Major.« Reske drückte die Kippe aus, verwahrte den Rest in einer Blechdose und verschwand.

»Jensen, ist das der einzige Überlebende?« Heinrich wandte sich wieder dem Leutnant zu.

»Jawohl, alle anderen sind tot. Wir haben genau im richtigen Moment zugeschlagen. Sie waren gerade dabei, ihre Verletzten in den Hof abzulassen. Ein Teil war schon unten, den Rest haben wir beim ersten Ansturm in der Wohnung niedergemacht. Die Amerikaner im Hof haben versucht, zur Straße durchzubrechen, wo unsere Männer sie ins Kreuzfeuer genommen haben. Bis auf den hier hat keiner überlebt.«

»Mist.« Heinrich sah dem amerikanischen Sergeant nach, den vier Soldaten auf einer Trage über den Hinterhof abtransportierten.

»Was wollten die hier?«, fragte er. »Irgendetwas passt nicht zusammen. Die Amis haben einen Brückenkopf an der Elbe, hundert Kilometer entfernt. Überlegen Sie mal, mit nur fünf Mann direkt nach Berlin. Wofür dieses Risiko?«

»Hatte der Offizier eine Karte oder …?«, fragte Jensen, als Heinrich ihn am Arm packte.

»Mensch, Jensen … das ist es. Nur ein Offizier, verstehen Sie. Wir haben nur den Major gefunden.«

Heinrich schnippte mit den Fingern und tippte sich an die Stirn. »Das heißt, mindestens ein Mann ist uns entwischt, vielleicht sogar mehr.«

»Aber Herr Major«, sagte der SS-Unteroffizier. »Die Amis waren komplett eingekreist. Es konnte niemand entkommen.«

Heinrich beachtete ihn nicht. »Leutnant, sammeln Sie Ihre Männer. Schwärmen Sie in die umliegenden Viertel aus. Durchsuchen Sie jedes Haus, jeden Keller. Und informieren Sie das OKW und den NSDAP-Ortsvorsteher. Wir brauchen Kontrollposten auf den Straßen.«

»Jawohl, Herr Major.« Jensen winkte einem Funker, schüttelte aber immer noch verständnislos den Kopf. »Trotzdem frage ich mich, wie Sie darauf kommen.«

»Niemand würde so eine Operation mit nur einem Offizier durchführen«, antwortete Heinrich. »Wo steckt also der andere?«

XIX

BERLIN-DAHLEM, 24. April 1945, 02:13 Uhr

Stumpf setzte Carvis einen Fuß vor den anderen. Folgte Krokovski und Bergmann, ohne seine Umgebung wahrzunehmen. Lotte wurde in Polen vermisst. Carvis ballte die Fäuste und hätte am liebsten laut geschrien. In diesem Moment hasste er sich unsäglich für seine eigene Dummheit. Fünf einfache Worte, die seinen genialen, von Anfang an naiven Plan an der Realität scheitern ließen. Wie hatte er annehmen können, dass seine Freunde einem Schicksal entgingen, das Millionen von Menschen das Leben gekostet hatte? Dass er einfach in einer Nacht vorbeischauen, ein bisschen herumfragen und herausfinden würde, woran er schon vor acht Jahren gescheitert war? Sein Verstand hatte ihn bereits in Aachen gewarnt. Aber er, der sich immer für so klug und tiefsinnig gehalten hatte, war lieber dem romantischen Sirenengesang gefolgt, der sein Hirn wie ein Virus paralysiert hatte. Und darum lief er nun durch den fürchterlichsten Ort, den die Menschheit aktuell zu bieten hatte.

Voller Verachtung und Selbstmitleid hatte er mit Krokovski und dem Professor das Gästehaus verlassen. Doch nichts drang zu ihm durch, als sie über das Institutsgelände und durch Dahlems dunkle Straßen geschlichen waren. Weder Bergmanns Anmerkung, dass er mindestens ein Fahrzeug erwartet hätte, noch Krokovskis Aufforderung, endlich den Kopf aus dem Hintern zu nehmen.

Obwohl der Professor flüssig Englisch sprach, hatte Krokovski sich nach dessen erster Beschwerde für eine nonverbale Kommunikation mit Bergmann entschieden. Wie ein störrisches Pferd zerrte er den Professor mit sich, bis dieser gegen die ruppige Behandlung protestierte. Was Krokovski ignorierte.

Carvis' selbst auferlegte, mentale Isolationshaft endete schlagartig.

»HALT!«

Kurz vorher hatte das Trio Zehlendorf erreicht, wo mehrstöckige Appartementblocks die Straßen wie Kanalwände säumten. Erschöpft hatte Bergmann eine Pause verlangt.

»Ich gehe keinen Schritt weiter. Hören Sie auf, an mir herumzuzerren. So lasse ich mich nicht behandeln. Carvis, rufen Sie Ihren Sergeant gefälligst zur Ordnung.«

Ungerührt schaute Krokovski auf seinen Kompass und zog Bergmann zur nächsten Kreuzung. Der Professor riss sich los. Krokovski drehte sich um, packte Bergmann am Arm und schleifte ihn um die Ecke.

»Halt!« Zwanzig Meter die Querstraße hinunter stand ein deutscher Soldat auf dem Trottoir, schaute direkt in ihre Richtung und hob eine Hand.

Krokovski stoppte, riss die Maschinenpistole an die Schulter und drückte ab. Carvis prallte überrascht auf Bergmann und zuckte zusammen, als Krokovski den Deutschen mit einer Salve von den Beinen riss. Das Echo sprang zwischen den Betonwänden hin und her, ein Dutzend Wehrmachtssoldaten stürzte aus Türen und Toreinfahrten.

Instinktiv fasste Carvis Bergmann am Kragen, zog ihn zurück in Deckung. Gemeinsam rannten sie in die Richtung, aus der sie gerade gekommen waren. Carvis warf einen Blick zurück. Krokovski lehnte mit dem Rücken an der Hauswand, unbeeindruckt vom Rufen und den schnellen Schritten, die aus der Querstraße näher kamen.

»Lauft!« Krokovski winkte sie davon. Er lugte um die Ecke und feuerte ein ganzes Magazin in einer einzigen Salve die Straße hinunter. Bevor die Deutschen das Feuer erwiderten, lehnte Krokovski sich wieder zurück und lud die Waffe nach. Er ging in die Knie, linste erneut um die Ecke und leerte das zweite Magazin. Dann rannte er Bergmann und Carvis hinterher.

»Das wird sie nur kurz aufhalten.« Der Sergeant holte beide beängstigend schnell ein.

»Wir sind zu langsam«, rief Carvis. »Packen Sie mit an.« Krokovski stützte Bergmann von der anderen Seite. Der Professor keuchte, und Carvis realisierte, dass er selbst mit jedem Atemzug wie eine rostige Säge klang.

»Wir müssen von der Straße runter«, stieß er hervor. »Sonst holen sie uns mühelos ein.«

Wie zur Bestätigung krachte hinter ihnen ein Schuss. Eine Kugel stanzte einen halben Meter neben Carvis ein kreisrundes Loch in einen Fensterladen. Bergmann schrie erschrocken auf und taumelte. Eine MP40-Maschinenpistole knatterte, eine zweite fiel ein.

Geschosse schlugen neben Carvis in den Asphalt und die Wand, als Bergmann stolperte. Carvis versuchte, ihn zu halten, aber ein reißender Schmerz brannte über seinen linken Unterarm. Mit einem Aufschrei ließ er Bergmann los, und beide fielen übereinander in den Rinnstein.

»Ich bin getroffen«, rief Carvis.

Krokovski warf sich neben sie und schwenkte die Maschinenpistole in einem weiten Bogen über die Straße. Messinghülsen regneten in alle Richtungen, bis der Verschluss die letzte Patrone auswarf.

»Captain, jetzt nicht. Munition!« Krokovski streckte Carvis die offene Hand entgegen.

Carvis keuchte vor Schmerz. Er schob Bergmann zur Seite, zog ein Stangenmagazin aus der Stofftasche an seinem Gürtel und warf es dem Sergeant zu. Er hob seine eigene Waffe in Richtung der Deutschen und drückte ab. Der Kolben knallte gegen sein Schlüsselbein, und das Mündungsfeuer hinterließ tanzende Sterne, als er den Finger vom Abzug nahm. Krokovski lud nach, rollte auf den Rücken und versenkte das halbe Magazin im Schloss der nächsten Haustür.

»Da rein.« Krokovski sprang auf, riss den Professor mit und stieß die zerschossene Tür auf. Zu dritt polterten sie in einen dunklen Hausflur. Krokovski zog eine Taschenlampe hervor, und angeführt von ihrem schwankenden Schein, stürmten sie an Briefkästen und abgestellten Fahrrädern vorbei. Ein Treppenaufgang verschwand im nächsten Stockwerk, im Gang dahinter reihte sich Wohnungstür an Wohnungstür. Ein Spaltbreit Licht zerschnitt die Dunkelheit und verschwand wieder, als ihre Stiefel durch das stille Haus dröhnten. In diesem Moment traf Carvis der Schmerz in seinem Arm mit voller Wucht. Heftig atmend betrachtete er seinen blutgetränkten Ärmel. Vorsichtig zog er am steifen Stoff, doch sofort klebte ein Brechreiz in seinem Mund, und der Boden begann sich sanft zu drehen.

»Weiter, nicht stehen bleiben.« Krokovski steuerte auf eine Holztür am Ende des Gangs zu. »Werkstatt« stand in schwarzen Buchstaben auf einer eingelassenen Milchglasscheibe. Krokovski trat in vollem Lauf gegen das dünne Holz. Die Tür sprang auf, knallte gegen die Rückwand, und die Scheibe zerplatzte mit lautem Klirren. Dahinter tauchte Mondlicht eine Schreinerei in graublaue Schatten. Das Trio drängte an einer Werkbank mit einem halb fertigen Schrank vorbei und stieß gegen ein halbes Dutzend Holzstühle, als im Hausflur hinter ihnen Schritte hallten.

»Hier rein«, befahl eine Stimme auf der Straße.

»Suchen Sie einen Ausgang, Captain. Ich halte sie auf.« Krokovski ging hinter einer Drehmaschine in Deckung und feuerte eine Salve in den Flur. »Und ich brauche mehr Munition. Das ist mein letztes Magazin!«

Carvis kramte in seinem Rucksack und legte drei Reservemagazine neben dem Sergeant auf das Metallgehäuse.

»Professor«, herrschte er Bergmann an. »Gehen Sie weiter.«

»Ich kann nicht mehr …«, sagte Bergmann, als Krokovskis nächster Feuerstoß seine Worte auslöschte. »… so hatte ich mir das nicht vorgestellt.«

»Was schlagen Sie vor, Professor? Aufgeben? Denken Sie an die Jacht.« Carvis zog Bergmann durch den Arbeitsraum und bog in ein geräumiges Holzlager ab. Am anderen Ende sah er eine Schiebetür aus massiven Holzbohlen – und hatte eine Idee.

»Suchen Sie einen Keil, ein Winkeleisen oder ein Kantholz«, rief er. »Irgendetwas zum Festklemmen.«

Carvis zog am Metallriegel, der die Tür verschlossen hielt, und stemmte sich gegen einen verrosteten Handgriff. Zu seiner Überraschung bewegte sich die Tür federleicht an zwei Laufrädern zur Seite, und sein Blick fiel in eine weitere nachtschwarze Straße Berlins. Kühle Luft strich über sein verschwitztes Gesicht. Ganz plötzlich sehnte er sich nach Vermont. Mehr als jemals zuvor. Er sah seinen Großvater auf der Veranda sitzen, mit seinen Eltern und seinem Onkel. Das Bild trieb ihm Tränen in die Augen. *Ich muss hier rauskommen,* dachte er. *Ich will leben und dieses verfluchte Land hinter mir lassen. Es muss mehr geben als Krieg, Selbstmitleid und ungelöste Erinnerungen.*

Bergmann tauchte auf und streckte Carvis einen faustgroßen Holzkeil entgegen.

»KROKOVSKI«, brüllte Carvis. Es waren keine fünf Minuten vergangen, seit sie in die Schreinerei eingebrochen waren, aber es wurde höchste Zeit. Immer größere Pausen unterbrachen Krokovskis Feuerstöße. Der Sergeant musste mit den Reservemagazinen fast durch sein.

Einige Sekunden rührte sich nichts. Dann schoss Krokovski wie ein Leichtathlet beim Endspurt zwischen Holzplatten und Bretterstapeln durch das Lager. Als er durch das offene Tor rannte, explodierte in der Werkstatt eine Handgranate.

»Kleine Überraschung für unsere Freunde von der anderen Fraktion.« Krokovski grinste.

Carvis trat mit Bergmann auf die Straße, drückte die Schiebetür zu und klemmte den Holzkeil in eines der Laufräder. Mit dem Kolben seiner MP schlug er den Keil fest und rüttelte am Handgriff. »Sitzt.«

»Wunderbar, Captain«, sagte Krokovski. »Die Krauts sind überall, und ich habe nur noch ein halbes Magazin. Welche Richtung?«

Carvis drehte den Kopf nach rechts und links. Schlagartig war die neue Entschlossenheit, die Euphorie verflogen. Er hatte keine Ahnung, wo sie waren. Von innen schlug etwas dumpf gegen die Holzbohlen.

Krokovski packte Bergmann und Carvis, bog nach rechts ab und zog die beiden mit sich. »Captain, wir können hier nicht rumstehen und überlegen. Wir MÜSSEN in Bewegung bleiben. Also, wohin?«

»Woher soll ich das wissen?«

Carvis schüttelte Krokovskis Hand ab. Er musste sich beeilen, um mit dem Sergeant mitzuhalten, der mit Riesenschritten über das Trottoir marschierte. »Jede Straße sieht gleich aus. Gucken Sie auf Ihren Kompass.«

»Vielleicht bleibe ich doch besser hier«, warf Bergmann plötzlich ein. »In Berlin, meine ich. Ich kann wirklich nicht mehr weiter und …«

»Kommt nicht in Frage.« Carvis presste Bergmann mit beiden Händen gegen eine Hauswand. Ein Stich pulsierte durch seinen Unterarm und ließ ihn nach Luft schnappen. Er atmete tief ein und verdrängte den Gedanken an die Schusswunde. »Sie kommen mit, Professor, und wenn ich Sie trage.«

»Was soll die Diskussion, was sagt er?«, fragte Krokovski mit gerunzelter Stirn.

»Aber ich …«, setzte Bergmann auf Englisch an und verstummte. Ein Motor, auf hohen Touren laufend, näherte sich aus entgegengesetzter Richtung. Ein offener Kübelwagen raste mit abgeblendeten Scheinwerfern hundert Meter entfernt um eine Kurve. Verschluckte sich kurz, als der Fahrer schaltete, und hielt direkt auf sie zu. Drei Stahlhelme glänzten hinter der Windschutzscheibe im Mondlicht. Carvis erstarrte.

»Winken Sie.« Krokovski stieß den Professor auf die Fahrbahn.

»Was …?« Bergmann stolperte zwei Schritte, drehte sich um sich selbst. »Ich verstehe nicht …«

»Winken«, wiederholte Krokovski und sah zu Carvis hinüber. »Captain, ein Knie auf den Boden, Waffe an die Schulter und auf den Beifahrer zielen. Erst feuern, wenn ich schieße. Verstanden?«

Krokovski wartete keine Antwort ab, sondern sprintete auf die andere Straßenseite. Gerade rechtzeitig, bevor die Scheinwerfer den Professor erfassten. Der Kopf des Fahrers zuckte überrascht nach oben. Er bremste, das Fahrzeug schlingerte, und Krokovski jagte eine Salve auf der Fahrerseite in die Windschutzscheibe.

Glas splitterte. Carvis legte an, aber der Kübelwagen schwenkte mit einem Ruck nach links, raste über den Bordstein und donnerte in die Hauswand. Der Beifahrer knallte erst mit dem Kopf auf das Armaturenbrett und flog dann über die Scheibe auf die eingedrückte Schnauze. Krokovski ließ die Thompson-MP fallen, riss seine Pistole aus dem Halfter und schoss einem Hauptmann in den Kopf, der sich von der Rückbank über das Heck abrollte.

»Sind Sie völlig von Sinnen?«, schrie Bergmann, als die Schüsse verhallt waren. Er stand immer noch an der gleichen Stelle und zitterte.

Krokovski beachtete ihn nicht, umrundete mit der Pistole im Anschlag das Auto und erledigte den Beifahrer mit einem einzelnen Schuss.

»Wir nehmen Waffen und Munition der Krauts.« Krokovski hob eine deutsche MP40-Maschinenpistole auf und zeigte auf den getöteten Offizier, der schräg hinter dem Kübelwagen lag. »Ziehen Sie den da zur Seite, vielleicht läuft der Wagen noch.«

Krokovski fasste den blutüberströmten Fahrer an der Schulter und kippte ihn wie einen Sack Kartoffeln auf den Asphalt. Carvis zog die Leiche des Offiziers an den Beinen auf den Bürgersteig. Der Sergeant klemmte sich hinter das Steuer, griff den Schlüssel und lauschte.

»Da kommt jemand.«

»Das kann doch nicht wahr sein«, murmelte Carvis. »Hat das denn nie ein Ende?«

Zehn bis fünfzehn Soldaten und Hitlerjungen marschierten um die Kurve, die der Kübelwagen kurz zuvor passiert hatte.

»Brauchen Sie Hilfe?« Ein Feldwebel winkte schon von Weitem und löste sich im Laufschritt von der Gruppe.

»Verdammter Mist.« Krokovski drehte den Zündschlüssel. Der Motor sprang an, ratterte und ging mit einem lauten Schleifen wieder aus.

Carvis kniete auf der abgewandten Seite mit dem toten Offizier hinter dem Auto und sah den Feldwebel näher kommen.

»Nehmen Sie den Helm ab«, fauchte er Krokovski an und hatte einen Einfall.

Hastig warf er seinen amerikanischen Helm auf den Boden, zog den schwarzen Poncho über den Kopf und riss sich die Armeejacke vom Leib. Als er den linken Arm aus dem Ärmel zog, keuchte er vor Schmerz. Tränen schossen ihm in die Augen. Sein blutiges Hemd klebte an den Rändern einer zwei Zentimeter langen Furche, die die Kugel in die Oberseite seines Unterarmes gefräst hatte. Mit Gewalt riss er seinen Blick von der Wunde und hob den Kopf über den Fahrzeugrand.

»Alles in Ordnung«, rief er auf Deutsch und knöpfte eilig die Uniform des Hauptmanns auf.

Der Feldwebel war noch fünfzig Meter entfernt, ging aber sofort langsamer. Carvis schälte den toten Körper aus der Jacke, die bis auf ein paar Blutspritzer unversehrt war, und zog sie an. Krokovski hob im Kübelwagen etwas zwischen den Sitzen auf und stieg aus. Als Carvis im Aufstehen das Koppelschloss zudrückte, reichte ihm der Sergeant die Schirmmütze des Offiziers.

Wortlos schob Carvis sie sich auf den Kopf und ging dem Feldwebel entgegen.

»Sie sind in der falschen Richtung unterwegs«, begrüßte er den Deutschen.

»Ich dachte, Sie brauchen Hilfe, Herr Hauptmann.« Demonstrativ betrachtete der Feldwebel die Leichen und den Kübelwagen an der Hauswand. »Waren das die Amis, die wir suchen?«

»Wahrscheinlich. So genau war das nicht zu erkennen, sie haben uns aus dem Hinterhalt beschossen«, sagte Carvis. »Aber die Saboteure sind in Ihre Richtung geflohen. Sie hätten sie sehen müssen.«

»Uns ist niemand begegnet.«

»Dann haben Sie wohl nicht aufgepasst. Drehen Sie um, und machen Sie sich auf die Suche.«

Carvis trat zur Seite und stoppte den Trupp mit erhobener Hand. »Umdrehen, Männer. Da hinten spielt die Musik.«

»Hin und her, hierhin und dorthin, schon die ganze Nacht. Entscheidet euch«, rief ein älterer Soldat.

»Feldwebel, was ist das denn für ein Sauhaufen?«, rief Carvis. »Machen Sie Ihren Männern Beine. Ich will kein Wort mehr hören.«

Der Feldwebel presste die Lippen zusammen und schnaufte. »Zurück zur letzten Kreuzung«, kommandierte er. »Auf geht's, im Laufschritt.« Ohne Carvis anzusehen, setzte er sich mit seinen Männern in Bewegung.

Als die Gruppe außer Sichtweite verschwand, ging Carvis zum Kübelwagen zurück.

»Ich habe kein Wort verstanden, aber Sie waren überzeugend.« Krokovski drückte Carvis eine deutsche Maschinenpistole und eine Magazintasche in die Hand.

»Wenn Sie noch einmal das Leben des Professors gefährden, erschieße ich Sie, Sergeant«, erwiderte Carvis. »Haben Sie mich verstanden?«

Krokovski legte zwei Finger an die Stirn und salutierte spöttisch. »Jawohl, Sir. Natürlich, Captain, Sir.«

»Ziehen Sie die Uniform des Beifahrers an. Ab sofort sind Sie deutscher Unteroffizier. Und bringen Sie den verdammten Kübelwagen zum Laufen.«

Carvis ging zu Bergmann, drehte aber nach zwei Schritten wieder um.

»Noch was.« Er streckte die Hand aus. »Den Kompass, Sergeant.«

Krokovski zögerte, griff dann aber doch in die Hosentasche und warf Carvis das runde Döschen zu.

Carvis zog Davies' Stadtplan aus dem Rucksack und klappte den Kompass auf. »Da lang.« Er zeigte in die Richtung, aus der sie vorher gekommen waren.

»Sind Sie sicher?« Krokovski setzte sich in der deutschen, etwas zu engen Uniform hinters Lenkrad. »Wir müssen nach Südwesten.«

»Das weiß ich«, entgegnete Carvis und half Bergmann auf den Rücksitz. »Die Deutschen durchkämmen die Gegend, wir müssen sie umgehen. Oder wollen Sie mittendurch?«

»Warum nicht? Riskieren wir es. Die Sonne geht bald auf.«

Carvis sah nach Osten, wo die Dunkelheit einem hellgrauen Schein über den Dächern zu weichen begann.

»Das Flugzeug holt uns bei Sonnenaufgang ab«, sagte Krokovski. »Wenn wir die Landezone zu spät erreichen, fliegen sie ohne uns. Wir haben keine Zeit für Umwege.«

»Hören Sie auf zu diskutieren, Sergeant. Wenn uns die Wehrmacht an einer Straßensperre erwischt, können wir einpacken. Wir schlagen einen Haken nach Südosten, drehen nach Westen und sind rechtzeitig im Park. Mit dem Kübelwagen sind wir schnell genug.«

Mit der flachen Hand fegte Carvis kleine Glasscherben vom Beifahrersitz, rückte den Schulterriemen der ungewohnten Maschinenpistole zurecht und setzte sich neben Krokovski.

»Vorausgesetzt, Sie kriegen dieses Ding gestartet.«

Krokovski holte Luft, um zu antworten, drehte aber stattdessen den Zündschlüssel. Wieder sprang der Motor mühelos an, stotterte und blieb stehen. Der Sergeant fluchte, startete noch einmal und gab Vollgas. Der Motor heulte im Leerlauf, ruckelte – und lief. Krokovski legte den Rückwärtsgang ein und setzte zurück. Das Getriebe knirschte, als er schaltete und mit einem Satz vorwärtsschoss. Etwas kratzte über den Asphalt, riss ab, und der Kübelwagen war frei. Krokovski gab Gas. Mit eingedrückter Fronthaube und gekreuzten Fingern fuhren sie durch die heller werdende Nacht.

XX

BERLIN-WILMERSDORF, 2. JUNI 1937, 16:32 UHR

Carvis zögerte vor dem grauen Klingelknopf und zuckte erschrocken zurück, als irgendwo eine Tür knallte. Die Junisonne leuchtete das Treppenhaus durch gläserne Oberlichter aus, die Dielen knarrten und knackten unter den warmen Strahlen. Seit zehn Minuten stand er vor der Wohnungstür und kämpfte mit der Versuchung umzudrehen, die Treppe runterzurennen und abzuhauen. Ursprünglich hatte er Annas Familie nicht besuchen wollen. Die Erkrankung des Vaters belastete alle schwer, da wollte er nicht unerwartet reinplatzen. Außerdem hatte er Anna versprechen müssen, ihre Eltern erst kennenzulernen, wenn der Vater wieder auf den Beinen war. Aber Carvis war am Ende und wusste nicht weiter. Er hatte alles versucht: Anna zwei Briefe geschrieben und stundenlang vor der Haustür gewartet. Doch sie antwortete nicht und war wie vom Erdboden verschluckt. Sogar Lotte hatte er in einem Brief um Hilfe gebeten, aber sie war mit dem Bund Deutscher Mädel zum Landdienst in Schlesien und hatte nur eine kurze, kühle Antwort geschickt. Also blieb noch ein letzter Versuch: Annas Eltern.

Das Problem fing damit an, dass er überhaupt nicht verstand, was vor drei Wochen an der Havel passiert war. Warum hatte Anna ihn fortgestoßen und war davongelaufen? Verzweifelt hatte er den Ausflug geradezu seziert, hatte jede Sekunde

Revue passieren lassen. Jeden Satz fünfmal, zehnmal in einzelne Worte zerlegt, jede Bewegung, jede hochgezogene Augenbraue analysiert, interpretiert. Trotzdem fand er keine Antworten. Nur eines war klar: Er musste einen enormen Fehler begangen und Anna zutiefst verletzt haben. Natürlich unbeabsichtigt, ohne es zu wollen. Doch nur so konnte er sich erklären, dass sie nichts mehr von ihm wissen wollte.

Behutsam näherte sich sein Finger der Klingel, als plötzlich die Wohnungstür aufging und ein blondes Mädchen mit adrett geflochtenen Zöpfen vor ihm stand. Er hatte Constanze noch nie gesehen, erkannte Annas Schwester aber sofort. Kein Tag war vergangen, ohne dass Anna von ihr geschwärmt hatte. Mit der Portion Sommersprossen um die Stupsnase und den blauen Augen, die erstaunt zu ihm aufsahen, war sie Annas jüngeres Ebenbild.

Carvis verharrte wie festgeschraubt auf dem Fußabstreifer. Selbst sein Fluchtinstinkt war überrumpelt.

»Mama, da steht ein Mann vor der Tür.«

Constanzes Stimme weckte ihn aus seiner Lähmung. Er verschränkte beide Hände hinter dem Rücken, löste sie wieder und wischte sie an der Hose ab. Eine Frau kam in den Wohnungsflur, faltete ein grau-weiß kariertes Geschirrtuch zusammen und legte es im Vorbeigehen auf einer dunkelbraunen Kommode ab.

»Constanze, geh in dein Zimmer.« Sie fixierte Carvis mit abweisendem Blick.

»Ja, bitte?« Annas Mutter war Mitte vierzig, schlank und hochgewachsen. Eine schöne Frau, doch der harte Zug um den Mund und die dunklen Furchen unter den Augen sprachen von Erschöpfung und schlaflosen Nächten.

»Guten Tag, Frau Körner«, setzte Carvis an und geriet unter ihrem Blick ins Stocken.

»Sind Sie von der Gestapo?«, fragte sie.

»Nein, nein. Ich bin Frederic Carvis und würde gerne Anna sprechen. Wenn das möglich ist.«

Überrascht holte Frau Körner Luft. Ein wässriger Schleier glänzte in ihren Augen, und die Mundwinkel zitterten eine Sekunde.

»Sie sind Frederic?«

»Ja. Eigentlich wollte ich Sie nicht behelligen, aber …«

»Anna ist nicht zu Hause.« Ihr harter Blick war zurück.

»Wann kommt sie denn wieder? Ich warte gerne, wenn es …«

»Die Mühe können Sie sich sparen, Anna will Sie nicht mehr sehen.«

Carvis schwankte. Der Satz bohrte sich wie ein Eiszapfen in sein Herz.

»Aber ich …« Hilflos starrte er sie an. So viel hatte er sagen wollen, und nun stoppte ihn diese einzige Bemerkung.

»Meine Tochter ist verreist«, sagte Frau Körner. »Für lange Zeit. Kommen Sie bitte nicht mehr hierher.«

»Aber wieso?«, fragte Carvis. »Ich liebe sie, und ich weiß, dass sie mich liebt. Ich verstehe nicht, was passiert ist.«

Annas Mutter schwieg. Ihre Fingerkuppen pressten sich in das dunkle Holz der Wohnungstür.

»Das spielt keine Rolle«, erwiderte sie schließlich. »Sie haben Anna sehr verletzt und ihr viel Kummer bereitet. Kehren Sie nach Amerika zurück, Frederic. Sie und meine Tochter gehören nicht zusammen.«

»Das stimmt nicht«, sagte Carvis.

»Ist der Mann noch da, Mama?« Hinten im Flur schielte Constanze um einen Türrahmen.

»Er geht gerade, mein Schatz.« Frau Körner warf Carvis einen auffordernden Blick zu.

»Geben Sie mir wenigstens Annas Adresse, damit ich ihr schreiben kann. Bitte. Was auch immer ich getan habe, ich bin bereit, es wiedergutzumachen.«

»Nein. Gehen Sie jetzt.«

Carvis seufzte.

»Würden Sie wenigstens einen Brief an Anna weiterleiten? Ich würde ihn noch heute in Ihren Briefkasten werfen, ohne Sie weiter zu belästigen. Ich bitte Sie, ich liebe Ihre Tochter und kann mir eine Zukunft ohne sie nicht vorstellen.«

Carvis war kurz davor, auf die Knie zu sinken, aber Frau Körner schüttelte den Kopf. Geschlagen ließ er die Schultern hängen. Er wusste nicht, was er noch tun sollte. Anna schien sich nicht mehr in seiner Reichweite zu befinden. Wortlos wandte er sich zur Treppe, setzte den Fuß auf die oberste Stufe und drehte sich noch einmal um.

»Frau Körner, die Störung tut mir wirklich leid. Ich wünsche Ihnen und Ihrem Mann alles Gute.«

»Wie meinen Sie das?«, fragte sie mit belegter Stimme.

Carvis schluckte. »Anna hat mir von der Krankheit Ihres Mannes erzählt. Ich hoffe, es geht ihm bald wieder besser.«

Annas Mutter betrachtete ihn mit versteinertem Gesicht und schloss die Tür.

Fröstelnd wartete Carvis im Hauseingang gegenüber. Die warme Luft staute sich in den Straßen, zwei Pimpfe liefen in kurzen Hosen vorbei, aber ihm war eiskalt. Zitternd klappte er den Kragen seines Jacketts hoch und verschränkte die Arme vor der Brust. Frau Körners Worte tobten durch seinen Kopf. Anna wollte ihn nicht mehr sehen, nicht mehr sprechen, seine Briefe nicht lesen. Warum? Wieso war plötzlich alles anders? Wieso, wieso, wieso?

Auf der anderen Straßenseite ging die Haustür auf, und zwei Mädchen rannten auf den Bürgersteig. Das eine mit haselnussbraunem Pferdeschwanz und hellblauem Kleid, das andere mit hellblonden Zöpfen und Sommersprossen um die Nase. Carvis seufzte erleichtert. Endlich. Entschlossen kreuzte er die Fahrbahn, während die Mädchen ein Hüpfseil an einen Laternenmast knoteten. Constanze begann das andere Ende mit kreisenden Bewegungen zu drehen. Ihre Freundin nahm Anlauf, sprang in die Mitte und hüpfte im Takt des Seils.

»Eins, zwei, drei …«

»Hallo, Constanze.« Carvis zwang sich zu einem Lächeln. »Ich bin Freddy, ich war vorhin bei euch an der Tür.«

Constanze stoppte abrupt, und das Seil verhedderte sich zwischen den Waden ihrer Freundin.

»Hey«, protestierte das andere Mädchen.

Carvis beachtete sie nicht. »Ich bin mit deiner Schwester Anna befreundet und würde sie gerne besuchen. Weißt du, wo sie ist?«

Constanze guckte ihn mit weiten Augen an und schüttelte den Kopf.

»Willst du mir nicht helfen?«, fragte Carvis.

»Mama hat gesagt, das darf niemand wissen.«

»Ich schon.« Carvis lächelte. »Ich habe Anna sehr gerne, und sie hat mir so viel von dir erzählt. Sie hat dich wirklich lieb und ist ganz stolz, dass sie so eine tolle Schwester hat.«

»Wirklich?« Ein schüchternes Lächeln eroberte Constanzes schmalen Mund.

»Ja, und sie würde sich freuen, wenn du mir hilfst. Kannst du mir verraten, wo sie ist?«

»Bei Tante Renate«, flüsterte Constanze kaum hörbar.

Carvis beugte sich zu ihr. »Und wo wohnt Tante Renate?«

»In Leipzig.«

»Weißt du auch, in welcher Straße?«

Constanze dachte nach. »An einem Park.«

Carvis schnaufte. »Mehr weißt du nicht?«

»Nein.«

»Wie heißt Tante Renate mit Nachnamen?«, fragte Carvis.

Constanze schüttelte den Kopf. Das Lächeln verschwand. Unbewusst legte Carvis seine Hand auf ihre Schulter.

»Hast du Tante Renate schon einmal besucht?«

Constanze nickte kaum merklich und machte einen Schritt rückwärts.

»Conni, lass uns gehen.« Die Freundin zog Annas Schwester am Arm.

»Dann musst du doch wissen«, beharrte Carvis, »in welcher Straße sie wohnt. Denk bitte nach.«

Constanze drehte sich in seinem Griff.

»Streng dich an.« Carvis versuchte, seine Ungeduld zu beherrschen.

»Ich weiß es wirklich nicht«, wimmerte Constanze, und plötzlich liefen Tränen über ihr Gesicht. Entsetzt ließ Carvis los. Und stellte fest, dass die Freundin weg war.

Im selben Moment bemerkte er aus dem Augenwinkel eine Bewegung. Er drehte den Kopf, und Frau Körner schlug ihm mit der flachen Hand ins Gesicht.

»Rühren Sie meine Tochter nicht an.«

Geschockt taumelte Carvis zurück, doch sie setzte nach und traf ihn ein zweites Mal. Sein Kopf flog zur Seite, seine Wange brannte vor Schmerz und vor Scham.

»Verschwinden Sie!«, fuhr Frau Körner ihn an. »Lassen Sie die Finger von ihr.«

»Ich wollte doch nur wissen …«, versuchte Carvis sich zu verteidigen, aber Annas Mutter schlug wieder nach ihm. Reflexartig fing er ihre Hand ab, aber sofort boxte sie ihn mit der anderen gegen die Brust.

»Brauchen Sie Hilfe?«, fragte ein Passant. Fast hätte Carvis Ja gesagt, doch ihm war klar, dass er nicht gemeint war. Vorsichtig wich er zwei Meter zurück.

»Hauen Sie ab!« Frau Körner legte schützend einen Arm um Constanze, die hemmungslos weinte. Mehr Leute blieben stehen. Ein Schutzpolizist steuerte auf den Tumult zu. Es war hoffnungslos. Carvis drehte sich um und ging weg.

»Reicht Ihnen nicht, was Sie angerichtet haben?«, schrie Annas Mutter. »Lassen Sie sich nie wieder blicken!«

Zwei Wochen später lehnte Carvis an der Reling des Schnelldampfers *Bremen*, während die Nordseeküste am Horizont zu einem immer dünneren Band schrumpfte. Nicht nur der Wind rötete seine Augen. Seine letzte Begegnung mit Anna und die Worte ihrer Mutter verfolgten ihn unerbittlich, quälten ihn, raubten ihm den Schlaf. Er hatte Annas Liebe für einzigartig, für garantiert gehalten. Und nicht bemerkt, wie sie ihm entglitten war. Was hatte er ihr angetan? Warum hatte sie nie etwas gesagt? Er wusste es nicht. Er wusste gar nichts. Er war blind und dumm. Und hilflos. Das war das Schlimmste.

Was er auch unternommen hatte – es spielte keine Rolle, während das Schicksal seinen Lauf nahm.

Frustriert schlug er mit der Faust auf das nasse Geländer. Ein Regenschleier hatte sich vor die Küste geschoben und verwehrte ihm einen letzten Blick auf die Heimat seines Großvaters. Beinahe hätte sich dort seine Zukunft entschieden. Aber nur beinahe. Carvis wandte sich ab, überquerte das Promenadendeck und verkroch sich in seiner Kabine. Und lag, was seine Zukunft betraf, total falsch.

XXI

BERLIN-ZEHLENDORF,
24. APRIL 1945, SONNENAUFGANG

»*Nighthawk*, hier ist *Birdcage*. Wie ist Ihr Status?« Die Stimme des Funkers aus dem Hauptquartier in Stendal klang so deutlich aus dem Lautsprecher, als würde er direkt hinter den beiden Piloten in der Junkers sitzen.

»*Birdcage*, wir kreisen immer noch über der Landezone«, antwortete Thomas Sims. »Keine Spur von *Groundcrew*.«

Nachdem sie Major Kelley und seine Männer am Vorabend abgesetzt hatten, waren Sims und sein Co-Pilot Alexander Kane nicht zurück nach Aachen, sondern zur Air Force Base in Stendal geflogen. Pash und Goudsmit hatten in der Stadt direkt hinter den amerikanischen Linien eine vorgeschobene Operationsbasis eingerichtet, um die Flugzeiten zu verkürzen. Nachdem ein Wartungsteam das Flugzeug über Nacht wieder einsatzbereit gemacht hatte, waren Kane und Sims bereits vor Sonnenaufgang gestartet. Doch die Kommandoeinheit tauchte nicht auf.

»Irgendetwas zu sehen?«, fragte Sims. Der Co-Pilot schüttelte den Kopf und suchte die Gegend um den Park mit dem Fernglas ab.

»Verdammt, wo stecken die?«, fragte Flight Sergeant Rosario Philipps, der in der offenen Tür zwischen Kanzel und Laderaum hockte. Der dickliche Mechaniker mit dem spärlichen

Haarkranz war in Stendal als Verstärkung zugestiegen, um bei der Landung die Bremsfallschirme auszulösen.

»Keine Ahnung, Sergeant«, antwortete Sims. »Aber ich hoffe, sie bewegen ihre Ärsche hierher.«

»*Nighthawk*«, meldete sich eine neue Stimme über Funk.

»Colonel Pash?«, erwiderte Sims. Der Colonel war für seine Rastlosigkeit bekannt. Sims konnte sich lebhaft vorstellen, wie der militärische Leiter von Alsos im Funkraum auf und ab wanderte und der Besatzung auf die Nerven ging. Gereizt und nicht ansprechbar. Bis er schließlich dem Funker das Mikrofon aus der Hand gerissen hatte.

»Gibt es etwas Neues?«, fragte der Colonel.

»Nein, Sir.«

»Dann kreisen Sie weiter.«

»Sir«, erwiderte Sims. »Wie lange sollen wir warten? Inzwischen ist es taghell, und bald wird der erste russische Jäger auftauchen. In einem Flugzeug mit deutschen Hoheitsabzeichen kann ich auf diese Begegnung verzichten.«

»Dafür haben Sie Geleitschutz. Bleiben Sie über der Landezone, und melden Sie sich, wenn sich etwas ändert. Pash Ende.«

Verdammt, dachte Sims und nagte mit den Schneidezähnen an seiner Unterlippe.

»Und?«, fragte er Kane fünf Sekunden später.

»Nichts«, antwortete der Co-Pilot. »Aber wir erregen langsam Aufmerksamkeit. Immer mehr Krauts gucken zu uns hoch.«

»Spitze.« Sims versuchte sich zu gedulden und fing an, bis hundert zu zählen. Bei dreiundsechzig griff er zum Funkgerät.

»*Birdcage, Groundcrew* kommt nicht. Was sollen wir machen?«

»Warten«, antwortete Pash. »Sind Sie gut sichtbar? Vielleicht kommt das Team erst aus der Deckung, wenn sie das Flugzeug sehen.«

»Sir«, brauste Sims auf. »Mit der Rauchbombe ziehen wir mehr Qualm hinter uns her als ein alter Schaufelraddampfer auf dem Mississippi. Wenn Kelley und seine Jungs da unten sind, dann sehen sie uns.«

»Gut, bleiben Sie auf Position.«

»Sir, bei allem nötigen Respekt, aber wir sind hier auf dem Präsentierteller. Wie lange …«

»Da ist etwas«, sagte Kane.

»Wo?« Sims guckte durch die Frontscheibe.

»Auf zwei Uhr, direkt am Parkrand.« Der Co-Pilot setzte das Fernglas ab und zeigte schräg nach unten. »Zwei unserer Männer. Einer scheint verletzt.«

»Wir landen«, entschied Sims, zog das Flugzeug aus der Kurve und schob den Gashebel nach vorne.

»*Birdcage*«, sagte er ins Mikrofon, »wir haben Sichtkontakt und gehen runter.«

»Was? Wen? Wiederholen Sie …«, antwortete Pash. Im Hintergrund überschlugen sich mehrere Stimmen. Sims schaltete das Funkgerät ab.

»Die Landung muss beim ersten Versuch sitzen«, sagte er. »Volle Konzentration.«

Corporal Frank Forster schob die letzten drei Patronen in das Magazin seines Springfield-Scharfschützengewehrs und blickte nach Süden. Das verdammte Flugzeug setzte endlich zur Landung an.

Wird auch Zeit, dachte er.

Forster kauerte zwischen zwei Büschen, hob den Kopf und prüfte alle Richtungen. Nach dem Ausbruch aus dem Appartement war er den Krauts in der Dunkelheit entwischt. Aber sie durchkämmten die Gegend in Scharen, und der Flugzeuglärm würde sie anziehen wie ein Dreckeimer einen Schwarm Schmeißfliegen. Auf der Straße standen schon die ersten Zivilisten und betrachteten die rauchende Maschine. Forster beugte sich zu Davies und gab dem Lieutenant eine Ohrfeige. Keine Reaktion. Davies hatte viel Blut verloren. Den letzten Kilometer hatte Forster ihn auf dem Rücken tragen müssen.

Die Junkers raste durch den Park. Zwei Fallschirme tanzten wie wild gewordene Pilze über der Maschine, die exakt dort zum Stehen kam, wo sie die Kommandoeinheit elf Stunden vorher abgesetzt hatte.

»Auf geht's, Lieutenant.«

Forster hängte sich das Gewehr um und hob Davies mühsam hoch. Der Kopf des Lieutenants lag leblos an seiner Schulter. Forster keuchte vor Anstrengung, kratzte seine letzten Kräfte zusammen und lief mit seiner Last so schnell er konnte auf das Flugzeug zu.

Thomas Sims konnte sich später nicht mehr erinnern, wie er die Maschine so schnell auf den Boden gekriegt hatte. Wie im Rausch hatte ein Handgriff den nächsten gejagt.

»Da drüben sind sie.« Kane sprang auf und stürzte in den Laderaum. Dreihundert Meter entfernt rannte ein Amerikaner, einen leblosen Kameraden in den Armen.

»Zuerst das Flugzeug wenden«, rief Sims, doch Kane war bereits durch die Luke nach draußen verschwunden.

»Flight Sergeant.« Sims drehte sich zu Philipps um, der im Laderaum den letzten Bremsfallschirm abschnitt. »Unbedingt als Erstes das Flugzeug in Position bringen, verstanden? Sonst können wir nicht wieder starten.«

Philipps nickte und folgte Kane. Zu Sims' Erleichterung begann sich die Junkers wenig später zu drehen. Er beobachtete den rennenden Soldaten, kniff die Augen zusammen. *Das ist Forster,* schoss es ihm durch den Kopf. *Mit Davies.* Durch die Bewegung des Flugzeugs wanderten die beiden Amerikaner langsam aus seinem Blickfeld. Sims schaute nach hinten, folgte ihnen mit den Augen, bis sie hinter dem Heckleitwerk verschwanden. Er lehnte sich wieder in seinen Ledersitz und sah zwischen zwei Häusern einen Wehrmachtssoldaten stehen. Dahinter einen zweiten. Und einen dritten. Sims erstarrte. Immer mehr Deutsche drängten aus einer Seitenstraße, ein Offizier zeigte auf Forster. Hastig riss Sims die Seitenscheibe auf, als sechs deutsche Soldaten in loser Linie in den Park liefen. Der Pilot streckte den Kopf aus dem Fenster, winkte und brüllte eine Warnung, die im Lärm der BMW-Motoren wie ein welkes Blatt im Wind davonflog.

Der vorderste Deutsche hob einen Karabiner.

Forster hörte den Knall und fiel. Schmerz brannte durch seinen linken Oberschenkel. Plötzlich lag er neben Davies im Gras, rollte sich instinktiv in einen Bombentrichter. Als er sein linkes Bein sah, schrie er auf. Blut strömte schubweise aus einem Loch knapp über dem Knie. Forster drehte den Kopf. Ein Trupp deutscher Soldaten überquerte die Wiese, Waffen im Anschlag.

»Verdammte Schweine.« Forster beugte sich über den Rand und zog Davies in den Trichter. Eine Kugel prallte gegen seinen Helm und schleuderte seinen Kopf nach hinten. Stöhnend wälzte er sich auf der Erde, Blut tropfte aus seiner Nase, lief über das Kinn, den Hals hinunter. Er richtete sich auf, versuchte das Gewehr zu heben, doch ein Anfall von Übelkeit lähmte jede Bewegung.

»Jetzt kriegen sie uns doch noch, Lieutenant«, seufzte Forster, während sich die Deutschen im Laufschritt näherten.

Plötzlich peitschten Schüsse. Ein Kraut schrie auf und kippte zur Seite. Eine Thompson-Maschinenpistole setzte ein und riss einen zweiten Wehrmachtssoldaten von den Beinen. Alexander Kane rannte auf den Trichter zu und leerte das Magazin seiner Armeepistole. Dahinter ein Air-Force-Sergeant, die MP an der Hüfte auf Dauerfeuer. Forster atmete zweimal laut aus, riss das Gewehr hoch und zielte. Ein Kopf mit Stahlhelm tauchte im Fadenkreuz auf, und Forster drückte ab. Ohne nachzudenken lud er durch, schwenkte die Waffe zwei Zentimeter und schoss einem Deutschen in die Brust. Aber der Brechreiz kletterte wieder aus seinem Magen empor, alles drehte sich, und der dritte Schuss landete weit neben dem Ziel in einem Strauch. Erschöpft ließ Forster das Gewehr fallen und sank in sich zusammen.

Sekunden später schlitterten Kane und der Sergeant in den Trichter.

»Gut geschossen, die Krauts türmen.« Der Co-Pilot schob ein neues Magazin in seine Pistole. »Wir dachten, Sie könnten Hilfe gebrauchen. Das ist Flight Sergeant Philipps.«

Forster nickte kraftlos.

»Mein Gott, wie haltet ihr Typen von der Infanterie diese Rennerei bloß aus?«, japste Philipps zwischen zwei Atemzügen und suchte seinen Overall nach Reservemunition ab.

»Was ist mit Davies?«, fragte Kane. »Und wo sind die anderen?«

»Der Lieutenant ist bewusstlos. Ich hoffe, er lebt noch«, antwortete Forster schwerfällig. »Der Rest ist tot.«

Kane sah Forster an, als hätte er kein Wort verstanden.

»Tot?«

»Ja. Wir haben die ganze Nacht um unser Leben gekämpft. Nur der Lieutenant und ich sind übrig.« Tränen sammelten sich in Forsters Augen, als ihm klar wurde, was er gerade gesagt hatte.

»Okay.« Kane schluckte. »Wir müssen zum Flugzeug.« Er hob die rechte Hand und winkte Sims in der Pilotenkanzel zu.

»Sergeant, helfen Sie Corporal Forster. Ich nehme den Lieutenant.« Kane bückte sich und schob einen Arm unter Davies.

»Vorsicht!« Philipps stieß Kane zu Boden, und im selben Moment eröffnete ein Maschinengewehr das Feuer.

Sims atmete auf, als die letzten beiden Deutschen stiften gingen. Kane und Philipps verschwanden im Bombentrichter, und kurz darauf gab der Co-Pilot ein Handzeichen. Sims winkte zurück. Er blickte auf die Uhr am Armaturenbrett. Seit der Landung waren erst neun Minuten vergangen. Er hob den Kopf – und schrie auf. Zwei deutsche Fallschirmjäger bewegten sich schnell und zielbewusst durch den Park. Der vordere trug ein leichtes Maschinengewehr, der hintere in jeder Hand einen Kasten MG-Munition und ein Gewehr auf dem Rücken. Sims' Hände fingen an zu zittern. Er sah zum Trichter. Kane und Philipps kümmerten sich um Davies, niemand bemerkte die neue Gefahr.

»Hey, Kane. Vorsicht!« Sims schrie aus Leibeskräften, doch niemand hörte ihn. Die Fallschirmjäger warfen sich hinter einen umgestürzten Baum und machten das MG feuerbereit. Eine Geschossgarbe raste auf den Bombentrichter zu, stanzte Erdklumpen aus dem Gras – und stoppte. Sims schnappte nach Luft. Der Fallschirmjäger am MG riss am Ladehebel, zog den Abzug durch, und eine einzelne Kugel schlug zwei Meter vor dem Krater ein. Eine Hand schob sich über den Trichterrand und feuerte eine Pistole blind in Richtung der Deutschen. Der MG-Schütze zerrte mit rotem Kopf den Patronengurt aus der Waffe und begann das Verschlussstück zu wechseln. Der zweite Fallschirmjäger zog in einer fließenden Bewegung das Gewehr vom Rücken, presste den Kolben an die Schulter und wartete. Zuerst sah Sims niemanden im Trichter, dann begann Kane vorsichtig den Kopf zu heben. Immer höher, langsam in das Schussfeld des geduldigen Deutschen. Ohne hinzuschauen, tastete Sims nach der Thompson-Maschinenpistole, die neben dem Pilotensitz in einer Halterung steckte. Die Deutschen waren außerhalb seiner Reichweite, aber er streckte den Lauf aus dem Seitenfenster und feuerte. Die Maschinenpistole ratterte, tanzte in seinen Händen und sprühte Kugeln in einer langen Salve in die Wiese, die Bäume, die Sträucher und die Luft. In der engen Pilotenkanzel verschmolzen die Schüsse zu einer langen Explosion. Sims' Ohren fiepten, als das Magazin leer war. Der Fallschirmjäger ließ das Gewehr sinken und sah zur Junkers. Dann zielte er auf die Kanzel. Wie hypnotisiert starrte Sims auf den schwarzen Lauf, konnte den Blick nicht lösen und sah den Mündungsblitz.

Alexander Kane schielte vorsichtig über den Trichterrand. Der Fallschirmjäger mit dem Gewehr hatte sich aufgerichtet und schoss auf die Junkers, während sein Kamerad den

Patronengurt in das MG einlegte. Kane riss die Colt Automatik hoch und drückte drei-, viermal ab. Mit einem Aufschrei ließ der Deutsche das Gewehr fallen und kippte hinter den Baumstamm. Im selben Moment setzte das Maschinengewehr wieder ein. Kane presste das Gesicht ins feuchte Gras. Geschosse zischten über seinen Kopf, als ein Schatten vom Himmel niederstieß. Das Maschinengewehr, die Fallschirmjäger, der ganze Baum verschwanden in einem Geysir aus Blitzen und Detonationen, als eine P51 Mustang im Tiefflug vorbeidonnerte, gefolgt von einer zweiten und dritten Jagdmaschine, die die Fallschirmjäger mit ihren Bordkanonen eindeckten.

»Das sind unsere Begleitjäger«, schrie Kane.

Die Jagdflugzeuge stiegen steil nach oben, schraubten sich spiralförmig in die Höhe.

»Philipps, los jetzt.« Gemeinsam zerrten sie Davies und Forster aus dem Trichter.

Kane fand Sims tot in der Kanzel. Der Pilot steckte seitwärts zwischen Gashebel und Ledersitz. Blut tropfte aus einem Loch in der Stirn auf Ventilregler und Pumpenschalter. Dunkle Spritzer bedeckten den Höhenmesser, leere Patronenhülsen klebten in einer roten Lache am Metallboden. Wie in einem Albtraum richtete Kane den Piloten auf und schnallte ihn in seinem Sitz fest. Für mehr blieb keine Zeit. Mechanisch trimmte er die Motoren auf volle Leistung, zündete die Starthilferaketen und löste die Bremsen. Als die Maschine abhob, schaltete er das Funkgerät wieder ein.

»… sofort antworten. Was ist da los?«, tobte Pashs Stimme aus dem Lautsprecher.

»Colonel«, sagte Kane. »Wir sind auf dem Rückweg.«

»Sims«, schrie Pash. »Wo zum Teufel haben Sie gesteckt? Wieso ignorieren Sie meine Funksprüche?«

»Sir, hier ist Alexander Kane. Wir haben zwei Überlebende aufgenommen. Lieutenant Davies und Corporal Forster. Captain Sims ist bei der Rettungsaktion gefallen.«

»Was?«, stieß Pash hervor. »Können Sie das wiederholen? Wo sind Major Kelley und Captain Carvis? Und was ist mit Professor Bergmann?«

»Sir, bis auf Davies und Forster sind alle tot. Die Mission ist gescheitert.«

ZWEITER TEIL

XXII

BERLIN, TELTOWKANAL, 24. APRIL 1945, 03:16 UHR

Das Häuschen stand im Windschatten des grasbewachsenen Kanaldamms, der optimalen Schutz gegen die Scharfschützen auf der deutschen Seite bot. Daneben schlängelte sich eine schmale Straße zur Brücke hinauf, die den Wasserweg in einem Bogen aus genieteten Stahlträgern überspannte. Weißer Dunst sammelte sich in den Wiesen und dämpfte jedes Geräusch in watteartige Stille. Rotarmisten schliefen im feuchten Gras, gleichgültig gegenüber dem russischen Geländewagen, der von Süden näher kam und am Straßenrand hielt.

Oberst Yuri Patzejew kletterte aus dem Fahrzeug und streckte sich. Neben der offenen Haustür lehnte eine Wache mit verschränkten Armen an der Wand. Das Kinn sackte Zentimeter für Zentimeter auf die Brust, verharrte und ruckte wieder hoch. Der Soldat schmatzte und räusperte sich im Schlaf. Dann begann der Kopf die nächste Talfahrt.

»Warte mal, Kolja.« Patzejew hielt seinen Begleiter, Hauptmann Nikolaj Gordojew, davon ab, den Wachposten zu wecken. Mit gerunzelter Stirn musterte er den getrockneten Matsch auf den Stiefeln, die geflickte Armeehose und das außer Reichweite auf einem Fenstersims abgelegte Gewehr. Patzejew packte den Soldaten mit beiden Händen an der Filzjacke und zog ihn zu sich. Der Atem des Jungen roch nach Zwiebeln, als er erschrocken aufschrie und die Augen aufriss.

»Wir suchen den Kompaniechef«, sagte Patzejew. »Leutnant Juljenkow.«

»Im er…er…erst…, im ersten Stock, Ge…Ge…Ge…Genosse Oberst«, stotterte der Soldat. Zitternd klebte sein Blick an Patzejew, als der Oberst ihn zur Seite schob.

»Was wollen wir eigentlich hier?« Kolja folgte Patzejew ins Haus. Zwischen Möbeln und Ausrüstung lagen Rotarmisten dicht gepackt auf dem Boden. Trotz der geöffneten Tür stank es nach Schweiß und Zigaretten. Vorsichtig balancierten die Offiziere zur Treppe, wo inmitten von Rucksäcken und Munitionskisten ein schmaler Pfad nach oben führte.

»Statt in tiefster Nacht durch die Gegend zu fahren«, sagte Kolja, »hätten wir den Spätburgunder trinken können, den wir letzte Woche aus faschistischer Gefangenschaft befreit haben.«

Patzejew antwortete nicht, sondern stieg mit großen Schritten die Stufen hoch.

»Oder«, fuhr Kolja fort, »wir hätten etwas tun können, woran ich mich gar nicht mehr erinnern kann. Schlafen. Länger als zwei Stunden. Am Stück …«

»Halt die Klappe, Kolja.«

Das obere Stockwerk glich dem Erdgeschoss. Zwischen Holzkisten mit Artilleriemunition und Grünkohl schnarchten Infanteristen, Melder und eine ganze Panzerbesatzung. Kopfschüttelnd ging Patzejew zu einer kleinen Kammer, in der ein Leutnant an einem Buchenholztisch saß und von zwei Petroleumlampen eingerahmt in ein ledergebundenes Buch schrieb.

»Dimitrij Juljenkow?«

Der Leutnant sah auf. »Ja.«

»Ich bin Oberst Patzejew, und das ist Hauptmann Gordojew. Wir sind hier, um …«

»Yuri Patzejew?«, unterbrach ihn Juljenkow. Er sprang auf, warf seinen Stuhl um und salutierte. Seine Augen weiteten sich, als er Patzejews hünenhafte Gestalt, die tiefschwarzen Haare und die berühmte schwarze Lederjacke über der Uniform erkannte.

»Es ist uns eine Ehre, Sie hier zu haben, Genosse Oberst«, stieß er atemlos hervor. Sein Gesicht schwankte zwischen Ehrfurcht und aufkommender Angst.

Patzejew nickte. Das Begrüßungsritual spielte sich immer gleich ab.

»Ich nehme an, Sie wollen den Angriff anführen?«, fragte Juljenkow. »Meine Kompanie steht Ihnen selbstverständlich zur Verfügung.«

»Nicht nötig«, erwiderte Patzejew. »Wir …«

»Die andere Seite des Kanals ist sehr stark befestigt«, ergänzte Juljenkow. »Rund um die Brücke hat sich eine Kompanie deutscher Panzergrenadiere eingegraben.«

»Aber die Faschisten haben die Brücke nicht zerstört«, stellte Kolja fest.

Leutnant Juljenkow zuckte mit den Schultern. »Brauchen sie auch nicht. Die Nazis haben direkt dahinter ein Loch in den Asphalt gesprengt und einen Tigerpanzer in den Krater gefahren. Es guckt nur noch der Turm raus. Sein Geschütz kontrolliert die Brücke und ist praktisch unverwundbar. Da kommt niemand lebend rüber.«

»Und was haben Sie vor?«, fragte Patzejew.

»Die Infanterie wird in Sturmbooten übersetzen. Unsere Panzer greifen gleichzeitig den Tiger an. Zur Ablenkung.«

»Und wann? Im Morgengrauen?«

»Nein, Genosse Oberst.« Juljenkow sah entrüstet zwischen beiden Offizieren hin und her. »Die Boote wurden an den falschen Ort geliefert und kommen erst gegen Mittag. Eine unglaubliche Schludrigkeit, die viele meiner Männer das Leben kosten wird. Das ist Sabotage und muss hart ...«

»Dann viel Erfolg«, sagte Patzejew. »Die Ehre, den Angriff zu führen, gebührt Ihnen, Leutnant. Die Verteidigung Russlands fordert von uns allen Opfer.« *Und es sind viele bessere Männer dabei gestorben als du aufgeblasener Wicht*, setzte er den Satz in Gedanken fort. »Aber darum sind wir nicht gekommen. Wir gehen einer Meldung Ihrer Einheit nach, Leutnant. Sie haben gestern eine deutsche Junkers gesichtet, die von drei amerikanischen Jagdflugzeugen verfolgt wurde?«

»Jawohl, Genosse Oberst.«

»Und die Jäger haben den Deutschen nicht beschossen?«

»Das ist korrekt«, erwiderte Juljenkow. »Die Amis haben erst später das Feuer eröffnet. Warum ist das wichtig?«

»Uns interessiert alles, was mit Amerikanern zu tun hat«, erwiderte Patzejew. »Was heißt *später*, Leutnant?«

»Sie waren schon außer Sichtweite. Wir haben ihre Bordwaffen gehört.«

»Außer Sichtweite?«, wiederholte Kolja. »Wie konnten Sie dann etwas hören?«

»Wir standen im Wald, auf einer Lichtung«, antwortete Juljenkow. »Die Maschinen waren im Tiefflug unterwegs. Ich habe sie höchstens eine Sekunde gesehen.«

»Vielleicht haben die Amerikaner erst geschossen, als sie nah genug dran waren«, sagte Kolja. »Vielleicht war der Abstand vorher zu groß.«

»Nein, Genosse Hauptmann. Entschuldigen Sie, aber das ist falsch«, sagte Juljenkow. »Die Jäger sind der Transportmaschine wie eine Eskorte gefolgt.«

»Ich dachte, Sie haben die Flugzeuge nur ganz kurz zu Gesicht bekommen, Leutnant?«

»Das stimmt.«

»Was zum Teufel haben Sie denn nun gesehen?«, brauste Patzejew auf. »Können wir das eindeutig klären, verdammt noch mal?«

Juljenkows Gesicht wurde fahl.

»Unteroffizier«, brüllte er. »Unteroffizier Tanin, sofort herkommen.«

Er nahm eine Metalltasse vom Tisch und schleuderte sie in den Nachbarraum, wo sie einen Flüssigkeitsschweif hinter sich herziehend von der Wand abprallte und scheppernd über den Boden hüpfte. Eine hagere Gestalt wühlte sich unter zwei Mänteln hervor, erhob sich bedächtig und kratzte sich unter den Achseln.

»Genosse Leutnant«, sagte der Unteroffizier und nahm vor den Offizieren Haltung an.

»Wird aber auch Zeit, Tanin«, sagte Juljenkow. »Schaffen Sie Boris Ivanowitsch her.«

»Boris war gestern unser Späher«, erklärte der Leutnant, während der Unteroffizier sich entfernte. »Er hat die Flugzeuge am längsten beobachtet.«

Zwei Minuten später zerrte Tanin einen Jungen am Kragen die Treppe hoch, der eher einem Landstreicher glich als einem Soldaten der Roten Armee. Sein rechter Arm war mit einer Binde umwickelt und lag in einer Schlinge aus zusammengeknoteten Hemdsärmeln.

»Boris«, sagte Juljenkow und schüttelte ihn an den Schultern, sodass der Junge das Gesicht verzog. »Das ist Oberst Patzejew, der Held von Minsk. Er ist extra wegen der Flugzeuge gekommen, die du gestern gesehen hast. An deiner Geschichte stimmt etwas nicht. Sag dem Oberst …«

Patzejew schob den Leutnant zur Seite. »Keine Sorge, niemand behauptet, dass etwas nicht stimmt«, sagte er. »Was ist mit dem Arm passiert?«

»Gebrochen, als ich vom Baum gefallen bin«, erwiderte Boris. »Aber es war meine Schuld. Weil ich so dämlich bin, sagt der Genosse Leutnant. Sind Sie wirklich der *Schwarze Teufel von Minsk*?« Ehrfürchtig sah er Patzejew an.

»So nennen mich die Faschisten. Ich mag den Namen nicht. Aber die Faschisten mag ich noch viel weniger, darum ist es in Ordnung.« Patzejew grinste, und Boris strahlte.

»Erzähl mir, was war mit den Flugzeugen?«

»Ich musste auf den Baum, weil wir uns im Wald verfahren hatten, und da sind sie plötzlich über mir geflogen. Eine deutsche Transportmaschine und direkt dahinter drei amerikanische Jäger. Das Balkenkreuz und die weißen Sterne habe ich genau gesehen.«

»Aber geschossen hat niemand?«, fragte Kolja.

»Nein, Genosse Hauptmann.«

»Und die Amerikaner waren direkt hinter der Junkers?«

»Ja, als würden sie auf den Transporter aufpassen«, erwiderte Boris.

»In Ordnung, Soldat«, sagte Patzejew. »Das war eine wichtige Information. Du hast uns sehr geholfen, vielen Dank.«

»Unteroffizier«, wandte er sich mit ruhiger Stimme an Tanin. »Hauptmann Gordojew und ich werden in drei Minuten aufbrechen. Wenn bis dahin der Arm des Jungen nicht ordentlich verbunden und geschient ist, werde ich Sie hinter dem Haus erschießen.«

Der Unteroffizier starrte Patzejew an. Er öffnete den Mund, um etwas zu sagen, überlegte es sich jedoch anders und winkte Boris, ihm zu folgen. Gemeinsam verschwanden sie die Treppe hinunter.

»Und was Ordentliches zu essen könnte dem Burschen auch nicht schaden«, rief Kolja hinterher.

»Natürlich hatten wir uns nicht im Wald *verirrt*«, bemerkte Juljenkow. »Dem Jungen fehlt der strategische Überblick. Er macht sich wichtig.«

»Das sehe ich anders«, erwiderte Patzejew. »Ihre Soldaten sind in einem erbärmlichen Zustand und werden miserabel geführt. Die einzige Wache hat geschlafen, dreihundert Meter vom Feind entfernt. Wollen Sie den Faschisten noch eine Einladung schicken? Organisieren Sie sofort ein Standgericht, stellen Sie mehr Wachen auf, und kümmern Sie sich um Ihre Männer.«

»Jawohl, Genosse Oberst.«

»Und noch etwas, Leutnant.« Patzejew wartete, bis Juljenkow ihm direkt in die Augen sah. »Sie werden den Angriff über den Kanal anführen. Sie persönlich, an der Spitze Ihrer Soldaten. Haben Sie mich verstanden?«

Juljenkow nickte mit bleichem Gesicht. Patzejew drehte sich um und ließ ihn ohne ein weiteres Wort stehen.

»Inkompetenter Wichtigtuer«, sagte Kolja, als er den Geländewagen wendete, und Juljenkows Gebrüll den Motor übertönte.

Ein halbes Dutzend Rotarmisten stürzte aus dem Haus und bildete eine Linie. Die Wache stand noch neben der Tür, als Juljenkow heraustrat. Der Wagen beschleunigte die Straße entlang, als das scharfe Knallen einer Gewehrsalve sie einholte. Kolja zuckte.

»Nach so vielen Jahren Krieg bist du immer noch sensibel.« Patzejew sah seinen Freund von der Seite an.

»Ich werde mich nie daran gewöhnen, wie leichtfertig wir unsere eigenen Leute umbringen.«

»Wäre es dir lieber, die Faschisten hätten ihn und die ganze Einheit im Schlaf getötet?«, fragte Patzejew.

»Natürlich nicht.«

»Was lernen wir aus diesem Besuch, Kolja?«

»Dass wir besser mit einer Flasche Spätburgunder ins Bett gegangen wären.«

»Nein«, sagte Patzejew. »Die Amerikaner sind in Berlin.«

»Ist das nicht zu weit hergeholt? Amerikanische Jäger verfolgen ein deutsches Flugzeug. Das soll schon öfter vorgekommen sein.«

»Du hast es gerade gehört«, erwiderte Patzejew. »Die Amis haben die Junkers nicht *verfolgt*, sondern begleitet, eskortiert, beschützt. Nenn es, wie du willst, aber da ist was faul. Sonst hätten sie den Transporter einfach abgeschossen.«

»Und wo wollte es hin, das von Kapitalisten eskortierte faschistische Transportflugzeug?« Kolja schaltete runter und rollte durch eine Bodensenke.

»Die Flugzeuge wurden im Südwesten gesichtet. Also wollten sie nach Dahlem ins Kaiser-Wilhelm-Institut. Wie wir. Ins Zentrum der deutschen Atomforschung. Überall internieren die Amerikaner Ingenieure, Forscher, Spezialisten der Nazis.

Und jetzt wollen sie die Atomwissenschaftler. Aber das werden wir nicht zulassen.«

»Du bist paranoid, Yuri«, stellte Kolja fest.

»Und noch am Leben.«

Kolja erwiderte nichts. Er kannte Yuri Patzejew, seit dieser sich im Herbst 1941 dem Widerstand angeschlossen hatte, den Kolja mit anderen Berufsoffizieren hinter der Front organisierte. Yuri war ein Sturkopf. Und ein großartiger Stratege und Anführer. Vor dem Überfall war er Lehrer für Deutsch und Geschichte in Minsk gewesen und hatte immer von einem Besuch in Berlin geträumt. Anfang 1943 übernahm Yuri die Führung der Partisanen und verwandelte den lose organisierten Haufen in eine schlagkräftige Kampftruppe. Von Anfang an zielte er auf die Führungsstruktur der Wehrmacht und zahlte eine Belohnung für jeden getöteten deutschen Offizier. Sie überfielen Stäbe und Kommandoposten, vergifteten Brunnen und legten Sprengfallen, bis die Deutschen sich kaum noch aus ihren befestigten Anlagen wagten. Weit im Hinterland entglitt der Wehrmacht die Kontrolle über ein wachsendes Gebiet, zu dessen Schutz sie immer mehr Fronttruppen abstellen musste. Unter den Partisanen und in der Roten Armee wurde Yuri zur Legende.

Bis ein Überläufer seinen Namen an die Faschisten verriet. Die SS setzte ein Kopfgeld in ungeahnter Höhe auf ihn aus und brannte im Januar 1944 das Dorf seiner Eltern nieder. Yuri überlebte zwei Attentate, aber seine Frau und ihre beiden Töchter starben in einem Hinterhalt, der ihm gegolten hatte. Von diesem Tag an war Yuri Patzejew der personifizierte Albtraum der Besatzer. Das Einzige, was er mehr hasste als Faschisten, waren russische Kollaborateure. Er vertraute nur noch seinen engsten Gefährten und verfolgte Russlands Feinde mit erbarmungsloser Grausamkeit.

Das weckte die Bewunderung Josef Stalins. Der Generalissimus zeichnete Yuri mit dem Leninorden aus und ernannte ihn zum *Helden der Sowjetunion*. Im Herbst 1944 räumten die Faschisten Weißrussland, und Yuri schloss sich mit seinen Partisanen der Roten Armee an. Stalin beförderte ihn zum Oberst und unterstellte ihm ein Infanterieregiment, das Yuri in der Winteroffensive anführte. Bis er im Februar 1945 überraschend nach Moskau gerufen wurde. Stalin misstraute seinen amerikanischen Verbündeten und befürchtete, dass sie das Wissen der Deutschen gegen Russland einsetzen könnten. Darum stattete er Yuri mit umfangreichen Sondervollmachten aus, denen sich selbst Generäle und Marschälle unterzuordnen hatten, und schickte ihn auf die Jagd nach deutschen Atomwissenschaftlern.

»Welche Einheiten stehen am nächsten am Kaiser-Wilhelm-Institut?«, fragte Patzejew.

»General Rybalkos Panzerarmee hat sich etwa fünfundzwanzig Kilometer südlich an einer befestigten Stellung festgefahren.«

Kolja bremste und fuhr im Schritttempo um einen Granattrichter, der die Straße blockierte.

»Gut«, erwiderte Patzejew. »Gib im Hauptquartier folgende Befehle raus: Im Großraum Berlin sind alle Kontakte mit amerikanischen Truppen direkt an mich zu melden. Das gilt besonders für Bodentruppen oder Kommandoeinheiten. Ich will jede Meldung sehen, in der ein Amerikaner auftaucht. Und dann müssen wir das Kaiser-Wilhelm-Institut einnehmen. Heute. Rybalkos Generalstab soll in zwei Stunden einen Einsatzplan vorlegen.«

»Zu Befehl, *Schwarzer Teufel von Minsk.*«
»Halt die Klappe, Kolja.«

XXIII

BERLIN-STEGLITZ, 24. APRIL 1945, 07:24 UHR

Kurz vor Sonnenaufgang war der Kübelwagen endgültig verreckt. Der Kühler kochte, und im nächsten Moment quittierte der Motor mit einem finalen Röcheln den Dienst. Krokovski ließ den Wagen in eine Seitengasse ausrollen, während Carvis die Karte auseinanderfaltete. Bergmann hatte Carvis' Streifschuss während der Fahrt verbunden, und die beiden Amerikaner trugen immer noch die deutschen Uniformen. Aber sie waren viel zu weit von der Landezone entfernt.

»So ein Mist«, schimpfte Carvis. »Was machen wir jetzt?«

»Laufen. Was sonst?«, erwiderte Krokovski. »Was für eine saublöde Frage.«

»Was haben Sie gerade gesagt, Sergeant?«

»Dass wir den direkten Weg nehmen sollen, das hatte ich gesagt. Ohne Schnörkel und taktische Schleifen. Jetzt stecken wir bis zum Hals in der Scheiße. Und da fragen *Sie mich*, Captain, was wir machen sollen? Wenn es nach mir gegangen wäre, würden wir längst im Flugzeug sitzen. Vielleicht können wir ja ein Taxi rufen.«

»Ich störe Ihren Streit nur ungern«, warf Bergmann ein. »Aber unsere Wege trennen sich hier. Ich habe genug. Wir hatten vereinbart, dass Sie mich aus der Stadt bringen, und nicht, dass ich die ganze Nacht um mein Leben rennen muss. Ich gehe jetzt nach …«

»Kommt überhaupt nicht in Frage, Professor.« Carvis hielt Bergmann am Arm fest. »Sie bleiben hier, und ich bringe uns hier raus. Unsere Abmachung gilt weiterhin.«

»Aber …«, setzte Bergmann an.

»Kein Aber, Ende der Diskussion.« Carvis hob die Hand und brachte den Professor zum Schweigen.

»Wir müssen nach Nordwesten«, wandte Carvis sich wieder an Krokovski und ignorierte Bergmanns beleidigten Blick. »Solange wir in keine Straßenkontrolle geraten, müssten wir mit den Uniformen unbehelligt durchkommen.«

»Ein wunderbarer Plan, Captain. Dann sind wir ja gerettet«, entgegnete Krokovski. »Lernt man so etwas in West Point? Ich bin beeindruckt. Und was zum Teufel mach ich, wenn mich jemand anspricht? Intelligent gucken?«

»Reißen Sie sich zusammen, Sergeant.« Allmählich hatte Carvis genug. »Glauben Sie, mir gefällt das? Ihr Geweine bringt uns nicht weiter. Also halten Sie den Mund.«

Mit einem Ruck zog er seinen linken Ärmel hoch und rollte den Verband vom Unterarm. »Professor, hören Sie auf zu schmollen und helfen Sie mir.«

Die unterste Lage war blutgetränkt und klebte auf der verkrusteten Schusswunde. Carvis stockte der Atem, als Bergmann das Leinen abriss.

»Um seinen Hals, aber die blutige Seite nach oben«, befahl Carvis. Der Professor stellte sich auf die Zehenspitzen und wickelte Krokovski, der sich wie ein Schuljunge vorbeugen musste, die Binde um den Nacken.

»Perfekt.« Carvis betrachtete Krokovski von allen Seiten. »Mit dieser Halsverletzung dürfen Sie keinesfalls sprechen, *Unteroffizier.* Jetzt haben Sie einen guten Grund, die Klappe zu halten.«

Krokovski nickte, verdrehte die Augen und zeigte mit dem Kopf zur Hauptstraße.

»Richtig, gehen wir endlich.« Carvis warf einen letzten Blick auf den Kompass und lief voraus.

Steglitz war voller deutscher Truppen. Wie Treibgut hatte eine russische Angriffswelle eine geschlagene Division in das Stadtviertel gespült. Führungslose Wehrmachtssoldaten gammelten auf Plätzen herum, campierten auf Bürgersteigen und lagerten in Toreinfahrten. Aufgegebene Zugmaschinen und Versorgungsfahrzeuge säumten die Straßen, und über allem lag der penetrante Geruch Tausender ungewaschener Körper. An Sammelpunkten stellten Offiziere und Militärpolizei neue Einheiten zusammen und schickten sie zurück ins Gefecht.

In den deutschen Uniformen fielen Carvis und Krokovski nicht weiter auf. Mit gesenktem Blick schoben sie sich mit Bergmann in der Mitte an Kochfeuern und zurückgelassenen Geschützen vorbei, gingen Offizieren aus dem Weg und steuerten in westliche Richtung. An einer Kreuzung verteidigten Köche mit weißen Schürzen und gefleckten Tarnuniformen eine Gulaschkanone, die von verwahrlosten Soldaten belagert wurde. Feldjäger tauchten auf und drängten die Menge ab.

»Zurück«, schrie ein stämmiger Militärpolizist und feuerte in die Luft.

Das Trio wich dem Getümmel aus, als Bergmann die Feldjäger fixierte und plötzlich die Richtung änderte.

»Kommen Sie nicht auf dumme Gedanken, Professor.« Carvis hielt Bergmann am Arm zurück. »Glauben Sie ja nicht, dass Sie uns verpfeifen können. Sie sind freiwillig mitgekommen, schon vergessen? Wie würde das dem Führer gefallen?«

»Ich könnte behaupten, dass Sie mich entführt haben«, erwiderte Bergmann. »Wem wird man mehr Glauben schenken? Mir, einem respektablen Mitglied der Wissenschaftselite, oder Ihnen, einem abgerissenen Amerikaner in deutscher Uniform? Alleine dafür kann man Sie hinrichten.«

»Sie nennen sich respektabel?« Carvis lachte höhnisch. »Sie öffnen einem Diktator die Büchse der Pandora für ein paar Privilegien. Haben Sie nie überlegt, was Ihre Forschung, was eine Atombombe anrichten wird? Damit können Sie ganze Städte zerstören. Erzählen Sie mir nichts von respektabel.«

Bergmann sah Carvis verständnislos an. »Aber das ist doch der Sinn der Sache. Wir entwickeln eine Waffe, um sie einzusetzen, oder? Wir sind im Krieg, Carvis. Ich bin Deutscher, und das Deutsche Reich ist in Gefahr.«

»Dieses Mal ist es etwas anderes. Das ist keine Granate oder ein Torpedo, den man optimiert. Mit einer Kernwaffe töten Sie Zehntausende oder noch mehr Menschen auf einen Schlag. Was sagt Ihr Gewissen dazu?«

»Gar nichts, es sind Feinde des Reiches.« Bergmann schüttelte den Kopf und lächelte. »Jetzt werden Sie mal nicht moralisch, Carvis. Sie haben Skrupel, aber damit sind Sie alleine. Oder glauben Sie, dass Ihre amerikanischen Landsleute, die in diesem Moment die gleiche Militärforschung betreiben, irgendwelche Hemmungen haben, eine Atombombe einzusetzen? Ich glaube nicht.«

»Shut up, for Christ's sake«, zischte Krokovski. »Klappe halten und weitergehen. Sie erregen mit Ihrem Gequatsche nur Aufmerksamkeit.«

»Ich werde Sie jedenfalls nicht einfach gehen lassen, Professor.« Carvis legte die Hand auf den Griff seiner Maschinenpistole und blickte Bergmann direkt in die Augen. »Wenn Krokovski und ich in Gefangenschaft geraten, haben wir nichts zu verlieren und Sie nichts zu gewinnen.«

Bergmann sah Carvis an, presste die Lippen zusammen und schwieg.

Richtung Westen wurde es ruhiger. Frauen warteten in einer langen Schlange vor einer Bäckerei und scherzten mit Luftwaffenhelfern, die ein Flugabwehrgeschütz bemannten. An der nächsten Ecke rissen Hitlerjungen Pflastersteine aus der Straße, stapelten sie akkurat auf dem Gehsteig und hoben Schützengräben aus. Hinter einer Backsteinmauer richteten SS-Männer eine Panzerabwehrkanone aus, als Carvis plötzlich auffiel, wie leer die Straße war.

»Vielleicht sollten wir …«, setzte er an, als ein SS-Offizier in ihre Richtung schaute und die Stirn runzelte. Ohne abzuwarten zog er Krokovski und Bergmann in eine Seitengasse.

»Halt!«

Carvis zuckte zusammen und rannte. Stiefelschritte knallten hinter ihnen auf das Pflaster.

»Stehen bleiben, bleiben Sie stehen!«

Zu dritt stürzten sie die Gasse entlang, bogen nach links, nach rechts und wieder nach links, bis sich die Schritte der Verfolger verloren. Noch ein Rechtsschwenk, und sie stoppten in einer langen Allee.

»Wo sind wir?« Carvis zog die Karte aus der Tasche. Mehrstöckige Appartementblocks säumten auf beiden Seiten die Fahrbahn. Die unteren Fenster waren von innen mit Holzplatten verrammelt, die Türen fest verschlossen. Bis auf einen streunenden Hund war niemand zu sehen.

»Stopp«, flüsterte Krokovski.

»Was …?«

»Ruhe!« Der Sergeant presste Carvis und Bergmann an die Hauswand und schob sie zu einem Vorsprung, der ein paar Zentimeter Deckung bot. »Nicht bewegen. Schauen Sie.«

Carvis schielte an Krokovski vorbei und zuckte zurück. Vierhundert Meter entfernt stand ein dunkelgrüner Panzer auf einer Kreuzung.

»Rote Armee«, sagte Krokovski. »Wir haben Glück, sie haben uns noch nicht gesehen.«

»Woher wissen Sie das?«, fragte Carvis.

»Wir sind noch am Leben.«

»Was ist los?«, fragte Bergmann.

»Russen«, flüsterte Carvis.

Bergmann wurde bleich. Er presste den Rücken an den Putz und umklammerte seine Aktentasche wie einen Rettungsring.

Carvis beugte sich noch einmal vor. Neben dem Panzer stand inzwischen ein russischer Offizier und betrachtete die Straße mit einem Fernglas.

»Da kommen noch mehr«, flüsterte er. »Ich sehe noch zwei Panzer und Soldaten.«

Krokovski nickte.

»Was machen wir jetzt?«, fragte Bergmann. »Ich bleibe nicht hier. Wir müssen zurück.«

»Dann sehen sie uns.« Carvis hielt den Professor fest.

»Lassen Sie mich los.« Bergmann zerrte an Carvis Arm.

»Menschenskind, jeht's noch lauter«, maulte plötzlich eine Stimme.

Verdutzt schaute Carvis nach unten. Wo vorher eine Holzblende das Kellerfenster über dem Bürgersteig verschlossen hatte, guckte ihn ein Gesicht mit braunen Bartstoppeln an.

»Runter von der Straße, wenn ick bitten darf.«

Carvis blickte erstaunt zwischen Bergmann und Krokovski hin und her.

»Bitte Beeilung, Herr Hauptmann«, drängte der Kellerbewohner. »De Bolschewiken greifen jede Minute an.«

Das überzeugte Bergmann. Ohne zu zögern, rutschte er auf dem Hosenboden durch das Fenster und verschwand erstaunlich agil in den Keller.

Carvis seufzte, hielt die Maschinenpistole vor die Brust und zwängte sich durch die Öffnung.

Zwei Sekunden später fiel er rücklings auf einen Betonboden, rappelte sich hoch und wurde von Krokovski umgestoßen, der hinter ihm in den Keller sprang.

»Blende vor det Fenster.« Ein scharrendes Geräusch ertönte und tauchte den niedrigen Raum in absolute Dunkelheit.

»Und … Licht.« Eine Glühbirne flammte auf – und Carvis traute seinen Augen nicht.

Grünes Moos schimmerte an den Wänden. Spaten und Hacken lehnten an einer halb vollen Kartoffelstiege, zwischen Brettern und vier ineinandergestellten Stühlen türmten sich rußige Säcke. Zertretene Holzkohle schwärzte zwischen den Stiefeln von sechs schwer bewaffneten Wehrmachtssoldaten den Boden. Auf einem Sockel aus Sandsäcken thronte ein Maschinengewehr, die Mündung auf das wieder verbarrikadierte Kellerfenster gerichtet.

»Heil Hitler, Herr Hauptmann. Feldwebel Richter zu Ihren Diensten. Wat suchen Sie denn hier?«

Carvis stand schnell auf. Richter trug eine abgewetzte Uniform, aber die Maschinenpistole in seiner Hand glänzte blitzblank. Die Wehrmachtssoldaten beäugten Carvis skeptisch.

»Ein Tiefflieger hat unseren Kübelwagen erwischt«, sagte er. »Was machen Sie in dem Keller?«

»Uff die Roten warten.«

Bevor Carvis etwas erwidern konnte, flog eine Brettertür auf, und ein Hitlerjunge steckte den Kopf herein.

»Herr Feldwebel, Major von Rohn will die Streuner sehen.«

»Is jebongt.« Richter winkte Carvis zu. »Det sind Sie, Herr Hauptmann. Bitte mitkommen.«

XXIV

BERLIN-STEGLITZ, 24. APRIL 1945, 09:32 UHR

Feldwebel Richter führte den Professor und die Amerikaner über eine Steintreppe in ein gutbürgerliches Appartement, das von Soldaten verbarrikadiert wurde. Im Wohnzimmer, zwischen Vitrinen mit fein geschliffenen Kristallgläsern und samtbezogenen Möbeln, stapelten sich Handgranaten auf einer Tafel aus dunkelbraunem Holz. Zwei Wehrmachtssoldaten montierten ein MG42 auf ein Stativ und schichteten Reservemunition auf der aufgeklappten Schreibfläche eines Sekretärs aus dem 18. Jahrhundert. Staubige Fußabdrücke und ein Telefonkabel zogen sich über das Parkett und verschwanden durch einen mannshohen Mauerdurchbruch in die nächste Wohnung.

»Alle Appartements in det Jebäude sind miteinander verbunden.« Richter bückte sich und stieg durch das Loch in der Wand. »Wir lauern uff die Bolschewiken, bevor die wat spitzkriejen. Det is der Clou von det Janze.«

Richter marschierte mit dem Trio parallel zur Straße, von Wohnung zu Wohnung, an Schlaf- und Esszimmern vorbei, die von Soldaten, Hitlerjungen und Volkssturm für den Hinterhalt befestigt wurden. Drei Appartements weiter betrat der Feldwebel ein Arbeitszimmer. Ein hagerer Major lehnte zwischen Bücherregalen an einem Schreibtisch, auf dem ein Feldtelefon und zwei Funkgeräte gerade genug Platz hatten. Ein

Unteroffizier schraubte das Gehäuse eines Empfangsgeräts auseinander, während ein zweiter in einer Holzkiste wühlte.

»Major von Rohn«, meldete Richter, als das Telefon klingelte. Der Major ignorierte ihn und hob ab.

»Ja.« Von Rohn hörte kurz zu und knallte den Hörer wieder auf die Gabel. »Funktioniert. Der Kontakt zur anderen Straßenseite steht.«

»Major von Rohn«, nahm Richter einen neuen Anlauf. »Det sind …«

»Die drei Streuner. Was treiben Sie sich im Niemandsland rum?«, fuhr er Carvis an. »Wollten Sie zu den Russen überlaufen? Oder sind Sie lebensmüde?«

Die rechte Wange und das Augenlid des Majors zuckten, als er Carvis musterte.

»Unser Kübelwagen wurde von einem Tiefflieger zer…«

»Interessiert mich nicht«, sagte von Rohn. »Sie kommen genau richtig, Hauptmann. Wir bereiten eine Überraschung für die Bolschewiken vor und sind knapp an Offizieren. Ich kann Sie gut gebrauchen.«

Überrascht starrte Carvis ihn an.

»Im Keller und im Erdgeschoss haben wir MG-Trupps und Infanterie, in den Stockwerken darüber Gruppen mit Panzerfäusten«, erklärte von Rohn. »Auf der anderen Straßenseite das Gleiche noch einmal. Wir nehmen die Russen in die Mangel, sobald sie auf dieser Allee vorrücken. Und das werden sie, denn die Parallelstraßen sind mit Panzersperren blockiert und vermint. Diese Straße ist für die Bolschewiken der scheinbar einfachste Weg ins Stadtzentrum.«

Carvis war sprachlos, als er verstand, was Major von Rohn von ihm erwartete. Er sollte gegen die Russen kämpfen.

Natürlich. Schließlich hielt von Rohn ihn für einen deutschen Offizier. Carvis spürte, wie ihm die Situation entglitt. Neben dem Major waren Feldwebel Richter und die beiden Unteroffiziere im Raum. Der Appartementblock wimmelte von Deutschen, und draußen warteten die Russen. Schweiß prickelte auf seiner Kopfhaut. Es gab keinen Ausweg.

»Ich bin Professor Bergmann.«

Carvis fuhr herum.

»Wie bitte?« Major von Rohn sah den Professor an, der bisher hinter Carvis und Krokovski gewartet hatte.

»Ich bin Paul Bergmann, und ich …«

»Sie sind dieser Wissenschaftler? Heute kam eine Meldung, dass Sie aus dem Kaiser-Wilhelm-Institut verschwunden sind. So war's doch … oder, Feldwebel?«

»Korrekt, Herr Major«, antwortete Richter.

»Was machen Sie hier?«, fragte von Rohn.

»Die beiden Amerikaner …«

»Zwei amerikanische Jagdbomber haben unseren Kübelwagen zerstört«, unterbrach Carvis den Professor und rückte den Ledergurt seiner Maschinenpistole zurecht, sodass der Lauf scheinbar beiläufig auf Bergmann zeigte. »Wir waren auf dem Weg in die Reichskanzlei. Der Professor ist nicht *verschwunden*, wir sind vor Sonnenaufgang aufgebrochen, um feindlichen Flugzeugen zu entgehen. Was nicht funktioniert hat. Offensichtlich sind die Amerikaner Frühaufsteher.«

»Da sind Sie aber weitab vom Schuss gelandet.« Der Major betrachtete die drei mit hochgezogenen Augenbrauen.

Carvis lachte gequält. »In jedem Fall können wir nicht hierbleiben«, sagte er, »sondern müssen uns unverzüglich auf den Weg machen. Der Führer …«

»... muss warten«, sagte von Rohn. »Sie verraten unsere Position, wenn Sie das Gebäude verlassen. Außerdem brauche ich Offiziere.«

»Bei allem nötigen Respekt, Herr Major«, protestierte Carvis. »Aber ...«

In diesem Moment schrillte das Feldtelefon, und einer der Unteroffiziere nahm ab.

»Herr Major, die Bolschewiken setzen sich in Bewegung.«

Von Rohn nickte und riss ihm den Hörer aus der Hand. »Absolute Ruhe«, bellte er in die Muschel. »Wer ohne meinen Befehl das Feuer eröffnet, landet vor einem Erschießungskommando, bevor er *Sabotage* sagen kann.«

Er gab den Hörer zurück und wandte sich an den Feldwebel. »Richter, bringen Sie Hauptmann ... wie heißen Sie eigentlich?« Von Rohn sah Carvis kurz an, winkte ab und redete weiter. »Wie auch immer. Feldwebel, nach oben mit ihm. Er soll die Panzerfäuste koordinieren. Der Professor ...«

»... bleibt bei mir«, sagte Carvis schnell.

»Das geht nicht«, erwiderte von Rohn. »Oder wollen Sie sein Leben gefährden? Wir haben einen Sammelpunkt für Verwundete vorbereitet. Da ist er in Sicherheit. Was ist eigentlich mit Ihrem Unteroffizier? Der ist ja sehr schweigsam.«

Von Rohn betrachtete Krokovski mit zusammengekniffenen Augen.

»Er hat einen Granatsplitter im Hals und kann nicht sprechen.« Carvis zeigte auf Krokovskis Verband. Der Sergeant gab einen krächzenden Laut von sich und zuckte betrübt mit den Schultern.

»Muss er auch nicht«, sagte von Rohn. »Hauptsache, er kann schießen.«

»Ich schlage vor, dass er beim Professor bleibt. Zu seinem Schutz«, sagte Carvis, als das Telefon erneut klingelte.

»Herr Major, der Regimentsstab.« Einer der Unteroffiziere streckte von Rohn den Hörer entgegen.

»Von mir aus, und jetzt jeder auf seinen Posten«, rief der Major und meldete sich am Telefon.

»Ungefähr zweihundert Mann Infanterie, drei … nein … vier T34 und ein Stalin-Panzer. Was für ein Monster.«

Der Soldat – Carvis schätzte ihn auf sechzehn, maximal siebzehn Jahre – saß im Kinderzimmer unter dem geöffneten Fenster und wischte sich eine zu lange Strähne flachsblondes Haar aus den Augen. Er hatte die ordentlich drapierten Stoffpuppen auf dem Fensterbrett zu einem Haufen zusammengeschoben und bewegte einen Kochlöffel, an den er einen Handspiegel gebunden hatte, zentimeterweise vor und zurück. »Distanz hundertfünfzig Meter.« Hin und wieder gab er dem Schaukelpferd neben seinem Knie einen Stoß und setzte es in Bewegung.

Am zweiten Fenster kauerte Feldwebel Richter zwischen roten, blauen und grünen Holzklötzen und beobachtete die Straße zwei Stockwerke tiefer mit einer Spiegelscherbe.

Carvis fragte sich, wo Bergmann sein mochte. Die Situation war außer Kontrolle. *Wie soll ich den Professor schützen oder davon abhalten zu reden?*, dachte er. Seine Gedanken rotierten immer schneller, sein Kopf drohte zu überhitzen, doch er war machtlos. Im Türrahmen lehnte ein bulliger Gefreiter mit einer Panzerfaust im Arm, an dem er ohne brauchbare Ausrede nicht vorbeikam.

»Wollen Sie mal gucken, Herr Hauptmann?« Der Flachsblonde streckte Carvis den Kochlöffel hin. Irritiert blickte

Carvis auf. Alle starrten ihn an. *Ich muss mich wie ein Offizier benehmen,* dachte er. *Sonst mache ich mich noch verdächtiger.*

»Selbstverständlich. Geben Sie her.«

»Aber unten bleiben«, sagte Richter, ohne die Augen von seiner Scherbe zu wenden.

Carvis hockte sich neben den Flachsblonden und schob den Spiegel über das Fensterbrett. Zuerst sah er eine Hauswand. Danach sein Gesicht. Doch dann hatte er den Bogen raus – und erschrak. Auf der Straße arbeitete sich ein Meer aus grünen und hellbraunen Uniformen vorwärts. Schussbereite Rotarmisten schwenkten Gewehre und Maschinenpistolen, suchten nach Zielen wie Jäger auf der Pirsch. Dazwischen die Kampfpanzer, wie klobige Schlachtschiffe in Kiellinie, der Stalin in der Mitte. Das gedrosselte Brummen der Motoren trieb Carvis Gänsehaut in den Nacken.

»Distanz fünfundsiebzig Meter«, sagte Richter.

»Distanz fünfundsiebzig Meter«, wiederholte der Funker in ein Feldtelefon, das er auf einer roten Wickelkommode aufgestellt hatte.

Niemand sprach ein Wort. Die zentnerschwere Stille dehnte Carvis' Nerven bis an den Rand des Wahnsinns. Er presste seine zitternde Hand gegen das Fensterbrett, damit der Spiegel nicht so stark wackelte.

Der erste T34 rollte mit knirschenden Ketten unter das Fenster und hielt an.

»Führungspanzer hat jestoppt«, flüsterte Richter.

»Was? Wieso?«, fragte der Funker.

»Ssscht.« Der Feldwebel drückte einen Finger auf die Lippen. Der Flachsblonde stoppte das Schaukelpferd mit einem Ruck. Dieselabgase stiegen in das Kinderzimmer, und Carvis schmeckte Ruß auf den Lippen. Dann gab der Panzer Gas und fuhr weiter.

»Erster Panzer is vorbei«, kommentierte Richter. Der Flachsblonde nahm behutsam eine Panzerfaust aus einer Transportkiste und setzte das Abschussrohr auf seine Schulter. Der bullige Gefreite stieß sich vom Türrahmen ab und bezog neben Richter am anderen Fenster Position. Auf der Straße rollte der nächste T34 heran.

»Zweiter Panzer ist durch«, meldete der Funker in das Feldtelefon. Angespannt sah Carvis zu ihm hinüber. Der Funker war ein dürrer Mann mit ausgemergeltem Gesicht. Mit geschlossenen Augen lauschte er der Antwort, seine Schultern sackten ab, aber er nickte.

»Feuer frei!«

Der Flachsblonde und der bullige Gefreite standen gleichzeitig auf, beugten sich aus den Fenstern und schossen ihre Panzerfäuste ab. Fauchend rasten die Geschosse abwärts, als Carvis aufgeregte Warnrufe hörte und die ganze Straße wie ein Feuerwerk am 4. Juli explodierte. Gewehrkugeln zerschmetterten die Scheiben, prasselten in die Decke und trafen den bulligen Gefreiten in Kopf und Schulter. Ohne einen Laut kippte der Riese aus dem Fenster und war verschwunden. Der Flachsblonde warf sich zu Boden und zog eine neue Panzerfaust heran. Carvis betrachtete das Inferno mit dem Handspiegel. Mündungsfeuer blitzte in den Kellerfenstern, lange MG-Salven fuhren in die russische Infanterie wie eine Sense in reifes Korn. Zwei T34 qualmten aus geöffneten Luken, während der hinterste Panzer lichterloh brannte. Der Führungspanzer stand mit abgesprengter Kette quer auf der Fahrbahn und feuerte eine Granate in ein MG-Nest, als eine hellgraue

Rauchfahne auf ihn zuflog und er in einem Feuerball explodierte. Die russischen Soldaten pressten sich an Panzerwracks oder warfen sich in den Rinnstein, um dem mörderischen Kreuzfeuer zu entgehen. Eine blutige Schicht zerschossener Körper überzog den Asphalt. Der unbeschädigte Stalin-Panzer pflügte wie ein Stier durch das Gemetzel und pumpte Granaten in die Appartementblocks. Eingesperrt zwischen den zerstörten T34, die in beide Richtungen die Straße blockierten, schlug er Haken und walzte alles nieder. Panisch flohen die Rotarmisten vor dem tobenden Stahlkoloss und wurden vom deutschen MG-Feuer niedergemäht.

Querschläger jaulten wie wilde Insekten durch das Kinderzimmer, stachen Löcher in die Wickelkommode und fanden den Funker.

Der Flachsblonde klappte das Visier seiner Panzerfaust hoch und holte Luft.

»Warte!« Feldwebel Richter griff sich ein eigenes Abschussrohr, als Carvis mit eingezogenem Kopf über den Boden schlitterte und beide Hände auf die blutende Halsschlagader des Funkers presste. Der Motor des Stalin heulte wie ein wütendes Biest.

»Jemeinsam uff drei.« Unten krachte die Panzerkanone, das Gebäude bebte. Putz rieselte von der Decke.

»Eins, zwei, drei«, schrie Richter, und bei drei explodierte die Wand nach innen.

Carvis lag auf dem Rücken. Seine Augen brannten, und ein hohes Pfeifen stach in sein Trommelfell. Schutt bedeckte sein Gesicht, die Uniform. Mit der Hand tastete er nach dem Schmerz über seinem Ohr, von dem Feuchtigkeit in seinen Nacken sickerte. Teile der Wand und der Decke fehlten. Wie durch ein Panoramafenster sah er die Gebäude auf der anderen Straßenseite. Einschusslöcher entstellten die Fassade wie hässliche Pusteln, aus einem Stockwerk quoll schwarzer Rauch.

Carvis rollte auf den Bauch. Staub knirschte zwischen seinen Zähnen. Zwischen Kinderspielzeug und zertrümmerten Backsteinen kroch er zur Tür und stieß gegen den regungslosen Funker. Dunkelrote Spritzer liefen das hellrote Holz der Wickelkommode hinunter, als hätte sich der Tischler im Farbton geirrt. Carvis taumelte in den Flur. Hustend stützte er sich gegen die Wand. Im Handspiegel guckte ihm ein Albino mit blutunterlaufenen Augen und kalkweißen Haaren entgegen. Mühsam stolperte er die Treppe hinunter.

Im Erdgeschoss tobte der totale Krieg. Hitlerjungen stürzten mit Munitionskisten vorbei, Verwundete kreischten, das Maschinengewehr im Wohnzimmer raste. *Bergmann*, dachte Carvis, als ihn eine neue Explosion in die Knie zwang. Die Wand, das ganze Haus zitterte. Eine Vitrine flog auf, schneeweiße Porzellantassen taumelten in die Tiefe, Staub quoll durch die Wohnzimmertür. Handgranaten explodierten, das Maschinengewehr stoppte. Schritte knirschten über den Schutt, und wie ein Geist trat eine Gestalt in erdbrauner Uniform aus der Staubwolke.

XXV

BERLIN-DAHLEM, KAISER-WILHELM-INSTITUT,
24. April 1945, 10:59 Uhr

»Yuri, es kann losgehen. Wir sind so weit.«

Nikolaj Gordojew trat zur Seite, um zwei Soldaten mit einer Kiste durch die Bürotür zu lassen, und gab dem Oberst ein Handzeichen.

»In Ordnung, Kolja.« Patzejew federte aus dem Ledersessel des Institutsleiters, warf den Hefter zurück in die Schublade und ging um den Schreibtisch.

»Alles einpacken«, sagte er beim Verlassen des Büros. »Auch die Akten aus dem Sekretariat.«

»Jawohl, Genosse Oberst.«

Fünfundzwanzig handverlesene Elitesoldaten bildeten den Kern von Patzejews Sondereinheit. Außerdem ermächtigte ihn Stalins Befehl, auf alle verfügbaren Mittel, Truppen und Waffen der Roten Armee zuzugreifen. Die Physiker seiner Gruppe bewerteten erbeutetes Forschungsmaterial, Dolmetscher unterstützten ihn beim Verhör gefangener Wissenschaftler.

Einer der Physiker räumte Ordner aus einem aufgebrochenen Schrank des Institutsleiters in Transportkisten, während ein Dolmetscher Personalunterlagen durchblätterte. Beide nickten Patzejew zu. Fast ehrfürchtig hatte seine Einheit vor wenigen Stunden das Kaiser-Wilhelm-Institut betreten und den gesamten Komplex durchsucht. Jedes Dokument und jedes Laborjournal, jeder Apparat und jedes Kilo Uranoxid wurde verpackt und unter schwerster Bewachung nach Moskau geschickt.

Doch die wirklich wertvolle Beute wartete draußen.

Mit Kolja im Schlepptau lief Patzejew an Vitrinen mit optischen Messinstrumenten und Laborgeräten vorbei durch den Haupteingang ins Freie. Die Offiziere verließen den Kiesweg und gingen seitwärts über den Rasen um das Gebäude. T34-Panzer umringten das Institutsgelände, während Rotarmisten hastig Schützenlöcher gruben und Maschinengewehre in Stellung brachten. Patzejew ging kein Risiko ein. Dafür waren die Faschisten noch zu nah. Man konnte nie ausschließen, dass irgendein fanatischer Nazi einen Gegenangriff startete.

Nach dem Besuch im Schleusenwärterhäuschen hatte Patzejew unverzüglich einen Angriff der 3. Garde-Panzerarmee auf Dahlem durchgesetzt. Der Stabschef, ein grauhaariger Generalmajor mit der Brust voller Orden, hatte ihn als wahnsinnigen Narren beschimpft und eine Offensive kategorisch abgelehnt. Doch ein Wink mit Stalins Ernennungsschreiben hatte ihn zum Schweigen gebracht. Im Morgengrauen setzten sechzehn Lissunow-Transportflugzeuge zwei Kompanien russischer Fallschirmjäger über den idyllischen Villen Dahlems ab. Ein Selbstmordkommando, aber ein äußerst effektives. Die Deutschen zogen Truppen von der Südfront ab und warfen sie auf den Feind hinter ihren Linien. Und während die Wehrmacht die verstreuten Fallschirmjäger aufrieb, durchbrach Patzejew die deutschen Stellungen an der Spitze eines Panzerregiments und stieß zum Kaiser-Wilhelm-Institut vor. Die Handvoll betagter Wachsoldaten hatte sich ohne

Gegenwehr ergeben, während nachrückende Einheiten der 3. Panzerarmee den Durchbruch ausbauten und deutsche Widerstandsnester niederkämpften.

Kolja lief neben Patzejew, grinste wie ein Schuljunge und schlug seinem Freund auf die Schulter.

»Wir sind am Ziel, Yuri. Wir haben es geschafft. Kaum zu glauben.«

Das Echo einer Explosion rollte über die Dächer. Eine Maschinengewehrsalve folgte, Gewehrfeuer knatterte. Fünfhundert Meter entfernt brannte ein Haus.

»Etwas mehr Respekt, Genosse Hauptmann. Wir sind erst am Ziel, wenn der letzte Faschist tot ist.«

»Stimmt.« Kolja boxte Patzejew gegen den Oberarm. »Heute Abend ist sie fällig.«

»Wer? Irina? Die Weißrussin aus der Nachrichtenabteilung, die dich nicht aus den Augen lässt?«

»Gute Idee. Nein, ich spreche von der Flasche Wodka, die ich für diesen Tag aufgehoben habe. Den Tag, an dem wir das Forschungszentrum in Berlin einnehmen und Stalins Auftrag erfüllen. Wobei ich mich vielleicht doch erst Irina widmen sollte und dann dem Wodka?«

»Unbedingt zuerst dem Wodka, und zwar der ganzen Flasche. Dann hat Irina Glück, und ihr bleibt eine Enttäuschung erspart.« Patzejew sah in das erstaunte Gesicht seines Freundes und lachte. »Aber gucken wir mal, wer uns ins Netz gegangen ist.«

Vierundfünfzig Institutsmitarbeiter knieten mit gesenktem Blick auf dem Rasen zwischen dem Hauptgebäude und dem Gästehaus. Patzejew hatte sie zusammentreiben und in Sechserreihen eine Stunde warten lassen. Umringt von

Rotarmisten, durften sie nicht sprechen oder sich bewegen. Wer aufsah, bekam sofort einen Schlag ins Genick. Die Herrenrasse sollte spüren, dass die Tage des Herrschens vorbei waren.

»Sind das alle?«

»Ja. Wir haben das gesamte Gelände abgesucht.«

Patzejew betrachtete die Gefangenen. Neben altehrwürdigen Professoren in Anzug und Krawatte knieten junge Assistenten und Techniker in weißen Laborkitteln. Zwei, drei Frauen schielten ängstlich zu den Russen. Ein Mechaniker in grauem Overall zitterte am ganzen Körper. An der Seite, abgetrennt von den Wissenschaftlern, warteten acht Wehrmachtssoldaten der Wachmannschaft. Die Hilfskräfte und Soldaten interessierten Patzejew nicht. Er wollte die Forscher, die Ideengeber, die kreativen Köpfe. Deswegen war er hier.

»Gut, fangen wir an. Wo ist das *Buch der Dämonen*?«

»Hier, Genosse Oberst.« Einer der russischen Physiker zog ein Fotoalbum aus einer Tragetasche, schlug den Deckel auf und reichte es Patzejew. Yuri kannte jeden Namen, jede Einzelheit in dem Buch, das der russische Geheimdienst in penibelster Recherche zusammengestellt hatte. Zweiundfünfzig verstärkte Seiten listeten die wichtigsten Wissenschaftler der deutschen Atomforschung in alphabetischer Reihenfolge auf. Jede Seite enthielt zwei Personen. Name, akademischer Grad und Fachgebiet bildeten die Überschrift. Darunter folgten Geburtsdatum, Familienstand und Werdegang. Den meisten Platz nahm jedoch das für Patzejew wichtigste Detail ein. Ein Foto. Häufig ein Passbild, manchmal nur ein altes Gruppenfoto. Einige Forscher waren für die Rote Armee unerreichbar, weil sie in Westdeutschland arbeiteten. Aber alle diese Wissenschaftler setzten ihre Intelligenz skrupellos für eine neue, tödliche Waffe ein, damit die Faschisten noch mehr Leid und Verwüstung über Russland bringen konnten. Wenn Patzejew das Album berührte, spürte er das Böse. Und das rasende Verlangen, alle in dem Buch zu töten. Das Album weckte Finsternis und Hass in ihm. Darum nannte er es das *Buch der Dämonen*.

Patzejew trat vor einen älteren, gut gekleideten Herrn in der ersten Reihe, der aussah, als würde er sonntags durch die Parks der Hauptstadt flanieren, Gespräche über den nahenden Sommer führen oder Violinkonzerten lauschen.

»Sieh mich an!«, fauchte er, und der Dolmetscher wiederholte den Befehl. Der ältere Herr blickte mit zusammengepressten Lippen auf.

»Kenn ich«, sagte Kolja. Patzejew und er lieferten sich einen Wettstreit, wer mehr Details aus dem Buch wusste.

»Ich auch.« Patzejew blätterte einige Seiten um. »Herbert Riedel, Experimentalphysiker.« Er beugte sich vor und kniff Riedel in die Wange, dass dem alten Mann Tränen in die Augen schossen. »Ich hatte gehofft, dass wir dich hier finden, mein Freund.« Mit einem blauen Füllfederhalter schrieb er *GEFASST* unter Riedels Foto.

Patzejew und Kolja arbeiteten sich mit dem Dolmetscher die erste Reihe entlang, als plötzlich ein Schrei ertönte. Eine Mädchenstimme rief, flehte und brach schlagartig ab. Patzejew ließ das Album sinken und sah sich um. Im Obergeschoss des Gästehauses beugte sich ein russischer Soldat aus einem Fenster und zog die Flügel zu, als eine Frau um Hilfe rief. Ihre Schreie endeten abrupt.

Die beiden russischen Offiziere schauten sich an. Noch ein Schrei, verzweifelt und gedämpft.

»Mir egal«, sagte Patzejew.

»Mir nicht.« Kolja drehte sich um und marschierte auf das Gästehaus zu. Im Gehen zog er seine Armeepistole.

Patzejew betrachtete den Gefangenen vor sich, einen dicklichen Mittfünfziger mit Kneifer, dem der Schweiß das Gesicht hinunterlief.

»Sieh mich an.« Doch der Dicke reagierte nicht. Patzejew packte ihn am Kinn, drehte den fleischigen Kopf nach oben und blickte in angsterfüllte Augen.

»Papiere!«

Der Dicke fummelte mit zitternden Fingern einen zerlesenen Ausweis aus der Innentasche seines Jacketts, als im Gästehaus ein Schuss fiel.

»Leutnant«, bellte Patzejew und zeigte auf einen seiner Offiziere. »Nehmen Sie zwei Mann, und sehen Sie nach, ob Hauptmann Gordojew Unterstützung braucht.«

Doch in diesem Moment kamen vier Rotarmisten im Gänsemarsch aus dem Gästehaus und verschwanden kleinlaut um das Gebäude. Dahinter zog Kolja eine Frau mittleren Alters und ein junges Mädchen durch die Tür. Er hielt beide am Oberarm gepackt, während die Frau mit gekreuzten Armen die Fetzen ihrer Bluse zusammenpresste. Ihre rechte Gesichtshälfte schwoll an. Das Mädchen schluchzte hemmungslos.

»Rita!« Der Mann im grauen Arbeitskittel sprang auf, ging aber sofort zu Boden, als ihm eine Wache einen Gewehrkolben ins Kreuz rammte.

Kolja zerrte die Frau und das Mädchen über die Wiese und stieß sie neben den anderen Zivilisten auf die Knie.

»Unten bleiben«, fuhr er sie in akzentuiertem Deutsch an. »Die Frau des Hausmeisters und ihre Tochter«, sagte er zu

Patzejew und riss ihm das Fotoalbum aus der Hand. »Hatten sich in einem Schrank versteckt. Die vier haben sie gefunden und für etwas Spaß untereinander aufgeteilt.«

Kolja spuckte aus und sah zu der Mutter hinüber, die auf der Wiese kauerte und ihre weinende Tochter an sich drückte.

»Du bist zu weich, Kolja«, sagte Patzejew. »Hatten die Faschisten Mitleid, als sie unsere Heimat überfielen? Unser Volk ermordeten?«

»Dieses Mädchen wird kaum dabei gewesen sein. Stell dir vor, es wäre deine Tochter.«

»Meine Töchter sind tot.«

»Ich weiß.«

Gegen Mittag waren alle Wissenschaftler identifiziert. Patzejew ging ein letztes Mal die Reihen der Gefangenen ab. Siebzehnmal hatte er *GEFASST* in das *Buch der Dämonen* geschrieben. Seine Strategie, überraschend vorzustoßen, war aufgegangen. Siebzehn hochkarätige Forscher würden bald ihr Wissen preisgeben und *Borodino*, das russische Atomprojekt, voranbringen. Stalin würde zufrieden sein.

»Gut, nach Moskau mit dem Pack«, sagte Patzejew zu einem Offizier und schaute sich um. Wo steckte eigentlich Kolja?

Soldaten und Unteroffiziere zerrten die Gefangenen hoch und trieben sie mit Stockschlägen zu wartenden Lkw. Der Hausmeister drängte sich im Gewühl zu Frau und Tochter und nahm beide schluchzend in die Arme, bevor ein Rotarmist sie auseinanderzog und zur Ladefläche eines Lasters schob.

»Yuri?«

Patzejew sah Gordojew auf sich zukommen.

»Kolja, wo hast du gesteckt? Ich habe dich schon vermisst.«

»Ich bin einer Idee nachgegangen. Die Deutschen hassen Unordnung. Es gibt nichts, was sie nicht aufschreiben. Darum habe ich das hier gesucht.« Triumphierend streckte er Patzejew ein dünnes Buch entgegen, wie es Kassenwarte oder Buchhalter benutzten.

»Was ist das?«

»Das«, erwiderte Kolja mit einer Kunstpause, »ist das Besucherverzeichnis des Kaiser-Wilhelm-Instituts. Wenn es ein Gästehaus gibt, muss es auch eine Liste dazu geben. Mit An- und Abreisedatum. Wer ist gerade zu Gast, wer war die letzten Monate hier, habe ich mich gefragt. Sieh dir den letzten Eintrag an.«

Patzejew nahm Kolja das Buch aus der Hand, blätterte die karierten Seiten durch und betrachtete den untersten Namen. »Das gibt es doch nicht. Du gerissener Bastard.«

»Bergmann, Prof. Paul«, las Patzejew. »Anreise: 10. April 1945, Abreise: … kein Eintrag.«

Patzejew ließ die Laster stoppen und alle Gefangenen absitzen. Bergmann war einer der wichtigsten Wissenschaftler im deutschen Atomprojekt, Aufenthaltsort unbekannt. Mit Kolja ging er alle Gefangenen noch einmal durch. Aber Paul Bergmann war nicht dabei.

»Wo hast du das Buch gefunden, Kolja?« Patzejew lief mit großen Schritten auf und ab. Der Gedanke, den Professor in die Finger zu kriegen, elektrisierte ihn.

»In der Wachstube im Hauptgebäude.«

Patzejew stürmte zur deutschen Wachmannschaft, die immer noch auf dem Rasen kniete.

»Wo ist Bergmann?«, fuhr er den erstbesten Soldaten an.

»Wo ist Professor Bergmann?«, wiederholte der Dolmetscher. Patzejew zog seine Pistole und richtete sie auf den Kopf des Wachmanns, der ihn entsetzt ansah und verständnislos den Kopf schüttelte.

»Fragen Sie, wer das Buch führt«, rief Kolja.

Der Dolmetscher übersetzte, und nach kurzem Zögern hob ein älterer deutscher Unteroffizier die Hand.

Patzejew drehte sich zu ihm und drückte den Pistolenlauf an seine Schläfe. »Zum letzten Mal: Wo ist Paul Bergmann?«

»Das weiß ich nicht«, erwiderte der Unteroffizier nach der Übersetzung. »Aber unter den Gefangenen ist er nicht, ich habe ihn heute nicht gesehen.«

»Lügner.« Patzejew schlug dem Unteroffizier den Pistolengriff ins Gesicht.

»Ich weiß nicht, wo der Professor ist«, schrie der Unteroffizier. Blut lief ihm über die Stirn. »Vielleicht ist er am Morgen in die Reichskanzlei gefahren.«

Patzejew stutzte. »In die Reichskanzlei? Zu Hitler?«

»Ja. Der Professor ist vor zwei Wochen aus Haigerloch gekommen. Er sollte dem Führer über Forschungsergebnisse berichten. Alles ist streng geheim, sagte er, trotzdem hat er mächtig angegeben. Hat gesagt, er hätte eine Bombe erfunden, die den Krieg beendet. Sie bauen den ersten Prototyp. Aber von Vergeltungswaffen habe ich genug Märchen …«

»Einen Prototyp?« Kolja riss die Augen auf.

»Ja, mit der Sprengkraft eines Bombenarsenals. Darum brachte ihn Major Heinrich jeden Tag in den Führerbunker.«

»Wer ist Major Heinrich?«

»Er kommandiert die Wachmannschaft. Gestern Abend wurde er weggerufen.«

»Wann haben Sie Bergmann zum letzten Mal gesehen?«, fragte Kolja.

»Gestern Abend um zehn, als er in sein Zimmer ging.«

»Kolja, weißt du, was das bedeutet?« Patzejews Stimme zitterte vor Erregung.

Kolja nickte langsam. »Bergmann ist noch in Berlin.«

»Und weit kann er nicht gekommen sein.« Patzejew steckte die Pistole weg und trommelte seine Offiziere zusammen.

»Wir verhören alle, die sich im Institut aufgehalten haben«, befahl er. »Wissenschaftler, Soldaten, Frauen und Kinder. Alle. Kolja, wir brauchen mehr Dolmetscher. Fragen Sie nach Bergmann und der Bombe. Erschießen Sie ein paar von den Laborhelfern, damit der Rest kooperiert. Aber zuerst verteilen wir das hier.« Patzejew riss Bergmanns Bild aus dem *Buch der Dämonen* und hielt es hoch. »Lassen Sie Abzüge verteilen. Jeder Offizier, jeder Unteroffizier rund um Berlin muss innerhalb von vierundzwanzig Stunden dieses Foto bei sich tragen. Wer den Professor lebend zu mir bringt, wird sofort befördert. Wir müssen Paul Bergmann finden.«

XXVI

BERLIN-STEGLITZ, 24. APRIL 1945, 11:03 UHR

Carvis war wie gelähmt. Er stand im Wohnungsflur, zwischen Fußabstreifer und Garderobenschrank. Arme und Beine versagten ihm den Dienst. Sein Blick klebte auf dem Sowjetstern, der blutrot auf dem Helm des Russen leuchtete. Der Rotarmist kam auf ihn zu, hob die Maschinenpistole mit dem Trommelmagazin, als hinter Carvis Schüsse ratterten.

Krokovski feuerte in vollem Lauf. Der Russe flog gegen einen Spiegel und brach im Scherbenregen zusammen.

»Kommen Sie, Captain.« Krokovski gab Carvis einen Schubs, drängelte an ihm vorbei und verschwand im Wohnzimmer. Carvis folgte ihm, ohne nachzudenken.

In der Wand zur Straße klaffte ein riesiges Loch. Tote Wehrmachtssoldaten lagen zwischen Mörtel und zertrümmerten Möbeln. Staub bedeckte die dunkel lackierte Platte des Esstischs wie Puderzucker.

Der Durchbruch machte das Wohnzimmer zur vordersten Kampflinie. Russische Soldaten rannten von allen Seiten auf die Lücke zu, der Stalin-Panzer tobte immer noch wie ein Berserker über den Asphalt. Carvis stockte der Atem, als er den Ansturm sah. Er schwenkte seine Maschinenpistole im Dauerfeuer über die Öffnung und schoss zwei Russen nieder, die durch das Loch kletterten. Krokovski kniete hinter einem zerfetzten Sessel, zog den Sicherungsstift einer Handgranate ab und warf sie auf die Straße. Die Explosion stoppte die vordersten Russen, aber dahinter stürmte die nächste Welle auf den Durchlass zu. Krokovski richtete das umgestürzte Maschinengewehr auf und legte einen neuen Gurt ein, als der Schlagbolzen von Carvis' Maschinenpistole ins Leere schlug. Er fummelte ein Magazin aus der Munitionstasche – und ließ es fallen. Krokovski zog den Ladehebel des MG durch und jagte kurze Feuerstöße auf die Straße, als ein deutscher Unteroffizier mit zwei Wehrmachtssoldaten aus dem Flur auftauchte. Zu dritt kippten sie den Esstisch auf die Seite und verschanzten sich hinter der massiven Holzplatte. Carvis rutschte auf Knien hinüber, riss sich Finger und Handballen an Steinen und Splittern blutig, als ihn der Unteroffizier am Ärmel packte und den letzten Meter in Deckung zog. Carvis lud seine MP nach und feuerte mit den Deutschen auf die heranstürmenden Russen.

Die Entscheidung brachte der Stalin-Panzer. Von Panzerfäusten getroffen, explodierte er endlich mit einer gewaltigen Detonation und riss die Angreifer von den Beinen. Nach einer Schocksekunde erhoben sich einzelne Rotarmisten und flohen Hals über Kopf die Straße hinunter. Damit brach der Damm. Wie auf ein Kommando sprangen die Überlebenden auf und rannten davon.

»Feuer einstellen«, schrie irgendjemand, und der deutsche Beschuss ebbte ab.

Zerfetzte Körper bedeckten den Asphalt in einem Mosaik aus Rot, Braun und Grün, lagen verrenkt im Wohnzimmer und hingen erschossen über den Resten der zerstörten Wand. Carvis sank auf einen stoffbezogenen Stuhl, bevor seine Beine endgültig unter ihm nachgaben.

Die beiden Amerikaner fanden Bergmann im Hinterhof. Er kauerte auf dem Betonboden zwischen blutverschmierten Verwundeten und hielt sich mit zusammengepressten Augen die Ohren zu. Schreie hallten von den Wänden wider. Ein rothaariger Sanitäter versuchte, das Chaos zu sortieren.

»Geht ins Lazarett am Friedrich-Wilhelm-Platz«, wies er leichtverletzte Soldaten an. »Folgt den anderen. Beeilt euch, bevor die Bolschewiken es noch mal versuchen.«

Carvis stöhnte leise, als er neben Bergmann in die Hocke ging. Seine Knie, seine Oberschenkel, jeder Muskel schmerzte, als könnte er nie wieder aufstehen.

Er rüttelte den Professor an der Schulter. »Kommen Sie. Wir müssen uns wieder auf den Weg machen.«

»Das geht nicht! Ich bin verletzt.«

»Was? Wo denn?«

Ohne zu antworten, zog der Professor sein Jackett zur Seite. Mit schmerzverzerrtem Gesicht präsentierte er einen handtellergroßen Blutfleck auf dem Hemd. *Auch das noch,* dachte Carvis. Hinter ihm atmete Krokovski hörbar aus.

Vorsichtig hob Carvis einen Stoffzipfel, bis er eine Kompresse und einen blütenweißen Verband auf der Hüfte des Professors fand.

»Das ist ja schon verbunden?«

»Ja, das war ich«, sagte der rothaarige Sanitäter, der ein paar Meter weiter neben einem bewusstlosen Gefreiten kniete. Mit einem Messer schnitt er ein blutiges Hosenbein auf, schüttelte kurz den Kopf und winkte zwei Träger mit einer Bahre heran. »Der alte Mann war mein erster Kunde, bevor es richtig losging. Hat sich einen Splitter eingefangen. So ein kleines, dünnes Dreckding. Fragen Sie mich nicht, wo und wie.«

Die beiden Träger hatten den Gefreiten inzwischen auf die Bahre gehoben. »Auf einen Laster mit ihm«, befahl der Sanitäter. »Beeilung!« Im Laufschritt rannten sie auf zwei Krupp-Lkw zu, die am Ausgang des Hinterhofs mit offener Ladefläche warteten.

»Werde ich sterben?«, fragte Bergmann mit dünner Stimme.

»Irgendwann schon, heute nicht«, antwortete der Sanitäter und wandte sich an Carvis. »Ist nicht gefährlich, aber schmerzhaft. Ich kann den Splitter fühlen, aber nicht rausziehen. Dazu muss er ins Lazarett.«

»In ein Lazarett?«, fragte Carvis. »Kann er denn laufen?«

»Nein, kann er nicht.« Bergmann verschränkte die Arme vor der Brust. »Ich habe es probiert, die Schmerzen sind unerträglich.«

»Natürlich kann er laufen. Tut nur weh«, erwiderte der Sanitäter. »Am Friedrich-Wilhelm-Platz hat die Wehrmacht ein Feldlazarett in einem Kaufhaus eingerichtet. Für die schlimmsten Fälle haben wir zwei Lkw, der Rest muss es zu Fuß schaffen. Und bevor Sie fragen, alter Mann, Sie sind ein leichter Fall. Kaum der Rede wert.« Der Sanitäter wartete keine Antwort ab, sondern lief zum nächsten Patienten.

Carvis tauschte ernste Blicke mit Krokovski, der zwar nichts verstanden hatte, aber dennoch begriff. Carvis neigte sich zum Ohr des Sergeants und flüsterte auf Englisch: »Können Sie ihn tragen?«

Krokovski rollte die Augen und nickte.

»Meene Jüte, da sin Sie ja endlich«, rief plötzlich eine bekannte Stimme. »Ick hab Sie schon überall jesucht.«

Carvis drehte den Kopf und sah zu seiner Überraschung Feldwebel Richter vor sich. Richters Uniform war zerrissen und staubte bei jeder Bewegung, sein rechter Arm hing schlaff an der Seite, und seine Haare klebten blutverkrustet am Hinterkopf.

»Feldwebel, ich dachte, Sie …«

»Papperlapapp, keene langen Reden. Major von Rohn is jefallen, und sen Stellvertreter wird vermisst. Sie haben det Kommando, Herr Hauptmann. Wie lauten Ihre Befehle?«

Carvis starrte Richter an und brachte gerade genug Willenskraft auf, um den Mund zu schließen.

»Was haben Sie gesagt?«

»Sie sind der ranghöchste Offizier. Wat befehlen Herr Hauptmann?«

Das kann doch nicht wahr sein, dachte Carvis. Das wurde ja immer absurder. Ranghöchster Offizier. Carvis schüttelte den Kopf. Er wusste nicht, was er Richter antworten sollte.

»Herr Hauptmann …?« Richter brach ab und sah nach oben. Ein lautes Pfeifen näherte sich, und ein paar Straßen weiter krachten Explosionen.

»Schwere russische Artillerie«, sagte der Feldwebel. »Jetzt nimmt der Ivan Revanche für det Blutbad und macht det janze Viertel platt. Gleich is zappendusta.«

Richters letzte Worte gingen in einem ohrenbetäubenden Jaulen unter. Wie bösartige Sternschnuppen rasten Raketen durch das quadratische Stückchen Himmel über dem Hinterhof. Der Boden bebte, als sie in der Nähe einschlugen.

»Feldwebel!« Carvis versuchte, die Kaskade endloser Detonationen zu übertönen. »Rückzug! Räumen Sie sofort alle Gebäude. Verstanden?«

Der Feldwebel nickte. Eine Granate detonierte im Dachstuhl, Schiefertafeln regneten in den Hof. Richter zog den

Kopf ein und sprintete durch den grauen Hagel zurück ins Haus.

Im Hinterhof heulten Stimmen auf, Panik brach aus. Wer laufen konnte, rannte um sein Leben. Schwerverletzte klammerten sich an ihre Kameraden, wurden abgeschüttelt, zurückgelassen und niedergetrampelt.

»Let's go«, brüllte Carvis, aber Krokovski brauchte keine Einladung. Er riss Bergmann hoch und trug ihn wie einen Säugling in den Armen. Der Professor schrie auf. Carvis lief voraus, auf die beiden Lkw zu. Der erste setzte sich in Bewegung. Eine schwere Explosion erschütterte das Gebäude, und das oberste Stockwerk brach zusammen. Wände, Mauern, das Dach rutschten wie eine Lawine in den Hinterhof und begruben alles Leben unter sich. Staub wölbte sich in jede Richtung, schoss an Carvis vorbei, hüllte ihn ein. Der erste Lkw nahm Fahrt auf. Der zweite ruckte und blieb stehen. Der Anlasser stotterte.

»Zum Laster«, schrie Carvis, Krokovski direkt hinter sich. Der Motor des Lkw heulte, eine Rußwolke schoss aus dem Auspuff. Noch zwanzig Meter.

»Schneller.« Carvis' Lunge brannte. Der Laster rollte an. Ein halbes Dutzend bleicher Gesichter starrte Carvis von der Ladefläche entgegen. Jemand streckte eine Hand aus. Eine Granate schlug weiter oben in die Straße. Erde und Asphalt spritzten meterhoch. Das Fahrzeug stoppte. Krokovski spurtete an Carvis vorbei und wuchtete Bergmann wie einen Sack Kartoffeln auf den Lkw.

Der Laster fuhr wieder an.

Carvis nahm seine letzten Kräfte zusammen und rannte schneller. Krokovski saß rücklings auf der Ladefläche und reichte ihm die Hand. Der Lkw beschleunigte. Carvis beugte sich vor, streckte sich – und griff zu. Krokovski hielt ihn eisern und zog. Carvis fand die Fußstütze unter der Ladefläche, machte einen letzten Satz und landete mit den Knien auf Bergmanns Beinen, der einen erbosten Schmerzensschrei ausstieß. Carvis rollte zur Seite und blieb schwer atmend neben Krokovski liegen.

XXVII

BERLIN-FRIEDENAU, 24. APRIL 1945, 14:48 UHR

Wie sieht die Hölle aus?

Als Achtjähriger hatte Carvis seiner Grundschullehrerin in Vermont diese Frage gestellt.

Am Berliner Friedrich-Wilhelm-Platz fand er die Antwort.

Der Gestank nach Blut, Exkrementen und Verwesung schlug ihm wie eine Faust entgegen. Instinktiv hielt er die Hand vor den Mund und atmete flach, als könne er damit die fauligen Gase fernhalten. Die Schreie und das Stöhnen, die Akustik menschlichen Elends, überrollten ihn ungebremst. Aufgrund seiner Verwundung in Italien hatte Carvis viel Zeit in englischen und amerikanischen Lazaretten verbracht, hatte Tote und furchtbare Verletzungen gesehen, doch dieser Anblick überforderte seine Sinne.

Hunderte Feldbetten standen Kante an Kante in langen Reihen, und trotzdem reichte der Platz nicht. An Wänden und auf der Treppe dämmerten Verwundete im Delirium. Zwischen Betten und in den Gängen, auf Bahren oder dem nackten Boden lagen Verletzte und Sterbende. Eine Nonne saß auf einer Liege, drückte eine Hand und betete das Vaterunser. Erschöpfte Sanitäter und Rotkreuzschwestern unterschieden sich nur durch ihren aufrechten Gang von den Toten. Gefolgt von zwei Soldaten, schritt ein Sanitäter die Neuankömmlinge ab, fühlte den Puls, hob Augenlider und entschied mit einer Handbewegung über den sicheren Tod oder die Chance auf Leben. Auf sein Zeichen wurden die Todgeweihten nach draußen getragen. Jeder freie Platz wurde sofort wieder belegt. Mit Soldaten von Wehrmacht und SS, mit halbwüchsigen Hitlerjungen und Großvätern vom Volkssturm, mit Frauen, Kindern und Zivilisten.

»Hey!« Krokovski rempelte Carvis an. *Wohin?*, fragte er tonlos. Der Sergeant stand mit Bergmann in den Armen mitten im Durcheinander. Carvis blendete das Grauen und die Schreie aus und sah sich um. Neue Verwundete wurden abgelegt, wo sich Platz fand, aber das konnte er mit Bergmann nicht machen. Der Splitter musste aus der Hüfte, dabei durften die Amerikaner den Professor nicht aus den Augen lassen. Und danach mussten sie sofort wieder verschwinden.

»Wo ist hier ein Arzt?«, fragte er eine Rotkreuzschwester, die einem kleinen Jungen auf einer Liege einen Verband um den Kopf wickelte.

»Dahinten, Stabsarzt Dr. Mühnke.« Ohne aufzublicken, zeigte sie in den rückwärtigen Teil des Lazaretts, wo in diesem Moment eine Tür aufging und ein Offizier in Schaftstiefeln und mit blutbefleckter Schürze aus einem abgetrennten Raum trat. Carvis winkte Krokovski und schlängelte sich auf Mühnke zu, bemüht, keinen der am Boden Liegenden zu treten.

Die Hände in die Hüfte gestemmt, sah der Stabsarzt zwischen drei, vier Verwundeten hin und her, zuckte mit den Schultern und zeigte auf einen Hitlerjungen, dessen kalkweißes Gesicht aus seiner schwarzen Uniform stach.

»Neubauer, der ist der Nächste.«

Ein Sanitätsunteroffizier hob den Jungen mit einem weiteren Sanitäter an und trug ihn durch die Tür. Dahinter stand ein Holztisch, von dem Blut auf den Boden, zwischen benutztes Verbandsmaterial, Uniformfetzen und zerschnittene Stiefel tropfte. Auf einem Beistelltisch lag ordentlich aufgereiht Operationsbesteck, Wasser kochte auf einem Ofen.

»Dr. Mühnke?«

Der Stabsarzt war weit über sechzig. Falten zerfurchten sein Gesicht, weiße Bartstoppeln wucherten auf Wangen und Kinn. Altersflecken sprenkelten seine Handrücken wie Sommersprossen.

»Ich bin Hauptmann Kurz«, fing Carvis an. »Dieser Mann hat einen Granatsplitter in der Hüfte. Wir sind auf dem Weg in die Reichskanzlei von einem Tiefflieger beschossen worden. Ich wäre Ihnen dankbar, wenn Sie den Splitter entfernen könnten, Doktor.«

Mühnke warf einen langen Blick auf Bergmann und sah Carvis mit roten Augen an. »Haben Sie einen Termin?«

»Wie bitte?«

»Ohne Termin kann ich Sie nicht behandeln. Bitte lassen Sie sich am Empfang einen Termin geben und nehmen im Wartezimmer Platz, bis Sie aufgerufen werden.«

Mühnke zog einen Mundwinkel hoch und drehte sich um.

»Hören Sie, Doktor«, Carvis hielt den Arzt an der Schulter fest. »Ich bitte Sie nur, schnell den Splitter zu ziehen. Wir sind in Eile.«

Mühnke wirbelte herum.

»Sind Sie noch ganz bei Trost, Mann? Sehen Sie nicht, was hier los ist? Verziehen Sie sich! Ich habe keine Zeit für solche Bagatellen.«

»Gibt es vielleicht einen anderen Arzt, der …«

»Nein, gibt es nicht!« Speichel traf Carvis im Gesicht. »Vorgestern hat so ein Jüngelchen von der SS meinen Assistenzarzt und die Hälfte der Sanitäter mitgenommen. Damit sie zur Verteidigung des Reiches in irgendeinem Schützengraben verrecken. Ich habe keine Medikamente, kein Personal und keine Zeit. Dafür aber Verwundete im Überfluss. Da drüben liegen fünf Schwerverletzte, die sterben, wenn sie nicht in den nächsten Stunden operiert werden. Zwei davon halbe Kinder, denen man erzählt hat, dass es ihre Pflicht ist, das Leben für das Vaterland zu geben. So ein Schwachsinn. Wissen Sie, wie ein Fünfzehnjähriger schreit, wenn man ihm ohne Betäubung ein Dutzend Splitter aus dem Bauch holt? Verpissen Sie sich!«

Der Stabsarzt schwankte und hielt sich am Türrahmen fest. Nach kurzer Pause verschwand er in seinem Operationsraum und knallte die Tür zu.

»Puh.« Krokovski setzte den Professor ab.

»Was machen wir jetzt?«, fragte Bergmann. »In diesem Zustand kann ich nicht …«

Carvis hörte nicht zu. Er riss die Tür auf, als ihm ein Schrei entgegenschlug. Der Hitlerjunge wimmerte mit schmerzverzerrtem Gesicht auf dem Holztisch. Der Sanitätsunteroffizier hielt seine Schultern, während Mühnke mit einer Schere einen vereiterten Verband aufschnitt.

»Ich kann Ihnen helfen«, sagte Carvis.

»Was, zum Teufel …«, stieß Mühnke aus. »Verschwinden Sie!«

»Ich gebe Ihnen das hier, wenn einer Ihrer Sanitäter den Splitter entfernt.« Carvis kramte in einer Seitentasche seines Rucksacks und legte eine weiße Pappschachtel mit der dunkelroten Aufschrift *Solution of Morphine Tartrate* auf den Tisch. Er öffnete die Schachtel und holte fünf kleine Tuben mit derselben Beschriftung heraus. Auf jeder Tube saß eine Kanüle mit Schutzkappe.

»Das ist Morphium«, sagte Carvis. »Die Nadel ist bereits dran. Sie können die Dosis direkt …«

»Ich weiß, was das ist«, fauchte Mühnke. »Woher haben Sie die Packung? Das ist Beutegut, Sie dürfen das Präparat gar nicht besitzen. Ich muss Sie melden.«

»Ich habe das Morphium amerikanischen Gefangenen abgenommen«, erwiderte Carvis. Wie alle Alsos-Teammitglieder hatte er mit der Ausrüstung eine Erste-Hilfe-Grundausstattung erhalten, zu der eine Fünferpackung Morphium gehörte.

»Aber nur zu«, fuhr er fort. »Melden Sie mich. Dann kassieren die SS oder die Gestapo das Morphium, und Sie haben gar nichts davon. Und Ihr Patient auch nicht.« Carvis deutete auf den Hitlerjungen, der inzwischen unkontrolliert zitterte.

Mühnke schnaubte, riss die Schutzkappe von einer Tube und injizierte dem Hitlerjungen die Dosis. Die Pappschachtel ließ er mit den restlichen Tuben in seiner Uniformtasche verschwinden.

»Warten Sie draußen, und lassen Sie mich jetzt endlich operieren.«

Eine Stunde später wurde der Hitlerjunge aus dem Operationsraum getragen.

»Erlösen Sie den Splitter von dem alten Mann, Neubauer, und danach bereiten Sie den Pionier mit dem Bauchschuss vor«, befahl Mühnke. »Rufen Sie mich, wenn Sie fertig sind, ich bin draußen. Ich brauche eine Pause.«

»Und Sie kommen mit mir.« Der Stabsarzt zeigte auf Carvis. »Ich will Ihnen etwas zeigen.«

Carvis wandte sich zum Gehen, zögerte kurz und drehte sich zu Krokovski. »Geben Sie Bergmann Morphium aus Ihrer Packung«, flüsterte er. »Sonst lamentiert er zu viel rum und zieht Aufmerksamkeit auf sich.«

Der Sergeant nickte. Carvis lief hinter Mühnke her, der mit langen Schritten durch das Lazarett marschierte und durch eine Hintertür ins Freie trat.

»Endlich.« Der Stabsarzt kramte eine rot-weiße Packung Astra hervor und schob sich eine Zigarette zwischen die Lippen. »Hier wurden bis vor Kurzem die Waren für das Kaufhaus angeliefert«, sagte er und zündete ein Streichholz an. »Jetzt benutzen wir die Außenfläche als Zwischenlager. Wir wissen gar nicht, wohin mit den ganzen Toten.«

Eine drei Meter hohe Mauer aus ockerfarbenen Backsteinen umgab den asphaltierten Hof, der an einer Seite über eine Betonrampe von der Straße zugänglich war. Wie Holzscheite waren Leichen mit dem Kopf zur Mauer mehrere Reihen hoch gestapelt, sodass Carvis auf die Sohlen und Absätze Hunderter Stiefel und Schuhe blickte. Entsetzt blieb er stehen und konnte die Augen nicht abwenden. Links daneben lagen vierzig bis fünfzig Körper auf dem nackten Boden, bis zum Kinn mit grauen Stoffdecken zugedeckt. Plötzlich sah Carvis aus dem Augenwinkel eine Bewegung. Ein Kopf, der sich langsam drehte, eine Hand, die schwach die Finger spreizte und winkte.

»Doktor, da bewegt sich jemand«, rief er.

Mühnke nickte. Der Stabsarzt zog an seiner Zigarette und inhalierte den Rauch mit tiefen Atemzügen. »Wir arbeiten hier mit Wahrscheinlichkeiten, Hauptmann. Ich kann stundenlang versuchen, einen von denen da drüben zu retten, und dafür sterben andere mit besseren Überlebenschancen. Oder ich gebe die hoffnungslosen Fälle auf und investiere meine Kapazität in Verwundete mit einer Perspektive. Was würden Sie tun?«

»Und das wollten Sie mir zeigen?« Carvis' Blick schweifte über die Todgeweihten. Hin und wieder regte sich etwas, aber ihr Schicksal war längst entschieden. Wie auf dem Fischmarkt in Vermont, wo Schollen und Heilbutte auf den Tischen die runden Münder nach Luft aufrissen, bis sie langsam erstickten.

»Nein. Folgen Sie mir.«

Mühnke ging an den aufgestapelten Toten entlang, unbeeindruckt von dem süßlichen Geruch und den schwarzen Fliegen, die über weiße Hände und Gesichter krabbelten.

»Sie meinten, dass Sie das Morphium amerikanischen Kriegsgefangenen abgenommen haben. Da dachte ich, dass Sie das hier interessieren würde.«

Der Stabsarzt bückte sich. Eine Zeltplane in grünbraunem Tarnmuster bedeckte einen einzelnen Körper. Die Spitze eines schwarz gewienerten Armeestiefels lugte unter der Plane hervor. Carvis' Blick verengte sich auf das schwarze Leder, die Naht, das Profil der Sohle. Plötzlich spürte er Druck auf seiner Lunge, das Atmen fiel ihm schwer. Er trug die gleichen Stiefel. Mühnke zog die Plane zur Seite, und Carvis sah in die toten Augen von Master Sergeant Robert Gray.

»Die Wehrmacht brachte ihn heute Morgen vorbei. Er war noch am Leben, aber er starb mir unter den Händen weg. Der Kommandeur, Major Heinrich, wollte ihn unbedingt verhören. War wohl der einzige Überlebende einer amerikanischen Kommandoeinheit. Tja, Pech gehabt.«

Carvis starrte Gray an, und Gray starrte zurück. Sein fahles Gesicht war unversehrt, doch die Vorderseite seiner Uniform steif mit getrocknetem Blut.

»Der einzige Überlebende?«, wiederholte Carvis. Er wusste nicht, was er denken oder tun sollte, und stand bewegungslos vor dem toten Sergeant.

»Ja. Der ganze Trupp wurde heute Nacht in Zehlendorf ausradiert. Alle tot. Bis auf den hier. Ich frage mich, was die in drei Gottes Namen dort wollten.«

»Hat er überhaupt etwas gesagt?« Carvis presste die Frage mit Mühe hervor. Er dachte an Davies, den unsympathischen Kelley und alle anderen. »Kurz rein und wieder raus«, hatte Colonel Pash gesagt. »Kampfhandlungen vermeiden.« Und nun waren nur noch er und Krokovski übrig. Seine Hände zitterten, Panik wühlte sich in seinen Magen, ihm wurde schlecht.

»Nichts Brauchbares. Er hat irgendetwas auf Englisch gefaselt, aber ich habe kein Wort verstanden.«

»Und weitere Überlebende gibt es definitiv nicht?«

Carvis schwankte. *Wenn alle tot sind, weiß niemand, dass wir noch in Berlin sind,* dachte er. Sie waren alleine unter Feinden, völlig auf sich gestellt. Pash würde annehmen, dass sie auch getötet wurden, niemand würde sie suchen. Hitze schoss durch seinen Körper, und er fing an zu schwitzen. *Wo sollen wir hin?* Die Frage wirbelte durch seinen Kopf, doch er fand keine Antwort.

»Nein. Major Heinrich meinte, es ist keiner entkommen. Geht's Ihnen nicht gut?« Mühnke sah Carvis an.

»Der Geruch macht mir zu schaffen.« Carvis schloss die Augen und zwang sich zu atmen. Mühsam unterdrückte er den Brechreiz.

»Ja«, sagte Mühnke mit einem dünnen Lächeln. »Daran muss man sich erst gewöhnen. Gehen wir wieder rein. Neubauer müsste längst fertig sein.«

Professor Paul Bergmann saß auf einem Stuhl und schaute mit verträumter Miene zu, wie Sanitätsunteroffizier Neubauer einen Verband um seine Hüfte befestigte. *Das Morphium wirkt*, dachte Carvis und hätte am liebsten auch eine Dosis genommen. Oder gleich zwei. Er musste unbedingt mit Krokovski reden. Der Sergeant stand hinter dem Professor und verfolgte Neubauers Arbeit mit verkniffenem Gesicht.

»Sehen Sie sich das an.« Bergmann hielt Carvis einen stecknadelgroßen Metallsplitter entgegen.

»So klein?«, fragte Carvis, doch der Professor beachtete ihn nicht und drehte den Splitter glücklich hin und her.

Carvis blickte sich um. Neubauer und Mühnke sprachen miteinander. Der Sanitäter zeigte kurz auf Bergmann, und nach wenigen Sätzen drehten sich beide weg und verschwanden im Operationsraum. Das Lazarett war laut und voll. Menschen drängten aneinander vorbei, jeder mit sich und seiner unmittelbaren Umgebung beschäftigt. Niemand beachtete Carvis und Krokovski in ihren deutschen Uniformen. Der Lärm würde ihr auf Englisch geflüstertes Gespräch überdecken.

»Draußen liegt Sergeant Gray. Tot.«

»Was?« Krokovski machte einen Schritt Richtung Hof, aber Carvis hielt ihn am Arm zurück.

»Es ist Gray, kein Zweifel.« Carvis wiederholte, was Mühnke berichtet hatte. »Was machen wir jetzt?«, fragte er.

Der Sergeant schnaubte. »Verschwinden. Das wollten wir sowieso. Wir brauchen ein Funkgerät.«

»Wo sollen wir das denn hernehmen? Wir müssen abtauchen. Nicht auffallen, Kopf einziehen, bis die Nazis kapitulieren. Dann schlagen wir uns nach Westen durch.«

Krokovski schüttelte den Kopf. »Pash hält uns für tot. Wir müssen ihn informieren, sonst kann er uns nicht helfen und …«

»Wie soll Colonel Pash uns denn finden?«, brauste Carvis auf. »Wir sind alleine. Verstehen Sie das nicht? Wir müssen uns verstecken. Wir können nicht permanent ohne Plan am helllichten Tag durch Berlin rennen. Und woher sollen wir ein Funkgerät kriegen?«

»Wir überfallen einen Armeeposten.« Krokovski tätschelte den Lauf seiner Maschinenpistole.

»Zu zweit? Sind Sie wahnsinnig? Wenn das schiefgeht, sind wir erledigt.«

»Das sind wir auch so, wenn wir Alsos nicht verständigen«, fauchte Krokovski. »Wir können uns nicht verstecken, wenn die Russen die Stadt einnehmen. Waren Sie schon mal dabei, wenn eine belagerte Stadt fällt? Das ist tagelange Anarchie, da gelten keine Regeln.«

Carvis wollte etwas erwidern, als die Tür zum Operationszimmer aufging und Mühnke heraustrat.

»Kommen Sie, Professor. Wir machen uns wieder auf den Weg.« Carvis hob Bergmanns Aktentasche auf und reichte sie ihm. Bergmann wickelte seinen Granatsplitter in ein Taschentuch und verstaute das Päckchen sorgfältig in der Innentasche seines Jacketts.

»Sie sind ja immer noch da«, stellte Mühnke fest, während er sich mit einem Lappen Blut von den Händen wischte. »Ich dachte, Sie wären in Eile.«

»Sind wir auch. Wir brechen gerade auf. Danke für Ihre Hilfe.« Carvis streckte Mühnke die Hand entgegen, der sie kräftig schüttelte.

»Was ist eigentlich mit der Verletzung Ihres Unteroffiziers?« Der Stabsarzt zeigte auf den Verband um Krokovskis Hals. »Soll Neubauer sich das auch noch ansehen? Als Zugabe für unser kleines Geschäft.«

»Nein, danke. Nicht nötig.« Carvis half Bergmann aus dem Stuhl. »Die Wunde wurde gut versorgt.«

Mühnke zog die Augenbrauen hoch. »Der Verband sieht aber ziemlich mitgenommen aus.«

Stumm betrachtete Carvis die schmutzige Binde, die vermeintliche Verwundung als Erklärung für Krokovskis Schweigen. Der Stoff schimmerte gelb, die Ränder waren ausgefranst und die roten Blutflecken inzwischen braun.

»Wir müssen jetzt gehen«, sagte Carvis. Etwas Besseres fiel ihm nicht ein. Es wurde ihm zu viel. Sein Gehirn war leer. Jede Faser seines Körpers wollte weg, raus aus dem Lazarett, raus aus Berlin. Er wollte im Garten seines Großvaters sitzen und eine Woche nicht reden. Er wollte Ruhe.

»Blödsinn. Wollen Sie, dass die Wunde sich entzündet?« Der Stabsarzt sah zwischen Carvis und Krokovski hin und her. »Neubauer, wechseln Sie diesen Verband und …«

»Doktor. Doktor Mühnke.« Eine Rotkreuzschwester lief zwischen den Bettreihen hindurch und winkte.

»Was ist denn los?«

Sie blieb vor Mühnke stehen. Blonde Haarsträhnen hatten sich unter der Schwesternhaube gelöst und klebten an Stirn und Wangen. Sie holte tief Luft und stieß ein einziges Wort hervor.

»Militärpolizei.«

XXVIII

BERLIN-FRIEDENAU, 24. APRIL 1945, 16:32 UHR

Die Feldjäger stießen in das Lazarett wie Raubfische in einen Heringsschwarm. Angeführt von einem Leutnant, drängten sie durch die gläsernen Doppeltüren am Haupteingang.

»Herhören.« Der Leutnant marschierte in die Mitte des ehemaligen Kaufhauses und klatschte laut in die Hände.

»Zur Verteidigung des Reiches hat jeder Deutsche seine Pflicht an der Waffe zu erfüllen. Darum rekrutieren wir alle wehrfähigen Männer zwischen vierzehn und sechzig Jahren für den Einsatz an der Front.«

»Verdammt, nicht schon wieder«, stöhnte Stabsarzt Mühnke. »Neubauer, verschwinden Sie.«

»Wer aufrecht stehen kann, ist tauglich«, rief der Leutnant. »Simulanten und Drückeberger werden erschossen.«

Decken flogen zur Seite, Verletzte wurden aus den Betten gezerrt, und wer nicht direkt umfiel, wurde zu dem erbärmlichen Haufen geschubst, der sich neben dem Haupteingang sammelte. Sanitätsunteroffizier Neubauer ging zügig auf die Hintertür zu und verschwand nach draußen.

»Nein, nein, nein!« Mühnke rannte davon und verhinderte in letzter Sekunde, dass ein frisch operierter Major wegen Feigheit vor dem Feind im Bett erschossen wurde. Aus den hinteren Betten erhoben sich bleiche Gestalten und wankten Richtung Hof.

»Wir müssen hier raus.« Carvis manövrierte den Professor zwischen den Verwundeten hindurch den Mittelgang entlang, Krokovski hinter sich. Am anderen Ende marschierte eine weitere Wagenladung Feldjäger durch die Doppeltüren.

»Halt! Nein. Finger weg.«

Carvis sah im Gehen nach rechts. Die verärgerte Stimme schob sich über den Radau, ihr Klang fing ihn ein, zog ihn an. Eine junge Frau versperrte einem bulligen Militärpolizisten zwischen den Feldbetten den Weg. Unter einem blauen Mantel trug sie ein graues Kleid, glatte braune Haare umrahmten ihr Gesicht. Der Feldjäger überragte sie um mehr als einen Kopf und gab einen verdutzten Ton von sich, als sie ihn mit beiden Händen gegen die Brust stieß. Erinnerungsfetzen flogen Carvis durch den Kopf.

»Na, Otto, kommste nicht klar? Ist die Kleine zu viel für dich?« Ein paar Betten weiter ließ ein zweiter Militärpolizist von seinem Opfer ab und gesellte sich breit grinsend zu seinem Kameraden. »Soll ich dir zeigen, wie man mit bockigen Frauen umgeht?«

Ottos Gesicht färbte sich scharlachrot. Blitzschnell fasste er die Unterarme der Frau und hielt die Handgelenke mühelos mit einer Faust zusammen.

»Siehste Bert, alles unter Kontrolle«, sagte er.

»Was hatse denn?«, fragte Bert.

»Sie will nicht, dass ich das Bürschchen hinter ihr kontrolliere.«

»Gibt's Papiere?«

Otto schob seine freie Hand in die Innentasche ihres Mantels und fuhr der jungen Frau langsam mit dem Handrücken über die Brust. Bert lachte. Wütend riss sie an ihren Händen, aber Otto drückte seine Pranke zusammen, als würde er einen Apfel zerquetschen. Schmerzhaft verzog sie den Mund und hielt still. Tränen glitzerten in ihren Augen.

Carvis blieb stehen. Er dachte an eine Bar in Berlin, Wut und Angst in Annas Augen, einen Grobian in Uniform, der ihre Handgelenke festhielt.

»Hier sind Ausweis und Lebensmittelkarten.« Otto klappte den Pass auf. »Lisa Reinhardt, Telefonistin bei der Reichspost.« Eine beige und eine himbeerrote Pappkarte segelten zu Boden. Bert bückte sich, hob die Karten auf und steckte sie ein.

»Geben Sie mir meine Lebensmittelkarten zurück«, rief Lisa. »Das sind die letzten, die ich habe.«

»Welche Karten?« Otto lachte.

Carvis sah die Verzweiflung in ihrem Gesicht und ballte die Fäuste, bis die Knöchel schmerzten. Er machte einen Schritt auf sie zu.

»Captain, nicht.« Krokovski hielt seinen Arm wie ein Schraubstock. »Kommen Sie.«

Bert zog auf der Liege hinter Lisa eine Wolldecke zur Seite und betrachtete den Verwundeten. Selbst aus einiger Distanz konnte Carvis das verschwitzte Gesicht, die ausgehöhlten Augen erkennen.

»Eindeutig fronttauglich.« Bert packte den Soldaten an der Schulter und setzte ihn auf. Der Kopf des Jungen baumelte unkontrolliert.

»Lassen Sie meinen Bruder in Ruhe.« Lisa drehte und wand sich, riss eine Hand los und gab Bert einen Schubs. Der Feldjäger verlor das Gleichgewicht und fiel zu ihrem Bruder auf die Liege. Mit einem Aufschrei wälzte er sich herum, sprang auf und schlug Lisa ins Gesicht. Ihr Kopf flog zur Seite. Otto fing ihre Hand wieder ein und hielt sie fest. Benommen hing sie in seinem Griff.

Krokovskis Finger bohrten sich in Carvis' Schulter, aber er merkte kaum, wie er den Sergeant abschüttelte. Mühnke winkte von Weitem, aber Carvis beachtete ihn nicht. Er schob sich zwischen den Feldbetten durch und blieb hinter Otto stehen.

»Soldat, lassen Sie sofort die Frau los!«

Erschrocken zuckten die Feldjäger zusammen und fuhren herum. Otto ließ Lisas Hände fallen, als hätte er sich verbrannt. Langsam sank sie zu ihrem Bruder auf die Liege und rieb sich die Handgelenke.

»Und nehmen Sie gefälligst Haltung an, wenn ein Offizier mit Ihnen spricht.«

»Jawohl, Herr Hauptmann.« Otto stand stramm.

»Verschwinden Sie«, sagte Carvis. »Betätigen Sie sich woanders. Hier werden Sie nicht gebraucht.«

Lisa zog die Decke um ihren Bruder und sah mit gerunzelter Stirn auf. Ihre Wange schwoll feuerrot an, ihre braunen, fast schwarzen Augen sprangen zwischen Carvis und den Feldjägern hin und her.

Carvis wartete, dass die beiden Militärpolizisten abmarschierten, aber Otto und Bert rührten sich nicht. Aus dem Augenwinkel registrierte er, wie Krokovski sich mit Bergmann wieder Richtung Hintertür bewegte.

»Worauf warten Sie? Haben Sie meinen Befehl nicht verstanden?«

»Mit Verlaub, Herr Hauptmann, diese Frau hat uns in der Ausübung unserer Pflicht behindert.« Bert sah Carvis in die Augen, und der Amerikaner spürte den Widerstand, die Auflehnung darin. »Sie muss bestraft werden.«

»Sind Sie noch ganz dicht?« Lisas Stimme zitterte vor Zorn. »Bestrafen? Wofür? Sind Sie stolz darauf, dass Sie kranke Menschen aus ihren Betten reißen und in den Tod schicken? Warum sind Sie nicht an der Front? Gesund genug sehen Sie aus.«

Bert schnappte nach Luft und verschluckte sich, als im Hof ein Schuss fiel. Neubauer tauchte wieder auf, rannte in Mühnkes Operationszimmer und knallte die Tür hinter sich zu. Feldjäger trieben Verwundete vom Hof zurück in den Saal. Krokovski änderte mit Bergmann abrupt die Richtung und bog in den hintersten Teil des Lazaretts ab. Und plötzlich bemerkte Carvis, dass die zwei Feldjäger ihn nicht mehr ansahen, sondern über seine rechte Schulter starrten. Bert grinste, und auf Ottos Gesicht machte sich Erleichterung breit.

»Was ist hier los?« Die Stimme in Carvis' Rücken klang ruhig, fast leise, doch ihm wurde heiß und kalt. Es war der Feldjäger-Leutnant.

»Wir wollten diesen Verletzten kontrollieren, Herr Leutnant, aber die Furie hat …«

»Ach, halten Sie doch den Mund!«, fuhr Carvis Otto an und drehte sich um. Er musterte den Offizier mit heruntergelassenen Mundwinkeln. »Ihre Männer haben sich unmöglich verhalten, Leutnant. Bringen Sie Ihre Schergen gefälligst unter Kontrolle. Der Junge ist nicht einsatzfähig. Das sieht ein Blinder, er …«

»Er hat eine Lungenentzündung.« Stabsarzt Mühnke eilte mit Riesenschritten herbei. »Lassen Sie ihn liegen, sonst können Sie auch gleich sein Grab schaufeln.«

»Wer für den Endkampf von Nutzen ist, entscheide ich«, sagte der Leutnant. »Wir alle haben eine Verpflichtung gegenüber dem Führer, Doktor.«

»Von mir aus«, erwiderte Mühnke. »Wenn Sie ihn aus dem Bett zwingen, unterzeichnen Sie sein Todesurteil. Hilft das dem Führer?«

»Übertreiben Sie es nicht, Doktor. Wenn wir Sie hier nicht unbedingt brauchen würden, könnte ich mir auch für Sie eine andere Verwendung vorstellen.«

Mühnke zuckte unbeeindruckt mit den Schultern. »Nur zu.«

»Und was machen Sie hier, Herr Hauptmann?« Der Leutnant wandte sich Carvis zu. »Verletzt sind Sie nicht, oder?« Sein Blick fixierte Carvis, umklammerte ihn, als könnte er die Wahrheit aus dem Amerikaner pressen.

»Wir waren auf dem Weg in die Reichskanzlei, und unser …«

»Soldbuch und Marschbefehl.« Der Leutnant verzog keine Miene und hielt die Hand auf. »Bitte.«

»Sie erteilen mir keine Befehle, *Leutnant*. Sie werden sich gegenüber Generalfeldmarschall Keitel zu verantworten haben, dass Sie uns hier aufhalten.«

»Sie sind *nicht* an der Front, Herr Hauptmann. Sie halten sich *ohne Verwundung* im Lazarett auf. Da habe ich *jede* Autorität, Sie zu überprüfen. Auch wenn Sie einen höheren Rang haben. Soldbuch und Marschbefehl.«

Jedes Wort traf Carvis wie eine Ohrfeige. Die Situation glitt ihm aus den Händen wie ein schmieriges Stück Seife. Die beiden Feldjäger rückten näher an ihn heran. Er überlegte kurz, ob er den Ärmel seiner Uniformjacke zurückziehen und den Streifschuss am Unterarm zeigen sollte, als ihm schlagartig bewusst wurde, in welche Lage er sich gebracht hatte. Mechanisch zog er das zerlesene Soldbuch des verblichenen Hauptmann aus der Uniform und streckte es dem Leutnant entgegen.

»Der Marschbefehl ist verbrannt. Ein Jagdbomber hat unser Fahrzeug angegriffen und …«

»Passierschein?« Der Leutnant sah nicht auf, sondern betrachtete das Foto im Soldbuch.

»Auch verbrannt«, erwiderte Carvis. »Alle Papiere waren in meiner Aktentasche, die …«

»Festnehmen. Die Frau auch.«

Hände griffen nach Carvis' Oberarmen, zerrten die Maschinenpistole von seiner Schulter und zogen die Walther aus der Pistolentasche. Lisa schrie auf, als Bert sie grinsend am Kragen hochriss.

»Moment.« Carvis versuchte, sich zu befreien. »Die Papiere sind verbrannt, verdammt noch mal.« Er fuhr herum und hielt seine MP am Gurt fest.

»Schluss jetzt«, rief der Leutnant. »Das ist nicht Ihr Soldbuch. Sie sind ein Lügner, ein Deserteur.«

Ein Fußtritt traf Carvis in die Kniekehle. Er stürzte nach hinten, als etwas Hartes gegen seinen Kopf schlug.

Sergeant Krokovski sah Carvis zu Boden gehen. Im Lazarett brach Panik aus, als Feldjäger den Fluchtweg über den Hof abriegelten. Verwundete humpelten zu den Ausgängen, nur um von Militärpolizisten wie verirrte Schafe eingefangen zu werden. Ein Flakhelfer brach in Tränen aus und rollte sich auf dem Boden zusammen. Die Gruppe »fronttauglicher Freiwilliger« wuchs.

Krokovski dachte nach. Bergmann hatte er unter Kontrolle, aber alle Ausgänge waren blockiert. Ein Fluchtversuch war aussichtslos. Vielleicht hatten die Feldjäger genug, bevor sie das Ende des Lazaretts erreichten. Er würde sich mit

Bergmann in der hintersten Ecke auf eine Liege legen und still verhalten. Untertauchen, tot stellen. Eine bewährte Taktik, wenn der Feind die Oberhand gewinnt.

Ein Militärpolizist kam auf ihn zu, legte den Karabiner an und sagte etwas.

»Ja, ja«, erwiderte Krokovski, er verstand sowieso kein Wort. Er machte einen schnellen Schritt zur Seite, schob mit der linken Hand den Gewehrlauf aus dem Weg und stieß dem Feldjäger den rechten Ellenbogen ins Gesicht. Dessen Nase knackte, und der Deutsche taumelte nach hinten. Krokovski setzte nach, rammte ihm die Faust unter das Kinn. Der Feldjäger schlug auf den Betonboden und blieb liegen.

Als Krokovski sich wieder umdrehte, war der Professor verschwunden.

Paul Bergmann hatte genug. Von Amerikanern, von Tod und Gewalt, von Leuten, die auf ihn schossen oder ihn herumschubsten. Er wollte zurück in sein geordnetes Leben als Wissenschaftler und privilegierte Respektsperson. Das stand ihm zu, mit dem Rest hatte er nichts zu tun.

Als der Militärpolizist Krokovski stoppte, drehte Bergmann sich einfach um und lief den Gang entlang. Aus sicherer Entfernung beobachtete er, wie Feldjäger Carvis fortschleppten und die Frau abführten. *Nun ist es an der Zeit, an sich zu denken,* dachte Bergmann. Er würde ins Kaiser-Wilhelm-Institut zurückkehren und seine Arbeit fortsetzen. Als wäre nichts geschehen. Falls man ihn verhörte, würde er alles abstreiten und sich empört auf den Führer berufen.

Bergmann ging durch die Bettreihen, schlängelte sich an armseligen Gestalten vorbei, die zur letzten Reserve des

Reiches berufen wurden. Niemand interessierte sich für ihn. Vor ihm hüpfte ein SS-Mann mit einem bandagierten Fuß auf einem Bein und hielt zwei Militärpolizisten mit einer Holzkrücke auf Abstand, die er wie eine mittelalterliche Keule schwang. Kameraden kamen ihm zu Hilfe, die Feldjäger riefen nach Verstärkung. Das Handgemenge breitete sich aus, und plötzlich steckte Bergmann fest. Er kehrte um, wollte einen Haken schlagen – und erschrak.

Stanislaw Krokovski entdeckte den Professor am Rand einer Schlägerei. Der Amerikaner fühlte sich wie im Auge eines Orkans. Der Lärm, das Geschrei flossen um ihn herum. Er nahm die Verfolgung auf. Im Gehen zog er seine Pistole und schraubte den Schalldämpfer auf den Lauf.

Die Mission war endgültig gescheitert. Dies war die ausweglose Situation, von der Major Kelley bei ihrer Trennung gesprochen hatte. Plötzlich wurde Krokovski klar, dass er heute vielleicht sterben würde. Feldjäger überschwemmten das Lazarett, es war nur eine Frage der Zeit, bis sie ihn stellten und niederkämpften. Der Gedanke schockierte ihn nicht. Er hatte mehr Einsätze überlebt, als er erwartet hatte. Vielleicht war dies endgültig der letzte. Krokovski HASSTE die Deutschen. Und er HASSTE die Russen. 1907 hatte seine Mutter Warschau verlassen. Mit dem zweijährigen Stanislaw auf dem Arm und seiner Schwester Katharina an der Hand war sie in der Nacht geflohen, in der die Geheimpolizei des Zaren ihren Ehemann ermordet hatte. Die Vereinigten Staaten hatten die Familie aufgenommen und ihr Schutz geboten. Als Zehnjähriger hatte Krokovski Geschichtsbücher und Landkarten studiert, hatte nachverfolgt, wie Deutschland und Russland

Polen über Jahrhunderte immer wieder zu Gebietsabtretungen gezwungen hatten. Bis nichts mehr übrig war. Nur die USA konnten Faschisten und Kommunisten die Stirn bieten. Und damit das so blieb, würde er ohne zu zögern Kelleys finalen Befehl ausführen.

Krokovski hielt die Automatik neben dem Oberschenkel und spannte den Hahn.

»Halt!«

Der Sergeant blieb stehen und drehte sich langsam um. Vier Meter hinter ihm stand ein Feldjäger, breitbeinig, beide Daumen in die Koppel unter einem respektablen Bauch eingehakt. Versetzt dahinter blickte ein zweiter, blutjunger Militärpolizist unsicher zwischen Krokovski und dem Dicken hin und her, die Maschinenpistole auf den Amerikaner gerichtet.

»Wohin so eilig?« Der Dicke grinste.

Krokovski trat nach rechts, sodass der Dicke das Schussfeld des Jungen blockierte, und feuerte ihm zweimal in die Brust. Die Pistole gab nicht mehr als ein Husten von sich. Noch ein Schritt, noch zweimal Husten, und der Junge fiel neben den Dicken.

Sofort wandte sich Krokovski wieder Bergmann zu. Ihm blieb nicht viel Zeit. Wenn Bergmann es nach draußen schaffte, hatte er versagt. Kelleys Befehl war eindeutig. »Wenn Sie den Professor nicht aus Berlin rausbringen, darf er weder Deutschen noch Russen lebend in die Hände fallen. Vorher müssen Sie ihn töten.«

Bergmann sah Krokovski die beiden Militärpolizisten niederschießen. Ihre Blicke kreuzten sich. Ihm wurde eiskalt, dann schwitzte er am ganzen Körper. Der Amerikaner fixierte ihn wie ein Leopard seine Beute. Bergmann suchte einen Fluchtweg, aber die Feldbetten standen auf beiden Seiten dicht an dicht, und vor ihm prügelten sich SS und Militärpolizei. Verzweifelt stieg er auf eines der Betten. Mit rudernden Armen balancierte er den Rahmen entlang, trat auf etwas Weiches und schwankte auf die nächste Liege. Der gespannte Stoff gab nach, doch er hielt. Bergmann blickte zurück und sah Krokovski die Pistole mit dem wulstigen Schalldämpfer heben. Im selben Moment blieb er mit dem Fuß an einer Schlaufe hängen und fiel auf einen alten Mann mit Kopfverband. Bergmann hörte ein Zischen am Ohr, eine Kugel schlug in den Betonpfeiler neben ihm. Panisch krabbelte er auf das nächste Bett, als ein zweites Geschoss an ihm vorbeipfiff. Er verlor das Gleichgewicht, rollte von der Liege und fiel in das Getümmel aus Feldjägern und SS. Krokovski war sieben, acht Meter hinter ihm, die Waffe im Anschlag.

»AMERIKANER.« Bergmann schrie in Todesangst.

Alle erstarrten.

»Der Amerikaner will mich töten. Ich bin Berater des Führers. Hilfe.« Bergmann zeigte auf Krokovski, Worte platzten aus ihm heraus. Er rutschte auf allen vieren rücklings über den Boden, verschanzte sich hinter einer Phalanx aus Hosenbeinen und Stiefeln. Krokovski blieb stehen. Ein Militärpolizist rief nach ihm, aber der Amerikaner reagierte nicht. Die schallgedämpfte Pistole spuckte, und der SS-Mann mit der Krücke brach neben dem Professor zusammen. Drei, vier Deutsche rissen ihre Waffen hoch.

»Nicht schießen, ich will den Ami lebend.« Der Feldjäger-Leutnant stürmte an Bergmann vorbei, trat ihm auf die Hand und schob sich durch seine Männer. »Packt ihn!«

Krokovski schoss zweimal und fischte mit der anderen Hand die Maschinenpistole hinter dem Rücken hervor. Doch die Militärpolizisten überrannten ihn, bevor er noch einen Schuss abgeben konnte. Von allen Seiten fielen sie ihn an, drehten seine Arme auf den Rücken und traten ihm die Beine weg. Begleitet von einer Kaskade obszöner Flüche sah Bergmann den unverwüstlichen Sergeant stürzen.

»Woher wussten Sie, dass er Amerikaner ist?« Der Feldjäger-Leutnant bückte sich und half Bergmann auf. »Sind Sie Professor Bergmann? Sie werden überall gesucht.«

»Ja.« Bergmann antwortete reflexhaft. Seine Knie zitterten, und seine Handgelenke schmerzten. Er war am Ende seiner Kräfte und verwirrt. Der Leutnant betrachtete ihn ausdruckslos. Blinzelte nicht, blickte nicht zur Seite, sah ihn einfach an.

»Warum wollte er Sie töten? Sind noch mehr Amerikaner im Lazarett?«

Bergmann sagte nichts, aber sein Blick suchte Carvis, der mit der jungen Frau neben dem Haupteingang in Handschellen auf dem Boden saß.

»Beantworten Sie meine Fragen, Professor. Wieso sind Sie aus dem Kaiser-Wilhelm-Institut verschwunden?« Der Leutnant folgte Bergmanns Blick und musterte Carvis.

»Ich bin Berater des Führers.«

»Wurden Sie entführt? Waren Sie mit den Amis verabredet? Haben Sie die Amerikaner erwartet, Professor?«

Bergmann konnte den Leutnant nicht ansehen. Die Fragerei setzte ihn unter Druck. Gedanken rasten durch seinen Kopf. *Bloß nichts Falsches sagen.* Während er über eine Frage nachdachte, kam die nächste. Und die nächste. Ein Trommelfeuer aus Fragen. Er hatte Durst. Er hatte seit dem Abend nichts getrunken. Seine Zunge klebte wie eine aufgequollene Wurst am Gaumen. Er konnte sich nicht konzentrieren.

»Ich weiß es nicht.« Wieder kam die Antwort von selbst. Wie Krokovski ging er unter dem Ansturm zu Boden. Nur mental.

Der Leutnant betrachtete ihn eine weitere Minute und winkte zwei seiner Männer heran.

»Den nehmen wir auch mit.«

»An die Front?«

»Nein, natürlich nicht, Schlaumeier. Den Professor, den Amerikaner und die beiden dort hinten setzen Sie mit vier Mann Bewachung in einen Lkw. Ich fahre vorne mit.«

»Und wohin?«

»Prinz-Albrecht-Straße. Gestapo-Hauptquartier.«

XXIX

BERLIN, GESTAPO-HAUPTQUARTIER,
25. APRIL 1945, 05:28 UHR

»Guten Morgen, Herr Carvis.«

Der viereckige Raum hatte keine Fenster. Weiße Keramikfliesen bedeckten den Boden und reichten an den Wänden bis zur Decke. Zwei Glühbirnen leuchteten in schmucklosen Lampenschirmen. Carvis saß auf einem Holzstuhl, die Hände hinter der Lehne mit Handschellen gefesselt.

Ein schmächtiger Mann in Gummischürze putzte an einem Waschbecken Werkzeug. Er beachtete den Amerikaner nicht, sondern schrubbte mit gerunzelter Stirn Sägen, Zangen und Skalpelle. Anschließend trocknete er jedes Instrument penibel mit einem Stofflappen, bevor er sie der Größe nach auf einem Metalltisch aufreihte. Carvis konnte den Blick nicht von den Folterwerkzeugen wenden. Er presste beide Füße auf den Boden, um nicht am ganzen Körper zu zittern. Gewaltsam drehte er den Kopf und sah zur dritten Person im Raum. An einem Schreibtisch aus dunkelbraunem Holz saß ein Bankdirektor. Zumindest stellte sich Carvis so einen Bankdirektor vor. Ein älterer Herr in dunkelgrauem Anzug, mit farblich passender Krawatte und weißem Hemd mit silbernen Manschettenknöpfen. Dazu eine Brille mit runden Gläsern und ein Haarkranz. Mit spitzen Fingern rückte der Bankdirektor einen roten und einen beigen Hefter neben einem Telefon zurecht.

»Mein Name ist Dr. Maximilian Herzog.«

Carvis fuhr sich mit der Zunge über die Lippen.

»Gestern Abend hatte ich ein Gespräch mit Professor Bergmann«, sagte Herzog. »Ein angenehmer Zeitgenosse. Außerdem habe ich natürlich Ihre Akte studiert.«

»Meine Akte? Die Gestapo hat eine Akte über mich?« Carvis war so überrascht, dass er kurz seine Angst vergaß.

»Natürlich, von 1936. Sie haben doch nicht geglaubt, dass Sie als Amerikaner einfach in Berlin rumspazieren. Wir haben Sie selbstverständlich überwacht.«

Herzog zog einen Füllfederhalter aus seinem Jackett und schraubte die Kappe ab.

»Professor Bergmann war sehr entgegenkommend. Als Nationalsozialist und Bewunderer des Führers ist das natürlich eine Selbstverständlichkeit. Ich weiß alles über Ihr abenteuerliches Unterfangen. Allerdings müssen wir ein paar Details klären. Wenn Sie kooperieren, Herr Carvis, sind wir schnell fertig und können Sie an einem gastlicheren Ort unterbringen als die Zelle, in der Sie die Nacht verbracht haben.«

Carvis schluckte. Durch den Schlag auf den Kopf hatte er die Fahrt zum Gestapo-Hauptquartier nur bruchstückhaft wahrgenommen. Er erinnerte sich an die Lkw-Pritsche und den Gestank eines Holzvergasers. An Krokovskis Flüche und Lisas Proteste, als sie in den Zellenblock gezerrt wurden. An die Schreie in der Nacht. Das Hämmern in seinem Kopf und die Angst vor dem, was kommen würde, hatten ihn die ganze Nacht an den Rand des Zusammenbruchs getrieben.

»Ich habe nichts zu sagen.« Carvis versuchte, Herzogs Blick standzuhalten – und zuckte zusammen, als der Mann mit der Schürze etwas ins Waschbecken fallen ließ.

Herzog lachte. »Keine Angst, lieber Carvis. Engelhardt räumt nur auf. Das letzte Verhör war etwas, sagen wir, unerfreulich. Manche Menschen sind so störrisch, da sind härtere Methoden angebracht. Das wird bei Ihnen aber nicht nötig sein. Niemand wird Ihnen ein Haar krümmen.«

Engelhardt fing an zu pfeifen.

Carvis antwortete nicht. Ein Presslufthammer randalierte hinter seiner Stirn, und er glaubte kein Wort. Irgendetwas wollten sie wissen, sonst wäre er nicht hier.

»Wieso haben Sie Professor Bergmann entführt, und wo wollten Sie ihn hinbringen?« Herzog fragte in einem Plauderton, als wollte er sich über Kunst unterhalten.

»Wir haben ihn nicht entführt, der Professor ist freiwillig mitgekommen. Ich musste ihn nicht einmal überreden.«

»Glauben Sie ernsthaft, dass ich Ihnen das abnehme?« Herzog lächelte.

»Das ist Ihre Sache. Dem Professor konnte es gar nicht schnell genug gehen.«

Herzog neigte den Kopf zur Seite. »Professor Bergmann hat mir versichert, dass Sie ihn mit vorgehaltener Waffe entführt haben. Sie haben gedroht, ihn zu erschießen, wenn er nicht mit Ihnen geht. Mit dieser Waffe.«

Herzog zog die schallgedämpfte Automatik aus einer Aktentasche neben seinem Stuhl und hielt sie wie ein Beweisstück hoch. »Professor Bergmann ist ein bedeutender Wissenschaftler, der Führer bewundert ihn und schätzt seinen Rat. Warum sollte er freiwillig mit Ihnen gehen? Lächerlich, meinen Sie nicht?« Herzog legte die Waffe auf den Tisch.

Carvis zuckte mit der Schulter. »Professor Bergmann war vor allem an Gold und einem Haus in den Vereinigten Staaten interessiert. Von Loyalität zum Führer hat er nicht gesprochen.«

Herzogs Lächeln hielt, aber seine Augen verengten sich.

»Gut, darauf kommen wir später zurück. Wer hat Ihnen in Berlin geholfen?«

»Niemand, das war eine rein amerikanische ...«

»Das ist Unsinn, und das wissen Sie.« Herzogs Stimme wurde lauter. »Eine Operation dieser Art führt man nicht ohne Unterstützung vor Ort durch. Sie haben sich in dem Lazarett mit dem Stabsarzt getroffen. War er Ihr Kontakt? Oder diese Frau, für die Sie sich so ritterlich eingesetzt haben? Hat sie mit Ihnen zusammengearbeitet?«

»Nein, wir sind durch Zufall in das Lazarett geraten. Bergmann wurde verwundet. Der Arzt ...«

Herzog stand auf, umrundete den Tisch und flüsterte in Carvis' Ohr. »Herr Carvis, Sie und Ihr amerikanischer Sergeant sind in Uniformen der Wehrmacht aufgegriffen worden. Sie haben Sabotageakte durchgeführt und deutsche Truppen angegriffen. Als Agenten hinter den feindlichen Linien. Dafür können wir Sie hinrichten. Sofort. Also hören Sie auf, meinen Verstand zu beleidigen und mich anzulügen.«

Herzog sah Carvis in die Augen. Die Unterhaltung zwischen zwei Gentlemen war vorüber.

»Darum frage ich noch einmal, Herr Carvis: Wer war Ihr Kontakt in Berlin? War es eine einzelne Person oder ein Netzwerk?«

»Es gab keinen Kontakt. Die Mission ging schief, es war gar nicht vorgesehen, dass ...«

»Wir können das auch anders machen.« Herzog ging zu seinem Stuhl zurück. »Vielleicht sollte ich rausgehen und noch einmal mit Professor Bergmann sprechen. Er ist hier auf dem Gang in einem anderen Zimmer. In der Zwischenzeit kann sich Engelhardt mit Ihnen unterhalten. Allerdings redet Engelhardt nicht viel. Vor allem stellt er keine Fragen. Er hat einfach Spaß an seiner Arbeit, ohne viele Worte. Stimmt's, Engelhardt?«

»Sehr viel Spaß, Herr Doktor.«

»Wissen Sie, Engelhardt ist ein Sammler. An einem amerikanischen Offizier hat er bisher nicht gearbeitet. Er hat regelrecht darum gebettelt, Sie zum Reden bringen zu dürfen. Ich kriege langsam Zweifel, ob es richtig war, ihm diesen Wunsch zu verweigern. Betrachtet man die Umstände, wird sich ihm die Möglichkeit kaum ein zweites Mal bieten.«

»Es gibt keine Helfer in Berlin.« Die Worte sprudelten aus Carvis heraus. Sein Unterhemd klebte am Rücken, ein Schweißtropfen startete von der Stirn die Schläfe hinunter. Die Situation war aussichtslos. Er sagte die Wahrheit, aber Herzog glaubte ihm nicht und würde ihn foltern lassen.

»Also, Herr Carvis. Wir beide wissen, dass Sie sich der Form halber eine Zeit lang widersetzen müssen. Aber als intelligenter Mensch wissen Sie, dass Sie mir früher oder später alles erzählen werden.«

Carvis entgegnete nichts. Der verdammte Nazi hatte recht. Sobald Gewalt ins Spiel kam, würde er reden, er war kein Held. *Ich muss ihm etwas erzählen, ihn irgendwie zufriedenstellen,* dachte Carvis.

»Bergmann sollte auf amerikanisch kontrolliertes Gebiet gebracht werden.« Carvis ließ den Kopf hängen, als hätte er resigniert.

»Warum?«

»Seine Forschung über mechanische Koppelkonstanten ist unentbehrlich für die Herstellung von Panzergetrieben.« Carvis fiel nichts Besseres ein. Er hoffte, dass Herzog sich nicht mit Physik auskannte, denn die Antwort war frei erfunden.

»Aha, langsam kommen wir der Sache näher.« Herzog sah Carvis eine Sekunde an und hob den Telefonhörer. Er wählte eine einzelne Nummer. »Wir sind so weit«, sagte er und legte wieder auf.

»Herr Carvis, ich verstehe nichts von Physik. Aber ich verstehe etwas von Menschen, und ich glaube, dass Sie Spielchen spielen und mich nicht ernst nehmen.«

»Nein, im Gegenteil, ich …«

»Seien Sie still!« Herzog schrie völlig außer sich. »Sie hatten Ihre Gelegenheit. Jetzt müssen Sie die Konsequenzen tragen.«

Die Anspannung war unerträglich. Der Presslufthammer in Carvis' Kopf dröhnte, seine Augen schmerzten im künstlichen Licht. Herzog starrte ihn mit verschränkten Armen an. Engelhardt war mit dem Säubern fertig und trommelte mit den Fingern einen Militärmarsch auf dem Metalltisch. *Ram Tam Tatatam.* Alle dreißig Sekunden sah Herzog zur Tür. *Ratatatam.* Carvis' Kopf sackte nach vorne, und er schloss die Augen. *Rat Tat Tatatatat.*

Plötzlich knallte von außen ein Riegel, die massive Stahltür schwang auf. Carvis zuckte hoch und prallte zurück. *Nein,* rebellierte es in ihm. *Nur das nicht.*

Zwei Soldaten stießen Lisa Reinhardt durch die Tür. Ihre Hände waren auf den Rücken gefesselt. Der blaue Mantel war verschwunden, ihr Kleid verdreckt und an einer Naht eingerissen. Die braunen Haare klebten am Kopf, als hätte sie die Nacht auf dem Boden gelegen. Lisas Blick sprang hin und her, tastete den Raum ab und blieb an den Folterwerkzeugen hängen. Ihre Augen weiteten sich. Sie stemmte sich gegen die Männer, die sie auf einen zweiten Stuhl drückten, sie festbanden und ihre Unterarme und Hände flach auf der breiten Armlehne fixierten. Ihre Blicke trafen sich. Plötzlich wusste Carvis, was schlimmer als die grausamste Folter sein würde: *Ihre* Qualen ansehen zu müssen.

»Sollen wir sie knebeln oder ausziehen?«, fragte einer der Soldaten.

»Nein, nein, nicht knebeln«, antwortete Herzog. »Er soll ihre Schmerzen hören.«

»Das Ausziehen übernehme ich.« Engelhardt hob eine Hand wie im Schulunterricht.

Carvis zerrte an den Handschellen. Schon diese Worte waren unerträglich.

Herzog beobachtete ihn, machte sich eine Notiz auf einem Block und wartete, bis die Männer den Raum verlassen hatten.

»Herr Carvis, wer hat Ihnen in Berlin geholfen?«

Carvis' Magen verkrampfte. Hilflos sah er Lisa an.

»Wir hatten keine Hilfe. Das habe ich schon gesagt, glauben Sie mir.«

Herzog erwiderte nichts, sondern schnippte mit den Fingern in Lisas Richtung. Engelhardt stellte sich hinter sie. Mit der linken Hand hob er den Stoff ihres Kleides an einer Schulter und stach mit einem Skalpell hinein. Lisa zuckte zusammen.

»Rühr sie nicht an, du Schwein!« Carvis sprang auf, doch die Handschellen hielten ihn am Stuhl, und er fiel zurück.

Engelhardt sägte mit der dünnen Klinge durch den grauen Stoff. Er zerschnitt das Kleid entlang der Schulter, an den

Armen und den Seiten, bis er es Lisa in großen Fetzen vom Körper zog. Sie presste den Mund und die Beine zusammen und gab keinen Laut von sich. Carvis sah Tränen in ihren Augen, ihr weißes Unterhemd färbte sich hellrot, wo Engelhardt ihre Haut geritzt hatte. Herzog schnippte wieder mit den Fingern, und Engelhardt ließ das Skalpell sinken.

»Wir arbeiten nach meinen Regeln, Herr Carvis. Ich hoffe, das haben Sie jetzt verstanden. Aber seien Sie ohne Sorge. Ihnen passiert nichts, und Fräulein Reinhardt muss keine Fragen beantworten. Wie finden Sie das?«

»Sie perverser Feigling.« Carvis spuckte Herzog die Worte ins Gesicht.

Der Bankdirektor lachte.

»Ich bitte Sie. *Sie* haben diese Form der Unterhaltung gewählt. Was glauben Sie, warum *ich* Sie verhöre und nicht ein debiler Rüpel von der SS? Weil ich Antworten liefere, deren Wahrheitsgehalt unbestritten ist.«

»Letztes Jahr«, fuhr er fort, »nach dem hinterhältigen Attentat auf den Führer, habe ich Dutzende Offiziere verhört, die glaubten, sie könnten mir Märchen erzählen. Genau wie Sie. Zuerst haben wir es mit Engelhardts Methode probiert. Doch unter extremen Schmerzen erzählt Ihnen ein Mensch alles, was Sie hören wollen. Wenn Sie wie ich auf der Suche nach der Wahrheit sind, können Sie damit nicht viel anfangen.« Herzog lächelte. »Effektiver ist es, wenn Sie Frage und Schmerz körperlich trennen. Wenn ein Offizier gelogen hatte, mussten die Ehefrauen, die Mütter, die Schwestern und die Töchter vor ihren Augen dafür bezahlen. Engelhardt hat eine Vorliebe für die Töchter, besonders für die jungen. Jeder noch so kampferprobte Soldat wird zu einem flennenden Wrack, wenn Engelhardt die Knochen seiner zehnjährigen Tochter bricht. Sie haben mich angefleht, mir alles erzählen zu dürfen. Mit dieser Methode haben wir in kürzester Zeit die ganze Verschwörung gegen den Führer aufgedeckt. Wir haben sie alle erwischt. Adolf Hitler hat mir persönlich gedankt.«

Herzog wischte sich mit einem Taschentuch den Schweiß von der Stirn. »Jede Frage ist eine Vereinbarung zwischen uns, Herr Carvis. Wenn Sie wahrheitsgemäß antworten, erkaufen Sie sich Fräulein Reinhardts Unversehrtheit. Bevorzugen Sie, mir eine Antwort schuldig zu bleiben oder zu lügen, bezahlt Fräulein Reinhardt den Preis. Es ist Ihre Entscheidung. Haben Sie verstanden?«

Carvis nickte unbewusst. Er hatte keine Ahnung, was er machen sollte. Die Angst um Lisa lähmte jeden Gedanken. Herzog war wahnsinnig und Engelhardt ein Psychopath. Carvis betrachtete die junge Frau. Leichenblass, aber mit erhobenem Kopf saß sie in ihrer Unterwäsche auf dem Stuhl. Verdreckt, verletzt – und unbeugsam.

»Selbstgefälliger Schwätzer.« Mit zitternder Stimme schnauzte sie Herzog an. Der Verhörspezialist rückte erstaunt seine Brille zurecht, und Engelhardt rieb sich begeistert die Hände.

»Wieso Bergmann?« Herzog nahm seinen Füllfederhalter und wartete.

Carvis sah zu Lisa und zögerte keine Sekunde.

»Bergmann führt Forschungsergebnisse über eine neuartige Waffe mit sich. Eine Bombe, ausgelöst durch die Spaltung von Uran. Diese Waffe ist kriegsentscheidend.«

»Sie wollten Bergmann also fortschaffen, damit der Führer mit dieser Bombe nicht den Endsieg erringt?«

Carvis lachte. »*Sie* und Ihr Führer sind am Ende! Sie haben nicht mehr genug Zeit, die Bombe zu bauen.«

Wie zur Bestätigung schlug entfernt eine Granate in das Gebäude. Die Lampen flackerten, und Herzog sah irritiert zur Decke. Dann drehte er den Kopf zu Carvis. Und schnippte mit den Fingern.

»Das war nicht die Antwort auf meine Frage, Herr Carvis.«

Engelhardt setzte die Klinge an. Das Skalpell fuhr Lisas Schulter entlang, durchtrennte ihr Unterhemd und zog eine rubinrote Linie über ihre weiße Haut. Blut lief in dünnen Fäden an Rücken und Brust hinunter und färbte ihren Büstenhalter. Lisa stöhnte vor Schmerz.

Engelhardt wischte die Klinge an ihrer Wange ab und strich mit der Hand durch ihre braunen Haare.

»Nehmen Sie die Finger weg!« Carvis riss an den Handschellen.

»Herr Carvis«, rief Herzog. »Ich habe Ihnen die Regeln erklärt. Wenn Sie nicht kooperieren, haben Sie am Ende noch eine weitere Frau auf dem Gewissen.«

»Was soll das heißen? Was meinen Sie damit?«

»Na, wegen Ihnen hat sich doch diese Frau umgebracht.«

»Welche Frau?«, fragte Carvis. »*Wovon reden Sie?*«

Herzog zog den roten Hefter zu sich und schlug ihn auf. »Ich lese es Ihnen vor, wenn Sie mir nicht glauben.«

Er blätterte einige Seiten um, fuhr mit dem Zeigefinger eine Zeile entlang. »Hier steht es. Anna Körner starb am 21. Juni 1937 in einer Zelle in diesem Gebäude. Sie hat sich erhängt.«

XXX

BERLIN, GESTAPO-HAUPTQUARTIER,
25. April 1945, 07:02 Uhr

Annas Name traf Carvis wie ein Güterzug. Trotzdem verstand er Herzogs Worte nicht. Anna war … tot? Wegen ihm? Tränen schossen ihm in die Augen. Doch wo war der Zusammenhang? Er hatte Anna im Mai 1937 noch gesehen. Dieser katastrophale Tag an der Havel hatte sich in sein Leben, seine Seele gebrannt. Aber wieso sollte sie danach … in einer Zelle der Gestapo?

»Was wissen Sie über Anna, was haben Sie ihr angetan?« Seine Stimme klang wie ein Reibeisen. Herzog lächelte, und plötzlich hatte Carvis Angst vor der Antwort.

»Herr Carvis, *ich* stelle die Fragen.« Herzog zeigte auf Lisa. »Denken Sie an die Regeln. Also, von vorne. Wieso haben Sie Professor Bergmann entführt?«

Carvis sah Herzog stumm an, unfähig zu antworten. War er acht Jahre einem Geist hinterhergeirrt?

»Herr Carvis.« Herzog schlug mit der Hand auf den Tisch. »Konzentrieren Sie sich.«

Carvis zuckte zusammen. »Damit er den Russen nicht in die Hände fällt und sie sein Wissen für ihre Atombombe nutzen.«

In diesem Moment flog die Stahltür auf, und ein Wehrmachtsoffizier betrat den Verhörraum. Irritiert sah Herzog ihn an.

»Sie wünschen?«

»Major Walter Heinrich, ich bin für die Sicherheit von Professor Bergmann verantwortlich. Ist das der Amerikaner, der ihn entführt hat?«

»Ja, aber wir sind mitten im Verhör.«

»Das ist nicht zu übersehen.« Heinrich musterte Engelhardt abfällig und betrachtete Lisas Schnittwunden.

»Ich bin Dr. Maximilian Herzog. Sie müssen gehen, Major. Sie stören!«

Heinrich sah Herzog direkt ins Gesicht. »Ihr Name ist mir ein Begriff, Doktor. Sehr sogar. Ich will wissen, wie die Amerikaner den Professor entführt haben.«

»Das geht nicht. Verlassen Sie den Raum!«

Heinrich ignorierte Herzog und wandte sich Carvis zu.

»Wie haben Sie Professor Bergmann aus seinem Quartier geholt, und wie wollten Sie mit ihm Berlin verlassen? Verstehen Sie mich?«

»Oberst, ich wiederhole mich ungern.« Herzog legte eine Hand auf den Telefonhörer. »Verschwinden Sie, oder ich rufe die Wache.«

Heinrich drehte sich um, langte blitzschnell über den Tisch und fasste Herzog im Nacken.

»Halten Sie den Mund. Sie werden mitbekommen, wenn ich fertig bin.«

Herzog presste die Lippen zusammen, und Heinrich ließ ihn los. Er nahm die schallgedämpfte Pistole vom Tisch und streckte sie Carvis entgegen. »Ist das Ihre Waffe?«

»Nein«, erwiderte Carvis. »Sie gehört einem unserer Soldaten.«

»Aha, Sie sprechen Deutsch.«

»Herr Carvis hat einen deutschen Großvater und ist in Berlin aufgewachsen«, bemerkte Herzog mit finsterem Blick.

»Hervorragend. Das macht es einfacher«, sagte Heinrich. »Also?«

»Professor Bergmann war bereit, Berlin freiwillig zu verlassen. Seine einzige Sorge war die Verhandlung optimaler Bedingungen. Für sich selbst.«

»Das glaube ich aufs Wort«, sagte Heinrich. »Bergmann ist ein Opportunist der übelsten Sorte. Und mit dem näher kommenden Geschützfeuer der Bolschewiken gerät die fanatischste Überzeugung ins Wanken. Wie wollten Sie ihn aus der Stadt bringen?«

»Ein Flugzeug sollte uns abholen. Wir wurden aber von unserer Einheit getrennt und haben es nicht zum Treffpunkt geschafft.«

»Und dann? Wie sah der Reserveplan aus?«

»Es gab keinen.«

Heinrich schnaubte verächtlich. »Sie wollen mir erzählen, dass Sie mit dem Professor durch Berlin gerannt sind, von Patrouillen gejagt, und keine Idee hatten, wie Sie da wieder rauskommen? Das kaufe ich Ihnen nicht ab!«

»Ist aber so.« Carvis zuckte mit den Schultern.

»Ich glaube es trotzdem nicht.«

Heinrich zog das Magazin aus der Automatik, drückte mit dem Daumen die Patronen heraus und ließ sie auf den Tisch fallen. »Nachdem der ursprüngliche Plan fehlgeschlagen war … wie wollten Sie entkommen? Sie müssen doch irgendetwas gedacht haben? Oder wollten Sie auf die Russen warten?«

»Wir waren pausenlos auf der Flucht, sind mehrmals nur um Haaresbreite entkommen. Damit hatten wir genug zu tun.«

Heinrich nahm zwei Patronen und schob sie wieder ins Magazin.

»Zwei Schuss«, sagte er. »Wenn Sie mir nicht sofort verraten, wie Ihr Fluchtplan aussieht, ist die erste Kugel für die Frau und die zweite für Sie.«

Der Major steckte das Magazin in den Pistolengriff, lud die Waffe durch und zielte auf Lisas Kopf.

»Stopp, sind Sie wahnsinnig?« Herzog griff nach dem Telefon.

»Finger weg, Doktor! Carvis, beantworten Sie meine Frage.« Heinrich spannte den Hahn.

Carvis sah die schwarz glänzende Pistole in Heinrichs Hand, den zylindrischen Schalldämpfer auf dem Lauf, keine drei Meter von Lisas Kopf entfernt. Aus dieser Distanz konnte der Major selbst mit geschlossenen Augen nicht vorbeischießen. Lisa starrte auf die Mündung.

»Ich erzähle Ihnen alles, aber nehmen Sie die Waffe …«

»Falsche Antwort.« Heinrich drückte ab. Die Pistole gab ein hustendes Geräusch von sich, und eine leere Messinghülse fiel mit einem hellen Klingeln auf die Fliesen.

Herzog und Lisa schrien erschrocken auf.

Carvis suchte Lisas Körper mit den Augen ab, nach dem unvermeidlichen Loch in der Stirn. Aber sie war unversehrt. Hinter ihr fasste sich Engelhardt an die Brust. Blut quoll zwischen seinen Fingern hervor, und er brach mit einem erstaunten Ausdruck zusammen.

Heinrich schwenkte die Waffe auf Herzog, der mit gefletschten Zähnen zusah, wie Engelhardt zweimal am Boden zuckte und dann liegen blieb.

»Was sagt Ihnen der Name Johanna von Saalfeldt, Doktor?«

»Was?«, stammelte Herzog. »Ich verstehe nicht …«

»Doktor. Johanna von Saalfeldt. Denken Sie nach.«

»Ich weiß nicht …«

»Ich helfe Ihnen auf die Sprünge. Nach dem Anschlag auf den Führer haben Sie letztes Jahr Oberstleutnant von Saalfeldt verhört. Um ihn zum Reden zu bringen, haben Sie seine achtjährige Tochter gefoltert. Johanna.«

»Nein, nein, nein. Ich habe sie nicht gefoltert.« Herzog schüttelte heftig den Kopf. »Ich habe Frage und Schmerz getrennt, ich …«

»Dummerweise hatte Saalfeldt nichts mit dem Attentat zu tun«, sagte Heinrich. »Egal, was Sie seiner Tochter antaten, er konnte Ihnen nichts sagen. Nach zwei Tagen ist Johanna Ihrem Metzger unter den Händen weggestorben.«

»Das war nicht meine Schuld. Johannas Vater war ein Verschwörer, er …«

»Sie haben ihn hinrichten lassen, obwohl Sie ihm nichts nachweisen konnten. Seine Frau wurde in Sippenhaft genommen und hat sich die Pulsadern mit einem Messer aufgeschnitten, das man ihr zu diesem Zweck in die Zelle gelegt hatte. Sie haben die komplette Familie auf dem Gewissen.«

Herzog richtete sich auf und streckte Heinrich abwehrend beide Hände entgegen. Tränen liefen ihm die Wangen hinunter, und ein feuchter Fleck breitete sich auf seiner Hose aus.

»Ich habe nicht … was haben Sie damit zu tun?« Herzogs Stimme war heiser vor Angst.

»Ich bin Johannas Taufpate«, erwiderte Heinrich und schoss Herzog in den Kopf.

Carvis sah von Heinrich zu Herzog, dann wieder zu Heinrich. Er versuchte zu begreifen, was gerade passiert war. Der Major durchsuchte Herzogs Leiche, die zusammengekrümmt hinter dem Schreibtisch lag und ein rotes Spritzmuster auf den Fliesen hinterlassen hatte. In der linken Hosentasche fand Heinrich einen kleinen Schlüssel, trat hinter Carvis und schloss eine Handschelle auf. Stöhnend zog Carvis die Arme nach vorne und rieb seine wundgescheuerten Handgelenke. Verkrustetes Blut klebte an den Metallbügeln. Heinrich drückte Carvis den Schlüssel in die Hand und legte ihm die leer geschossene Automatik in den Schoß.

»Wie wollten Sie Berlin verlassen?« Der Major stellte sich vor die Tür und zog seine Armeepistole.

»Die Frage ist Ihnen wirklich wichtig, was?« Carvis öffnete behutsam den zweiten Bügel und ließ die Handschellen auf den Boden fallen.

»Es gibt zwei Möglichkeiten.« Heinrich zielte auf Carvis' Brust. »Entweder Sie überzeugen mich, dass Sie einen guten Fluchtplan haben, der uns aus Berlin rausbringt, oder …«

»Uns? Sie wollen mit uns fliehen?« Carvis traute seinen Ohren nicht.

»… oder ich bin vor fünf Minuten gerade rechtzeitig gekommen und habe Sie und die Frau erschossen, nachdem Sie Ihre Folterknechte überwältigt hatten und fliehen wollten.«

XXXI

BERLIN-FRIEDENAU, 25. APRIL 1945, 08:18 UHR

Der deutsche Stabsarzt saß mit ausgestreckten Beinen auf einem Feldbett, rauchte und unterhielt die ihn bewachenden Rotarmisten in gebrochenem Russisch mit Anekdoten der Berliner Nazi-Elite.

Der kommandierende Feldwebel, ein hartgesottener Veteran mit einem Geflecht aus Brandnarben im Gesicht und einem Lenin-Orden an der Uniform, errötete wie ein junges Mädchen, als er Yuri Patzejew Meldung machte. Kolja schmunzelte. Der Ruf des *Schwarzen Teufels von Minsk* begleitete Patzejew überallhin. Der Arzt hatte das Lazarett ohne Widerstand an die Rote Armee übergeben und den Russen sofort den toten Amerikaner gezeigt. Woraufhin der Feldwebel – gemäß Patzejews Befehl an alle russischen Truppen – schnellstens eine Nachricht abgesetzt hatte.

Kurz darauf präsentierte Stabsarzt Mühnke die Abscheulichkeiten im Hinterhof wie ein Museumsdirektor seine kostbarsten Exponate. Zuerst die zwei Meter hohe Wand aus Leichen, mehr als achthundert an der Zahl, vom Säugling bis zum Greis. Dahinter, unter einer Plane, der tote Amerikaner. Aufgedunsen, mit einem violetten Schimmer im Gesicht und von einem süßlichen Aroma umgeben, war er immer noch als das Kuriosum zu erkennen, das er war. Ein Kommandosoldat der US-Streitkräfte im großdeutschen Berlin.

Der Stabsarzt berichtete kopfschüttelnd, was sich am Tag zuvor zugetragen hatte. Von den deutschen Soldaten, die den schwerverletzten Amerikaner gebracht hatten. Von den Amis, die sich als Wehrmachtssoldaten ausgegeben hatten und verhaftet worden waren. Und von dem deutschen Professor, der mit den Amis gekommen war, sie aber an die Militärpolizei verraten hatte. Kolja schlug das *Buch der Dämonen* auf, und der Arzt erkannte Paul Bergmann, noch bevor die Seite richtig aufgeblättert war.

»Feldjäger haben den Professor, die Amerikaner und eine Frau ins Gestapo-Hauptquartier mitgenommen«, sagte Mühnke.

»Verdammt, ausgerechnet zur Gestapo.« Kolja klappte das Album zu und steckte es in die lederne Schutzhülle.

»Keine Sorge.« Patzejew grinste. »Wir wissen jetzt, wo Bergmann ist, das ist das Wichtigste. Selbst das Gestapo-Hauptquartier kann man stürmen. Wir holen uns den faschistischen Bastard.«

XXXII

BERLIN, GESTAPO-HAUPTQUARTIER,
25. APRIL 1945, 09:21 UHR

Maximilian Herzog roch nach Urin. Unter seiner Leiche sickerte eine gelbe Lache hervor und traf in den Fugen zwischen den Keramikkacheln auf das rote Rinnsal, das aus dem Loch in Engelhardts Brust tropfte.

»Und? Irgendwelche Einfälle?« Major Heinrich hielt seine Armeepistole immer noch mit ausgestrecktem Arm in der Hand.

Was für ein Irrsinn, dachte Carvis. *Mein Leben hängt davon ab, dass ich einem Wehrmachtsoffizier einen Fluchtplan aus Berlin liefere.* Sein Blick fiel auf Lisa, die ihn, Heinrich und die toten Deutschen mit aufgerissenen Augen musterte. *Und ihres auch,* fügte er in Gedanken hinzu. *Nur meinetwegen ist sie hier, wurde gefoltert und befindet sich in Lebensgefahr.* Sie sah ihn an. Er quälte ein Lächeln in sein Gesicht und nickte ihr zu. Und fühlte sich sofort schäbig, weil er ihr Zuversicht geben wollte, die er nicht empfand. *Ich bin für sie verantwortlich und werde sie nicht zurücklassen. Niemals.*

Bruchstücke einer Idee wanderten durch seinen Kopf. Im Lazarett hatte er über ihre Flucht nachgedacht, aber dann waren die Feldjäger aufgetaucht. Er begann die Einzelteile zu einem Plan zusammenzusetzen.

»Wir lassen uns westlich der Stadt abholen«, schlug Carvis vor. »Von einem Kleinflugzeug, das auf einem Feld oder einer Wiese landet. Aber …«

»Wie würde das ablaufen?«, fragte Heinrich.

»Wir fordern das Flugzeug über unsere Notfrequenz an, verlassen die Stadt und sind zur Abwechslung pünktlich am Treffpunkt.«

»Klingt simpel. Glauben Sie, dass das funktioniert?«

Carvis zuckte mit den Schultern. »Muss es wohl. Das Flugzeug ist der einfache Teil. Dazu reichen ein Funkgerät und eine Karte. Aber wie kommen wir hier raus? Aus dem Gebäude und der verfluchten Stadt.«

»Lassen Sie das meine Sorge sein, um diesen Teil kümmere ich mich.«

Heinrich nahm die schallgedämpfte Automatik, fegte die restlichen Patronen von Herzogs Schreibtisch und lud das Magazin nach.

»Sie wollen wirklich überlaufen?«, fragte Carvis. »Wieso?«

Heinrich schnaubte. »Schauen Sie sich doch mal um. In ein paar Tagen fällt die Stadt. Ich bin Offizier der Wehrmacht und habe den ganzen verdammten Krieg an der Ostfront gekämpft. Was glauben Sie, was die Bolschewiken mit mir machen? Ich habe nicht vier Jahre dieses Schlachthaus überlebt, um am Ende an einer Straßenecke wie ein Hund erschossen zu werden. Oder um in Sibirien in einem Gulag zu verrecken. Aber selbst wenn die Russen mich nicht kriegen, mein Heimatland ist zerstört, vom Feind besetzt. Meine Frau, Tochter, Eltern, alle tot. Was soll ich hier? Ich habe alles verloren. Für mich gibt es in Deutschland keine Zukunft. Darum will ich nach Amerika. Der Professor ist mein Einreisevisum, und Sie sind meine Atlantikpassage.«

Carvis sah den Major an und verstand. »Sie haben das geplant, Sie sind gar nicht zufällig hier.«

»Natürlich nicht.« Heinrich schob das Magazin in die Pistole und schüttelte den Kopf. »Mensch, Sie sind doch Offizier. Flexibel operieren, nicht festbeißen, immer eine alternative Strategie im Hinterkopf. Haben Sie das nicht gelernt? Seit ich für Bergmann verantwortlich bin, plane ich, ihn als Faustpfand einzusetzen. Eigentlich wollte ich mich mit ihm in letzter Minute zu den US-Truppen an der Elbe absetzen, doch dann sind Sie gekommen. Auch gut. Aber genug geredet. Machen wir uns auf den Weg. Stehen Sie auf.«

»Sie begleitet uns.« Carvis nickte in Lisas Richtung und rührte sich nicht.

»Wieso denn das? Damit …«

»Wir lassen sie nicht zurück. Keine Diskussion.«

»Von mir aus. Sie braucht allerdings was zum Anziehen. Übrigens … einer meiner Soldaten, Martin Reske, sichert draußen die Tür. Er kommt auch mit. Und Ihren Sergeant wollen Sie auch mitnehmen, oder?« Carvis nickte. »Gut, dann machen Sie die Frau los.«

Heinrich nahm den Telefonhörer ab. »Schicken Sie Professor Bergmann und den anderen Amerikaner in Verhörraum 11. Und bringen Sie eine Hose, ein Hemd und eine Jacke mit.« Ohne eine Antwort abzuwarten, legte der Major wieder auf.

»Wieso befolgen die Ihre Befehle? Sie sind doch gar nicht von der Gestapo. Oder doch?« Carvis ließ Engelhardts Skalpell sinken, das er an Lisas Fesseln angesetzt hatte.

»Nein, bin ich nicht. Ein barscher Befehlston, und schon springt der gute deutsche Soldat. Keine Angst, wenn ich Sie betrügen wollte, hätte ich Sie längst erschossen.«

»Wieso vertrauen Sie mir?« Carvis zerschnitt das Seil an Lisas Handgelenken.

»Tue ich nicht.« Heinrich hielt die schallgedämpfte Automatik hoch. »Aber hiermit werde ich immer in Ihrer Nähe sein.«

»Ich verstehe trotzdem nicht, wie wir aus dem Verhörraum und dem Gestapo-Gebäude rauskommen sollen«, sagte Carvis. »Man wird uns nicht einfach gehen lassen.«

»Warten Sie es ab. Wir nutzen die Gunst der Stunde.«

Der Major dirigierte den Ausbruch wie ein Ballett. Gemeinsam zogen sie die Leichen von Engelhardt und Herzog in den Winkel hinter der Tür. Lisa wischte sich das Blut vom Körper, und Heinrich drapierte sie wie eine Schaufensterpuppe mitten im Raum.

»Muss das sein?«, fragte Carvis, als Heinrich ihren Büstenhalter einige Zentimeter nach unten zog und Lisa seine Hand wegschlug.

»Ja, wir haben nur einen Versuch.« Mit beiden Händen drehte er ihren Stuhl, sodass sie im Halbprofil zur Tür saß. »Schlagen Sie die Beine übereinander, und lehnen Sie den Oberkörper leicht nach vorne.«

Wenige Minuten später klopften zwei Wärter mit Paul Bergmann und Krokovski an die Stahltür.

»Heinrich, Gott sei Dank«, entfuhr es Bergmann, nachdem der Major die Tür geöffnet hatte. Als der Professor Carvis bemerkte, verschluckte er sich und hustete verlegen.

Die Wärter schoben die Gefangenen herein, doch ihre Blicke wanderten über Lisas nackte Haut, verschwanden in ihrem BH, folgten den Linien ihrer Oberschenkel – und übersahen die notdürftig hinter der Tür versteckten Leichen. Heinrich schlug die Tür zu und schoss beide mit der schallgedämpften

Pistole nieder. Carvis sammelte die frische Kleidung auf, die einer der beiden unter den Arm geklemmt hatte. Sofort legte er eine braune Jacke um Lisas Schultern und reichte ihr Flanellhemd und Hose. Während sie sich anzog und die zu weite Hose mit dem Gürtel eines Wärters festband, erklärte Carvis dem Professor und Krokovski das Bündnis mit dem deutschen Major. Krokovski zog beide Augenbrauen hoch, und Bergmann versicherte, dass er es kaum erwarten könne, Berlin hinter sich zu lassen.

Und dann verließen sie Verhörraum 11.

Hitler-Büsten und rote Hakenkreuzbanner säumten den Gang. Stahltür reihte sich an Stahltür, nur zu unterscheiden durch die schwarzen Ziffern auf grauem Lack. Carvis' Herz raste. Ein Soldat mit zwei Maschinenpistolen trat ihnen in den Weg. Doch Heinrich nahm eine der Waffen und stellte den Gefreiten als Martin Reske vor.

Der Major führte die Gruppe in kompakter Formation durch das Stockwerk. Je weiter sie gingen, desto mehr verstand Carvis die »Gunst der Stunde«.

Rufe und Befehle hallten durch das Gebäude. Ein Trupp SS-Männer kam ihnen mit Maschinengewehren, Panzerfäusten und Munitionskisten im Laufschritt entgegen – und ignorierte sie. Verhörraum 2 stand offen, eine blutüberströmte Gestalt lag regungslos am Boden. Sonnenlicht schien durch geschwungene Fenster, die bis zur Decke ragten. Ein Aktenordner stürzte draußen an der Glasscheibe vorbei. Er drehte sich, die Deckel klappten auseinander, maschinenbeschriebene Blätter stoben wie Federn eines geplatzten Kissens in die Luft. In allen Stockwerken flogen bündelweise Hefter, Akten und Karteikästen aus den Fenstern und schlugen im papierübersäten Innenhof ein. Scheiterhaufen wirbelten Asche meterhoch, gefüttert von Soldaten, die Papier mit Schneeschaufeln in die Flammen schippten.

Carvis hörte Schüsse. In festem Takt. BAM, Pause, Pause, BAM, Pause, Pause, BAM.

Er reckte im Gehen den Hals, schaute tiefer in den Innenhof. Und schreckte entsetzt zurück. Männer und Frauen in grauer Gefängniskleidung knieten an einer Wand, die Hände auf den Rücken gefesselt. Ein Offizier arbeitete sich die schier endlose Reihe entlang. Setzte einen Pistolenlauf auf einen Hinterkopf, BAM, ging zwei Schritte weiter und setzte wieder an. BAM, Schritt, Schritt, BAM.

Carvis biss sich auf die Zunge, um nicht zu schreien. Er folgte Heinrich, konzentrierte sich auf Lisa an seiner Seite und umklammerte mit der linken Hand Annas Gestapo-Akte, die er aus dem Verhörraum mitgenommen hatte.

»Die verwischen ihre Spuren«, sagte Heinrich, und Carvis wusste nicht, ob der Major die Scheiterhaufen oder die Gefangenen meinte.

In der Eingangshalle stand ein Türflügel offen. Carvis sah den spärlichen Verkehr auf der Straße, eine Frau mit beigem Sommermantel, die durch die Sonne lief. Und eine Wache mit geschultertem Sturmgewehr auf dem Bürgersteig.

Er stieg hinter Heinrich die Sandsteintreppe in das Foyer hinunter, die gewölbte Decke warf das Echo ihrer Schritte zurück. *Nur noch durch die Halle,* dachte er. Vorsichtig tastete er nach Lisas Hand, fand drei Finger, die aus dem zu langen Ärmel ihrer Jacke guckten, und drückte sie. Nach kurzem

Zögern streichelte ihr Daumen seinen Handrücken. Sie drehte den Kopf, schaute ihn an, und ein zerknautschtes Lächeln huschte über ihre Lippen. Carvis lächelte zurück, und für eine halbe Sekunde vergaß er die brutale Umgebung.

»Wir kommen hier raus«, flüsterte er, und sie nickte.

Die Wache auf der Straße war nicht das größte Problem. Direkt vor der Tür stand ein Empfangstisch. Ein wuchtiges Ding mit Holzverkleidung, Besucherregister, Stempeln, Telefon und einer Pistole, die griffbereit auf einer Kiste Karteikarten lag. Hinter dem Tisch saß ein einarmiger Unteroffizier, der sie musterte, sobald sie die Halle betraten.

Heinrich beschleunigte und ging mit großen Schritten auf den Empfangstisch zu. Ohne den Unteroffizier eines Blickes zu würdigen, drehte er das Besucherregister herum und krakelte mit einem Bleistift eine Unterschrift hinein.

»Ich überführe diese vier Personen in die Reichskanzlei.« Heinrich nahm Reske eine schwarze Ledermappe mit goldenem Hakenkreuzemblem aus der Hand, die der Gefreite aus seiner Kartentasche fischte, und knallte sie auf den Tisch. »Hier ist meine Autorisierung.«

Der Unteroffizier schlug die Mappe auf und beugte sich darüber.

»Von einer Überführung ist hier nicht …«

»Wollen Sie Feinheiten diskutieren, Unteroffizier?«

»Nein, Herr Major, aber …«

»Erkennen Sie die Unterschrift des Führers?«

»Ja, schon, aber das Dokument besagt nicht …«

»Das Dokument besagt, dass alle Dienststellen im Großraum Berlin meinen Anordnungen unverzüglich Folge zu leisten haben. Korrekt?«

»Korrekt, Herr Major, aber …«

»Befinden wir uns im Großraum Berlin, Unteroffizier?«

»Jawohl, Herr Major.«

»Gut, was ist an *unverzüglich* nicht zu verstehen?«

Der Unteroffizier stand auf und legte seine Hand auf den Pistolengriff. »Hier kann nicht jeder einfach reinkommen und Gefangene mitnehmen.«

Die Wache sah durch die Tür.

Heinrich schnaubte. »Der Führer erwartet uns. Ohne Verzögerung. Ich habe keine Zeit für Ihre Bürokratie.« Er starrte dem Unteroffizier in die Augen und gab Reske einen Wink. »Gefreiter, bringen Sie …«

In dem Moment rumste ein Stockwerk höher eine Explosion. Eine Maschinenpistole setzte ein, dann eine zweite. Der Unteroffizier fuhr herum. Zwei schwer bewaffnete Offiziere der Luftwaffe schleiften einen kahl geschorenen Mann in grauer Gefangenenkleidung an den Armen die Treppe hinunter. Sein Gesicht war mit Blutergüssen übersät, und es gelang ihm kaum, die Füße zu heben.

»Halt! Stehen bleiben!« Der Unteroffizier riss die Pistole hoch und feuerte. Die Schüsse hallten wie Donnerschläge. Der linke Luftwaffenoffizier schrie auf und kippte vornüber. Die Wache stürmte herein, zog das Sturmgewehr von der Schulter. Der andere Offizier ließ den Häftling zu Boden gleiten und feuerte mit einer MP auf die Wache.

»Verschwinden wir.« Heinrich schlug dem Unteroffizier mit der Faust auf den Arm und dann ins Gesicht. Der Wachsoldat sah unschlüssig zwischen Heinrich und dem Luftwaffenoffizier hin und her, als ihn eine Salve von den Füßen fegte. Eine Tür flog auf. Barfuß und im Unterhemd drängten drei

Soldaten mit angelegten Karabinern in die Halle. Der Luftwaffenoffizier wirbelte herum und jagte ihnen einen Feuerstoß entgegen.

Carvis zog Lisa mit sich. Sie stiegen über den leblosen Körper im Türrahmen und rannten auf die Straße. Im Gebäude begann eine Sirene zu heulen.

»Da rüber, das Panzerfahrzeug mit der langen Antenne«, schrie Heinrich. Jemand schob Carvis von hinten. Er taumelte ein paar Schritte, hielt Lisas Hand umklammert und stürzte auf das Fahrzeug zu. Reske überholte ihn, riss eine Luke auf und verschwand im graugrünen Ungetüm. Hundert Meter entfernt schrillte eine Trillerpfeife, Wehrmachtssoldaten stürmten aus einem Wachhaus.

»Einsteigen, Beeilung!« Carvis kletterte hinter Heinrich in das Panzerfahrzeug, ließ sich auf einen verschlissenen Sitz fallen. Lisa landete auf ihm, rammte ein Knie in seine Nieren, dass ihm die Luft wegblieb. Bergmann drängte keuchend herein, und Krokovski knallte die Luke zu. Der Motor sprang an, dröhnte, das ganze Fahrzeug vibrierte. Reske beschleunigte und raste die Straße hinunter.

Heinrich drehte sich im Beifahrersitz, blies die Backen auf und nickte Carvis zu. »Hat doch gut geklappt, oder?«

XXXIII

BERLIN-WESTEND, HEERSTRASSE,
25. April 1945, 11:43 Uhr

Carvis stieß mit angewinkelten Beinen gegen Bergmanns Knie. Er zwängte sich mit Lisa auf einen Sitz, während ein Kasten an der Rückwand in seine Rippen drückte. Auf der gegenüberliegenden Seite war der Kampf um den Sitz weniger ausgeglichen. Krokovski füllte ihn einfach mit seiner Masse aus, sodass Bergmann halb auf der Kante kauerte und halb auf dem Boden kniete.

Das Panzerfahrzeug besaß vier Sitzplätze. Zwei vorne für Fahrer und Beifahrer und zwei im Funkraum dahinter für die Besatzung. In den sich jetzt die beiden Amerikaner, Lisa und der Professor quetschten.

»Warum haben Sie auf mich geschossen?« Bergmann schrie Krokovski an. Reske quälte den Motor auf hohen Touren, die Panzerkette scheuerte wie ein Reibeisen über Laufräder und Asphalt. Trotz der Enge rückte Bergmann von Krokovski ab und schaute den Sergeant mit einer Mischung aus Angst und Abscheu an.

Carvis horchte auf. »Was …?«

Bergmann schubste Krokovski gegen die Schulter. »Im Lazarett. Wieso haben Sie versucht, mich zu töten?«

»Bullshit«, erwiderte Krokovski. »Ich habe Krauts getötet, und Sie waren im Weg. Sonst nichts.«

»Ich glaube Ihnen kein Wort. Sie haben auf mich gezielt«, rief Bergmann. »GEZIELT.«

Carvis betrachtete Krokovski misstrauisch. »Stimmt das, Sergeant?«

»Warum sollte ich ihn töten?« Krokovski verschränkte die Arme vor der Brust. »Das ergibt keinen Sinn. End of story.«

Die beiden Amerikaner starrten sich an, bis Carvis zur Seite sah. Er betrachtete Sende- und Empfangsgeräte, die in Metallrahmen an der Wand verschraubt waren. Gummierte Kabel verbanden Steckbuchsen und Anschlussklemmen, mit Bleistift hatte jemand Funkfrequenzen neben eine Anzeige geschrieben.

»Was ist das für ein Fahrzeug?«, fragte Carvis.

»Mobiler Artilleriebeobachter«, antwortete Heinrich. »Habe ich aus Russland gerettet.«

Carvis nickte. Artilleriebeobachter dirigierten an vorderster Front das Feuer rückwärtiger Geschützbatterien. Über Funk.

»Sie sagten doch, dass Sie ein Funkgerät brauchen«, rief Heinrich. »Bedienen Sie sich.«

Carvis rutschte näher an die Geräte heran und legte mit einem Klacken den Hauptschalter um. Die Nadel der Spannungsanzeige wanderte in den Vollausschlag.

»Die Röhren müssen aufwärmen«, sagte Reske, ohne den Blick von der Straße zu wenden.

»Weiß ich.« Carvis stülpte sich Kopfhörer über und stellte die Alsos-Notfrequenz an einem Regler ein. Krokovski drängelte sich neben ihn und setzte ein zweites Paar Kopfhörer auf.

»*Birdcage*, hier ist *Groundcrew*«, rief Carvis die Alsos-Kommandozentrale in Stendal. »Hören Sie mich?« Statik rauschte durch den Äther.

»*Birdcage*, bitte antworten Sie.« Carvis drehte am Lautstärkeregler und kontrollierte mit schwitzigen Fingern die Einstellung des Funkgeräts. 27,9 Megahertz – die Frequenz, die rund um die Uhr für Notfälle überwacht wurde.

»Hier ist *Groundcrew*. Verstehen Sie mich?«

Carvis hörte ein Knacken und versuchte es noch einmal. »*Birdcage*, bitte kommen.«

»Verdammter Penner«, fuhr ihn plötzlich eine Stimme aus dem Kopfhörer an. »Machen Sie die Frequenz frei. Das ist eine Notfre…, *GROUNDCREW*? Ich glaube, ich spinne.« Am anderen Ende brach ein Tumult los. Stimmen riefen durcheinander, jemand brüllte Pashs Namen.

»Hier spricht Captain Frederic Carvis. Ich brauche sofort Kontakt zu Lieutenant Colonel Pash.«

»Der Colonel ist nebenan. Warten …« Der Funker brach ab. Carvis hörte ein schleifendes Geräusch, dann meldete sich eine bekannte Stimme. So laut, dass er hastig die Lautstärke reduzierte.

»Carvis, sind Sie das?«

»Ja, Colonel.«

»Holy shit, bin ich froh. Wir dachten, Sie sind tot.«

»Ein paarmal hat nicht viel gefehlt, Sir. Sergeant Krokovski und Professor Bergmann sind bei mir.«

»Der Professor?« Pashs Stimme überschlug sich. »Wie zum Teufel haben Sie das hingekriegt? Wo sind Sie?«

»In Berlin, warten Sie eine Sekunde.« Carvis zog den linken Kopfhörer vom Ohr und winkte Heinrich. »Wo sind wir? Ich brauche eine Landkarte.«

»Westend, Heerstraße.« Heinrich reichte eine Karte nach hinten und tippte mit dem Zeigefinger auf einen Quadranten westlich von Berlin. »Da müssen wir hin. Dort gibt es jede Menge Wiesen und freie Flächen, um ein robustes Flugzeug zu landen.« Carvis nickte.

»Carvis, Carvis, sind Sie noch da?«, rief Pash aus dem rechten Kopfhörer. »Antworten Sie.«

»Colonel, wir sind im Stadtteil Westend und brauchen so schnell wie möglich einen Pick-up bei …« Carvis kniff die Augen zusammen, um den klein gedruckten Namen zu lesen. »… bei Wustermark. Wir sind zu sechst.«

»Zu sechst? Wer ist noch bei Ihnen? Wir dachten, außer Davies und Forster sind alle tot.«

Carvis horchte auf. Im Lazarett hatte Stabsarzt Mühnke erzählt, dass das ganze Team ausgelöscht worden war. »Davies und Forster sind noch am Leben?«

»Sie haben es als Einzige zurückgeschafft. Davies mehr tot als lebendig, aber er wird es überstehen. Wer sind die anderen? Wissenschaftler?«

»Nein, zwei Wehrmachtssoldaten und eine deutsche Frau. Sie helfen uns, als Gegenleistung nehmen wir sie mit.«

Pash schwieg einen Moment. »Gut. Wann sind Sie am Aufnahmepunkt?«

»Major«, wandte Carvis sich wieder an Heinrich. »Wann sind wir …« In dem Moment bemerkte er die Ruhe. Das gepanzerte Fahrzeug stand, der Motor schnurrte im Leerlauf.

»Einen Moment, Colonel.« Carvis legte die Kopfhörer ab, beugte sich vor und guckte durch die Sehschlitze.

Ein Opel-Blitz-Lkw stand direkt vor ihnen. Daneben reihten sich Handkarren und Bollerwagen mit Hausrat, Koffern und einem Schaukelstuhl, dazwischen ein Pferdefuhrwerk. Links schob sich ein schwarzer Renault vorbei, hupte und hielt hinter einer Zugmaschine mit Anhänger. Stoßstange an Stoßstange, Achse an Achse standen drei Reihen Fahrzeuge, Karren und Menschen und bewegten sich nicht.

»Was ist los?«

Reske zuckte mit den Schultern. »Viel Verkehr. Wir sind nicht die Einzigen, die nach Westen wollen.«

Heinrich stand auf und streckte den Oberkörper durch eine Luke im Dach.

»Die Fahrbahn ist zu«, rief er von oben. »Andere Fahrzeuge schließen hinter uns auf, wir stecken fest.«

»Wie lange brauchen wir nach Wustermark?« Carvis zeigte auf das Funkgerät. »Was antworte ich Colonel Pash?«

»Das kann ich nicht sagen.« Heinrich setzte sich wieder auf den Beifahrersitz und fuhr sich mit der Hand durch die Haare. »Viel schlimmer ist, dass wir unseren Vorsprung verlieren. Inzwischen dürften alle Truppen und Dienststellen über uns informiert sein. Wehrmacht, Polizei, SD, SS, Gestapo, alle werden uns suchen. Und wenn wir hier lange genug rumstehen, finden sie uns.«

»Gibt es keinen anderen Weg?«

»Nein. Die Bolschewiken stehen im Süden am Teltowkanal und im Norden in Pankow. Die einzige offene Route ist der Weg nach Westen. Die Heerstraße entlang durch Pichelswerder, Wilhelmstadt, Dallgow-Döberitz bis nach Wustermark.«

Der Lkw vor dem Panzerfahrzeug bewegte sich. Reske legte einen Gang ein und rollte vorwärts.

Carvis setzte die Kopfhörer wieder auf.

»Colonel Pash, die Straße ist verstopft, wir kommen nur langsam weiter. Wir wissen nicht, wann wir am Aufnahmepunkt sind.«

»Das gefällt mir nicht, Captain. Wie ist Ihr Status? Werden Sie verfolgt?«

»Oh ja, Colonel.« Carvis fasste die Erlebnisse seit der Landung in Zehlendorf kurz zusammen.

»Jesus Christ, Captain. Sehen Sie zu, dass Sie da rauskommen.«

»Jawohl, Sir. Wir melden uns alle dreißig Minuten, bis wir aus der Stadt sind.«

»In Ordnung. Ich lasse ein Flugzeug startklar machen. Passen Sie auf sich auf.«

Carvis bestätigte und hängte die Kopfhörer an einen Haken. Er fühlte sich, als hätte vor seinen Augen die letzte Fähre über einen reißenden Fluss abgelegt.

Die Kolonne schlich Meter für Meter westwärts. Die Straße machte einen leichten Bogen, und Carvis sah Militärfahrzeuge und Pferdegespanne, Laster, Zivilisten und Flüchtlinge, so weit das Auge reichte.

»Achtung, Kontrollposten.« Heinrich stand seit einer Stunde aufrecht in der Luke und beobachtete die Umgebung. Carvis schwitzte und konnte nicht mehr sitzen. Seine Knie schmerzten, eine Pobacke verkrampfte. Am liebsten wäre er aufgestanden und hätte den Kopf durch die zweite Luke gesteckt. Obwohl die beiden oberen Luken offen standen, roch die Luft im Panzerfahrzeug nach Abgasen und Schweiß. Doch der Major hatte verboten, dass außer ihm jemand aus dem Fahrzeug guckte, um keine Aufmerksamkeit zu erregen. Immerhin machten sie Fortschritte, wenn auch nur im Schritttempo – wobei Heinrichs Warnung Carvis' aufkeimende Hoffnung sofort wieder abwürgte.

Heinrich ging in die Hocke. »Etwa fünfzig Meter vor uns ist ein Kontrollpunkt der Wehrmacht. Sie haben uns gesehen, zwei Mann kommen auf uns zu.«

»Was machen wir jetzt?« Bergmanns Gesicht hatte jede Farbe verloren. »Können wir nicht ausweichen?« Er zeigte nach links, wo die Häuser inzwischen einer Wiese gewichen waren.

Carvis betrachtete die Karte. Die letzten zwei Kilometer zu den Havelniederungen reichte der Grunewald von Süden bis auf dreihundert, vierhundert Meter an die Heerstraße heran. Dazwischen lag nur eine Wiese: Durch die Sehschlitze sah er grünes Gras, keinen Baum und keine Bodenwelle, eine ideale Rennstrecke für starke Motoren. Dahinter standen am Waldrand die ersten Bäume Spalier. Carvis dachte an die Fahrradtouren mit Anna. An ihr besorgtes Gesicht, als er mit dem Rad im Wald gestürzt war, weil er einen tief hängenden Ast übersehen hatte. Aber Anna war tot. Seit Jahren verzehrte er sich nach einem Geist.

»Besser nicht.« Heinrich zog die schallgedämpfte Pistole und prüfte, ob eine Patrone in der Kammer war. »Sehen Sie die weißen Schilder mit dem Totenkopf? Die Wiese ist vermint, damit die Bolschewiken nicht durch den Grunewald in die Stadt vorstoßen. Wir würden nicht weit kommen.«

»Und was schlagen Sie vor?« Bergmann rieb beide Fäuste in kreisenden Bewegungen gegen seine Schläfen.

»Sie verhalten sich still, und ich rede mit den Soldaten. Falls das nicht funktioniert, erschieße ich beide, und wir können unser Glück immer noch mit den Minen probieren.«

»Und wenn wir aussteigen und laufen?«, fragte Lisa. »Zu Fuß könnten wir in der Kolonne untertauchen und wären wahrscheinlich auch noch schneller.«

Heinrich schüttelte den Kopf. »Bis nach Wustermark sind es fünfundzwanzig Kilometer. Sobald die Straße wieder frei ist, sind wir mit dem Fahrzeug besser dran.«

»Außerdem brauchen wir das Funkgerät, um mit Colonel Pash in Kontakt zu bleiben«, warf Carvis ein.

»Sie sind da.« Reske beendete die Diskussion.

»Übrigens, Waffen sind unter den Sitzen.« Heinrich stand auf, lehnte mit dem linken Arm auf dem Rand der Luke und hielt die rechte Hand mit der schallgedämpften Pistole außer Sicht im Fahrzeug.

»Heil Hitler, Herr Major«, hörte Carvis eine gedämpfte Stimme. Er wagte kaum zu atmen. Zentimeter für Zentimeter zog er eine Metallkiste unter seinem Sitz hervor, klappte sie auf und fand zwei MP40 sowie zwei Walther-Pistolen.

»Was gibt's, Unteroffizier?«, erwiderte Heinrich.

»Wir haben die Antenne an Ihrem Fahrzeug gesehen, Herr Major. Könnten wir Ihr Funkgerät benutzen?«

»Wozu, haben Sie kein eigenes Gerät?«

»Natürlich, Herr Major. Leider hat unser letzter Akku heute Morgen den Geist aufgegeben. Wir haben in dem Haus da vorne Posten bezogen, und ich habe einen Mann losgeschickt, eine neue Batterie zu besorgen. Eigentlich sollten wir den Verkehr regeln und die Stößenseebrücke nach Pichelswerder für Truppen frei halten. Aber hier gibt es nichts zu regeln. Ich muss mich beim Kompaniestab melden.«

»Tut mir leid«, antwortete Heinrich. »Unser Funkgerät ist seit Wochen defekt.«

»Ich habe einen Elektriker in meiner Truppe«, erwiderte der Unteroffizier. »Er könnte sich das Gerät mal ansehen, vielleicht kann er es reparieren.«

»Danke für das Angebot, Unteroffizier. Aber Sender und Empfänger sind Schrott. Kabelbrand. Wir hatten Glück, dass nicht das ganze Fahrzeug ausgebrannt ist.«

Carvis hörte nicht weiter zu. Seine Hände zitterten. Den anderen ging es nicht besser. Bergmann hing aschfahl auf seiner Sitzhälfte, Lisa hatte die Augen geschlossen und rührte sich nicht, selbst Reske stieß ein leises »Menschenskind, verpiss dich« aus. Nur Krokovski, der kein Wort verstanden hatte, saß mit übergestülpten Kopfhörern vor dem Funkgerät und untersuchte eine der Maschinenpistolen.

Heinrich und der Unteroffizier sprachen noch fünf Minuten über die Lage an der Front. Der Major machte Scherze, fummelte eine zerdrückte Packung Reemtsma R6 aus seiner Uniformjacke und verteilte Zigaretten. Schließlich verabschiedeten sich die Soldaten und verschwanden die Fahrzeugkolonne entlang.

Heinrich tauchte in das Fahrzeug ab, lachte und schlug sich auf den Oberschenkel. »Was für ein Ding, ohne Funkgerät hat der Kontrollposten noch nichts von uns gehört. Hoffen wir, dass es so bleibt, bis wir vorbei sind.«

XXXIV

BERLIN-GRUNEWALD, 25. APRIL 1945, 14:17 UHR

»Wir suchen diesen Mann.« Kolja hielt Bergmanns Bild hoch. »Das ist Professor Paul Bergmann, ein Physiker und Nazi. Leider brauchen wir ihn lebend.« Er zeigte zwischen den Laubbäumen hindurch. »Im Moment versucht er, seinen faschistischen Arsch auf dieser Straße in Sicherheit zu bringen. Er flieht vor uns, der siegreichen Roten Armee.«

Patzejew betrachtete die Panzerkommandanten und Infanterieoffiziere, die Kolja im Halbkreis umringten. Niemand lachte. Keiner reckte die Faust in die Luft. Sie wussten, dass sie vor einer schwierigen Aufgabe standen. Und dass sie zu wenige waren. Wie zur Bestätigung feuerte in einiger Entfernung ein Maschinengewehr. *MG42, keine drei Kilometer*, dachte Patzejew, als Panzerkanonen und Gewehrfeuer einfielen. Die Deutschen saßen im Grunewald wie Ungeziefer in einem verlausten Hundefell. Stundenlang hatten sich Patzejews Truppen durch den verdammten Wald gekämpft. Ursprünglich hatte der Generalstab ihm ein Panzerregiment und drei Infanteriekompanien zur Verfügung gestellt, um zur Stößenseebrücke durchzustoßen und Bergmann abzufangen. Aber davon waren nur noch ein Dutzend Panzer und vielleicht hundert Rotarmisten übrig. Der größte Teil seiner Einheiten schlug sich im Grunewald mit der Wehrmacht rum und hielt ihm den Rücken frei.

Patzejews Blick folgte Koljas ausgestrecktem Arm. Hinter den letzten Baumreihen lag die Wiese, über die sie angreifen würden. Dahinter die Stadt und der erbärmliche Wurm aus Fahrzeugen, Wagen und Menschen, der sich kilometerweit über die Straße wälzte. Stimmen, Motorenlärm und das Wiehern eines Pferdes wehten herüber. Irgendwo da drin steckte Bergmann.

»Das ist ein Sonderkraftfahrzeug SdKfz 253.« Kolja zeigte mehr Fotos und eine technische Zeichnung, die er vom Geheimdienst bekommen hatte. »Damit ist der Professor auf der Flucht.«

»Sieht wie ein normaler deutscher Schützenpanzer aus«, warf ein Leutnant ein. »Wie sollen wir die unterscheiden?«

»Richtig, es ist derselbe Fahrzeugtyp«, erwiderte Kolja. »Aber es gibt einen wichtigen Unterschied. Das SdKfz 253 hat ein geschlossenes Dach, fast alle anderen Fahrzeuge dieses Typs sind oben offen. Daran können Sie Bergmanns Fahrzeug erkennen. Die Wehrmacht hatte nur ein paar Hundert davon, inzwischen dürften fast alle zerstört sein. Wenn Sie so ein Fahrzeug sehen, sitzt mit absoluter Sicherheit Paul Bergmann drin.«

Ein anderer Offizier hob die Hand und sah Patzejew an. Nicht Kolja, sondern Patzejew, den *Schwarzen Teufel von Minsk*. Der Oberst nickte.

»Woher wissen wir, dass der Nazi ausgerechnet auf dieser Straße flieht, Genosse Oberst?«

Patzejew machte einen Schritt vorwärts und stellte sich neben Kolja. »Die Faschisten sind am Ende. Ihre Struktur, ihre Disziplin bricht zusammen, viele Funksprüche werden unverschlüsselt gesendet.« Er grinste. »Und wir hören ihren Funk ab.« Ein paar Männer lachten.

»Heute Morgen«, fuhr Patzejew fort, »wurde Paul Bergmann von amerikanischen Agenten entführt. Sie fliehen vor den Faschisten und vor uns und wollen zu ihren eigenen Truppen, zur U.S. Army. Die Straße hinter uns ist der einzige Weg nach Westen. Darum müssen sie hier vorbei.«

»Wir bilden drei Stoßtrupps«, rief Kolja, »verteilen uns im Abstand von fünfhundert Metern. Getarnte Spähtrupps am Waldrand, der Rest bleibt dahinter. Wer Bergmanns Fahrzeug sichtet, greift sofort an. Die beiden anderen Gruppen stoßen nach. Noch mal: Wir brauchen den Professor lebend, beschießen Sie sein Fahrzeug also nicht direkt. Am besten stoßen Sie davor und dahinter auf die Straße und nehmen ihn in die Zange.«

Der Leutnant mit der ersten Frage hob wieder die Hand. »Was ist mit den Amerikanern?«

»Wir wissen nicht, wie die amerikanischen Agenten aussehen«, antwortete Patzejew. »Wenn Sie einen Amerikaner eindeutig identifizieren, bringen Sie ihn mit. Wenn nicht ...« Patzejew zuckte mit den Schultern.

»Gut«, rief Kolja. »Jeder von Ihnen hat Fotos von Bergmann und dem Fahrzeug. Noch Fragen? Nein? Dann beziehen Sie Position.«

»Moment.« Patzejew klatschte in die Hände. »Das ausgesetzte Kopfgeld gilt weiterhin. Wer den Professor zur Strecke bringt, wird am selben Tag befördert. Und ich lege noch eine Nacht im Offizierspuff obendrauf. Erfolgreiche Jagd.«

XXXV

BERLIN-WESTEND, HEERSTRASSE,
25. APRIL 1945, 14:28 UHR

Das gepanzerte Fahrzeug passierte den Kontrollposten, und Carvis hielt es nicht mehr aus. Er schob den Kopf knapp über den Rand der Luke, seine Nase rieb an der zerschlissenen Dichtung, die nach Gummi roch. Ein halbes Dutzend Wehrmachtssoldaten lungerte vor einem Haus auf dem Bürgersteig herum, lehnte an dem weiß gestrichenen Lattenzaun und betrachtete die Fahrzeugkolonne. Im zweiten Stock stand ein Funker am offenen Fenster, die Hände in den Hosentaschen, ein tragbares Tornisterfunkgerät vor sich auf dem Sims. Der Unteroffizier stützte sich auf das Fensterbrett, rauchte und hob wortlos eine Hand. Heinrich winkte zurück.

Das Panzerfahrzeug kroch voran. Fünf Meter, zehn Meter, zwanzig. Carvis sah jede Minute auf seine Armbanduhr, aber je öfter er hinsah, desto langsamer wanderte der Zeiger.

Reske bremste und blieb stehen. Nach fünf Minuten stellte er den Motor ab. Der Kontrollposten lag fünfundzwanzig Meter hinter ihnen, und die Kolonne rührte sich nicht.

»Verdammt noch mal«, stieß Reske hervor. »Herr Major, da kommt Unheil auf uns zu.«

»Ich sehe ihn«, antwortete Heinrich.

Carvis drehte den Kopf und schluckte. Ein Fahrrad schlängelte sich aus entgegengesetzter Richtung an der Kolonne entlang. Der Soldat im Sattel schwitzte. Vornübergebeugt trat er in die Pedale und klingelte ununterbrochen. Zwei Panzerfäuste hingen in einer Halterung an der Vordergabel, die Geschossköpfe ragten wie Blumentöpfe über den Lenker. Auf dem Gepäckträger saß ein Hitlerjunge. Mit der linken Hand klammerte er sich am Sattel fest, mit der rechten balancierte er einen wachsfarbenen Kasten an einem schwarzen Haltegriff auf dem Oberschenkel. »2B38«, las Carvis in großen Buchstaben auf dem Gehäuse.

»Oh Mann«, sagte Reske. Das Fahrrad fuhr mit quietschender Kette vorbei. Carvis schloss die Augen und atmete konzentriert ein und aus. Ein flaues Gefühl breitete sich in seinem Magen aus. Er kannte die Kennung auf dem Batteriekasten. Der Hitlerjunge transportierte einen Standard-Blei-Akkumulator. Diesen Typ hatte Carvis schon vor acht Jahren bei Physikexperimenten an der Universität als Stromquelle eingesetzt – und die Wehrmacht benutzte ihn für ihre Funkgeräte.

Der Hitlerjunge sprang am Kontrollposten vom Gepäckträger und verschwand im Haus. Heinrich trommelte mit den Fingern auf den Panzerstahl. Die Kolonne setzte sich in Bewegung. Reske ließ den Motor an. Der Kopf des Unteroffiziers schoss aus dem Fenster, er beugte sich vor und winkte. Heinrich drehte ihm den Rücken zu und sah in die andere Richtung. Eine Minute später stürzte der Unteroffizier auf die Straße und rannte hinter ihnen her. Der Verkehr stockte, die Kolonne kam wieder zum Stehen. Heinrich fluchte. Reske lenkte scharf zur Seite, versuchte das Panzerfahrzeug von der mittleren in die linke Reihe zu befördern, blieb jedoch mit dem Kotflügel am Laster vor ihnen hängen. Plötzlich preschte ein Kübelwagen aus der Gegenrichtung heran. Hupend zwang er Karren und Flüchtlinge zur Seite, fuhr mit zwei Reifen neben dem Asphalt und raste vorbei.

»Stopp, Herr Major. Sie können nicht weiter.« Der Unteroffizier keuchte.

»Wieso?« Heinrich hielt die schallgedämpfte Pistole neben dem Oberschenkel.

»Die Bolschewiken …« Der Unteroffizier schnappte nach Luft. »Die Russen sind bei Ketzin durchgebrochen. Berlin ist eingeschlossen.«

XXXVI

BERLIN-GRUNEWALD, 25. APRIL 1945, 14:35 UHR

»Genosse Oberst, der Schützenpanzer fünfzig Meter vor der Brücke, ist er das?«

Patzejew wanderte mit dem Fernglas die Kolonne entlang, fand die Stößenseebrücke und etwas weiter rechts das Fahrzeug. Deutsche Soldaten standen neben der Motorhaube.

»Verdammter Mist.« Mit dem Messingrad korrigierte er die Schärfe und starrte durch das Fernglas. »Das ist doch nicht zu glauben. Ich kann das verdammte Dach nicht sehen.« Ein Lkw hatte sich vor den Schützenpanzer geschoben.

Patzejew lag mit zwei Offizieren und einem Scharfschützen zwischen Büschen am Waldrand und beobachtete die Ausfallstraße. Auf einem Feldweg dreißig Meter weiter hinten warteten vier T34-Panzer und fünfunddreißig Mann Infanterie. Patzejew kommandierte die westlichste Gruppe, direkt gegenüber der Stößenseebrücke. Wenn Bergmann zu den Amerikanern wollte, musste er über diese Brücke. Falls die anderen ihn übersahen, war hier die letzte Gelegenheit, den Professor zu fassen. Überquerte Paul Bergmann die Havel, würde er unauffindbar im Chaos des zusammenbrechenden Nazi-Regimes verschwinden. Darum hatte Patzejew die letzte Position übernommen. Kolja befehligte den Stoßtrupp in der Mitte, auf ihrer rechten Flanke führte ein Hauptmann der Infanterie die östlichste Gruppe.

»Was für ein Tumult«, sagte der Scharfschütze.

Patzejew nickte. Bis vor zehn Minuten kamen die Menschen- und Fahrzeugmassen nur schrittweise voran, aber wenigstens waren sie sich über die Richtung einig. Jetzt versank die Kolonne im Durcheinander. Fahrzeuge drehten und wollten zurück ins Stadtzentrum, andere drängten weiter auf die Brücke zu. Pferdefuhrwerke und Panzer, Laster und Leiterwagen verkeilten sich, und nach kurzer Zeit rührte sich nichts mehr.

»Genosse Oberst?«, flüsterte eine Stimme von hinten. Patzejew setzte das Fernglas ab und sah über die Schulter. Bäuchlings lag ein junger Leutnant aus einem der T34 zwischen Laub, abgebrochenen Zweigen und Büscheln grüner Walderdbeeren und schaute ihn ehrfurchtsvoll an.

»Was, zum Teufel? Wieso sind Sie nicht auf Ihrem Posten?« Patzejew hätte am liebsten geschrien.

»Ein Funkspruch vom Generalstab, Genosse Oberst. Sie sollen …«

»Jetzt nicht!«

»General Rybalko sagt, es ist wichtig. Sie sollen …«

»JETZT NICHT! Was es auch ist, das hier ist wichtiger. Verschwinden Sie.«

Patzejew warf sich herum und konzentrierte sich wieder auf die Straße. Der Lkw vor dem Schützenpanzer versuchte zu wenden, stand nun quer auf der Fahrbahn und gab den Blick auf das Fahrzeug dahinter frei. Patzejew presste die Augen an die Gummimanschetten des Fernglases. War das ein Dach oder nur der Schatten des Lkw?

»Ist das Dach geschlossen oder nicht? Verflucht noch mal. Kann das jemand erkennen?«

Der Laster bewegte sich, rollte ein Stück zur Seite.

»Ich sehe kein Dach«, sagte der Scharfschütze. »Das ist ein normaler Schützenpanzer.«

»Blödsinn«, erwiderte einer der Offiziere. »Das Fahrzeug ist geschlossen. Das sind sie, ganz eindeutig.«

Patzejew richtete sich auf, hob den Kopf über einen Strauch. Mit der linken Hand schob er ein paar Äste zur Seite. Die Sonne stand hoch am Himmel, warf Schatten, spiegelte sich in Fensterscheiben. Plötzlich verschwanden die Soldaten in ihren Fahrzeugen, die Kolonne setzte sich in Bewegung. Der Schützenpanzer rollte auf die Brücke zu.

Bergmann darf keinesfalls über den Fluss, schoss es Patzejew durch den Kopf.

»Angriff!« Er robbte zurück in den Wald, sprang auf und rannte auf seine Panzer zu. »Wir greifen an.«

XXXVII

BERLIN-WESTEND, HEERSTRASSE,
25. April 1945, 14:39 Uhr

»Wo zum Teufel liegt Ketzin?« Carvis faltete den Stadtplan auseinander. Seine Hände zitterten. *Ich komme nie aus dieser verfluchten Stadt heraus,* dachte er.

»Geben Sie her.« Reske lehnte sich nach hinten, nahm Carvis die Karte aus der Hand und zeigte ihm den Ort westlich von Berlin. »Hier, unterhalb von Wustermark. Der Iwan hat uns sauber den Fluchtweg abgeschnitten. Wir sitzen in der Falle und können schon mal Russisch lernen.«

»Was machen wir jetzt?«, kreischte Bergmann. »Carvis, sagen Sie etwas. Sie haben uns dieses Desaster eingebrockt. Reden Sie gefälligst. Ich erwarte eine Antwort.«

Carvis beachtete ihn nicht. »Wir müssen uns verstecken. Die Wehrmacht und die Nazis werden uns weiter jagen. Also warten wir, bis die Stadt gefallen ist, und schlagen uns zu den US-Truppen durch.«

Heinrich schnaufte. »Das wird anspruchsvoll.«

»Wenn Sie eine bessere Idee haben …«, sagte Carvis.

»Die Wohnung meiner Großeltern liegt in Charlottenburg.« Alle Augen richteten sich auf Lisa. Sie tippte auf das Stadtviertel nordöstlich der Heerstraße. »Sechs, sieben Kilometer entfernt. Da könnten wir hin.«

»Wieso sagen Sie das erst jetzt?«, fragte Bergmann.

»Wozu? Wir wollten die Stadt verlassen, oder? Aber jetzt ist alles anders.«

»Bist du sicher?« Carvis legte eine Hand auf ihren Arm. »Wir können deine Großeltern nicht auch noch in Gefahr bringen.«

Lisa war blass, geradezu weiß, verkrustetes Blut klebte an ihrem Halsansatz. Nach der Nacht in einer Gestapo-Zelle, dem Verhör und der Flucht hätte Carvis erwartet, dass sie erschöpft war und kurz vor dem Zusammenbruch stand. Doch sie ballte die Fäuste und streckte das Kinn vor. Carvis fühlte sich plötzlich stark zu ihr hingezogen. Nur mit Mühe widerstand er dem Verlangen, ihr mit der Hand über die Wange zu streichen.

»Keine Sorge, sie sind letztes Jahr wegen der Luftangriffe zu meiner Tante nach Regensburg gezogen. Die Wohnung steht leer. Das heißt, seit Januar wohne ich dort. Nachdem das Haus meiner Eltern zerstört wurde.«

»Du wurdest ausgebombt? Was ist mit deinen Eltern?«

»Spielt das eine Rolle?«, fragte Bergmann ungeduldig. »Wir müssen uns jetzt um uns kümmern.«

Lisa blickte auf die Karte und rieb sich die Augen. »Volltreffer kommen hier öfter vor. Also, fahren wir nach Charlottenburg oder nicht?«

»Klingt gut«, sagte Heinrich, während Carvis Lisa besorgt von der Seite ansah.

Carvis drückte die Stirn gegen das kalte Metallgehäuse des Funkgeräts. »Colonel Pash, hier spricht *Groundcrew*. Schlechte Nachrichten.«

»Was gibt es, Captain?«

»Berlin ist von den Russen eingekesselt. Wir schaffen es nicht zum Aufnahmepunkt. Wir kommen nicht mehr raus.«

»Was? Das gibt es doch gar nicht. Sind Sie sicher?«

»Sir, die Information ist verlässlich. Wir stecken in deep shit.«

»Very deep shit«, ergänzte Krokovski.

Pash fluchte. »Ist der Professor noch bei Ihnen?«

»Jawohl, Sir.«

»Finden Sie irgendeinen Grasstreifen, wo ein Flugzeug landen kann. Oder eine breite Straße. Wie sieht es mit einer Straße aus? Da muss es doch was geben.«

Carvis fuhr sich mit der Hand übers Gesicht. Bartstoppeln bürsteten über seine Handfläche. Kaum zu glauben, dass es keine achtundvierzig Stunden her war, dass sie in Aachen gestartet waren. Er betrachtete die Karte. »Sir, wir sind mitten in der Stadt. Hier kann kein Flugzeug landen. Darum gibt es für so etwas Flugplätze. Außerdem stecken wir in einer Flüchtlingskolonne, und der ganze Nazi-Apparat ist uns auf den Fersen. Früher oder später finden sie uns, und dann …« Sein Blick fiel auf einen Ort, an den er bisher nicht gedacht hatte. Was wäre, wenn sie …

»Captain, was ist los? Ich höre Sie nicht mehr.«

»Sir, ich habe vielleicht eine Idee. Wir könnten …«

Eine Explosion schüttelte das gepanzerte Fahrzeug. Hitze fegte durch die Sehschlitze, und das Funkgerät ging aus.

»Colonel Pash«, rief Carvis in das Mikrofon, aber alle Anzeigen waren tot.

»Raus. Alle raus. Der Lkw vor uns ist explodiert.« Reske sprang vom Fahrersitz und stürzte durch den Funkraum. Draußen heulten Motoren auf, ein kollektiver Angstschrei rollte durch die Kolonne. »Paaanzer, die Russen, am Waldrand sind die Russen.« Ein Maschinengewehr setzte ein. Reske stieß die Hecktür auf. Carvis sah auf die Straße und schnappte nach Luft. Lisa griff seine Hand.

Soldaten, Zivilisten und Flüchtlinge stürzten schreiend zwischen Fahrzeugen hindurch, drückten, stießen und schoben einander aus dem Weg. Panzergranaten schlugen in die Menge. Eine Frau trug ein weinendes Kleinkind auf dem Arm und drängte mit einem Jungen an der Hand hinter einem Lkw vorbei. Die Frau ließ den Jungen los, streichelte und wiegte den Säugling, als der Laster zurücksetzte und der Junge unter der Stoßstange verschwand. Die Mutter starrte mit stummem Schrei auf den Lkw und wurde von einer Explosion umgerissen. Benzin lief aus einem durchlöcherten Tank und entzündete sich.

Heinrich schob sich an Carvis vorbei. »Unser Motor hat was abgekriegt, wir müssen aussteigen.« Grauer Rauch waberte aus der Motorhaube. Splitter prasselten gegen den Stahl. Krokovski packte Bergmann und zerrte ihn durch die Luke.

»Ich will nicht raus, ich bin nicht lebensmüde.« Der Professor zappelte in Krokovskis Griff.

»Who cares.«

»Heinrich«, rief Carvis. »Helfen Sie Lisa.«

»Was ist mit dir?«, schrie sie, als der Major sie mit sich zog.

Carvis zeigte auf das Funkgerät. »Ich komme nach, aber vorher muss ich Pash informieren. Ich habe eine Idee, wie wir hier rauskommen.«

»Das ist Selbstmord. Du kannst nicht hierbleiben.« Lisa umklammerte seinen Arm, die Sorgenfalten auf ihrer Stirn fuhren ihm mitten ins Herz. Er streckte die Hand aus und streichelte ihre Wange. Dann schälte er ihre Finger einzeln von seinem Arm.

»Nur zwei Minuten«, sagte er. »Geht schon vor, bringt euch in Sicherheit. Ich könnte es nicht ertragen, wenn dir etwas passiert. Ich komme gleich hinterher.«

»Dann los.« Heinrich stieg durch die Luke, packte Lisa an der Hüfte und hob sie wie ein Paket nach draußen.

Carvis legte den Netzschalter um. Drei-, vier-, fünfmal. In der Ferne dröhnten Panzermotoren. Der Qualm trieb ihm Tränen in die Augen. Carvis hustete und drückte den Schalter. Letzter Versuch. Die Kontrollleuchte flackerte, und das Funkgerät erwachte zum Leben.

XXXVIII

BERLIN-GRUNEWALD, 25. APRIL 1945, 14:41 UHR

Patzejew stand auf dem vordersten Panzer hinter dem Turm und hielt sich an einem Metallbügel fest. Die vier T34 seines Stoßtrupps rasten auf die Stößenseebrücke zu. Trauben von Rotarmisten saßen auf den Panzerplatten, klammerten sich an allem fest, was Halt bot, um bei der wilden Fahrt nicht abgeworfen zu werden.

»Das ist er nicht.« Der Scharfschütze lehnte neben Patzejew, stützte die Ellenbogen auf den Turm und sah durch sein Zielfernrohr. »Das ist nicht das Fahrzeug des Professors.«

Patzejew riss das Fernglas an die Augen. Deutsche Soldaten kletterten über die Seitenwand des Schützenpanzers, auf den sie zuhielten. Kein Dach.

»Verdammt noch mal.« Patzejew wurde heiß.

Die Wehrmachtssoldaten verteilten sich, gingen im Straßengraben in Stellung. Patzejew sah Panzerfäuste.

Plötzlich explodierte weiter hinten auf der Heerstraße ein Lkw, russische Panzer brachen fünfhundert Meter östlich aus dem Grunewald.

»Genosse Oberst.« Der Panzerkommandant steckte den Kopf aus dem Turmluk. »Hauptmann Gordojew meldet, dass er das Fahrzeug des Professors angreift.«

»Kolja hat ihn«, schrie Patzejew. »Sofort nach rechts zum brennenden Laster. Der Rest soll folgen.«

Patzejews T34 fuhr eine scharfe Kurve und steuerte diagonal über die Wiese. Weiter östlich schwärmten Koljas Panzer aus, fuhren wie zur Parade in einer Linie, als einer der T34 in einer Fontäne aus Feuer und Erde verschwand. Die aufgesessenen Rotarmisten flogen wie verrenkte Puppen durch die Luft. Patzejews Panzer bremste abrupt.

»Minen«, schrie der Kommandant. »Da kommen wir nicht durch.« In dem Moment knallte es, und einem Panzer aus Patzejews Gruppe platzte die Kette von den Laufrädern. Der T34 scherte aus und stoppte.

»Nein.« Patzejew zeigte nach vorne, wo Koljas restliche Panzer durch das Minenfeld rasten. »Nicht anhalten, wir …«

Ein Panzerfaustgeschoss flog von der Straße heran, zog einen grauen Schweif hinter sich her, schlug gegen den liegen gebliebenen Panzer und prallte ab. Zwei weitere Geschosse folgten und verwandelten den Panzer in einen Feuerball.

»Zurück«, schrie Patzejews Panzerkommandant. »Zurück in den Wald. Wir kehren um.«

Patzejew zog seine Tokarev und schoss dicht am Kopf des Kommandanten vorbei. »Wir rücken vor, das ist ein Befehl. Vorwärts.« Der Oberkörper des Panzerkommandanten schwankte. Patzejew setzte ihm den Pistolenlauf auf die Brust. »Geben Sie den Befehl an alle Gruppen durch. Der Angriff wird fortgesetzt.« Der Panzerkommandant nickte.

»Dorthin.« Patzejew zeigte mit der Pistole auf die Straße, wo Koljas Panzer gerade in die deutsche Kolonne einbrachen.

XXXIX

BERLIN-WESTEND, HEERSTRASSE,
25. APRIL 1945, 14:43 UHR

Carvis kletterte durch die Heckklappe in das Inferno und drückte sich gegen die gepanzerte Seitenwand. Er hoffte, dass Pash alles verstanden hatte. Für eine Bestätigung hatte es nicht mehr gereicht, das Funkgerät hatte mitten im Satz endgültig den Geist aufgegeben.

Ein Kübelwagen stand quer auf der Straße und brannte. Qualm und der Gestank von verbranntem Gummi kratzten im Hals. Tote und Verletzte lagen zwischen umgekippten Pferdefuhrwerken, Koffern und zerrissenen Federbetten. In Gruppen oder einzeln, wo Kugeln und Granatsplitter sie niedergemacht hatten. Wer fliehen konnte, war in den Wohnvierteln nördlich der Heerstraße verschwunden. Wie ein Abflusssystem hatten Seitenstraßen und Gassen die Menschen aufgenommen. Zwei Sanitäter hoben eine blutüberströmte Frau auf eine Bahre und verschwanden mit ihr zwischen den Gebäuden. Ein Schimmel trabte mit aufgerissenen Augen vorbei. Wehrmachtssoldaten streiften durch die verlassene Kolonne, warteten mit Maschinengewehren und Panzerfäusten auf die Russen, die über die Wiese kamen.

Carvis stockte der Atem, als er T34-Panzer aus mehreren Richtungen auf sich zukommen sah. Das Minenfeld hatte seinen Tribut gefordert. Auf der Wiese verstreut, brannten fünf

Panzer, doch keine fünfzig Meter entfernt rollten zwei mit russischen Soldaten bepackte T34 auf die Heerstraße.

Carvis hörte einen Pfiff und drehte den Kopf. Zwanzig Meter weiter zweigte eine Gasse ab und verschwand zwischen den Häusern. Krokovski stand auf dem Kopfsteinpflaster, beide Zeigefinger zwischen den Lippen, und pfiff ein zweites Mal. Hinter ihm warteten Lisa und der Professor, während Reske den Major stützte. Lisa rief etwas. Carvis hob die Hand und winkte. Er holte tief Luft und sprintete gebückt über die Straße, als die Wehrmachtssoldaten die erste Panzerfaust auf die Russen abfeuerten.

Hauptmann Nikolaj »Kolja« Gordojew stand auf dem Führungspanzer. Nur zwei seiner vier T34 hatten das Minenfeld überlebt.

Der zweite Panzer überquerte die Fahrbahn, walzte einen Leiterwagen platt und schob einen Fiat zur Seite. Im Schritttempo rückten die Russen rechts und links der Straße auf Bergmanns Schützenpanzer vor. Koljas T34 zermalmte eine Mauer und drückte das Heck eines Lasters aus dem Weg. Kolja suchte die Kolonne ab. Bergmanns Fahrzeug war aufgegeben worden, aber der Professor konnte nicht weit sein. Eine Rauchfahne schoss auf den zweiten T34 zu und traf ihn unter dem Turm. Der Panzer fing an zu brennen, die Luken flogen auf, und die Besatzung kletterte hustend ins Freie. Deutsche Soldaten tauchten zwischen den Fahrzeugen auf. Der Turm seines T34 drehte sich, und das Maschinengewehr eröffnete das Feuer. Koljas Blick folgte einem Mann, der plötzlich hinter Bergmanns Schützenpanzer hervorschoss und auf eine Seitengasse zurannte – an deren Mündung Bergmann stand. Nur eine oder zwei Sekunden, bis der Professor mit einer Gruppe Soldaten und Zivilisten in der Gasse verschwand, doch Kolja erkannte ihn sofort. Er hatte Bergmanns Foto wieder und wieder studiert. Hatte sich vorgestellt, wie der Professor gealtert sein musste. Das war Paul Bergmann. Kein Zweifel.

Kolja drehte sich zu Patzejews Kampfgruppe, die mit halsbrecherischem Tempo durch das Minenfeld raste, aber immer noch zu weit entfernt war.

Er schrie einen Befehl, winkte seinen Männern und sprang auf die Straße.

Carvis rannte um sein Leben. Hinter ihm krachten Schüsse, Handgranaten explodierten. Ein Querschläger heulte vorbei. Er rechnete jeden Moment mit einer Kugel im Rücken. Keuchend erreichte er die Gasse, die so eng war, dass gerade zwei Fahrräder aneinander vorbeipassten.

»Was ist los?«, fragte er, als er die anderen einholte. Reske half Major Heinrich, der sich einen blutigen Stofffetzen an die Hüfte drückte.

»Glatter Durchschuss«, sagte Heinrich. »Ich blute wie eine Mastsau.«

»Und der Professor ist umgeknickt«, ergänzte Lisa.

»Das ist falsch«, sagte Bergmann. »Sergeant Krokovski hat mich angerempelt, da habe ich mir den Knöchel vertreten.«

Carvis nickte und blickte zurück. Ein russischer Offizier lief mit einem halben Dutzend Rotarmisten in ihre Richtung. Dahinter wühlte sich ein T34 wie ein Bulldozer durch die verstopfte Straße.

»Wir müssen weiter.« Carvis legte einen Arm um Bergmanns Hüfte und winkte Krokovski, ihm zu helfen.

Russische Stimmen kamen näher, als sich in einem Haus an der Heerstraße ein Fenster öffnete und Wehrmachtssoldaten die Rotarmisten mit MG-Feuer eindeckten.

Der Beschuss traf Koljas Trupp in vollem Lauf. Kugeln peitschten über den Asphalt, jemand schrie und stürzte.

»Vorwärts Männer, nicht nachlassen.« Kolja fixierte die Gebäudekante, hinter der Bergmann verschwunden war. Er starrte auf den verwitterten Putz, der viel zu langsam näher kam, und rannte mit aller Kraft. Eine Geschossgarbe tanzte über die Straße, schlug Funken, zwei russische Soldaten flogen zur Seite. Die Kanone seines T34 donnerte. Die linke Ecke des Hauses, aus dem der Beschuss kam, platzte weg – aber das Maschinengewehr feuerte weiter. Ein Projektil traf seine Maschinenpistole. Mit einem Aufschrei ließ Kolja die Waffe fallen. Das MG stockte eine Sekunde, als würde es Luft holen, und fegte die drei Rotarmisten hinter ihm in einer tödlichen Salve von den Beinen. Die Panzerkanone feuerte endlich ein zweites Mal. Ziegelsteine, Staub und Dreck regneten auf die Straße, und das Haus brach unter der Wucht der Granate zusammen. Das MG verstummte.

Kolja zog seine Pistole und lief alleine in die Gasse.

Carvis sah nicht zurück. Das deutsche MG hatte unter den Russen gewütet, aber immer noch hallten Stiefel durch die Straße. Bergmann wurde mit jedem Schritt langsamer.

Kolja schoss um die Ecke, die Tokarev ausgestreckt vor sich. Fünfzehn Meter weiter wurde Bergmann von zwei Männern gestützt. Waren das die Amerikaner? Einer der beiden wirbelte herum, riss seine Maschinenpistole hoch, und Kolja drückte ab.

Aus dem Augenwinkel sah Carvis den russischen Offizier über das Kopfsteinpflaster schlittern. Krokovski drehte sich und feuerte noch in der Bewegung. Einschusslöcher wanderten über die Hauswand auf den Russen zu. Bergmann stolperte, zog Carvis nach unten. Der Amerikaner ließ ihn los, tastete nach seiner Waffe, doch der Professor krallte sich wie ein Ertrinkender an Carvis' Maschinenpistole. Carvis kippte auf ihn, rollte sich ab, als plötzlich Krokovski, der unverwundbare Krokovski, blutend neben ihm lag.

Carvis zog die Walther und schoss im Liegen. Zwischen den eng stehenden Häusern dröhnte jeder Schuss wie ein Donnerschlag. Eine Kugel schlug neben ihm auf das Kopfsteinpflaster, Steinsplitter bissen sich in Hals und Wange. Carvis feuerte zweimal, und der Russe stürzte nach hinten.

»Der Angriff war kein Zufall.«

Carvis strich sich mit der Hand über die brennende Wange. Der russische Hauptmann lag auf dem Pflaster und starrte ihn mit aufgerissenen Augen an. Sein Brustkorb hob und senkte sich, und mit jedem Atemzug wuchs der rote Fleck auf der dunkelgrünen Uniform.

»Kommen Sie, Carvis. Wir müssen verschwinden, bevor noch mehr Bolschewiken auftauchen.« Heinrich lehnte mit schweißnassem Gesicht an einer Wand, während Reske dem Professor auf die Beine half. Lisa verband den Streifschuss an Krokovskis Schläfe. Von der Heerstraße donnerten Schüsse und Panzerkanonen.

»Da haben Sie aber Glück gehabt. Zwei Zentimeter weiter links …« Lisa verknotete die Mullbinde hinter Krokovskis Ohr. Der Sergeant stöhnte, als sie seine Jacke aufknöpfte und die Schusswunde am linken Oberarm freilegte.

»Was hat sie gesagt?«, rief Krokovski Carvis zu.

»Sie hätte nicht gedacht, dass Sie so wehleidig sind.«

Carvis hob ein Päckchen Fotos vom Boden auf, während Krokovski Lisa mit gerunzelter Stirn ansah, die Lippen zusammenpresste und keinen Ton mehr von sich gab. Am Gürtel des Russen hing eine Kartentasche. Beide Schnallen waren abgerissen und der Inhalt auf dem Kopfsteinpflaster verteilt. Zwischen Landkarten, einem Berliner Stadtplan und Wachsstiften lagen Dutzende Fotos. Immer das gleiche Motiv, einzeln oder mit dünner Kordel stapelweise zusammengeschnürt.

»Schauen Sie mal.« Carvis löste die Schnur und drückte Bergmann die Fotos in die Hand. »Die Russen haben uns aufgelauert. Oder besser gesagt: Ihnen.«

Bergmann brabbelte eine unverständliche Antwort. Mit zitternden Fingern blätterte er durch den Stapel, bis ihm das Päckchen aus den Händen glitt. Die Bilder segelten zu Boden, landeten zwischen seinen Füßen, und von dort blickte ihm zwanzig-, dreißigmal sein eigenes Konterfei entgegen.

DRITTER TEIL

XXXX

BERLIN-CHARLOTTENBURG, 25. APRIL 1945, 21:06 UHR

Die Dachgeschosswohnung von Lisas Großeltern bot einen Blick über das gesamte Viertel. Der Großvater war Architekt und hatte auf dem sechsstöckigen Haus eine Dachterrasse anlegen lassen, die Charlottenburg wie eine Aussichtsplattform überragte. Eine Wendeltreppe führte von der Küche auf eine Balustrade, von der sich eine Glastür auf die Terrasse öffnete, die wie das Deck eines mittelalterlichen Schiffes aus Bohlen und Planken gezimmert war. Ein Metallgeländer bewahrte vor dem Sturz in die Tiefe, ein Vordach schützte den hinteren Teil vor Wind und Regen.

Carvis saß auf einem Sofa, das Lisas Großmutter mit Wolldecken überzogen und mit zwei Korbsesseln um einen Tisch aus dunklem Buchenholz arrangiert hatte.

Der Abend war kühl und wolkenlos. Carvis' Hände zitterten, aber nicht vor Kälte. Er ignorierte die Stadt, die grau und verdunkelt unter ihm lag, als würde sie sich vor den Grausamkeiten des Tages wegducken. Kein Licht, kein Laut drang aus den verrammelten Wohnungen und den Kellern, in die sich die Berliner Nacht für Nacht mit Decken, Federkissen und Matratzen verkrochen. Nur am Horizont blitzte und wummerte die Front.

Im Schein der Taschenlampe betrachtete Carvis mehrere Fotos, die ein Gestapo-Mitarbeiter bei Annas Verhaftung aufgenommen und auf die erste Seite ihrer Akte geklebt hatte. Drei Passbilder, im Profil, im Halbprofil und eine Frontalansicht, am unteren Rand der Schriftzug *Gestapo* und das Datum *19.05.1937*. Carvis fuhr sich mit den Händen durch die Haare, packte ganze Büschel und zog daran, bis ihm der Schmerz Tränen in die Augen trieb. Er konnte Annas Anblick und seine eigene Hilflosigkeit nicht ertragen. Sie starrte geradeaus, der Mund ein schmaler Strich. Todernst schaute sie ihn an, als könnte sie ihre Angst nur mit Mühe bändigen. *Was geht jemandem durch den Kopf, der von der Gestapo zur Registrierung fotografiert wird?* Sanft berührte er ihr Gesicht. Anna hatte die ganze Zeit in Haft gesessen, während er sie verzweifelt gesucht hatte. Was musste sie durchlebt haben?

Die Glastür öffnete sich, und Lisa schaute hinaus. »Willst du etwas essen? Ich habe Kartoffelsuppe gekocht. Wenn du ein paar Löffel haben willst, musst du dich beeilen. Sergeant Krokovski ist schon beim dritten Teller …«

Carvis knipste die Taschenlampe aus und schüttelte den Kopf. »Ich habe keinen Hunger. Wie geht es Bergmann?«

»Er hat sich wieder beruhigt, gibt aber mächtig an, wie wichtig er für die Russen sein muss, wenn sie ihn überall suchen. Er schläft jetzt.«

Lisa sah Carvis an und trat auf die Dachterrasse. Sie hatte sich umgezogen, sobald sie die Wohnung ihrer Großeltern betreten hatten. Jetzt trug sie eine dunkelblaue Bluse mit brauner Hose.

»Was ist los?« Sie setzte sich neben ihn, zog eine Decke heran und legte sie sich um die Schultern. »Ich meine, außer dass wir von der Wehrmacht und der Gestapo gejagt und exekutiert werden, sobald sie uns erwischen, und nicht wissen, wie wir die eingekesselte Stadt verlassen sollen, bevor uns die Bolschewiken umbringen. Umbringen allerdings bloß in deinem Fall. Wenn es für mich gut läuft, komme ich mit Gruppenvergewaltigung oder als Mätresse eines russischen Offiziers davon.«

»Du bist unglaublich«, sagte Carvis. »Hast du keine Angst?«

»Doch, ganz furchtbar. Aber Zynismus ist das Einzige, was mich seit Monaten vor dem Wahnsinn bewahrt. Was soll einen sonst davon abhalten, von Großvaters Terrasse zu springen oder an einem fünfhundert Kilogramm schweren Blindgänger rumzuschrauben? Tag und Nacht Luftangriffe, kaum etwas zu essen, Familie, Freunde und Verwandte sterben, als wäre es ganz normal. Verbrannt, verschüttet, erschossen, vermisst. Man kann niemandem mehr trauen, Denunzianten, wo man hinsieht. Meine Freundin Klara und ihr Mann wurden von ihrem achtjährigen Sohn wegen defätistischem Verhalten angezeigt. Der Pimpf weiß doch nicht einmal, was das ist. Und dann die ganze Zeit das Geschrei vom totalen Krieg. Als ob Krieg nicht schon schlimm genug wäre. Was soll denn da noch totaler werden?«

Lisa holte tief Luft und atmete langsam aus. »Immerhin habe ich gelernt, wie man Kartoffeln, Zwiebeln und Karotten anbaut. Das könnte hilfreich sein, falls mal schlechte Zeiten kommen.«

Carvis betrachtete die rechteckigen, mit Erde gefüllten Holzkisten und Tontöpfe, die fast den gesamten Platz auf der Terrasse einnahmen. Am Rand standen zwei Weidekörbe mit Steckzwiebeln und Saatkartoffeln.

»Was war mit deinem Bruder im Lazarett?«, fragte er.

Lisa zog die Decke enger und räusperte sich.

»Vor zwei Jahren wurde Peter zur Wehrmacht eingezogen. Er ist zehn Jahre jünger als ich, gerade mal neunzehn. Meine Eltern haben ihn immer Spätzünder genannt, weil er so lange nach mir geboren wurde. Er kam an die Ostfront. Wir hatten fast ein Jahr nichts von ihm gehört. Ich wusste nicht einmal, ob meine Briefe ihn erreichen würden, als zuerst mein Verlobter Erich fiel und danach unsere Eltern bei einem Luftangriff starben.«

Lisa strich sich mit dem Handrücken über die Augen. »Aber es geschah ein Wunder. Plötzlich tauchte Peter im Lazarett am Friedrich-Wilhelm-Platz auf. Letzten Winter war er in Ostpreußen verwundet worden und wurde auf dem Rückzug von Lazarett zu Lazarett verlegt. Ich war verrückt vor Freude, als ich die Nachricht erhielt, dass er in Berlin ist. Doch es war kein echtes Wunder. Seine Schussverletzungen heilten, aber mangels Platz lag er unterwegs oft im Freien und bekam eine Lungenentzündung. Den Rest kennst du. Peter ist alles, was mir noch geblieben ist. Ich hatte ihn doch gerade erst zurückbekommen, als die Feldjäger ihn mir wieder wegnehmen wollten. Jetzt werden sie ihn an irgendeiner Front verheizen. Falls er den Weg dorthin überlebt …«

Carvis sagte nichts und dachte an den Zufall, dass er gerade in dem Moment an Peters Bett vorbeigegangen war, als Lisa mit den Militärpolizisten stritt.

»Danke, dass du mich nicht bei der Gestapo zurückgelassen hast.« Sie lächelte ihn an und wischte sich die Tränen ab. »Sonst wäre ich jetzt tot.«

»Es tut mir leid, was Engelhardt getan hat. Wie geht es dir?«

Lisa zuckte mit den Schultern. »Die Schnitte sind nur Kratzer. Das Schwein hatte ja nicht mal richtig angefangen.«

»Und wer war Erich?«, fragte Carvis.

»Ein Riese.« Lisa lachte. »Unsere Eltern waren Nachbarn, wir kannten uns schon als Kinder, gingen in dieselbe Klasse. Bereits als Kind wollte er unbedingt auf ein U-Boot. Dabei war er riesengroß und wuchs immer weiter. Am Ende war er fast zwei Meter. Aber er wusste alles über U-Boote, kannte technische Details und die Bootstypen. Er trat in die Marine-HJ ein und schrieb in einem Schulprojekt sogar einen Brief an Großadmiral Raeder. Sobald er alt genug war, meldete er sich zur Kriegsmarine – und landete auf einem Schnellboot.«

Lisa lachte, während ihr wieder Tränen über die Wangen liefen.

»Hast du ihn geliebt?«

Carvis fuhr mit der Hand über ihre Wange, wischte die Tropfen mit dem Daumen ab.

»Ich weiß nicht. Ich kannte ihn so lange, und wir haben uns Halt gegeben, als alles auseinanderfiel. Ist das Liebe?«

»Was ist mit ihm passiert?«

»Sein Boot lief im Herbst 1943 zwischen Malta und Sizilien auf eine Mine. Keine Überlebenden.« Lisa schnaubte. »Seine Mutter hat ein Eisernes Kreuz und einen Brief bekommen. *Für Führer, Volk und Vaterland fiel Ihr Sohn in heroischem Abwehrkampf* … so ein Unfug. Ein Fatzke von der Partei hat ihr erzählt, dass sie stolz auf das Opfer ihres Sohnes sein kann.«

Lisa schüttelte den Kopf. »Was für ein verlogenes Gerede. Aber inzwischen ist alles noch viel schlimmer. Die Stadt ist ein Irrenhaus, reif für die Psychiatrie.«

»Wenn wir hier rauskommen, musst du das unbedingt Colonel Pash erzählen«, sagte Carvis.

»Wieso?«

»Weil ich ihm genau das Gleiche gesagt habe, als er mich für die Mission rekrutieren wollte. Niemand, der alle Sinne beisammen hat, ist so lebensmüde, freiwillig nach Berlin zu fliegen.«

»Und trotzdem bist du hergekommen …«

»Ja. Wegen ihr. Wegen Anna.« Carvis legte die Akte auf den Tisch.

»Ist sie die Frau, die der Kerl von der Gestapo beim Verhör erwähnte? Die sich umgebracht hat?«

Carvis nickte.

»Wer war sie?«

»Meine große Liebe. Als ich vor acht Jahren in Berlin studierte, waren wir ein Paar.« Carvis erzählte, wie er Anna auf Bergmanns Sommerfest getroffen und sie ihn vom ersten Moment an verzaubert hatte. Wie sie bei der Olympiade zusammengekommen waren und sie ihm entglitten war, ohne dass er es bemerkt hatte. Wie der Gedanke an sie ihn bewogen hatte, alle Vernunft zur Seite zu schieben und an der Mission teilzunehmen.

»Sie muss etwas ganz Besonderes gewesen sein«, sagte Lisa, »wenn du wegen ihr nach dieser langen Zeit freiwillig in diese Hölle zurückgekehrt bist.«

Carvis nickte wieder. »Unsere Liebe war unbeschreiblich, ich kann sie kaum in Worte fassen. Aber plötzlich, von einem auf den anderen Tag, war es vorbei. Anna war verschwunden. Spurlos. Ich habe es nicht verstanden und dachte zuerst an ein großes Missverständnis. Ich habe sie überall gesucht. Am Ende hat mich ihre Mutter fortgejagt. Sie sagte, Anna wolle mich nicht mehr sehen. Ihre Worte verfolgen mich immer noch bis in den Schlaf. Was hatte ich Anna angetan, was hatte ich falsch gemacht? Ich habe Gespenster gesehen, war besessen, habe mich gequält. Bis heute. Diese Selbstmordmission war mein Gang in die Psychiatrie. Um geheilt zu werden.«

»Und? Hat es funktioniert?«

Carvis zeigte auf Annas Gestapo-Akte. »Anders als erhofft, aber zumindest habe ich Antworten gefunden. Es steht alles da drin, die penible Dokumentation der Vernichtung eines Menschen. Mit Besprechungsprotokollen und handschriftlichen Notizen. Es ist fürchterlich.«

In der Dunkelheit sah Carvis nur Lisas Konturen. Sie rückte etwas näher. »Was ist passiert? Warum wurde sie verhaftet?«

»Ihr Vater hatte schweres Asthma. Zumindest war das Annas Begründung, warum ich ihre Eltern nie kennenlernen konnte. Ich habe ihr natürlich geglaubt und hatte Verständnis, aber es war eine Lüge, eine Notlüge. Ihr Vater war Rechtsanwalt und im Januar 1937 verhaftet worden. Wegen …«

Carvis knipste die Taschenlampe an, nahm Annas Akte und blätterte darin. »*… wegen Verleumdung von Adolf Hitler und Verbreitung staatsfeindlicher Propaganda. Dr. Manfred Körner wurde im Konzentrationslager Sachsenhausen inhaftiert.*« Carvis legte den Hefter ab. »Es gab keine Anklage, keine Gerichtsverhandlung, er verschwand einfach. Seine Familie wusste nicht einmal, wohin er gebracht worden war.«

Carvis machte eine Pause und wischte sich den Schweiß von der Stirn. »Es ist unvorstellbar und nicht zu ertragen, dass all das passierte, während ich mit Anna zusammen war, und trotzdem habe ich nichts, aber auch gar nichts bemerkt. Es ging ihr nicht gut, doch sie sagte, das sei wegen der Krankheit ihres Vaters. Wenn ich besser aufgepasst hätte, hätte ich vielleicht bemerkt …«

Lisa nahm seine Hand. »Glaub mir, du hättest nichts tun können. Die Gestapo ist skrupellos und geübt darin, Menschen verschwinden zu lassen, unter Druck zu setzen oder ihren Willen zu brechen. Deine Anna war machtlos.«

»Es kommt noch schlimmer.« Carvis klammerte sich an Lisas Hand. »Die Anschuldigungen gegen ihren Vater hatte ein Abteilungsleiter des Reichssicherheitsdienstes erhoben. Er hatte auch die Verhaftung und Verlegung nach Sachsenhausen organisiert. Sturmbannführer Hans-Josef Klein.«

Carvis spuckte jede Silbe des Namens aus.

»Kennst du ihn etwa?«

Carvis erzählte, wie Klein sich auf der Silvesterfeier im Eden-Hotel an Anna rangemacht hatte und wie sie ihn mit vereinten Kräften abwimmeln konnten.

»Ich hatte ihn natürlich längst vergessen, bis ich heute seinen Namen in der Akte gelesen habe. Jetzt ist mir alles klar. Wenige Tage nach der Feier hat er Annas Vater denunziert und als Druckmittel gegen sie eingesetzt. Das steht sogar im Protokoll ihrer Vernehmung.«

»Was steht da genau?«

Carvis blätterte einige Seiten um und las: *»Fräulein Körner verpflichtet sich zu jeder Form der Kooperation mit dem Sicherheitsdienst in Person von Sturmbannführer Klein, um ihrem Vater, Dr. Manfred Körner, die Gewährung einer Hafterleichterung zu ermöglichen.«*

»Was heißt denn Kooperation?«, fragte Lisa mit hochgezogenen Augenbrauen.

»Sie musste mich ausspionieren und erstattete Bericht über alles, was ich sagte oder tat. Meine Tätigkeit an der Universität, meine Gespräche mit ihr, anderen Studenten oder Professoren, was meine Eltern schrieben und über Deutschland dachten. Damit hat die Gestapo mich aus nächster Nähe überwacht.«

Lisa runzelte die Stirn und setzte sich aufrecht hin. »Ist das plausibel? Der ganze Aufwand, um einen fünfundzwanzigjährigen Studenten aus Amerika zu überwachen? Wieso? Warst du so wichtig, oder war da noch mehr? Was hat Klein noch von Anna verlangt?«

»Was meinst du?«

»Du sagtest, Klein hätte auf dem Silvesterball Interesse an ihr gehabt, und du wurdest erst danach überwacht, obwohl du schon ein halbes Jahr in Deutschland warst. Warum haben sich SD und Gestapo nicht früher für dich interessiert?«

»Was willst du damit sagen?« Carvis' Mund wurde trocken. Er ahnte, was kommen würde, hatte es schon die ganze Zeit befürchtet und wollte nicht, dass es ausgesprochen wurde.

Lisa knetete seine Finger zwischen den Händen. »Indem er Anna zwang, dich zu hintergehen, demonstrierte Klein seine absolute Macht. Er zeigte ihr, dass sie seinem Willen ausgeliefert war, und demütigte sie, indem sie über ihren Freund berichten musste. Ihr Vater, der Rechtsanwalt, war im KZ, und du, der Amerikaner, konntest ihr nicht helfen. Klein ging es nicht um dich, sondern um Anna. Er hatte sie in der Hand, und das hat er sie spüren lassen. Wahrscheinlich ist das nicht alles, und er hat sie sich auch noch auf eine andere Art gefügig gemacht. Überleg mal …«

»Schluss damit!« Carvis sprang hoch, lief über die Dachterrasse und stützte sich auf das Geländer. Der Gedanke, dass Klein Anna zum Sex gezwungen, auch nur berührt hatte, war unerträglich. Doch es passte zu ihrer Reaktion, als er ihr gesagt hatte, dass er länger in Berlin bleiben wollte. »Ich halte das nicht mehr aus«, hatte sie ihn angeschrien. Jetzt verstand er, warum. Je länger er blieb, umso länger musste Anna die Lüge aufrechterhalten. Wenn er verschwand, war sie zumindest diese Qual los.

»Wie ging es weiter?«, fragte Lisa.

»Steht auch in der Akte.« Carvis drehte sich um. »Drei Tage nach unserem Ausflug an die Havel, als ich sie das letzte Mal gesehen hatte, fuhr Anna zum SD in die Prinz-Albrecht-Straße und beschwerte sich bei Kleins Vorgesetzten. Sie verlangte die Freilassung ihres Vaters oder eine Gerichtsverhandlung, die seine Schuld bewies. Sie drohte, einen Rechtsanwalt mit dem Fall zu betrauen.« Er seufzte. »Sie wurde sofort verhaftet und hat das Gebäude nicht mehr lebend verlassen. Im Verhörprotokoll steht: *Sturmbannführer Klein teilte Fräulein Körner mit, dass die Hafterleichterung ihres Vaters wegen mangelnder Zusammenarbeit aufgehoben wurde.*«

Langsam ging Carvis zum Sofa zurück. Er nahm die Akte und riss ein Bündel Seiten heraus. »Ein paar Tage nach meiner Abreise haben sie ihr erzählt, dass ich mich längst mit einer anderen Frau getröstet hätte. Und dass ihr Vater im KZ gestorben sei. Man werde ihrer Mutter eine Urne und die Rechnung für die Einäscherung zukommen lassen. In dieser Nacht, nach mehr als einem Monat in Haft, hat sich Anna in ihrer Zelle erhängt.«

Lisa schwieg, während Carvis die Blätter zu Kugeln zusammenknüllte und in einen leeren Blumenkübel warf.

»Ich habe sie im Stich gelassen.« Er zog eine Packung Streichhölzer aus der Tasche und zündete die Papierkugeln an. »Erst habe ich nicht bemerkt, was ihr angetan wurde, und dann habe ich sie zurückgelassen.«

»Du hättest nichts tun können, Frederic.« Lisa fuhr mit dem Daumen über seinen Handrücken. »Sie hat dich geliebt.«

»Woher willst du das wissen?«

»Sonst hätte sie nicht so darunter gelitten, dich anzulügen. Klein hatte diese Macht nicht nur wegen ihres Vaters, sondern auch weil sie dich wirklich geliebt hat. Außerdem seid ihr vorher zusammengekommen, oder?«

Carvis nickte.

»Siehst du. Sie hat sich ohne Zwang in dich verliebt, und eure Liebe war so vollkommen, wie du sie wahrgenommen hast. Bis ihr auf das Monster vom SD getroffen seid.«

Lisa nahm Carvis den Hefter aus der Hand, öffnete die Klammern und zog einen Stoß Blätter heraus. Sie zerriss das Papier und streute die Fetzen ins Feuer. Schweigend arbeiteten sie sich durch die Akte, bis nur noch ein halbes Dutzend Seiten übrig war.

»Hast du die Notiz ganz hinten gesehen?« Lisa hielt Carvis einen beigen Papierstreifen entgegen.

Er schüttelte den Kopf

»Dann lies es.«

Carvis nahm das Blatt. *»Dr. Manfred Körner am 14. August 1944 in KZ Auschwitz verstorben. Fall geschlossen.«*

»Die Schweine haben sie angelogen«, rief Carvis. »Ihr Vater war gar nicht tot.«

»Lies weiter.«

»Ergänzung: Obersturmbannführer Klein September 1943 in Bialystok, Polen gefallen.« Carvis sah genauer hin. »Da hat noch jemand *Partisanen* druntergeschrieben.«

»Irgendwie gerecht, oder?« Lisa neigte den Kopf zur Seite und lächelte. »Anna war sehr mutig, beim Sicherheitsdienst die Freilassung ihres Vaters zu fordern. Du bist nicht schuld an ihrem Tod. Sie hat dich geliebt, und ich kann verstehen, warum. Über Jahre hast du dich nach ihr verzehrt, bist sogar hierhergekommen. Anna konntest du nicht mehr helfen, aber dafür hast du mich gerettet. Und darüber bin ich sehr froh.«

Sie sah ihm in die Augen und strich mit den Fingerspitzen über sein Gesicht. »Ich werde nie wie Anna sein, das musst du verstehen. Aber lieben kann ich dich genauso oder sogar noch mehr.«

Ihre Lippen streiften seine Wange. Sie saß jetzt ganz dicht neben ihm, ihre Oberschenkel berührten sich, und er fühlte sich ihr so nah wie seit Jahren niemandem mehr. Seine Haut kribbelte unter ihrer Berührung.

»Musst du auch nicht«, sagte er. »Ich hätte nie gedacht, hier, zwischen Tod und Zerstörung, etwas so Wunderbares wie dich zu finden. Du gibst dem Ganzen einen Sinn. Nicht Bergmann oder die Mission sind wichtig. Du bist es. Ich fühle mich, als wäre ich nur für dich hergekommen.«

Er küsste sie auf den Mund, den Hals und zog ihre Bluse aus dem Hosenbund. Lisas Hände fanden unter sein Hemd, jagten ihm einen Schauer über den Rücken, als er ihre Bluse aufknöpfte und vorsichtig den Stoff von den verletzten Schultern schob. Im Mondlicht liefen die Wunden von Engelhardts Skalpell als schwarze Linien auf ihrer weißen Haut entlang. Plötzlich stand Lisa auf, kickte ihre Schuhe von den Füßen und zog ihre Hose aus. Im Stehen beugte sie sich zu Carvis, wischte sich eine Haarsträhne aus dem Gesicht und küsste ihn.

»Ich werde nicht warten, bis uns morgen jemand tötet.«

Carvis lag rücklings auf dem Sofa und war mit sich im Reinen. Er befand sich in Lebensgefahr, wusste nicht, ob er den nächsten Tag überleben würde, und dennoch war er ruhiger als in den letzten acht Jahren. Er würde Anna nie vergessen, jeden Tag an sie denken, doch ab heute war sie ein Teil seiner Vergangenheit.

Lisa schlief halb auf ihm, den Kopf an seiner Brust und die Beine mit seinen verknotet. Die schulterlangen Haare kitzelten ihn an Hals und Wange. Ihr schlanker Körper wärmte ihn unter der Wolldecke, aber die Nachtluft strich kühl über sein Gesicht und hatte ihn geweckt. Carvis schielte auf das Leuchtzifferblatt seiner Armbanduhr.

Mittlerweile war es kurz nach eins, sie mussten sich auf den Weg machen. Vorsichtig löste er sich von Lisa. Sie blinzelte, lächelte ihn an. Carvis setzte sich auf, die nackten Füße auf den Bohlen verursachten Gänsehaut. Auf dem Tisch lagen die letzten Seiten aus Annas Akte. Das Feuer war längst erloschen, Asche und verkohlte Papierreste füllten den Keramiktopf bis zur Hälfte. Carvis knäulte die restlichen Blätter zusammen und zündete sie an. Die Passbilder hatte er an der Seite abgelegt, um sie später mitzunehmen. Er betrachtete die Fotos, erinnerte sich an die lebensfrohe Anna, wie er sie kennengelernt und geliebt hatte. *Ich wünschte, ich hätte dir helfen können,* dachte er und schloss die Augen.

Lisa regte sich, streichelte ihm mit der Hand über den Rücken.

Carvis legte die Bilder behutsam auf die brennenden Kugeln. Das Fotopapier flammte auf, wölbte sich in der Hitze, und Annas Gesicht verschwand im Feuer.

XXXXI

BERLIN, HAVELUFER, 26. APRIL 1945, 03:27 UHR

»Ich klettere keinesfalls über den Zaun. Wie stellen Sie sich das vor, Carvis?« Paul Bergmann ließ den Rest der Gruppe auf dem Fußweg stehen, humpelte ein paar Meter in den Wald und setzte sich auf einen umgestürzten Baumstamm. »Außerdem brauche ich eine Pause. Ich gehe keinen Meter weiter.«

»Professor, leise.« Carvis legte einen Zeigefinger auf die Lippen. »Über das Wasser hört man Sie meilenweit.«

»Keinen Meter.« Bergmann verschränkte die Arme und streckte die Beine von sich.

Zwei Stunden zuvor waren die beiden Amerikaner und vier Deutschen von Charlottenburg nach Westen aufgebrochen. Trotz der strikten Ausgangssperre huschten Schatten durch die Dunkelheit, hallten Schritte in den Straßen, ein Kind weinte. Überall stießen sie auf Familien, einzelne Soldaten und Ostflüchtlinge, die sich durch den Belagerungsring schleichen wollten. Geschützfeuer trommelte im Süden und Osten, der Schein eines brennenden Hauses beleuchtete den Himmel.

Zuerst war die Gruppe schnell vorangekommen. Martin Reske hatte Major Heinrich einen umgedrehten Besen als Krücke unter den Arm geklemmt und stützte ihn von der anderen Seite. Krokovski übernahm die Vorhut. Der Sergeant hielt zwanzig, dreißig Meter voraus nach Patrouillen Ausschau, während Lisa und Carvis dem Professor gut zuredeten, damit er durchhielt. Bergmann hatte sich im Bett von Lisas Großeltern ausgeruht und vor dem Abmarsch zwei Teller Kartoffelsuppe verschlungen. Carvis wich Lisa nicht von der Seite, die hin und wieder seine Hand berührte und ihn anlächelte.

An der Havel schwenkten sie nach Süden und folgten dem Fluss bis zur Stößenseebrücke, die immer noch in deutscher Hand war. Lautlos schlich die Gruppe im Schatten der Stützpfeiler unter der Brücke hindurch, während über ihnen Wehrmachtssoldaten auf der Fahrbahn patrouillierten. Fünfhundert Meter weiter fanden sie schließlich, was Carvis gesucht hatte: die exklusivsten Ruder- und Segelvereine Berlins.

»Wir brauchen ein Boot«, sagte Carvis, »und das gibt es da drinnen.« *Pichelsberger Jachtverein* stand in ausgeblichenen Buchstaben auf einem dreieckigen Segel, das neben dem Eingangstor an einem Mast aufgespannt war. Ein drei Meter hoher Zaun lief das Gelände entlang.

»Es tut mir leid, aber ich komme da auch nicht rüber.« Heinrich ließ sich stöhnend neben Bergmann auf den Stamm sinken. Er knöpfte die Uniformjacke auf, zog das Hemd zur Seite und legte eine blutige Mullbinde frei.

»Der Verband ist verrutscht.« Lisa ging neben ihm in die Hocke. »An der Hüfte hält er nicht. Ich muss Sie neu verbinden.«

»Wir können nicht warten.« Carvis fuhr sich mit den Händen durch die Haare. »Ich habe es doch erklärt, wir müssen bei Sonnenaufgang auf dem Wasser sein. Nicht hier, nicht im Wald. Auf dem Wasser.« Er zeigte erst nach Süden, dann nach Norden. »Die Russen sitzen vor uns im Grunewald, die Wehrmacht hinter uns am Stadtrand. Wir stecken genau dazwischen, und ich kann auf weitere Begegnungen verzichten. Wir müssen uns ein Boot besorgen und auf den Fluss.« Er atmete laut aus.

»Das kriegen wir hin«, sagte Heinrich. »Reske und Sergeant Krokovski steigen über den Zaun und beschaffen das Boot. In der Zwischenzeit verbindet mich Fräulein Reinhardt, und der Professor ruht sich aus. Wenn Reske und Krokovski so weit sind, kommen wir nach und schippern gemeinsam in den Sonnenaufgang. Einverstanden?«

»Das klingt gut.« Carvis nickte. »Aber Reske spricht kein Englisch und Krokovski kein Deutsch. Sie können sich nicht verständigen. Außerdem pflegt Krokovski eine hartnäckige Abneigung gegen deutsche Soldaten. Ich gehe mit Reske, Krokovski bleibt hier.«

»Von mir aus.« Heinrich biss sich auf die Lippen, als Lisa seinen Hüftverband löste.

Carvis erklärte Krokovski den Plan. »Bleiben Sie bei Bergmann, Sergeant. Aber genauso wichtig: Achten Sie auf Lisa. Verstanden?«

Krokovski verzog keine Miene. »Selbstverständlich. Dachte mir schon, dass Sie auf der Terrasse nicht nur Sterne gezählt haben.«

Carvis drehte sich zu Lisa, als Reske bereits den Fußweg überquerte. Vor dem Bretterzaun steckte ein Holzschild im Gras. *Nur für Mitglieder und eingeführte Gäste.*

»Wir führen uns selbst ein.« Der Gefreite setzte einen Fuß auf das Schild und zog sich am Zaun hoch.

Carvis drückte Lisa an sich. »Wir brauchen nur ein paar Minuten.« Er küsste sie auf die Lippen, strich ihr über die Wange und küsste sie wieder.

»Beeilt euch«, sagte sie. »Und komm ja zu mir zurück.«
»Versprochen.«

XXXXII

BERLIN-GRUNEWALD, 26. APRIL 1945, 03:43 UHR

Hauptmann Alexander Romanenko rieb sich mit der Hand über die Augen. Das war die zweite Nacht ohne Schlaf. Wenn er die Lider für ein paar Sekunden schloss, ließ der Druck dahinter sofort nach, aber er musste sich zwingen, sie wieder zu öffnen. Nach mühsamen Kämpfen kontrollierte die Rote Armee zwar endlich den verfluchten Wald, doch jetzt sollte seine Kompanie herausfinden, ob die Wehrmacht immer noch die Brücken über die Havel hielt.

Romanenko kniff sich in die Wange und vertrieb zumindest kurz die grauen Schlieren aus seinem Kopf. Jeder Gedanke fiel ihm schwer. *Ideale Voraussetzungen, um einen Spähtrupp anzuführen,* dachte er und ahmte die Schritte seines Vordermanns nach, um Zweige und Minen zu vermeiden. Er musste voll auf der Höhe sein. Ein paar Faschisten im Hinterhalt, und die Aufklärungsmission würde ein brutales Ende finden. Immerhin war die Natur auf ihrer Seite. Eichen und Kiefern standen weit auseinander, das Unterholz war nicht besonders dicht. Wenn der Mond durch die Baumkronen schien, konnte Romanenko bis zum Unteroffizier an der Spitze sehen.

Plötzlich hörte er eine Stimme, und der Unteroffizier riss die Faust hoch. Der ganze Zug erstarrte. Die Männer verschmolzen mit der Nacht, wurden in der Bewegungslosigkeit unsichtbar.

Wieder die Stimme. Deutsch. Viel zu laut. Romanenko rannte gebückt an seinen Männern vorbei nach vorne.

Was ist los?, signalisierte er dem Unteroffizier, der in einer flachen Kuhle lag. Der Soldat hob vier Finger und zeigte geradeaus. Romanenko verstand kein Deutsch, aber die Tonlage erinnerte ihn an seinen Mathematiklehrer, wenn er der Klasse eine Standpauke hielt. Meckernd, penetrant, endlos. Eine Frauenstimme antwortete. Romanenko schlich vorwärts, den Zeigefinger am Abzug der Maschinenpistole. Links tauchte der Fluss zwischen den Bäumen auf. Ein fast regungsloses, bauchiges Band, das andere Ufer versteckte sich in der Dunkelheit. Romanenko kniete hinter einem Busch, der Unteroffizier an seiner Seite. Der Mond beleuchtete die Szenerie vor ihnen wie eine Theaterbühne.

Ein alter Mann hockte auf einem Baumstamm und referierte mit ausschweifenden Gesten. Daneben saß ein deutscher Offizier, dem eine junge Frau einen Verband um die Hüfte wickelte. Einige Meter entfernt stand ein stämmiger Zivilist, drehte den Kopf nach rechts und links, sah am Flussufer entlang und beobachtete den Wald. Der Mann trug keine Uniform, aber Romanenko erkannte sofort den Soldaten vor sich. Ein SS-Offizier auf der Flucht, der sich von seiner kompromittierenden Uniform getrennt hatte?

Romanenko teilte seine Männer zum Angriff ein. Nur der Major und der Zivilist waren bewaffnet.

»Lasst den Offizier am Leben«, flüsterte er. »Vielleicht weiß er etwas über die Verteidigung der Brücken. Und ich will den Zivilisten.«

Als Romanenko das Signal zur Attacke geben wollte, zog ihn sein Unteroffizier am Arm und winkte mit einem der

Fotos, die am Tag zuvor verteilt worden waren. Der Unteroffizier kroch näher an Romanenko heran, legte das Bild auf den Waldboden und schirmte es mit seiner Uniformjacke ab. Er knipste eine Taschenlampe an und beleuchtete das Foto.

Romanenko unterdrückte einen Aufschrei. »Sind Sie noch ganz bei Trost? Licht aus!«

Der Unteroffizier verschluckte sich vor Aufregung, seine Stimme kratzte heiser. »Da sitzt doch der Mann von dem Foto, oder? Das ist er doch. Wir haben ihn gefunden.«

Romanenko betrachtete das Bild, blickte zu dem alten Mann, der wie sein Lehrer redete, und spürte, wie ihm kalter Schweiß ausbrach.

Die Havel atmete ein hauchdünnes Nebelband, das wie ein Seidenschal auf dem Wasser schwebte. Kühle Luft streichelte Carvis' Gesicht, als er mit Reske über das weitläufige Areal zur Anlegestelle des Jachtvereins lief. Der Rasen verschluckte ihre Schritte. Die Stille wirkte mitten in der umkämpften Stadt fremd und unwirklich. Wie eine Täuschung, hinter der Chaos, Gewalt und Zerstörung lauerten.

Auf dem Sandstreifen am Wasser lagen zwei Ruderboote und ein halbes Dutzend Jollen, jedes Boot ordentlich mit Segelplanen abgedeckt. Am Steg schaukelten Jachten in der leichten Strömung, Leinen klapperten an den Masten, und ein Fender schabte an einer Bootswand.

Carvis schaute in die Boote. »Mist, keine Ruder.«

»Vielleicht im Schuppen neben dem Steg.« Reske ging auf die Holzhütte zu, als ein Schuss die Stille zerriss. Enten stießen mit knallenden Flügelschlägen aus dem Schilf. Eine Salve folgte und wieder einzelne Schüsse.

»Verdammt, die Russen«, rief Reske.

Carvis beachtete ihn nicht. Er rannte über den Rasen, zurück zum Eingang. Als er das Vereinshaus umrundete, hörte er einen Schrei. Lisa. Der Weg zum Tor nahm kein Ende.

Carvis und Reske fanden Walter Heinrich auf dem Rücken liegend hinter dem Baumstamm. Die Pistole noch in der Hand, der neue Verband blutgetränkt von Schusswunden in der Brust.

Carvis tastete nach der Halsschlagader und fühlte nichts. »Er ist tot.«

»Das kann nicht sein.« Reske stieß den Amerikaner zur Seite. Er warf sich neben den Major und riss ein Verbandspäckchen auf.

»Wo sind Lisa, Bergmann und Krokovski?« Carvis drehte sich im Kreis.

»Lisa«, rief er in die Dunkelheit. »Lisa, wo seid ihr?«

Ich glaube, ich werde verrückt, schoss es ihm durch den Kopf. *Wo ist sie?*

Tiefer im Wald knallte ein Schuss. Und kurz hintereinander ein zweiter, ein dritter. Carvis rannte los, stieß Äste und Zweige aus dem Weg und stürzte zwischen den Bäumen hindurch. Auf einer Lichtung kam ihm eine Gestalt entgegen. Carvis riss die Maschinenpistole an die Schulter.

»Nicht schießen, Captain. Ich bin's, Krokovski.«

»Wo zum Teufel kommen Sie her?« Carvis ließ die Waffe sinken. »Was ist passiert? Wo ist Lisa?«

Krokovski holte zweimal tief Luft. »Sie und der Kraut waren zehn Minuten auf dem Vereinsgelände, als ich im Wald ein Schimmern sah. Wie von einer verdeckten Lampe. Ich rief eine Warnung, aber Ihre Freundin und der Kraut-Offizier haben mich nicht verstanden, und bis Bergmann wusste, was ich wollte, stürmte die ganze verdammte Rote Armee auf uns zu. Zwanzig bis dreißig Mann. Heinrich hat sofort geschossen, da haben die Russen aus allen Rohren gefeuert und ihn niedergemacht.«

»Und dann?«, fragte Carvis, während beide zurück zu Reske liefen. »Was ist dann passiert? Machen Sie den Mund auf, Sergeant.«

»Der Professor hat im Kugelhagel irgendwie nichts abgekriegt, und Ihre Freundin hat sich zu Boden geworfen. Ich bin in den Wald …«

»Moment.« Carvis blieb stehen und fasste den Sergeant am Ärmel. »Sie sind abgehauen?«

Krokovski schüttelte die Hand ab. »Hätte ich mich abknallen lassen sollen? Oder eine Unterhaltung beginnen? So von Waffenbruder zu Waffenbruder?« Er stemmte die Arme in die Seite. »Drei haben mich verfolgt, aber ich habe zwischen den Bäumen einen Bogen geschlagen und sie erledigt. Die Bastarde haben so viel Radau gemacht, dass sie gar nicht mitbekommen haben, was sie von hinten umhaut.«

Carvis und Krokovski erreichten den Fußweg neben dem Segelclub, wo Reske immer noch neben Heinrichs Leiche kniete.

»Wo zum Teufel sind Bergmann und Lisa?«, fragte Carvis.

»Wenn sie nicht hier sind, müssen die Russen sie mitgenommen haben.« Krokovski vermied Carvis' Blick.

Carvis packte den Sergeant mit beiden Händen an der Jacke. »Sie sollten auf beide aufpassen. Erinnern Sie sich?«

Krokovski schwieg.

»Und wenn wir schon dabei sind, Sergeant. Halten Sie mich nicht für dämlich. Ich weiß, warum Sie im Lazarett auf Bergmann geschossen haben. Aber vergessen Sie's. Wir bringen den Professor nicht einfach um, sondern liefern ihn bei Pash ab. Verstanden?«

Krokovski starrte Carvis in die Augen und verzog den Mund. »Ich habe direkten Befehl von Major Kelley, mit allen Mitteln sicherzustellen, dass Bergmann den Russen nicht in die Hände fällt. Und wenn die Lage aussichtslos ist, ist eine Kugel der letzte Ausweg. Dann ist es besser, niemand kriegt ihn, und er nimmt sein Wissen mit ins Grab.«

»Na, das hat ja wunderbar funktioniert. Gratuliere.« Carvis lief wütend auf und ab. »Aber hier ist nicht das Ende, das akzeptiere ich einfach nicht. Wir holen sie zurück. Und gnade Ihnen Gott, wenn die Russen Lisa auch nur ein Haar krümmen.«

Carvis ließ seinen Blick über den Wald streifen und zwang sich zur Ruhe. »Welche Richtung haben sie genommen?«

»Wahrscheinlich am Fluss entlang nach Süden«, erwiderte Krokovski nach kurzem Überlegen. »Mit den Gefangenen sind sie langsamer und …«

Plötzlich hörten sie entferntes Johlen und Geschrei. Die Amerikaner sahen sich an.

»Singt da jemand?« Carvis neigte den Kopf und lauschte. »Tatsächlich, das ist russischer Gesang.«

Krokovski nickte. »Klingt wie eine Feier, die aus dem Ruder läuft. Was ist südlich von hier?«

»Das Wirtshaus Schildhorn.« Carvis dachte an den Strand auf der Landzunge, die gegenüber dem Wirtshaus lag. An die letzte Begegnung mit Anna. Er schob den Gedanken zur Seite.

Jetzt ging es um Lisa. »Wenn wir dem Fluss folgen, kommen wir direkt dorthin. Sind das unsere Russen?«

Krokovski schüttelte den Kopf. »Ich glaube nicht, dass sie schon so weit gekommen sind. Aber wenn sie nach Süden wollen, liegt das Wirtshaus auf ihrer Route. Wenn da noch mehr von der Bande sind, werden sie dort sicher stoppen.«

»Gut, dann los. Vielleicht haben wir eine Chance, sie einzuholen. Wenn Lisa und der Professor dort sind, befreien wir sie.« Carvis öffnete seine lederne Magazintasche und prüfte die Munition.

Krokovski nickte. »Nur damit wir uns richtig verstehen, Ihre Freundin interessiert mich nicht. Das müssen Sie alleine regeln. Ich will nur Bergmann.«

Carvis antwortete nicht. *Lisa von den Russen gefangen.* Der Gedanke war nicht zu ertragen. *Schnell, schnell, schnell,* brüllte sein Kopf. Am liebsten wäre er sofort losgestürzt. Aber Hast bedeutete den Tod. Er atmete kontrolliert ein und aus.

Er ging zu Reske und erklärte dem Deutschen seinen Plan. »Krokovski und ich gehen alleine, aber Sie müssen unseren Rückzug sichern, sonst sind wir erledigt.« Reske nickte.

»In Ordnung.« Carvis winkte Krokovski. »Los jetzt. Hoffen wir, dass die Russen Bergmann noch nicht erkannt haben.«

XXXXIII

BERLIN, HAVELUFER, 26. APRIL 1945, 04:29 UHR

Lisa stolperte vorwärts, den Blick auf die Stiefel des Soldaten vor ihr geheftet. Ihr Herz raste nicht nur wegen des hohen Tempos, mit dem die Russen nach Süden marschierten. Von einer auf die andere Sekunde hatte sich alles zerschlagen. Eben noch hatte sie von einer Zukunft in Amerika geträumt, und im nächsten Moment ging es wieder ums nackte Überleben.

Der Rotarmist hinter ihr stieß sie ins Kreuz. »Dawai, schneller.«

Wenigstens sind wir auf dem Weg am Fluss geblieben, dachte Lisa. Sie lief wie auf Watte und musste sich auf jeden Schritt konzentrieren. Ihre Beine, ihre Knie fühlten sich weich an, als könnten sie jeden Augenblick nachgeben. Im Wald wäre sie in der Dunkelheit längst gestürzt. Bergmann war weiter vorne bei dem russischen Offizier. Ein Soldat trug den Professor auf dem Rücken, damit er den Trupp nicht bremste.

Ein neuer Stoß ließ sie taumeln. Lisa hatte das Gesicht des Russen hinter ihr gesehen, als er Major Heinrich die Armbanduhr vom Handgelenk zog. Große Augen, volle Wangen und lange Wimpern. Das Antlitz eines Engels. Er hatte sie von oben bis unten gemustert und mit dem Mund ein schmatzendes Geräusch gemacht. Als er sie anlächelte, fuhr er sich langsam mit dem Daumen über die Kehle. Seitdem klebte er hinter ihr. *Ich bin noch am Leben,* dachte sie. *Das ist gut.* Sie konnte sich aber ausmalen, was Engelsgesicht vorhatte, wenn die Rotarmisten ihr Ziel erreichten. Das war nicht so gut.

Sie warf einen Blick zurück und kassierte sofort einen neuen Schubs. Die drei Soldaten, die der russische Offizier Krokovski hinterher geschickt hatte, waren bisher nicht zurückgekehrt. Dann war der ruppige Sergeant wohl noch am Leben. Lisa konzentrierte sich wieder auf den Fußweg und hoffte, dass Carvis irgendeine Möglichkeit finden würde, sie zu retten.

Nach kurzer Zeit hörte sie ein Grölen und Gesang, der immer lauter wurde. Licht flackerte zwischen den Bäumen. Sie wusste, wo sie war. Eine Landzunge ragte wie ein Haken in die Havel und formte eine Bucht. Jeder Berliner kannte das Wirtshaus Schildhorn an der Jürgenlanke, wie die Bucht im Volksmund hieß. Wanderer legten in einer der weiß getünchten Restauranthallen eine Pause ein, und Segler vertäuten ihre Boote gerne am Steg für Würstchen mit Kraut im Biergarten. Selbst im Winter bot der gut geheizte Glaspavillon einen melancholischen Blick auf den verschneiten Wald und die eisige Bucht.

Der russische Spähtrupp passierte das zweistöckige Wohnhaus der Wirtsleute, das mit einigen Schuppen etwas abseits stand. Schwarze Einschusslöcher übersäten die Reliefmedaillons, die die Wände zwischen den Fenstern schmückten. Sie umrundeten das Gelände und erreichten den Haupteingang.

Unter dem Torbogen blieb Lisa stehen. Ein russischer Geländewagen steckte im Lattenzaun. Engelsgesicht schlug sie zwischen die Schultern. Lisa stolperte zwei Schritte vorwärts, konnte die Augen aber nicht von dem Anblick vor ihr abwenden. Die Apokalypse war über das Wirtshaus an der Havel hereingebrochen.

Hauptmann Romanenko traute seinen Augen nicht. Hunderte Rotarmisten betranken sich in den mit Fachwerk verkleideten Restauranthallen, standen auf Bänken oder dösten unter den Tischen. Biergläser flogen durch die Luft und zersplitterten an den Wänden. Ein Lärm wie in einer Boxarena. Russische Soldaten stolperten aus dem Glaspavillon, Weinflaschen und geräucherte Schinken in den Armen, so viel sie tragen konnten. An einem Bierfass zapfte ein deutscher Soldat um sein Leben. Ein schwankender Russe hielt ihm eine Pistole an den Kopf und schob mit der anderen Hand immer neue Biergläser über den Tresen, von denen die Hälfte über den Rand kippte und am Boden zerschellte. Von singenden Kameraden umringt, tanzte ein nur mit Stiefeln und Mütze bekleideter Soldat auf einer Bierbank und haute in die Tasten eines Akkordeons.

»Wer hat in dem Saustall das …?«, brüllte Romanenko, als eine Kellnerin mit zerfetzter Bluse aus einer Halle stürzte. Blut tropfte aus ihrer Nase auf die graue Schürze. Die Augen weit aufgerissen, rannte sie auf den Spähtrupp zu. Direkt hinter ihr schoss ein russischer Soldat durch die Tür, gefolgt von einem zweiten. Die Kellnerin stolperte und stürzte mit einem Aufschrei auf den Kiesweg. Mit drei Schritten war der vordere Russe bei ihr, fasste sie am Arm und wurde zu Boden gestoßen.

»Die gehört mir, Schweinehund. Finger weg!« Der zweite Rotarmist trat den ersten gegen den Kopf und in den Bauch. Er drehte sich um und zog die Kellnerin an den Haaren hoch, als ihn ein Schuss in den Rücken traf. Der erste Russe lag auf der Seite, die Pistole in der Hand, und feuerte. Bergmann zuckte zusammen, als neben ihm eine Kugel an einem Eimer abprallte.

Romanenko schoss das Blut ins Gesicht. Er riss seine Maschinenpistole hoch. »Waffe runter. Sofort!«

Der Rotarmist sah dem Hauptmann in die Augen und ließ die Pistole sinken.

»So eine verfluchte Sauerei.« Romanenko winkte seinem Unteroffizier. »Nehmen Sie den Vollidioten unter Arrest und schließen Sie den Professor irgendwo ein, bevor der nächste Besoffene ihn umbringt.«

Der Unteroffizier nickte.

»Sperren Sie die Frauen dazu, bevor es noch mehr Mord und Totschlag gibt, verdammt noch mal.« Romanenko zeigte auf Lisa und die Kellnerin, die zitternd am Boden saß und die Arme vor der Brust verschränkte.

»Und postieren Sie Wachen, Unteroffizier. Von unseren eigenen Männern. Niemand darf zu dem Professor oder den Frauen, verstanden? Ich informiere inzwischen Oberst Patzejew, dass wir Professor Bergmann festgenommen haben.«

XXXXIV

BERLIN, WIRTSHAUS SCHILDHORN,
26. APRIL 1945, 05:04 UHR

Die Kellnerin weinte. Sie kauerte in der hintersten Ecke des Schuppens und zog den grauen Arbeitskittel, den Lisa an einem Haken gefunden hatte, fest um ihre Schultern. Lisa hockte neben ihr und hatte einen Arm um sie gelegt. Der Professor saß auf einem dreibeinigen Schemel und brabbelte vor sich hin.

»So war das nicht abgemacht. So nicht. Das können Sie Frederic Carvis gerne ausrichten, Fräulein Reinhardt.« Bergmann hob einen Zeigefinger. »Carvis sollte mich vor den Russen in Sicherheit bringen. Und nun? Die verschleppen mich doch direkt nach Sibirien. Schöne Geschichte.«

Lisa ignorierte das Gejammer des Professors und hob den Kopf. Sie hatte draußen ein Geräusch gehört. Vor der Tür patrouillierten drei russische Soldaten. Durch die Spalten der grob gezimmerten Wände konnte sie ihren Schritten und gedämpften Stimmen folgen. Aber sie hatte noch etwas anderes gehört. Weiter weg. Lisa lauschte. Da war es wieder.

Kling.

Und noch einmal.

Kling, kling.

Das Geräusch kam näher. Plötzlich erkannte sie den Ton. Das waren mehrere Flaschen, die von jemandem getragen wurden und aneinanderstießen.

»Nach Amerika, das war die Vereinbarung …«

»Halten Sie den Mund.« Lisa spürte, wie ihr ein Schweißtropfen den Rücken hinunterlief.

Draußen ertönte eine neue Stimme. Laut und selbstsicher. Die Wachen antworteten. »Spaciba, spaciba.«

Die Flaschen wechselten den Besitzer, und das Geräusch entfernte sich wieder. Lisas Knie fingen an zu zittern. Das war kein normaler Wachwechsel. Ihr Magen verkrampfte. Sie stand auf, sah sich um und suchte eine Waffe. Irgendetwas, um sich zu verteidigen. An der Wand gegenüber der Tür stand ein Holzregal. Mondlicht fiel durch ein mickriges Fenster. Im Halbdunkel tastete Lisa zwischen alten Farbdosen, Blumentöpfen und Metalleimern umher. Ganz hinten entdeckte sie zwischen einem halben Dutzend Pinsel einen schmalen Spachtel.

Ein Schlüssel knirschte im Schloss. Die Tür bestand nur aus dünnen Brettern, doch zumindest war sie ein imaginärer Schutz gegen den Soldatenmob gewesen, der immer noch im Wirtshaus wütete.

Lisa griff nach dem Spachtel und stieß mit den Fingerspitzen gegen den Holzgriff. Der Spachtel rutschte nach hinten und fiel scheppernd zwischen Wand und Regal nach unten.

Die Tür schwang auf. Engelsgesicht lächelte. Lisa warf sich zu Boden und fuhr mit beiden Händen unter dem Regal hin und her. Staub brannte ihr in den Augen. Zwei Rotarmisten tauchten hinter Engelsgesicht auf, drängten an ihm vorbei in den Schuppen. Engelsgesicht sagte etwas und zeigte auf Lisa. Die beiden nickten und stürzten sich auf die Kellnerin. Lisa hörte ihre Schreie, als Engelsgesicht langsam auf sie zukam. Sie rollte sich auf den Rücken und trat mit Wucht gegen sein rechtes Knie. Der Russe stieß einen überraschten Laut aus.

Lisa stützte sich auf die Ellenbogen und stieß die Ferse gegen sein Schienbein, aber Engelsgesicht wich aus und trat sie in die Rippen. Lisa stockte der Atem. Der Russe presste ein Knie auf ihre Brust und schlug ihr mit der Faust ins Gesicht. Ihr Hinterkopf knallte auf den Boden, Blitze funkten vor ihren Augen, und sie schmeckte Blut. Engelsgesicht warf sich auf sie, erdrückte sie mit seinem Gewicht. Sein Atem stank nach Zigaretten und Bier. Er rutschte zwischen ihre Beine, legte eine Hand um ihren Hals, mit der anderen öffnete er ihren Gürtel.

»Bergmann, helfen Sie mir«, krächzte sie. Der feste Griff des Russen ließ ihr keine Luft zum Atmen.

Der Professor antwortete nicht. Lisa drehte den Kopf, sah, wie die Kellnerin sich gegen die beiden Rotarmisten wehrte, aber Paul Bergmann war verschwunden.

Die Gürtelschnalle war jetzt offen, und Engelsgesicht zerrte an den Knöpfen ihrer Hose. Lisas Finger kratzten über den Boden und fanden den Spachtel. Sie packte zu und stieß die schmale Klinge so fest sie konnte gegen den Hals des Russen. Doch Engelsgesicht riss den Arm hoch, lenkte den Stoß in letzter Sekunde ab, und der Spachtel pflügte eine Furche in seine Wange. Der Russe brüllte auf. Mit beiden Händen packte er ihre Kehle und drückte zu. Lisa schnappte nach Luft, doch es kam nichts. Sie japste und röchelte, in ihrem Kopf begann sich alles zu drehen. Dunkelheit kaperte ihr Bewusstsein. Engelsgesicht beugte sich über sie. Blut lief über sein Kinn und tropfte auf ihre Lippen. Lisa zog den Arm zurück, spannte alle Muskeln an und rammte dem Russen den Spachtel unter den Kehlkopf.

Engelsgesicht riss die Augen auf. Plötzlich konnte Lisa wieder atmen. In großen Zügen saugte sie Luft ein. Verschluckte sich, fing an zu husten. Engelsgesicht tastete mit erstauntem Gesichtsausdruck seinen Hals ab. Hinter ihm kamen noch zwei Männer durch die Tür. Mit einem Ruck zog Engelsgesicht den Spachtel raus. Ein rotes Rinnsal lief seinen Hals hinunter, die Wunde blubberte rote Bläschen bei jedem Atemzug. Dumpfe Schläge und Schmerzenslaute drangen aus der Ecke der Kellnerin. Lisa schüttelte ihre Benommenheit ab. Sie drehte sich unter Engelsgesicht, versuchte ihn abzuschütteln, als der Russe zur Seite fiel und Carvis sich über sie beugte.

XXXXV

BERLIN, WIRTSHAUS SCHILDHORN,
26. APRIL 1945, 05:22 UHR

Patzejew sprang aus dem Jeep, bevor der Wagen richtig stand. Vor dem Biergarten erwartete ihn ein russischer Hauptmann mit einem Unteroffizier und zwei Dutzend Soldaten. Die Männer bildeten drei Reihen, aber sie grinsten und schubsten sich, als hätten sie Hitler persönlich zur Strecke gebracht.

»Wo ist Bergmann?« Patzejew hatte keine Geduld für Formalitäten.

Der Hauptmann trat zwei Schritte vor und salutierte. Er versuchte, ein ernstes Gesicht aufzusetzen, doch seine Mundwinkel spielten nicht mit und zuckten nach oben. Nach ein paar Sekunden gab er auf und grinste ebenfalls über beide Ohren.

»Bitte hier entlang, Genosse Oberst. Ich bin Hauptmann Romanenko. Zur Sicherheit habe ich Professor Bergmann einsperren und bewachen lassen.«

»Sehr vernünftig. Wo haben Sie ihn gefunden?« Patzejew kratzte einen Rest Höflichkeit zusammen. Immerhin hatten diese Männer seine wichtigste Beute gefasst. Der Hauptmann begann einen Bericht, aber Patzejew hörte nicht zu. Hinter ihm sprangen seine eigenen Soldaten von den Lkw. Wenn er Bergmann erst einmal in den Fingern hatte, würde er ihn persönlich nach Moskau schaffen.

Sein neuer Stellvertreter rief Befehle. Die Stimme irritierte Patzejew jedes Mal aufs Neue. *Mensch, Kolja,* dachte er. *Der weite Weg von Minsk, und jetzt verpasst du unseren glorreichen Triumph.* Kolja lag bewusstlos im Lazarett, die Ärzte gaben ihm wenig Chancen. Patzejew rechnete jeden Moment mit der Todesnachricht. Wenn er an Kolja dachte, flackerte der gleiche Zorn in ihm hoch, den er beim Tod seiner Familie gefühlt hatte. Dieses Mal gab es allerdings jemanden, den er persönlich zur Rechenschaft ziehen konnte.

»Haben Sie auch die amerikanischen Agenten?« Patzejew unterbrach Romanenko, ohne ein Wort des Hauptmanns wahrgenommen zu haben. Er konnte es nicht erwarten, die verfluchten Amerikaner leiden zu sehen. Als er ihn gefunden hatte, war sein Freund noch bei Bewusstsein gewesen. Stockend hatte Kolja von dem kurzen Kampf mit den Amerikanern erzählt. Sie würden einen tagelangen Tod sterben.

»Nein, Genosse Oberst«, erwiderte der Hauptmann. »Außer der Frau waren der deutsche Major und ein Zivilist bei Bergmann. Den Faschisten haben wir getötet, den Mann suchen wir noch. Aber vielleicht weiß die Frau etwas.«

Patzejew antwortete nicht. Er ballte die Fäuste, bis sich seine Fingernägel in die Handflächen bohrten. Romanenko führte ihn am Zaun entlang um das Wirtshaus. Eine Prozession aus seinen und Romenankos Soldaten folgte ihnen. Ansonsten herrschte blanke Anarchie auf dem ganzen Gelände. Patzejew ignorierte die Disziplinlosigkeit. Das war nicht sein Problem, er wollte Bergmann.

Sie steuerten auf einen Holzschuppen am äußersten Ende des Grundstücks zu. Mehrere Taschenlampenkegel trafen die Hütte gleichzeitig. Die Bretter waren alt und ausgeblichen, eine Wand komplett mit Efeu bewachsen – und die Tür stand offen.

»Wo sind Ihre Wachen?« Patzejew widerstand nur mit Mühe dem Drang zu schreien.

Romanenko machte einen Satz, rannte die letzten Meter und verschwand im Halbdunkel. Patzejew fluchte. Er riss einem Soldaten die Lampe aus der Hand und betrat den Schuppen.

Romanenko kniete neben einem röchelnden Soldaten. Blut sickerte aus einer Wunde am Hals.

»Wo ist Bergmann?« Patzejew leuchtete den Raum ab. Auf der gegenüberliegenden Seite lag ein Rotarmist auf dem Boden, ein zweiter setzte sich mühsam auf, der Kopf blutverschmiert.

»Wo ist Bergmann, verdammt noch mal? Ich will eine Antwort!«, rief Patzejew.

»Ich weiß es nicht.« Romanenko stand wieder auf, trat an Patzejew vorbei und beugte sich über den sitzenden Soldaten. »Was ist passiert?«

Der Rotarmist antwortete nicht, sondern starrte ins Leere. Blut sickerte aus einer Platzwunde auf der Stirn.

Romanenko schlug ihn mit der Hand ins Gesicht. »Reden Sie.«

Der Soldat zuckte zusammen. Stockend berichtete er, wie er mit seinen Freunden die Wachen bestochen und weggeschickt hatte und wie sie über die Frauen hergefallen waren. Bis sie von zwei Männern überwältigt wurden, die weder Russisch noch Deutsch sprachen.

Patzejew spürte, wie ihm die Hitze in den Kopf stieg. Die Amerikaner hatten Bergmann zurückgeholt. Mit der Faust schlug er gegen ein Regal und stieß einen Schrei aus.

»Hauptmann Romanenko«, sagte er mit unterdrückter Wut. »Dafür tragen Sie die Verantwortung. Lassen Sie diesen Abschaum und die Wachen erschießen.«

Patzejew trat aus der Hütte. Sein neuer Stellvertreter teilte die Soldaten bereits in Gruppen ein. Patzejew mochte die Stimme immer noch nicht, aber der Mann war effizient. Fast wie Kolja.

Seine Männer sahen ihn an. Im Mondlicht konnte er nur wenige Gesichter ausmachen, doch er spürte ihren Zorn und ihre Entschlossenheit, die entflohene Beute wieder aufzuspüren und zur Strecke zu bringen.

»Wir sind bereit, Genosse Oberst«, sagte sein Stellvertreter.

»Männer, wir suchen Professor Bergmann, eine deutsche Frau und mindestens zwei amerikanische Agenten. Sie sind noch in der Nähe. Ich will alle vier lebend. Findet sie!«

XXXXVI

BERLIN, WIRTSHAUS SCHILDHORN,
26. APRIL 1945, 05:36 UHR

Carvis rannte mit Lisa an der Hand am Zaun entlang. Sie stolperte, verlor das Gleichgewicht, doch er fing sie im letzten Moment auf. Ihr Herz hämmerte, als er sie eine Sekunde an sich drückte. Sein Magen verkrampfte bei ihrem Anblick. Verkrustetes Blut klebte vom Kinn bis zum linken Ohr. Dunkle Flecken lagen wie ein Ring um ihren Hals, wo der Russe sie gewürgt hatte.

»Geht's?« Carvis zwang sich zu einem Lächeln.

Lisa drückte seine Hand. »Weiter.«

Sie hasteten durch einen Schrebergarten, an einem Komposthaufen vorbei zur Pforte, durch die Carvis und Krokovski eine halbe Stunde zuvor das Gelände des Wirtshaus Schildhorn betreten hatten. Der Sergeant war mit Bergmann dicht hinter ihnen. Krokovski hatte den Professor kurzerhand in eine Schubkarre gesetzt und chauffierte den alten Mann durch die Nacht.

Die Russen waren völlig außer Rand und Band. Jede militärische Disziplin war zusammengebrochen, niemand beachtete Carvis' Gruppe, die durch die Schatten schlich. Doch irgendwann würde auffallen, dass Bergmann verschwunden war, und bis dahin wollte Carvis weit weg von der betrunkenen, schwer bewaffneten Meute sein.

Er zog an der gut geölten Tür, die ohne einen Ton aufschwang. Auf der anderen Seite drückte die Kellnerin, die ihnen bisher schweigend gefolgt war, Lisas Arm.

»Danke«, flüsterte sie und verschwand in den Grunewald.

»Wie habt ihr uns gefunden?«, fragte Lisa, als sie durch kniehohes Gras Richtung Havel liefen.

»Wir sind dem Lärm zum Wirtshaus gefolgt. Wir hatten gehofft, dass die Russen euch irgendwo einsperren. Dann haben uns Glück und Paul Bergmann geholfen.«

»Wie bitte, der Feigling? Er ist abgehauen und hat mich im Stich gelassen.«

»Schsch, leise.« Carvis hob eine Hand. Er zeigte auf ein Pärchen, das sich ein paar Meter voraus in der Wiese wälzte. Nackte Oberschenkel und weiße Pobacken leuchteten im Mondschein. Der Mann schnaufte, während die Frau russische Schnurrlaute von sich gab.

Die Gruppe schlich in einem weiten Bogen um das Liebespaar und steuerte weiter auf den Fluss zu.

»Wir haben die Gegend ausgekundschaftet und die Pforte im Zaun gefunden«, setzte Carvis wieder an. »Auf dem Gelände haben wir Schreie gehört, und plötzlich stürzte der Professor Hals über Kopf aus einem Schuppen. Da wussten wir, wo du steckst.«

»Ich wollte Hilfe holen«, rief Bergmann von hinten. Lisa schnaubte und ignorierte ihn.

Carvis fuhr fort.

»Krokovski hat die anderen Russen niedergeschlagen, und ich wollte dir helfen, aber du hattest dir bereits selbst geholfen.« Er schluckte, als er an den Spachtel im Hals des Russen dachte.

»Wo laufen wir hin?«, flüsterte Lisa. »Das ist doch der Weg auf die Landzunge. Da sitzen wir in der Falle, wenn uns die Russen entdecken.«

»Oder wir hängen sie ab.« Carvis grinste und folgte dem Trampelpfad am Wasser. Nach fünfzig Metern stieß er einen unterdrückten Pfiff aus. Eine Gestalt löste sich aus den Schatten und winkte.

»Da sind Sie ja endlich. Ich dachte schon, Sie kommen nicht mehr.« Martin Reske sah alle der Reihe nach an.

Carvis lachte leise. »Ich freue mich auch, dass Sie da sind. Kann es losgehen?«

Reske nickte.

Halb vom Schilf verdeckt lag ein Ruderboot auf der Grasnarbe am Ufer. Reske stemmte sich gegen den Bug und schob das Boot ins Wasser. Carvis fasste Lisa unter den Beinen und hob sie mit Schwung hoch. Überrascht lachte sie auf und legte einen Arm um seinen Hals.

»Und ich naives Ding hatte mir immer einen wunderbar romantischen Anlass vorgestellt, bei dem mich ein Mann auf Händen trägt.«

»Was gibt es Romantischeres als eine Bootsfahrt im Mondschein.« Carvis küsste sie vorsichtig auf die malträtierten Lippen. »Ich bin froh, dass ich dich wiederhabe.«

»Und ich erst.« Lisa legte den Kopf für eine Sekunde an seine Schulter.

Carvis watete ins Wasser und half ihr auf eine der Sitzbänke. Das Boot war lang und schmal, hatte eine Ruderbank in der Mitte und zwei Sitzbänke im hinteren Teil. Krokovski kam mit Bergmann von der anderen Seite und platzierte ihn auf die Bank ganz im Heck.

»Reske, steigen Sie ein.« Carvis spürte Feuchtigkeit in seine Stiefel sickern.

»Ich komme nicht mit.«

»Was soll das heißen?« Carvis hielt das Boot, während Krokovski über den Rand kletterte und sich auf die Ruderbank in der Mitte setzte. Wasser saugte sich in Carvis' Hosenbeine, und er bekam eine Gänsehaut. »Wollen Sie hierbleiben?«

»Ja. Ich wollte Berlin nie verlassen. Ich bin nur aus Loyalität zu Major Heinrich so weit mitgekommen. Ohne ihn wäre ich längst in einem Strafbataillon krepiert. Ich wollte umkehren, sobald Sie in Sicherheit sind.«

»Aber wieso? Was zum Teufel hält Sie hier?«

»Natürlich eine Frau.« Reske grinste. »Meine Freundin, ich lasse sie nicht alleine zurück. Wir kämpfen uns zu den Amerikanern im Westen durch.«

»Das kann ich gut verstehen.« Carvis betrachtete die Silhouette des Deutschen in der Dunkelheit. Er stellte fest, dass er nichts über den schlaksigen Gefreiten wusste, obwohl er bei ihrer Befreiung im Gestapo-Hauptquartier sein Leben riskiert hatte.

Aus Richtung des Wirtshauses heulte ein Motor auf. Stimmen bewegten sich in unterschiedliche Richtungen.

»Die Russen schwärmen aus«, sagte Krokovski. »Was soll die Diskussion mit dem Kraut?«

»Er möchte hierbleiben«, erwiderte Carvis.

»Soll er doch«, sagte Bergmann. »Er ist nicht wichtig.«

Carvis ballte die Fäuste, unterdrückte jedoch den Impuls, den Professor ins Wasser zu stoßen.

»Halten Sie das Boot fest, Reske.« Carvis stieg mit triefenden Füßen über den Rand und setzte sich neben Krokovski auf die Ruderbank. Er legte sein Notizbuch auf die Knie und kramte nach einem Bleistift.

»Was machen Sie da, Carvis?«, fragte Bergmann. »Wollen Sie den Russen eine Einladung schicken? Wir müssen verschwinden.«

»Ich schreibe Reske einen Passierschein. Oder zumindest so etwas Ähnliches. Das sind wir ihm schuldig.«

»Was? Sind Sie verrückt?« Bergmanns Stimme wurde schrill. »Wir haben keine Zeit für gute Taten. Reske muss sehen, wie er klarkommt, wenn er unbedingt …«

»Halten Sie den Mund.« Lisa rammte Bergmann einen Ellenbogen in die Rippen, sodass der Professor nach Luft schnappte. »Ich kann Ihr Gekeife nicht mehr hören.«

So gut es ging, kritzelte Carvis ein paar Sätze auf das Papier und unterschrieb mit Namen, Dienstgrad und Identifikationsnummer. Mehr fiel ihm nicht ein. Er riss die Doppelseite heraus, faltete sie zusammen und reichte sie dem Deutschen.

»Zeigen Sie diese Nachricht dem ersten amerikanischen Soldaten, den Sie treffen. Dort steht, dass man Sie und Ihre Freundin zu Colonel Boris T. Pash nach Stendal bringen soll. Auf der zweiten Seite habe ich Pash geschrieben, dass Sie Detailinformationen zu unserer Flucht haben. Erzählen Sie ihm alles, aber wenn es gut läuft, sind wir vor Ihnen da. Viel Glück.«

»Danke.« Reske verstaute das Papier in einer verbeulten Zigarettendose und steckte sie in seine Uniformjacke.

Taschenlampenkegel tauchten am Fuß der Halbinsel zwischen den Bäumen auf, die russischen Stimmen wurden lauter. Reske schob das Boot durch den Schilfgürtel und gab ihm einen letzten Stoß.

»Ich lenke die Russen ab, damit Sie besser wegkommen.« Der Gefreite stand bis zu den Knien im Wasser und sah dem Ruderboot nach.

»Wie wollen Sie von der Landzunge fliehen? Sie sind abgeschnitten.« Carvis hängte ein Ruder in die Halterung und tauchte es ein.

»Ich kann schwimmen.« Reske watete ans Ufer und verschwand in der Dunkelheit. Kurz darauf zerriss eine MP-Salve die Stille. Sofort antworteten Mündungsblitze und aufgeregtes Rufen aus entgegengesetzter Richtung.

»Rudern!« Carvis legte sich in die Riemen. »Schneller, bevor sie uns sehen.«

Oberst Yuri Patzejew folgte dem Waldweg an die Spitze der Halbinsel. Er hatte Lust, jemanden zu töten. Seine Laune erreichte ständig neue Tiefpunkte und sein Zorn immer neue Höhen. Schlimm genug, dass Bergmann aus sicherem Gewahrsam entkommen war. Patzejew hatte Koljas Zustand über Funk im Lazarett abfragen lassen und noch keine Antwort erhalten. Das war ein schlechtes Zeichen.

Er marschierte zwischen den Bäumen hindurch auf den schmalen Sandstrand. Die Schießerei hatte vor wenigen Minuten aufgehört. Ein Pulk Rotarmisten stand am Ufer und leuchtete den Fluss ab. Ein Scharfschütze schwenkte den Gewehrlauf langsam über die Bucht.

»Da drüben ist etwas, links im Wasser«, rief ein Soldat. »Das könnte er sein.« Ein Schuss krachte, gefolgt von einem zweiten. Eine Sekunde später brach die Hölle los. Der ganze Trupp leerte Magazine im Dauerfeuer. Eine Leuchtkugel zischte in den Himmel, tauchte die leere Bucht in gleißendes Licht.

»Stopp, aufhören.« Der Scharfschütze ließ das Gewehr sinken. »Nur ein Baumstamm. Das war er nicht.«

»Was ist hier los? Was soll die Ballerei?«

Die Männer wirbelten herum und standen automatisch stramm. Ein Leutnant löste sich aus der Gruppe und salutierte.

»Wo sind Bergmann und die Amerikaner?«, fragte Patzejew, bevor der Offizier etwas sagen konnte. »Kriege ich eine ordentliche Meldung? Heute noch?« Er verschränkte die Arme hinter dem Rücken, starrte den Leutnant an, bis dieser dem Blick nicht mehr standhielt und zur Seite sah.

»Natürlich, Genosse Oberst. Ein Teil der Gruppe ist mit einem Boot entkommen. Sie rudern flussabwärts, aber wir haben sie aus den Augen verloren. Ich wollte gerade eine Nachricht …«

»Worauf haben Sie geschossen? Ich hatte befohlen, Bergmann und die Amerikaner lebend zu fassen. Was ist daran nicht eindeutig?«

Die Soldaten am Strand gaben keinen Laut von sich und schauten zu Boden. Ein Schweißfilm glänzte auf dem Gesicht des Leutnants.

»Ein Mann blieb zurück und hat die Flucht der anderen gedeckt. Als wir ihn in der Flanke packen wollten, ist er in den Fluss gesprungen. Wir haben …«

»Halten Sie mich für schwachsinnig?«, brüllte Patzejew.

»Nein, Genosse Oberst.«

»Dann hören Sie auf, mir so einen Mist zu erzählen. Glauben Sie, Professor Bergmann schwimmt im Fluss? Im Dunkeln?«

»Ich weiß nicht, Genosse Oberst. Es könnte sein, dass …«

»Nein, könnte es nicht. Der Mann ist über sechzig. Bergmann sitzt im Ruderboot und entkommt, während Sie Schießübungen veranstalten.«

Der Leutnant sah Patzejew an und schwieg.

Patzejew fuhr sich mit der Hand über die Bartstoppeln und schloss eine Sekunde die Augen.

»Rufen Sie sofort alle Suchtrupps zurück, und fordern Sie Motorboote an«, befahl er. »Der Mann im Wasser interessiert uns nicht, lassen Sie ihn schwimmen. Wir folgen dem Boot auf dem Fluss.«

XXXXVII

BERLIN, AUF DER HAVEL, 26. APRIL 1945, 06:02 UHR

Carvis und Krokovski ruderten mit der Strömung südwärts. Wind strich durch die Stille, kühlte Carvis' verschwitztes Gesicht und verfing sich in Lisas Haaren.

Das Ruderblatt zog eine Tropfspur über das schwarze Wasser, tauchte geräuschlos ein und ließ kleine Strudel hinter dem Boot zurück. Die Rudergabel knarrte mit jedem Zug.

Mit der Dämmerung wuchsen Bäume aus den Schatten am Ufer und gewannen an Kontur. An Land erwachte der Lärm des Krieges, doch das Boot blieb in der Mitte des Flusses davon seltsam unberührt, als würde es zwischen den Welten treiben. Niemand redete, selbst der Professor schwieg. Aber nur kurz.

»Paddeln wir nach Amerika, oder wo wollen wir hin? Wäre es zu viel verlangt, das zu erfahren?«

»Sie wollten doch eine Jacht«, erwiderte Carvis. »Da ist ein Ruderboot ein guter Anfang, finden Sie nicht?«

Bergmann zog die Mundwinkel herunter. Mit beiden Händen presste er die Aktentasche auf seinem Schoß an sich. Carvis war erstaunt, dass die Tasche es ohne einen Kratzer so weit geschafft hatte. Das schwarze Leder glänzte wie frisch poliert.

»Ihre Unverschämtheiten verbitte ich mir, Carvis. Ich erwarte, dass Sie sich sehr genau überlegt haben, wie wir aus diesem Schlamassel herauskommen.«

»Und wenn nicht? Wollen Sie dann eine Beschwerde einreichen, werter Professor?«

»Machen Sie sich nur lustig. Selbstverständlich werde ich mich beschweren, sobald wir in den Vereinigten Staaten sind. Bei Ihrem Präsidenten persönlich. Wir hatten eine Abmachung, die Sie nicht eingehalten haben. Ich habe meinen Status und meine Stellung aufgegeben. Aber statt mich in Sicherheit zu bringen, haben Sie mein Leben aufs Spiel gesetzt, mich durch Berlin gehetzt und den Russen überlassen. Man hat sogar auf mich geschossen. Das muss man sich mal vorstellen.«

»Ich weiß, Professor. Ich war dabei.« Carvis sah nach Westen, wo die Sonne über die Uferböschung guckte. Gänse flogen schnatternd in V-Formation über den Fluss. Die Havel wurde breiter, kleine Wellen schwappten gegen die Bordwand. Lisa zog fröstelnd die Jacke um ihre Schultern.

Krokovski schaute zum Himmel. »Es wird hell. Wo bleibt das verdammte Flugzeug?«

»Ein Flugzeug?«, fragte Bergmann. »Wie soll denn …?«

»Ruhe!« Carvis drehte den Kopf in alle Richtungen.

»Dort.« Krokovski zeigte nach Nordwesten, wo sich ein dunkler Fleck gegen die Morgenröte abhob. Die Maschine flog eine Wolkenbank entlang, begleitet von einem tiefen Brummen, das gerade so zu hören war, wenn der Wind kurz nachließ. Das Flugzeug schwenkte nach Süden, folgte dem Flusslauf und kam näher.

»Ist das unsere Maschine?«, fragte Krokovski. »Wieso ist sie alleine?«

Carvis kniff die Augen zusammen und betrachtete den größer werdenden Punkt. An den Flügeln waren zwei Motoren zu erkennen und darunter ein breiter, bootsförmiger Rumpf.

»Das ist sie, das ist unser Taxi nach Hause.« Carvis stand auf, zog das Ruder aus der Gabel und schwenkte es über dem Kopf. »Winken«, schrie er. »Ihr müsst winken.«

Lisa hob beide Hände, während Krokovski seine Jacke durch die Luft wirbelte.

Nach wenigen Minuten donnerte ein Wasserflugzeug über das Ruderboot. Der Lärm fegte über Carvis hinweg, drückte ihn zurück auf die Ruderbank. Die Druckwelle blies ihm Spritzwasser ins Gesicht.

Die Maschine gewann leicht an Höhe, kippte zur Seite und flog einen Bogen. Ein Gesicht grinste Carvis aus der Pilotenkanzel an und winkte. Die Sonne funkelte in den Glaskuppeln der MG-Stände. Das Flugboot war schneeweiß und trug britische Hoheitszeichen am Rumpf.

»Auch das noch. Ein Engländer.« Krokovski ließ die Jacke sinken. »Wo ist die U.S. Air Force, wenn man sie mal braucht?«

Carvis grinste. »Kurz bevor das Funkgerät endgültig den Geist aufgegeben hat, habe ich Pash gebeten, uns ein Wasserflugzeug zu schicken. Das war der einzige Weg, der mir eingefallen ist, um die Stadt zu verlassen. Da hat er wohl eine Catalina der Royal Navy organisiert.«

»Aber irgendetwas stimmt nicht.« Carvis verfolgte, wie das Wasserflugzeug beim Aufsetzen eine mächtige Bugwelle vor sich herschob. »Wo ist der Begleitschutz? Alleine ist es leichte Beute für feindliche Jäger.«

Die Catalina korrigierte den Kurs und steuerte auf das Ruderboot zu. Im Rumpf klappte eine Tür auf, ein Crewmitglied in braunem Overall und gelber Schwimmweste steckte den Kopf heraus. Der Pilot schaltete die Motoren ab, und das Wasserflugzeug glitt die letzten Meter über den Fluss.

»Howdy, fangen Sie das Seil auf.«

Eine Leine flog durch die Luft und klatschte neben der Bordwand ins Wasser. Carvis beugte sich vor und schnappte das Ende, bevor es unterging.

Er knotete das Seil um einen Ring am Bug, und das Crewmitglied zog das Ruderboot längsseits, direkt in den Schatten des Flügels.

Carvis berührte den kalten Flugzeugrumpf mit den Fingern. Ein Schauer lief ihm über den Rücken. Die Spannung fiel von ihm ab und ließ Erschöpfung und Müdigkeit zurück. Seine Knie zitterten, die Arme schmerzten vom Rudern, und seine Fußsohlen pochten, als wäre er tausend Meilen marschiert. Er atmete langsam aus. *Wir sind gerettet*, dachte er. Jetzt lag es nicht mehr in seiner Hand. Erleichterung überkam ihn. Ein Gefühl, als ob man sehr müde ist und sich endlich schlafen legen kann.

»Sergeant, steigen Sie ins Flugzeug«, sagte er.

Krokovski machte einen Schritt über die Ruderbank und kletterte zum Bug. Er streckte sich, packte eine Querstrebe unter dem Flügel und stieg durch die Luke. Dann nahm er dem Crewmitglied das Seil aus der Hand und zog es stramm. »Der Nächste.«

»Jetzt du«, sagte Carvis zu Lisa, die auf der Bank vor dem Professor saß. Sie erhob sich und machte einen Schritt auf Carvis zu.

»Moment, ich bin ja wohl vorher dran.« Bergmann stand auf. Das Ruderboot schaukelte.

»Professor, bleiben Sie sitzen«, rief Carvis. »Einer nach dem anderen, das geht am schnellsten. Lisa sitzt näher am Flugzeug.«

Am Bug der Catalina öffnete sich ein Schiebefenster, und der Pilot steckte den Kopf aus der Kanzel.

»Kommen Sie endlich an Bord«, rief er. »Wir haben beim Anflug ein russisches Motorboot gesehen. Direkt auf dem Weg hierher. Also Beeilung.«

Carvis stöhnte. »Das gibt's doch nicht.« Ein Stechen fuhr in seine Brust. »Lisa, komm weiter. Nimm meine Hand.«

»Wieso sind Sie alleine?«, rief Krokovski dem Piloten zu. »Haben Sie keinen Jagdschutz?«

»Wir hatten zwei Spitfire als Eskorte, aber beide mussten wegen Motorschaden umkehren. Ersatz ist auf dem Weg, aber jetzt machen Sie Tempo. Wir sitzen hier schön angerichtet auf dem Präsentierteller.«

Yuri Patzejew wischte sich die Spritzer von der Stirn. Mit einer Wolldecke versuchte er, das Fernglas trocken zu halten. Das zehn Meter lange Sturmboot raste über die Havel und warf weiße Gischtschleier auf. Eigentlich war es einem Landungsmanöver der Roten Armee flussaufwärts zugeteilt gewesen, aber Patzejew hatte das Boot kurzerhand mitsamt Besatzung requiriert. Jetzt stand er am offenen Steuerpult neben dem Bootsführer, einem ergrauten Obermaat der Roten Marine, und suchte den Flusslauf ab. Auf dem engen Achterdeck drängte sich ein Dutzend seiner Rotarmisten, auf dem Vorderdeck lag ein bis auf die Haut durchnässter Marineinfanterist hinter einem Maschinengewehr.

»Geht das nicht schneller?«, rief Patzejew über den Motorenlärm. Vor wenigen Minuten hatte ein Wasserflugzeug der Royal Navy das Sturmboot überflogen, und er hatte eine gute Vorstellung, warum es hier war.

Der Bootsführer schüttelte den Kopf und zeigte auf den Gashebel, der bis zum Anschlag vorgeschoben war. Das Bändchen an seiner Matrosenmütze flatterte im Fahrtwind, während er das Boot mit kleinen Ruderbewegungen auf Kurs hielt.

Patzejew stützte die Ellenbogen auf den Spritzschutz und setzte das Fernglas an.

»Ich sehe das Wasserflugzeug, es ist gelandet und sitzt auf dem Fluss. Daneben ist ein Ruderboot mit … vier … nein … drei Personen. Halten Sie direkt darauf zu, das ist unser Ziel.« Patzejew zeigte mit der Hand die Richtung an.

Der Obermaat nickte.

»Funker«, rief Patzejew.

»Genosse Oberst?« Die Funkanlage des Bootes befand sich neben dem Steuerpult und wurde von einem Gefreiten bedient. Zum Schutz vor Feuchtigkeit hatte er ein olivgrünes Wachstuch über den ganzen Kasten gestülpt.

»Fordern Sie Luftunterstützung an. Jagdbomber, Jäger, irgendetwas, was das Wasserflugzeug aufhält.«

»Zu Befehl, Genosse Oberst.«

»Was heißt aufhalten?«, fragte der Bootsführer mit hochgezogenen Augenbrauen. »Wir sind mit den Engländern verbündet.«

»Stimmt«, erwiderte Patzejew. »Trotzdem dürfen sie die Personen nicht an Bord nehmen und starten.«

»Und noch was«, rief er dem Funker zu. »Ich hatte im Hauptquartier den Befehl hinterlassen, mich alle sechs Stunden über den Zustand von Hauptmann Gordojew zu informieren. Ich habe seit mehr als sieben Stunden nichts gehört. Fragen Sie General Rybalko, ob ich vorbeikommen und ihm eine Uhr bringen soll.«

Der Funker wurde rot, sah Patzejew mit offenem Mund an und stotterte etwas Unverständliches.

Patzejew winkte ab. »Schon gut. Die sollen im Lazarett nachfragen, wie es Kolja geht.«

»Fräulein Reinhardt, drängeln Sie sich bitte nicht vor. Ich bin der Geheimnisträger, also steige ich nun in dieses Flugzeug.« Bergmann hielt Lisa an der Jacke fest. »Was bilden Sie sich überhaupt ein? Sie sind doch nur hier, weil Sie Carvis den Kopf verdreht haben. Ordnen Sie sich gefälligst gemäß Ihrer Stellung unter.«

Das Boot schwankte, als Bergmann über Lisas Sitzbank stieg und sich an ihr vorbeischieben wollte.

»Professor, stopp!« Carvis verlor fast die Beherrschung mit dem selbstgerechten Popanz. »Reißen Sie sich zusammen. Wir kippen um.«

Patzejew konnte das Wasserflugzeug mit bloßem Auge erkennen. Er schätzte die Entfernung auf einen Kilometer, vielleicht etwas mehr. Durch das Fernglas sah er die Insassen aus dem Ruderboot in das Flugzeug klettern.

»Schneller, schneller.« Er schlug mit der Hand auf das Armaturenbrett. »Wir müssen sie aufhalten, sie dürfen auf keinen Fall entkommen. Wo bleiben unsere Jäger?«

Aus dem Augenwinkel bemerkte Patzejew eine Bewegung auf dem Vorderdeck. Der MG-Schütze hatte den Ladehebel nach hinten gezogen. Er drehte sich ein paar Grad, richtete das Maschinengewehr auf die Catalina. Dann nahm er Patzejews Aufforderung wörtlich und drückte ab.

Die Einschusslöcher tauchten aus dem Nichts im Flugzeugrumpf auf. Mit einem Geräusch, als hätte jemand eine Handvoll Schrauben in einen Metalleimer geworfen. *Plong. Plong. Plong.* Fast gleichzeitig hörte Carvis die Schüsse und drehte sich um. Das Motorboot war ein entfernter Fleck mit weißer Bugwelle. Mündungsfeuer blitzte auf. Carvis zuckte zusammen. Lisa stand aufrecht in der Schusslinie. Er öffnete den Mund, wollte eine Warnung rufen. Ihre Haare drehten sich im Wind. Sie sah ihn an, lächelte.

»Lisa …«

Carvis konnte nicht erkennen, wo sie getroffen wurde. Ihr Körper wirbelte herum, knallte gegen den Flugzeugrumpf und rutschte ins Wasser, als wäre sie nie da gewesen.

»Lisa!«

»Starten«, schrie der Pilot. »Sofort starten.«

Krokovski brüllte etwas, aber Carvis hörte ihn nicht. Mit zwei Schritten stand er im Heck und riss sich die Jacke vom Leib.

Die Motoren husteten eine Rußwolke und sprangen an. In Sekundenschnelle drehten die Propeller auf vollen Touren.

Lisa tauchte auf. Ein rötlicher Schimmer glänzte auf ihrem Gesicht.

Die Catalina setzte sich langsam in Bewegung, zog das Ruderboot mit.

»Nein, nicht.« Carvis ignorierte Krokovskis Rufe und sprang. Gleichzeitig fiel ihm auf, dass Bergmann auch im Wasser trieb. Dann tauchte er in die Havel.

»Nicht feuern!« Patzejews Stimme überschlug sich. Wut kochte in ihm hoch. Am liebsten hätte er den Schwachkopf am Maschinengewehr erschossen. Er presste die Kiefer zusammen, bis die Zähne knackten. Wenn der MG-Schütze Bergmann getötet hatte, war alles vorbei, alles umsonst.

Patzejew riss sich zusammen. Durch das Fernglas breitete sich das Desaster vor ihm aus. Die Salven hatten das Ruderboot leer gefegt.

»Genosse Oberst«, sagte der Funker. »Vier Minuten bis zum Eintreffen unserer Luftunterstützung.«

Patzejew schwieg. Er zählte drei Köpfe im Fluss.

Carvis spürte die Kälte nicht. Seine Stiefel zogen ihn runter, aber irgendwie hielt er den Kopf über Wasser. Er prustete, schluckte und schwamm auf Lisa zu, die regungslos an der Oberfläche trieb. Er ignorierte das russische Motorboot in der Ferne. Er sah nur Lisa. Sein Magen verkrampfte. *Ich darf sie nicht auch noch verlieren,* dachte er.

»Lisa. Lisa, hörst du mich?«

Sie reagierte nicht. Als Carvis ihre Jacke zu fassen bekam, klatschte neben ihm ein Rettungsring an einem Seil ins Wasser.

»Carvis, was ist mit dem Professor?« Krokovskis Stimme drang in sein Bewusstsein.

Er zog Lisa an sich. Ihr Körper war ganz leicht.

»Lisa, bitte antworte.« Sanft strich er ihr über das Gesicht. Wässriges Blut färbte seine Hand.

»Carvis, schwimmen Sie zu Bergmann. Sofort!«

Carvis blickte über seine Schulter. Der Abstand zum Flugboot wuchs. Krokovski warf den Rest des Seils in seine Richtung und band das Ende um einen Metallbügel an der Luke. Ihre Blicke trafen sich. Krokovski zeigte auf den Professor und rief etwas.

Bergmann trieb vier, fünf Meter entfernt im Wasser. *Ich habe nur einen Ring,* dachte er. *Und wenn das Seil straff gezogen ist, ist die Zeit für Entscheidungen abgelaufen.*

Lisas Gesicht schimmerte nass und fahl. Carvis zögerte keine Sekunde. Als er den Ring über ihren Kopf manövrierte, öffnete sie die Augen.

»Carvis!« In Krokovskis Stimme lag mehr Wut und Frustration, als Carvis jemals gehört hatte.

»Keine Angst, ich rette dich.«

Er zog Lisas Arme durch den Ring und klemmte ihn unter ihren Achseln fest. Sie stöhnte vor Schmerz. Ihr linker Ellenbogen hing verdreht an ihrer Seite. Blut lief aus einem Loch in ihrer Schulter.

Er schob einen Arm durch den Rettungsring, hielt Lisa fest und zog sie mit sich. Prustend schwamm er auf Bergmann zu.

»Professor«, rief Carvis. »Professor.« Bergmann trieb auf dem Rücken. Sein Kopf nickte mit jeder Wellenbewegung. Blut pulsierte über seine Stirn, fütterte die purpurne Wolke, die ihn einhüllte.

Carvis stieß mit den Beinen, streckte sich und packte Bergmanns Handgelenk.

»Professor, Sie müssen mir helfen, ich kann Sie nicht alleine …«

Ein Ruck fuhr durch das Seil. Es sprang aus dem Wasser, riss Carvis beinahe den Rettungsring aus dem Arm. Ein Stich zuckte durch seine Schulter, als würde das Gelenk ausgekugelt, aber Carvis klammerte sich an den Ring – und Bergmanns Handgelenk rutschte durch seine nassen Finger.

Carvis schrie auf, raste rücklings mit Lisa durch den Fluss. Der Professor blieb schnell zurück.

In diesem Moment ratterten Schüsse. Geschosse zischten über Carvis hinweg, peitschten rund um den Professor ins Wasser. Krokovski stand in der Luke der Catalina, die Maschinenpistole an der Schulter, und feuerte. Kleine Geysire tanzten um Bergmann, sein Körper zuckte und trieb langsam an der Oberfläche.

Das Flugboot zog Lisa und Carvis mit. Krokovski und das Crewmitglied holten die Leine ein. Plötzlich sah Carvis etwas Schwarzes, Glänzendes im Wasser schwimmen. Er streckte den Arm aus und fischte Bergmanns Aktentasche aus dem Fluss.

Das britische Wasserflugzeug zerrte einen Mann und eine Frau an einem Seil hinter sich her. Die Frau erkannte Patzejew an den langen Haaren, und der Mann war nicht Bergmann, so weit war er sich sicher.

»Niemand schießt ohne meinen Befehl.« Patzejew versuchte zu erkennen, wer im Wasser zurückgeblieben war. Er drehte am Okular. War das der Professor?

»Genosse Oberst«, meldete sich der Funker. »Das Hauptquartier mit einer Nachricht von Hauptmann Gordojew.«

»Wird auch Zeit.« Patzejew stülpte sich die Kopfhörer über.

»Patzejew«, bellte er ins Mikrofon, mit der anderen Hand drückte er das Fernglas an die Augen. Plötzlich schoss jemand aus dem Flugboot auf die Person im Fluss. *Dann muss es Bergmann sein,* dachte Patzejew. Wenn die Amerikaner ihn nicht lebend zurücklassen wollten, konnte das nur der Professor sein.

»Oberst Patzejew?«

»Ja, wer sonst?«

»Hier spricht Major Dimitri …«

»Kommen Sie zum Punkt.«

»Genosse Oberst, Hauptmann Gordojew ist aus dem Koma aufgewacht. Er ist sehr schwach, aber außer Lebensgefahr. Er lässt Sie grüßen.«

Patzejew schluckte. Der Blick durch das Fernglas verschwamm. *Kolja, Gott sei Dank.* Tropfen, die nicht vom Spritzwasser stammten, liefen seine Wangen hinunter.

»Genosse Oberst, haben Sie mich verstanden?«, fragte die Stimme im Kopfhörer.

Patzejew antwortete nicht. Er gab dem Funker die Kopfhörer zurück und wischte sich über die Augen. Plötzlich wurde ihm bewusst, dass er mit Kolja seinen letzten Freund verloren hätte. Seine Hand zitterte. Er lehnte sich gegen das Steuerpult. Was nützte der Sieg, wenn am Ende niemand übrig blieb, der den Kampf wert war?

»Sollen wir schießen?«, fragte der Obermaat. »Das Flugzeug ist gleich außer Reichweite.«

Patzejew starrte durch das Fernglas. Bergmanns Kopf war jetzt ganz nah. Er erkannte den weißen Haarkranz, die arrogante Nase wie auf dem Foto. Der Professor trieb auf dem Wasser, schnappte wie ein Fisch nach Luft und ging unter.

»Genosse Oberst«, drängte der Bootsführer. »Wir müssen …«

»Nein«, erwiderte Patzejew. »Niemand schießt.«

»Aber …?«

»Fahren Sie langsamer, dorthin.« Patzejew zeigte auf die Stelle, wo Bergmann untergegangen war.

»Genosse Oberst«, meldete sich der Funker. »Zwei Jagdbomber sind eine Minute entfernt. Sollen sie den Engländer abschießen?«

Patzejew folgte dem Flugzeug mit den Augen. Es löste sich aus dem Wasser und erhob sich träge, fast schwerfällig in die

Luft. Der Mann und die Frau hatten es an Bord geschafft. *Wieso hat der Amerikaner die Frau und nicht Bergmann gerettet?* Patzejew dachte an seine Familie. Vielleicht ging es auch auf der anderen Seite darum, dass am Ende jemand übrig blieb.

»Nein, rufen Sie die Jagdbomber zurück.«

»Wie bitte? Ich habe Sie nicht richtig …«

»Funker, stoppen Sie unsere Jäger. Sollen die Amerikaner fliegen, wohin sie wollen. Es gibt keinen Grund mehr, einen internationalen Zwischenfall zu provozieren. Unser Mann treibt da vorne im Fluss.«

Patzejew beachtete den Funker nicht weiter. Er stieg an der Reling entlang auf das Vorderdeck.

»Langsam«, rief er dem Obermaat zu. Das Sturmboot bewegte sich mit niedriger Geschwindigkeit vorwärts, die Motoren nicht mehr als ein Murmeln im Hintergrund. Patzejews Schritte hallten über das Deck, als er von steuerbord nach backbord wechselte und im Wasser nach einem Lebenszeichen suchte.

»Maschinen stopp, halten Sie an. Ich sehe etwas.«

Die Catalina flog eine Schleife und drehte nach Westen. Carvis saß im Durchgang zwischen den beiden MG-Ständen und blickte durch eines der Plexiglasfenster auf den Flusslauf zurück. Das russische Motorboot schwamm wie ein Spielzeug auf der Havel. Eine winzige Gestalt sprang über Bord und verschwand im Wasser.

Lisa bewegte sich. Ihr Kopf lag in seinen Armen. Sie zitterte in den nassen Kleidern, die eine hellrote Lache auf dem Metallboden hinterließen. Der Bordingenieur wickelte einen Verband um ihre Schulter. Sie schlug die Augen auf.

»Ich bin bei dir.« Carvis drückte sie behutsam an sich. Ein letztes Mal schaute er auf die Havel, bevor ihm das Leitwerk die Sicht versperrte. Die winzige Gestalt schwamm zum Boot zurück und zog einen Körper mit sich.

EPILOG

BURLINGTON, VERMONT, 23. SEPTEMBER 1949, 10:41 UHR

»Schach.«

Lisa zog die weiße Dame zwei Felder vor. Sie schielte über das Schachbrett zu Carvis' Großvater und malträtierte ihre Unterlippe mit den Schneidezähnen.

Carvis betrachtete das Spiel, das sich auf einem Tischchen auf der Veranda seiner Großeltern zu einer historischen Auseinandersetzung entwickelte.

»Jetzt steckst du in der Klemme, Großvater.« Sanft drückte Carvis die Hand seiner Frau.

Lisa unterdrückte ein Lächeln.

Carvis' Großvater zwirbelte seinen weißen Vollbart und schwieg. Er streckte eine Hand nach dem schwarzen König aus, zögerte und ließ sie wieder sinken.

Eine Brise rauschte durch die Ahornbäume. Carvis' Großvater war passionierter Gärtner und hatte das Haus im Laufe der Dekaden mit einem Park umgeben. Gepflasterte Fußwege führten vom akribisch getrimmten Rasen durch Eichen und Amberbäume, die im Herbst golden, orange und tiefrot leuchteten. Vor acht Jahren waren zwei Gewächshäuser für tropische Pflanzen dazugekommen, die für das Winterklima Vermonts zu empfindlich waren. Carvis' Großvater hatte ein Unternehmen mit Land- und Baumaschinen aufgebaut und im Alter von fünfundsiebzig Jahren die Leitung an Carvis'

Onkel Frank übergeben. Seit diesem Tag besuchte er regelmäßig die botanischen Gärten und Institute Neuenglands, um für seine Gewächshäuser exotische Setzlinge zu kaufen.

Auf der mit Granitplatten ausgelegten Veranda stand ein Glaspavillon, dessen Dach und Seitenwände im Sommer demontiert und mit weißen Segeltüchern gegen die größte Hitze abgehängt werden konnten. Hier hatte Carvis als Kind aus den Korbsesseln seiner Großmutter Schiffe gebaut und als Entdecker die Welt umsegelt.

»Wo steckt eigentlich der kleine Peter?« Carvis' Großvater bewegte seinen König aus der Gefahrenzone. »Ich habe ihn länger nicht gesehen. Am Ende stellt er etwas an.«

Lisas Blick zuckte hoch. »Weißt du, wo Peter ist?« Sie schaute zu Carvis und schob ihren Stuhl zurück.

»Bleib sitzen.« Carvis legte eine Hand auf ihren Arm. »Ich geh ihn suchen. Spiel weiter. Großvater, das ist nicht fair, das ist psychologische Kriegsführung.«

Jetzt unterdrückte sein Großvater ein Lächeln. »Du weißt doch, Frederic, im Krieg und in der Liebe …«

»Ach, hör doch auf mit deinen albernen Sprüchen«, rief eine Stimme. »Keine Sorge, Lisa. Peterchen ist bei mir.« Carvis' Großmutter trat aus dem Wohnzimmer auf die Veranda, ihren zweijährigen Urenkel an der Hand. »Wir waren in der Küche und haben Limonade gemacht. Wer gewinnt?«

»Lisa.« Carvis fing den kleinen Peter ab, der auf seine Mutter zuschoss, und setzte ihn auf seine Oberschenkel.

»Wirklich?« Carvis' Großmutter sah ihren Mann mit hochgezogenen Augenbrauen an. »Geht's dir nicht gut, Anton?«

Der Großvater winkte ab. »Jetzt hört mal auf, so einen Trubel zu veranstalten. Wie soll man sich da konzentrieren?«

Lisa lachte, was ihr ein Stirnrunzeln von Carvis' Großvater einbrachte. Sie kniff den kleinen Peter sanft in die Wange.

Carvis konnte die Augen nicht von seiner Frau lassen. Auf den Tag genau waren sie drei Jahre verheiratet, und er liebte Lisa mehr denn je. Die ersten sechs Wochen nach ihrer Rückkehr aus Berlin hatte Lisa im Krankenhaus gelegen, und zu den körperlichen Wunden waren bei beiden seelische hinzugekommen. Doch sie gaben sich gegenseitig Halt, und irgendwann hatten die Albträume nachgelassen. Zuerst ihre und dann seine. Im Mai 1946 hatte Carvis von seinem Onkel Frank eine Stelle als Geschäftsführer im Familienunternehmen angeboten bekommen. Am Tag, als er den Arbeitsvertrag unterschrieb, kauften sie ein Haus im Zentrum Burlingtons, eine halbe Stunde vom Anwesen der Großeltern entfernt. In derselben Nacht machte Carvis Lisa einen Antrag. Den sie annahm. Trauzeugen waren ein von seinen Verletzungen genesener Lieutenant Davies und Carvis' Großmutter. Ein Jahr später war ihr Sohn zur Welt gekommen.

Der kleine Peter zappelte auf Carvis' Schoß. Lisa drehte den Kopf und lächelte Carvis an.

»Du bist am Zug«, sagte sein Großvater.

Lisa zog einen Läufer, der hinter einer Reihe Bauern gelauert hatte. »Schach.«

»Das gibt's doch nicht.« Carvis' Großvater schlug sich auf den Oberschenkel.

»Heute ist wohl nicht dein Tag, Anton«, sagte die Großmutter. »Willst du dich nach dem Mittagessen etwas hinlegen?«

Der Großvater schnaufte.

Carvis hatte in seinem Leben unzählige Schachpartien gegen seinen Großvater verloren. Alle, um genau zu sein. Mit fünfzehn hatte er ein Schachbuch gekauft und mit Freunden trainiert. Nur um noch entschiedener geschlagen zu werden. Carvis' Großvater war Präsident des Burlington Chess Club und hatte viermal die Vermont State Championship gewonnen. In der Familie war er unbesiegbar – und genoss es. Außer Carvis wollte niemand mehr gegen ihn antreten. Bis Lisa nach Vermont kam. Sie spielte vorausschauend und strategisch geschickt. Ihr erster Sieg ließ noch auf sich warten, aber immer häufiger brachte sie den Großvater in Bedrängnis. So wie heute.

»Himmel, Arsch und …«

»Anton! Keine Flüche vor dem Kleinen.«

Carvis' Großvater rollte die Augen, rieb sich die Nase und pfiff leise vor sich hin.

Aus dem Haus drang ein Klingeln an Carvis' Ohr, während er den kleinen Peter zurückhielt, der die Hände nach den Schachfiguren ausstreckte.

»Entschuldigung.« Mathilda, die Haushälterin, erschien auf der Veranda und wandte sich an Carvis' Großvater. »Ihr Schwiegersohn möchte Sie am Telefon sprechen.«

»Muss das ausgerechnet jetzt sein?« Der Großvater guckte hoch. »Hat Jonathan gesagt, worum es geht?«

»Nein, aber es klang dringend.«

Carvis horchte auf, als der Name seines Vaters fiel. Mit mulmigem Gefühl sah er seinen Großvater und Mathilda im Haus verschwinden. Carvis' Eltern lebten in Washington, D.C., wo sein Vater als Staatssekretär im Außenministerium arbeitete. Eigentlich sollten sie in diesem Moment auf dem Weg nach Burlington sein, um mit Carvis und Lisa ihren dritten Hochzeitstag zu feiern. Wieso rief sein Vater also an? *Hoffentlich hatten sie keinen Unfall,* dachte Carvis.

»Was ist denn los?«, fragte Lisa, die Augen auf das Schachbrett gerichtet.

»Keine Ahnung, aber ich mache mir Sorgen. Am besten gehe ich hinterher.«

Doch bevor Carvis sich erheben konnte, winkte ihm Mathilda aus dem Wohnzimmer zu. »Frederic, Ihr Vater möchte auch mit Ihnen sprechen.«

Carvis stand auf und reichte Lisa ihren Sohn. Seine Unruhe wuchs, als ihm sein Großvater im Arbeitszimmer wortlos den Hörer in die Hand drückte. Das Telefon stand auf einem Schreibtisch, den sein Großvater vor mehr als fünfzig Jahren aus einer riesigen Eiche aus den Green Mountains gezimmert hatte. Carvis erschrak, als sich ihre Blicke trafen. Das von Gartenarbeit gebräunte Gesicht seines Großvaters war grau.

»Was ist passiert? Geht es Mutter gut?«

Der Großvater antwortete nicht und verließ den Raum. Carvis presste den Telefonhörer ans Ohr.

»Hallo?«

Es knackte in der Leitung, und er hörte die Stimme seines Vaters.

»Frederic, es tut mir leid, wir können nicht zu eurem Hochzeitstag kommen. Ich bin schon die ganze Nacht im Außenministerium, wir haben eine Krise. Die Sowjets haben eine Atombombe getestet.«

Carvis' Mund wurde trocken. *Also doch,* schoss es ihm durch den Kopf. Tief in ihm hatte immer die Angst genagt, dass die Russen es doch schaffen würden. Dass der Einsatz und die Opfer am Ende umsonst waren. Der Hörer klebte an seinem Ohr.

»Frederic, bist du noch da? Hast du mich verstanden?«

Carvis räusperte sich. »Ja, Vater. Ich …«

»Du weißt, was das bedeutet. Das ist eine Katastrophe. Jetzt haben die Kommunisten mit uns gleichgezogen und werden uns auf der Nase rumtanzen. Verdammt noch mal.«

Carvis wusste nicht, was er sagen sollte. Er hatte noch nie erlebt, dass sein Vater die Beherrschung verlor und fluchte.

»Wann war der Test?«

»Schon vor Wochen. Die Russen haben ihn natürlich geheim gehalten, aber wir haben die radioaktiven Zerfallsprodukte in der Atmosphäre gemessen. Unseren strategischen Vorteil können wir jetzt vergessen. Die Militärs überschlagen sich mit Untergangsszenarien und fordern eine stärkere Waffe.«

»Noch stärker als eine Atombombe?« Carvis' Beklemmung wuchs. Gedanken rasten durch seinen Kopf, er musste sich auf die Worte am anderen Ende konzentrieren.

»Ja, genau. Mit größerer Sprengkraft. Hör zu, Frederic, ich habe nicht viel Zeit. Im Radio kommt gleich eine Sondermeldung. Aber eines ist noch wichtig: Ein Spionagering hat den Sowjets alle wichtigen Details aus dem Manhattan-Projekt beschafft. Sagt zumindest unser Geheimdienst. Jetzt, wo es zu spät ist, reden sie schlau daher.« Sein Vater machte eine Pause. »Es kommt aber noch etwas anderes dazu. Die Russen werden es wahrscheinlich nie zugeben, aber wir haben Erkenntnisse, dass sie die Atombombe nur mit Hilfe deutscher Physiker entwickeln konnten, die sie 1945 nach Russland verschleppt haben. Verstehst du, Frederic?«

Carvis stand auf der Veranda und hielt Lisa fest im Arm. Der kleine Peter stolperte auf dem Rasen unter den wachsamen

Augen seiner Großmutter einem Ball hinterher. Die Septembersonne stand hoch am Himmel und trieb das Thermometer über 25°C. Trotzdem war ihm eiskalt. Vor wenigen Minuten hatte die Rede des Präsidenten geendet, die sich die Familie und alle Bediensteten schweigend angehört hatten. Russland war ab heute offiziell Atommacht.

Carvis bekam die letzten Worte seines Vaters nicht aus dem Kopf. Er schloss die Augen und sog den Duft von Lisas Haaren ein.

»Meinst du, Paul Bergmann ist noch am Leben?«, sprach sie seine Gedanken aus. »Hat er den Russen die Bombe gebaut?«

»Ich weiß es nicht«, antwortete Carvis nach einer Weile. Er sah Bergmann in der Havel treiben. Blutüberströmt. Hörte Krokovskis Maschinenpistole hämmern, sah Geschosse das Wasser aufreißen. Und er sah die Russen den leblosen Körper aus dem Fluss ziehen. Hatten sie Bergmann lebend zurückgelassen, sodass die Russen nur zugreifen mussten? Aber der Professor hatte sich nicht gerührt. Krokovski hatte mindestens einmal getroffen, da war Carvis absolut sicher.

»Ich glaube nicht, dass Bergmann noch lebt.« Lisa drückte Carvis an sich. »Er kannte doch den deutschen Prototyp. Er hätte gewusst, wie man den Russen eine Atombombe baut. Meinst du nicht, dass sie mit seiner Hilfe schneller gewesen wären?«

Carvis zuckte mit den Schultern. »Er hatte nur seine Erinnerungen. Seine Unterlagen hatte er in der Havel verloren, die haben wir. Vielleicht war er schwer verletzt und kämpfte monatelang mit dem Tod. Vielleicht hat er sich zuerst geweigert. Es gibt tausend Möglichkeiten, warum er überlebt und es trotzdem vier Jahre gedauert haben könnte. Wir werden es nie erfahren.«

»Bereust du es?«, fragte sie.

»Was?«, antwortete Carvis, obwohl er genau wusste, was Lisa meinte.

»Dass du mir den Rettungsring übergezogen hast und nicht Bergmann.«

Carvis spürte, wie sich Lisas Körper versteifte. Wie sie ihn fester an sich presste, als wollte sie sichergehen, dass die Antwort sich nicht zwischen sie drängte.

»Nein, keine Sekunde. Ich liebe dich und genieße jeden Tag, den wir zusammen sind.« Er sah ihr in die Augen. »Außerdem hast du mich gerettet und endgültig von einem Geist befreit. Schon vergessen?«

»Stimmt.« Lisa lachte, legte beide Arme um seinen Hals und küsste ihn. »So hatte ich es auch in Erinnerung.«

HISTORISCHER UND WISSENSCHAFTLICHER

HINTERGRUND

OLYMPIADE 1936

Die Olympischen Spiele erwiesen sich als Glücksfall für die Nationalsozialisten. Fünf Jahre zuvor – zur Zeit der krisengeschüttelten Weimarer Republik – hatte das Internationale Olympische Komitee die Olympiade nach Berlin vergeben. Mit der Machtergreifung der NSDAP befürchtete das IOC, dass die Spiele nicht stattfinden würden, da der olympische Gedanke und die NS-Ideologie im Gegensatz zueinander stehen. Daher reagierte das Komitee erleichtert, als Hitler die Durchführung zusagte, und machte sich weniger Gedanken über den grassierenden Antisemitismus und die Gleichschaltung des deutschen Sports. Auch die militärische Aufrüstung und die zunehmend aggressive deutsche Außenpolitik veranlasste das IOC nicht, die Ausführung der Spiele in Berlin zu hinterfragen. Um der amerikanischen Boykottbewegung entgegenzukommen, rang das IOC der Reichsregierung die Zusage ab, dass jüdische Sportler an den Wettkämpfen teilnehmen durften.

Die Nationalsozialisten sahen in der Olympiade eine hervorragende Möglichkeit, das »neue Deutschland« zu inszenieren. Unter Hitlers Anleitung wurde das Olympiagelände das erste bautechnische Mammutprojekt des Dritten Reiches. Mit dem

»Reichssportfeld« entstand die größte Sportanlage der damaligen Zeit, die neben dem Olympiastadion etliche Sport- und Kulturstätten enthielt. Die Olympiade wurde mit Akribie vorbereitet und durchgeführt, die eingesetzten finanziellen Mittel übertrafen alle bisherigen Maßstäbe. Während der Wettkämpfe kam neueste Technik zum Einsatz, wie zum Beispiel automatisch ausgelöste Zielkameras bei Leichtathletikwettbewerben. Die Veranstaltungen wurden umfassend im Radio übertragen und konnten durch die erstmalige Verwendung von elektronischen Kameras live in »Fernsehstuben« verfolgt werden. Antisemitische Plakate und Schriftzüge wurden für die Dauer der Spiele entfernt, und der »Reichssportführer« berief bekannte jüdische Sportler in die deutsche Mannschaft.

Der immense Aufwand und die perfekte Organisation verfehlten ihre Wirkung nicht. Publikum, Sportler und die ausländische Presse waren von den Veranstaltungen, den Wettkämpfen und der Atmosphäre begeistert. Wahrnehmung und Erinnerung konzentrierten sich auf das persönliche Erlebnis einer internationalen Großveranstaltung, die tatsächlich einmalige Momente erzeugte. Teilnehmer und Besucher setzten sich kaum mit dem politischen System des Gastgeberlandes auseinander, das seine rassistische und politische Verfolgung während der Olympiade zwar kaschierte, aber nicht aussetzte.

Zwar gab es im Ausland auch kritische Artikel, aber insgesamt erzielten die Nationalsozialisten mit den Olympischen Spielen einen gewaltigen Propagandaerfolg.

Fast alle deutschen Teilnehmer der Olympiade von 1936 identifizierten sich mit dem Dritten Reich. Einige unterstützten die NS-Ideologie aktiv – und verloren wenige Jahre später dadurch ihr Leben. Die Liste der deutschen und österreichischen Olympiateilnehmer, die im Krieg als Soldaten ums Leben kamen, ist lang. Alle Reiter der deutschen Military-Mannschaft, die in jedem Wettbewerb Gold gewann, starben an der Ostfront oder in russischer Gefangenschaft. Genauso fielen osteuropäische und jüdische Sportler dem Krieg und dem Völkermord zum Opfer. 21 Mitglieder der polnischen Olympiamannschaft starben bei Kampfhandlungen, im Widerstand oder im Konzentrationslager.

Ludwig »Luz« Long, der Gegner von Jesse Owens beim berühmten Weitsprungwettbewerb, fiel 1943 bei der Landung der Alliierten in Italien.

VERTREIBUNG JÜDISCHER WISSENSCHAFTLER

Im April 1933 trat das »Gesetz zur Wiederherstellung des Berufsbeamtentums« in Kraft. Im ganzen Land wurden jüdische Wissenschaftler und Beamte entlassen, manche wurden mit Gewalt aus ihren Büros oder Instituten vertrieben. Viele erkannten die Zeichen der Zeit und emigrierten. Vor allem Universitäten und Forschungseinrichtungen in den USA boten Arbeit und Aufenthalt und erleichterten das Auswandern.

Die Vertreibung der jüdischen Wissenschaftler führte in Deutschland zu einem spürbaren Wissensverlust, der am Ende das Manhattan-Projekt stärkte. Emigrierte deutsche Wissenschaftler wie Albert Einstein, James Franck oder Edward Teller trugen ganz erheblich zur Entwicklung der amerikanischen Atombombe bei.

Viele der nicht betroffenen, »arischen« Wissenschaftler stimmten dem Vorgehen der Nationalsozialisten aus Überzeugung zu. Andere schwiegen aus Angst vor Repressalien oder verhielten sich unpolitisch. So mancher hoffte, dass »die Nazis mit der Zeit etwas sanfter werden, da sie nun an der Regierung sind«.

Wenige deutsche Wissenschaftler brachten die Courage auf, sich öffentlich gegen die Vertreibung der Juden zu äußern. Der Nobelpreisträger Max Planck sprach die »Selbstverstümmelung Deutschlands« in einem Gespräch mit Adolf Hitler an, kam aber bei der darauffolgenden Tirade nicht mehr zu Wort. Der Chemiker Otto Hahn verließ aus Protest gegen die Entlassung der jüdischen Kollegen den Lehrkörper der Berliner Universität.

Die Physikerin Lise Meitner, die 1938 mit Otto Hahn die Kernspaltung entdecken sollte, verlor 1933 als Jüdin zunächst die Leitung der physikalischen Abteilung am Kaiser-Wilhelm-Institut, musste Deutschland aber als Österreicherin nicht verlassen. Mit dem Anschluss Österreichs 1938 wurde sie deutsche Staatsbürgerin und fiel damit unter die Gesetzgebung der Nationalsozialisten. Im Juli desselben Jahres floh sie mit Hahns Unterstützung nach Schweden.

ALSOS UND DER RUSSISCH-AMERIKANISCHE KONFLIKT

Der im Roman beschriebene Durchbruch der deutschen Atomforschung ist Fiktion. Der Wettlauf um die Mitglieder des Uranvereins ist es nicht. Amerikaner und Russen internierten gegen Ende des Zweiten Weltkrieges deutsche Militärs, Wissenschaftler und Ingenieure, um sie für eigene Rüstungsprogramme einzusetzen. Das betraf alle neuartigen Technologien wie Raketenwissenschaften, Flugzeugbau oder Antriebstechnik, aber auch strategisches Wissen über den zukünftigen Gegner. Der Wettlauf zwischen den Noch-Verbündeten wurde jedoch auch durch die Angst befeuert, dass die deutschen Experten der anderen Seite in die Hände fallen könnten.

Moralische Aspekte wie die Tätigkeit der Deutschen während des Krieges oder deren Beteiligung an Kriegsverbrechen spielten dabei kaum eine Rolle. Amerikaner und Russen sahen sich in einer Auseinandersetzung, in der es darum ging, der eigenen Nation deutsches Know-how zu sichern und dem Rivalen zu verwehren.

Beiden Seiten war klar, dass der nächste Konflikt zwischen Demokratie und Kommunismus ausgetragen werden würde. Die Amerikaner gelangten erst 1944/45 zu dieser Erkenntnis, während Stalin seinen westlichen Alliierten von Anfang an misstraute. Bis zur Kapitulation des Dritten Reiches unterstellte und befürchtete er, dass Amerikaner und Deutsche früher oder später gemeinsame Sache gegen Russland machen würden.

Major General Leslie Groves, der oberste Leiter des Manhattan-Projektes, rief Alsos (griechisch für »grove«) als wissenschaftlich-militärische Geheimdienstoperation ins Leben, um Informationen über die deutsche Atomforschung zu sammeln.

Deutsche Wissenschaftler dominierten in den Zwanziger- und Dreißigerjahren viele naturwissenschaftliche Disziplinen, speziell die Theoretische Physik und die experimentelle

Kernphysik. Berlin, Leipzig und Göttingen waren Zentren dieser Fachrichtungen, die von Physikern aus aller Welt zum wissenschaftlichen Austausch oder zur Vervollständigung der eigenen Ausbildung besucht wurden. Der Theoretische Physiker Werner Heisenberg besaß so etwas wie Legendenstatus, und an vielen deutschen Forschungsinstituten lehrten und arbeiteten renommierte Nobelpreisträger.

Daher ist es nicht verwunderlich, dass amerikanische Wissenschaftler und Militärs fest davon ausgingen, dass das deutsche Atomprogramm dem amerikanischen überlegen sein musste. Schließlich hatten die Deutschen die Kernspaltung entdeckt und zwei Jahre früher mit ihrem Forschungsprogramm begonnen, an dem die besten Physiker der damaligen Zeit beteiligt waren. Für die Amerikaner stand außer Frage, dass man sich in einem kriegsentscheidenden Wettlauf befand, bei dem der Gegner vorne lag.

Alsos operierte unmittelbar hinter – oder manchmal vor – den Kampftruppen. Die Sondereinheit der U.S. Army internierte und verhörte deutsche und französische Wissenschaftler, wertete Forschungsberichte aus und brachte im November 1944 mit der Einnahme der Universität Straßburg die Überraschung ans Licht: Der Uranverein war gescheitert. Die Deutschen hatten die Entwicklung einer Atombombe aufgegeben und sich der Nutzung der Kernspaltung zur Energiegewinnung zugewandt.

Nach dieser Erkenntnis erhielt die Festnahme deutscher Wissenschaftler, das Sicherstellen von Unterlagen, Rohstoffen und Ausrüstung des Uranvereins oberste Priorität. Bis Kriegsende besetzte Alsos die Forschungseinrichtungen in Heidelberg, Frankfurt, Göttingen sowie den »Atomkeller« in

Haigerloch, wo Werner Heisenberg und Carl Friedrich von Weizsäcker bis zum Schluss Experimente durchgeführt hatten.

Insgesamt brachte das US-Militär in unterschiedlichen Operationen mehr als sechstausend deutsche Wissenschaftler verschiedener Sparten mit ihren Familien in die Vereinigten Staaten. Ein Großteil der Deutschen nahm die amerikanische Staatsbürgerschaft an und kehrte nicht mehr nach Europa zurück.

Lieutenant Colonel Boris T. Pash und Dr. Samuel A. Goudsmit sind die einzigen historischen Figuren im Roman. Gemeinsam leiteten sie Alsos von der Bildung 1943 bis zur Auflösung Ende 1945. Der eine als Soldat, der andere als Wissenschaftler.

Boris Pash war Offizier der U.S. Army und in der Spionageabwehr tätig. Bevor er die militärische Leitung von Alsos übernahm, war er im Manhattan-Projekt für das Aufdecken von Sicherheitslücken verantwortlich.

Der gebürtige Niederländer Samuel Goudsmit promovierte 1927 in Theoretischer Physik und folgte einem Ruf an die University of Michigan. Vor seiner Ernennung zum wissenschaftlichen Leiter von Alsos arbeitete er an der Weiterentwicklung von Radarsystemen. Goudsmit kannte viele deutsche Physiker persönlich und war nach eigenen Angaben mit Werner Heisenberg befreundet.

DAS RUSSISCHE ATOMPROGRAMM

Die russische Atomforschung wurde mit dem Überfall auf die Sowjetunion fast vollständig ausgesetzt. Die Physiker dienten in der Roten Armee oder arbeiteten in der Rüstungsindustrie. 1942 drängte der Physiker Georgi Flerow Stalin zur Wiederaufnahme und Verstärkung des Programms, indem er die gravierenden Konsequenzen für Russland beschrieb, falls Deutsche oder Amerikaner in ihren Bombenprojekten Erfolg haben sollten. Stalin ließ daraufhin die russischen Physiker vom Armeedienst freistellen und genehmigte ein Forschungsprojekt, das aber aufgrund der Kriegswirtschaft in seinem Umfang immer eingeschränkt war.

Anfang 1945 schickte Stalin Einheiten aus Geheimdienst und russischen Physikern in die sowjetisch besetzten Gebiete des Deutschen Reichs, um Material und Wissenschaftler des Uranvereins für Russland zu sichern. Dabei wollte er den Amerikanern um jeden Preis zuvorkommen. Stalin trieb seine Marschälle Schukow und Konjew ohne Rücksicht auf Verluste zur schnellstmöglichen Eroberung Berlins an, wo sich mit der Universität und dem Kaiser-Wilhelm-Institut Zentren der deutschen Kernforschung befanden.

1945/46 wurden mehr als zehntausend deutsche Wissenschaftler und ihre Familien, Versuchsanlagen und ganze Forschungseinrichtungen nach Russland gebracht. Die Rückkehr wurde teilweise erst zehn Jahre später erlaubt. In Deutschland erbeutetes Uran und Uranoxid bildete die Grundlage für die ersten russischen Atombomben.

Neben deutschen Forschern beschleunigten vor allem Informationen, die Stalins Spionagenetzwerk aus dem Manhattan-Projekt lieferte, den Bau der russischen Atombombe.

KONTROVERSE ZUM SCHEITERN DES URANVEREINS

Im Roman erzielen die deutschen Wissenschaftler ihren fiktiven Erfolg kurz vor Kriegsende. In der Realität erlangten sie lediglich die theoretische Grundlage für den Bau einer Atomwaffe oder eines Kernreaktors. Historiker nennen unterschiedliche Gründe für das Versagen der deutschen Atomforschung. Gestützt werden diese Thesen durch Aussagen und Publikationen ehemaliger Mitglieder des Uranvereins nach dem Krieg. Speziell die Begründung des »gewollten Scheiterns« fand viele Vertreter. Was verständlich (und menschlich) ist, weil sie Inkompetenz ausschließt und eine intakte Wertevorstellung der Wissenschaftler vermittelt.

Bis heute werden folgende Varianten diskutiert, woran der Bau einer deutschen Atombombe scheiterte:

a. **Gewolltes Scheitern**: Der Uranverein verfügte über das notwendige Wissen und die Mittel, baute die Atombombe aber wegen moralischer Bedenken nicht.
b. **Scheitern wegen äußerer Umstände:** Der Uranverein besaß zwar die Kenntnisse zum Bau einer Kernwaffe, die dafür nötigen Ressourcen standen jedoch nicht zur Verfügung.
c. **Scheitern aus Inkompetenz:** Der Uranverein erreichte den notwendigen Kenntnisstand nicht und wusste nicht, wie man eine Atomwaffe herstellt.

d. **»Falsche« Geschichtsschreibung der Sieger:** Die Deutschen bauten Atombomben, setzten sie aber aus humanitären Gründen nicht ein. Die Waffen wurden bei Kriegsende von den Amerikanern erbeutet und über Japan abgeworfen. (Diese Theorie wird weniger von seriösen Historikern, sondern von Anhängern einer »alternativen« Wahrheit vertreten.)

Fest steht, dass »die Physiker« keine Einheit, sondern Gruppen und Grüppchen von Naturwissenschaftlern waren, die aus unterschiedlicher Motivation und in konkurrierenden Organisationsstrukturen am deutschen Atomprogramm arbeiteten. Der Uranverein war lose organisiert und agierte teilweise ohne Abstimmung an verschiedenen Orten und mit Finanzierung aus unterschiedlichen Quellen. Die Motivation der einzelnen Mitglieder reichte von persönlichem Ehrgeiz und Karrierestreben über Eifersucht zwischen Führungsfiguren bis zur Vermeidung des Militärdienstes. Speziell die Arbeit im Forschungslabor dürfte für viele wehrtaugliche Wissenschaftler eine erlösende Alternative zum Einsatz an der Front gewesen sein. Hinzu kam eine Form von Patriotismus, die unabhängig von der politischen Gesinnung damals wesentlich stärker und anders ausgeprägt war als heute. Genährt durch die entsprechende Propaganda sahen viele Wissenschaftler Deutschland – ihr Vaterland – in Gefahr und wollten einen Beitrag zur Verteidigung leisten.

Zwischen den Mitgliedern des Uranvereins gab es kein einheitliches Verständnis, wie eine sich selbst tragende atomare Kettenreaktion erreicht werden konnte. Stattdessen gab es erhebliche Meinungsunterschiede und Rivalitäten zwischen einzelnen Personen und Fachrichtungen. Sowohl in der Organisationsstruktur als auch in der persönlichen Zusammenarbeit und dem wissenschaftlichen Austausch behinderten Uneinigkeit und Rivalität das deutsche Atomprogramm.

Eine übergeordnete Koordination und Steuerung wie im Manhattan-Projekt gab es nicht. Die nationalsozialistische Führung hegte eine gewisse Skepsis gegenüber der Uranforschung, wodurch kein koordiniertes Forschungsprogramm in die Wege geleitet wurde. Es fehlte der zielgerichtete und gut organisierte Ansatz, wie er beispielsweise bei der Raketentechnik oder den Düsenflugzeugen verfolgt wurde. Die offiziellen deutschen Stellen waren nicht interessiert und nicht bereit, entsprechende Ressourcen zu investieren. Zuerst waren deutsche Militärs und Regierungsvertreter der Meinung, dass der Krieg längst gewonnen sei, bis eine Atombombe zur Verfügung stünde, und sich die Investition somit nicht lohne. Projekte mit schnelleren Resultaten wurden höher priorisiert. Später waren die Ressourcen mit schlechter werdender Kriegslage nicht mehr verfügbar. Insgesamt waren die aufgewendeten finanziellen und materiellen Ressourcen zu gering und nicht vergleichbar mit dem Manhattan-Projekt.

Der Chemiker Paul Harteck vertrat nach dem Krieg die Meinung, dass mit einer besseren Koordination und größeren finanziellen Mitteln die Entwicklung eines funktionsfähigen Kernreaktors bis Kriegsende möglich gewesen sei.

Werner Heisenberg und Carl Friedrich von Weizsäcker kamen während des Krieges zu dem Schluss, dass eine Atombombe zwar theoretisch möglich sei, aber einen zu großen

Aufwand erfordere, den das Deutsche Reich nicht erbringen könne.

Im Herbst 1945 untersuchten amerikanische Kernphysiker die deutschen Forschungsberichte und kamen zu dem Ergebnis, dass das theoretische Verständnis des Uranvereins dem des Manhattan-Projektes grundsätzlich entsprach. Aus Sicht der Amerikaner erreichte der Uranverein keine Kettenreaktion, weil die Rohstoffe Schweres Wasser und Uran nur begrenzt verfügbar waren und die Reichsregierung das Projekt nur halbherzig unterstützte.

Dem »gewollten Scheitern« steht entgegen, dass verschiedene Wissenschaftler offensiv für ein Atomprogramm und die entsprechende Unterstützung warben. 1939 wandten sich Paul Harteck und Fritz Groth an das Reichskriegsministerium, ein Jahr später schrieb Carl Friedrich von Weizsäcker einen Brief an das Heereswaffenamt. Kurt Diebner, der Referatsleiter für Kernphysik im Heereswaffenamt, diskutierte 1939 mit namhaften Physikern die militärische Nutzung der Kernspaltung. 1942 referierte Werner Heisenberg in Gegenwart von Rüstungsminister Albert Speer, Staatssekretären, Generälen und Physikern über die militärische Bedeutung der Kernenergie. Er erläuterte die grundsätzliche Möglichkeit, eine Atombombe zu entwickeln, und beschrieb die dafür benötigten Ressourcen.

Die Farm-Hall-Protokolle zeigten aber auch, dass die deutschen Physiker viele Aspekte der Atombombe noch nicht verstanden hatten. Die Experimente des Uranvereins hatten sich nie über den Labormaßstab hinaus entwickelt. Im

Manhattan-Projekt wurde viel Aufwand zur Klärung rein technischer Fragen aufgebracht, die für die Konstruktion und Anwendung einer Atomwaffe essenziell waren. Dieses Stadium hatte der Uranverein nie erreicht.

Am Ende scheiterten die deutschen Wissenschaftler an ihren Möglichkeiten, ihrer Rivalität, der Physik und der eine oder andere vielleicht auch an moralischen Überlegungen. Die Tatsache, dass man sich nie von der Grundlagenforschung lösen konnte, zeigt, dass die deutsche Atombombe eher ein Mythos als eine reale Bedrohung war.

WISSENSCHAFTLICHE UND HISTORISCHE QUELLEN

Neben allgemein zugänglichen Quellen wie Lehrbüchern und Internet sowie einem Besuch im Atommuseum Haigerloch verwendete der Autor folgende Sachbücher:

Samuel A. Goudsmit, *ALSOS*, 1996, AIP Press

Michael Schaaf, *Heisenberg, Hitler und die Bombe – Gespräche mit Zeitzeugen*, 2018, GNT-Verlag

Antony Beevor, *The Fall of Berlin 1945*, 2003, Penguin Books

Anthony Read, David Fisher, *The Fall of Berlin*, 1992, Konecky & Konecky

Vasily Grossman, *A Writer at War*, 2005, Vintage Books

Werner Nemitz, *Kriegsende eines HJ-Volkssturmsoldaten,* 2000, BoD

Illustrierter Führer durch die Reichshauptstadt Berlin, 1938, Woerl's Reisebücher-Verlag

ATOM-Museum Haigerloch, Begleitliteratur zum Museum, 1982, herausgegeben von der Stadt Haigerloch

Topographie des Terrors – Gestapo, SS und Reichssicherheitshauptamt in der Wilhelm- und Prinz-Albrecht-Straße, eine Dokumentation, herausgegeben von der Stiftung Topographie des Terrors

1936 – Die Olympischen Spiele und der Nationalsozialismus, eine Dokumentation, herausgegeben von Reinhard Rürup und der Stiftung Topographie des Terrors

Stadtplan von Berlin, Nachdruck von 1944, Pharus-Plan

DANKSAGUNG

In den letzten Stunden der Dunkelheit ist im Austausch mit vielen Menschen entstanden. Einigen von ihnen gebührt besonderer Dank, weil sie das Buch in entscheidenden Momenten mitgetragen haben.

Oskar Rauch und sein Team vom Heyne Verlag haben aus einem Manuskript ein tolles Buch gezaubert. Für die Leidenschaft und enthusiastische Zusammenarbeit bin ich sehr dankbar.

Elisabeth Botros und Michael Gaeb von der gleichnamigen Literaturagentur danke ich, dass sie sich auf das Projekt eines unbekannten Autors eingelassen haben. Ich bin sehr froh, dass die Agentur diesen Schritt gewagt hat.

Bernadette, Christine und Eva haben den Roman vom ersten Wort an begleitet, hinterfragt und getestet. Ob militärische Ausrüstung, Satzbau oder Liebesszenen. Wenn ich auf Eure Fragen keine Antworten hatte, wusste ich: Das geht noch besser. Ohne Euch wäre das Buch niemals so gut geworden.

Ein weiterer Dank geht an meinen größten Fan Marianne, die dem Erscheinungstermin noch mehr entgegenfiebert als ich. Danke für die mentale und kulinarische Unterstützung.

Meine Muse und Ehefrau Heike hat im entscheidenden Moment »Schreib das auf« gesagt und der Idee jahrelang Raum und Rückendeckung gegeben. Das Buch ist natürlich für Dich.